ROSE SNOW

Acht Sinne
BAND 8 DER GEFÜHLE

für Gerlinde

Bibliografische Information der Deutschen Nationalbibliothek
Die Deutsche Nationalbibliothek verzeichnet diese Publikation in der Deutschen
Nationalbibliografie; detaillierte bibliografische Daten sind im Internet über
http://dnb.dnb.de abrufbar.

© Rose Snow 2018
Herstellung und Verlag:
BoD - Books on Demand, Norderstedt
Umschlaggestaltung und Satz: Rose Snow
Umschlagsmotiv: Alexander Kopainski

ISBN: 9783746062327

Besucht uns im Internet:
www.rosesnow.de

Kapitel 1

Die Beschützer zogen ihren Kreis enger um uns und ich spannte meinen Körper an. Ich war bereit, zu kämpfen, wenn es sein musste. Ben hatte die Gestalter nicht ermordet, dessen war ich mir sicher. Meine Augen flogen über die Szenerie und ich versuchte jedes Detail der zerstörten Halle in mein Gedächtnis zu brennen, falls ich keine Gelegenheit mehr hatte, den Tatort zu untersuchen. In dem Moment zog mich Ben an sich. Ich spürte seine Hand auf meinem Nacken und dann küsste er mich auf eine Art, die mir Angst machte. Es fühlte sich nach Verzweiflung und Abschied an, viel zu endgültig.

Seine Hände umfassten mein Gesicht und er sah mir in die Augen. Bei seinem Blick setzte mein Herz einen Schlag aus.

„Verzeih mir", flüsterte er.

Ich schüttelte heftig den Kopf. „Du hast das nicht getan!", rief ich. Meine Linien erhitzten sich und ich wollte, dass er sich wehrte und ihnen die Wahrheit sagte. Sie durften ihn für das Massaker, das hier stattgefunden hatte, nicht zum Sündenbock machen.

„Verdammt, worauf wartet ihr denn noch?", fauchte Damien und dann stieß mich Ben von sich und die Beschützer stürzten sich mit einem Brüllen auf ihn.

Die nächsten Augenblicke waren total surreal. Sie zwangen Ben die Arme hinter den Rücken und fesselten ihn mit einem schwarzen Seil. Es wand sich wie eine Schlange um seine Handgelenke und zog sich dort von allein fest. Ben blickte mich die ganze Zeit an und der Ausdruck in seinen Augen hielt mich davon ab, mich wie eine Wahnsinnige auf sie zu werfen.

Er wollte nicht, dass ich das tat. In seinem Gesicht konnte ich es sehen, ich erkannte das tiefe Flehen in seinem Blick. Alles in mir schrie danach, etwas zu unternehmen, ich wollte die Beschützer anschreien, ihn gehen zu lassen, wollte Damien anbrüllen, dessen Augen einen fanatischen Glanz angenommen hatten und der von Bens Schuld offenbar überzeugt war.

Mein Herz hämmerte schmerzhaft gegen meine Brust und meine Wachsamkeitslinien leuchteten so hell, dass es schon beinah wehtat. Warum sagte Ben nichts? Warum setzte er sich nicht zur Wehr? Was bei allen Sinnen war hier los? An Bens Gesicht konnte ich erkennen, dass er schon längst eine Entscheidung getroffen hatte. Eine Entscheidung, das zu tun, was er für richtig hielt – ohne es mir zu erklären.

Mein ganzer Körper vibrierte und ich wusste, dass mir nur eins übrigblieb: Ich musste die Wahrheit herausfinden. Ich würde Ben nicht seinem Schicksal überlassen, auch wenn er es wollte. Ich würde ihnen allen den wahren Mörder präsentieren, denn nur dann würden sie Ben in Ruhe lassen.

„Bringt ihn in die Verhörkammer!", zischte Damien und Ben wurde ein Knebel in den Mund gezwängt, bevor er aus dem Raum gestoßen wurde. Es kostete mich all meine Kraft, um nicht einzuschreiten. Am liebsten hätte ich meine Kriegsfähigkeit aktiviert und den Kampf mit den Beschützern aufgenommen. Doch ich durfte Ben nicht schuldiger aussehen lassen, als er ohnehin schon wirkte.

Von der Türschwelle aus beobachtete Colloss, wie

Ben abgeführt wurde. Der abfällige Ausdruck und die Gewissheit in seinem Gesicht machten mich rasend vor Wut. Er hatte Ben schon längst verurteilt, aber was hatte ich auch anderes erwartet.

Ich drehte mich um und ging neben Simeon in die Knie. Er hielt das Grüne Buch noch immer gegen seine Brust gedrückt und seine aufgerissenen Augen huschten von den zurückgebliebenen Beschützern zu mir.

„Simeon", flüsterte ich, „was ist hier wirklich passiert?"

Simeon blinzelte und sein Blick irrte über das Chaos und die Leichen der Gestalter, von denen die meisten unter einem Berg aus Scherben und Glassplittern begraben lagen.

Er öffnete den Mund, als ob er etwas sagen wollte, aber kein Wort kam heraus. Lediglich seine Gesichtsfarbe wechselte ins Grünliche, als er die Toten betrachtete. Vorsichtig legte ich meine Hand auf seine.

Simeons Haut war eiskalt.

Aus dem Augenwinkel bekam ich mit, wie Casimir in den Raum schlurfte. Er musste sich während der Detonation in der Nähe aufgehalten haben, denn seine schwarze Kutte war zerrissen und er ging so langsam, als hätte er eine Verletzung erlitten. Dennoch bewegte er sich unbeirrt auf Arkadius zu, dessen Oberkörper nur noch eine einzige blutige Masse war. Der Gestalter des Ekels lag auf dem Rücken und sein schwerer, schwarzer Mantel erinnerte mich an ein totes Tier, das sich an seinen zerstörten Körper schmiegte. Mit verschlossenem Gesicht blieb Casimir vor der Leiche stehen. Einen Moment lang starrte er den Gestalter ausdruckslos an, dann wandte er sich ab und schlurfte wieder zurück, ohne auch nur ein Wort zu sagen. Doch das musste er nicht, denn seine gekrümmte Bewegung sagte alles.

Die Macht der Acht war tot.

Erst jetzt drang diese Tatsache so richtig zu mir durch und hängte sich wie ein schweres Gewicht an meinen Körper.

„Bringt sie alle raus!", wies Colloss seine restlichen Beschützer in diesem Moment mit dröhnender Stimme an. „Vor allem diese verdammte Beta dort, bevor sie noch irgendwelche Beweise zerstört!"

Seine Stimme grollte vor tiefstem Hass und ich merkte, wie sein Sinn auf mich abfärbte.

„Ich weiß nicht, woher du dir das Recht nimmst, Befehle zu erteilen", sagte ich schneidend und stand auf. „Aber dies ist ein Tatort. Somit ist es meine Aufgabe, die Beweise zu sammeln, von denen du sprichst."

Colloss machte einen Schritt auf mich zu und seine grauen Augen blitzten unversöhnlich.

„Das ist nicht deine Aufgabe", fauchte er. „Du bist die Freundin des Mörders, der die gesamte Macht der Acht getötet hat. Du kannst froh sein, wenn ich dich nicht ebenfalls in die Verhörkammer stecke. Außerdem werden meine eigenen Wächter gleich hier sein."

Simeon kam taumelnd auf die Füße und ich griff im Reflex nach seinem Unterarm, um ihm aufzuhelfen.

„Finger weg!", schnappte Colloss und ich wünschte, ich hätte meinen Wächterstab noch, um den Ekelträger in eine Kugel zu stecken und ihm große Schmerzen zuzufügen. Ohne auf seine Worte zu achten, stützte ich Simeon, bis er sein Gleichgewicht gefunden hatte.

„Finger weg, hab ich gesagt, du Schlampe!", brüllte mich Colloss an und die Muskeln an seinem Hals schwollen bedrohlich an. „Und du, Magiebegabter, legst jetzt schön langsam das Grüne Buch auf den Boden."

Zwei muskulöse Beschützer näherten sich uns

kampfbereit. Gleichzeitig tauchte Damien in Windeseile hinter Colloss auf und flüsterte ihm etwas ins Ohr. Wie von selbst sprang mein Sinn an, mein Hörvermögen schärfte sich und ich blendete alles andere aus, um mich auf seine Worte zu konzentrieren.

„Keine Spur vom Violetten Buch, wir haben überall gesucht", flüsterte Damien und Colloss' Gesicht verfinsterte sich augenblicklich.

„Ihr müsst es finden, sucht noch mal", befahl er den restlichen Beschützern und heftete seinen Blick auf uns. „Und ihr verschwindet jetzt von hier. Aber das Grüne Buch lasst ihr schön hier."

Simeons Finger krampften sich um den Einband und ich sah, wie viel Überwindung es ihn kostete, keinen seiner Zaubersprüche auf den Ekelträger loszulassen. Und auch ich fühlte meine Kriegsfähigkeit wie flüssige Hitze durch meinen Körper schießen. Einzig die Vernunft hielt mich davon ab, Colloss eine Kostprobe davon zu geben.

Mit deutlichem Widerwillen legte Simeon das Buch auf den Boden. Über Colloss' Züge glitt ein Ausdruck des Triumphes und ich hasste ihn mehr als je zuvor.

„Braver Erstaunensträger. Und jetzt raus hier." Er deutete mit dem Kinn hinter sich, wo gerade fünf Wächter zwischen den Trümmern aufgetaucht waren, die ich noch nie zuvor gesehen hatte. Sie trugen alle den schwarzen Sinn und errichteten eine magische Absperrung, die schaulustige Sinnträger davon abhalten sollte, die Halle zu betreten. Es war ein schwebendes schwarzes Band, das sich fließend um den Tatort spannte, der nur aus Leichen und Gesteinsbrocken bestand. Die Wächter schritten durch das magische Absperrband hindurch, das sich für einen kurzen Moment öffnete, um sich einen Atemzug später wieder zu schließen.

9

„Na wird's bald!", knurrte Colloss und kam auf uns zu. Mit einer rüden Bewegung stieß er Simeon von dem Grünen Buch weg und schnaufte überrascht, als es in die Höhe flatterte. Dafür benutzte es seine beiden Deckel wie richtige Flügel. Es sah noch ein bisschen ungelenk aus, so als würde ein dicker Vogel seine ersten Flugversuche starten, aber es hielt sich in der Luft. Simeon klappte der Mund auf und seine spiralförmige grüne Zeichnung begann zu strahlen.

„Bist du dafür verantwortlich?!", fauchte Colloss und versuchte nach dem Buch zu schnappen. Geschickt wich es zur Seite aus und Colloss setzte ihm nach. In dem Moment, als seine klobigen Finger den Einband berührten, gab es einen hellgrünen Lichtblitz und der Ekelträger brüllte auf. Das Buch flatterte von ihm weg und versteckte sich hinter Simeons Rücken, der sich verblüfft danach umdrehte.

„Das … das wirst du büßen!", keuchte Colloss und hielt sich seine Hand, die aussah, als würde ein hellgrünes Feuer über die Haut tanzen.

„Simeon hat nichts damit zu tun", entgegnete ich scharf. „Jeder hier hat gesehen, dass das Buch in Eigeninitiative gehandelt hat."

Die Wächter, die Colloss geholt hatte, blickten ehrfürchtig auf das Buch, das noch immer hinter Simeons Rücken auf und ab flatterte und nur ab und zu nach vorn lugte.

„Sag dem Buch, dass es zu mir kommen soll!", brüllte Colloss und Simeon zuckte zusammen.

„Hör auf, ihn anzuschreien", verlangte ich scharf.

Colloss' graue Augen fixierten mich. „Halt den Mund, Beta."

Die Geringschätzung troff aus seiner Stimme und ich

schluckte die feindselige Erwiderung, die mir auf der Zunge lag, hinunter. Es hatte keinen Sinn, mit jemandem wie ihm zu streiten, nicht jetzt und nicht hier.

„So wie ich das sehe, entscheidet das Buch selbst, wo es sich aufhalten möchte", stellte ich klar und sah Colloss fest in die Augen. „Komm", sagte ich dann zu Simeon und legte ihm meine Hand auf den Arm. „Lass uns gehen. Colloss wollte doch, dass wir verschwinden."

Simeon nickte nur stumm. Er wirkte von den Ereignissen noch immer total mitgenommen und als er einen Schritt Richtung Ausgang machte, flatterte das Grüne Buch hinter ihm her.

„Bewacht ihn", befahl Colloss den Wächtern. „Er darf auf keinen Fall mit dem Buch verschwinden!"

„Ihr lasst ihn in Ruhe!", fauchte ich und fixierte die Männer zornig. Wenn ich schon Ben nicht hatte beschützen können, dann musste ich es wenigstens bei Simeon versuchen.

„Was steht ihr so dämlich in der Gegend rum? Gebt ihr etwa mehr auf das Wort einer Beta als auf meines?", schrie Colloss und ich sah, wie er sich umdrehte und den Wächtern zunickte, die nach kurzem Zögern ihre Wächterstäbe hoben und auf uns richteten.

„Ist es das, was ihr wollt? Ein offener Kampf? Noch mehr Blut?", fragte ich eisig und öffnete meiner Kriegsfähigkeit die Schleusen. Colloss hatte nicht das Recht, die Wächter zu befehlen. Das war Quirins Aufgabe, und der war tot. Aber Colloss war nicht sein Nachfolger, Colloss war nur ein arroganter Idiot, der gierig nach Macht strebte.

Ich konzentrierte mich auf meine Kriegsfähigkeit und erspürte meine stoffliche Umgebung auf eine Art, die sich noch immer neu und ungewohnt anfühlte. Es war beinah, als könnte ich die Materie rund um mich wie prickelnde Energiefelder orten. Ich kanalisierte meinen Wunsch, Simeon und mich heil hier rauszubringen, und ließ spürbar die Wände erzittern. Der ganze Raum wackelte und die Wächter blickten sich erschrocken um. Sogar Colloss riss überrascht die Augen auf.

„Komm, Simeon", wiederholte ich ruhig und ging auf die Wächter zu, die noch immer halbherzig ihre Wächterstäbe auf uns richteten. Ich zeigte ihnen mein Wächtersymbol. „Sucht nach dunklen Magierückständen", wies ich sie an. „Ich weiß nicht, wer die Macht der Acht ermordet hat, aber ich weiß, dass der wahre Mörder noch frei herumläuft."

„Hört nicht auf sie!", brüllte Colloss. „Nehmt beide gefangen!"

Einer der fünf Wächter schickte sich an, seinen Wächterstab zu aktivieren, aber der Rest der Truppe war sich anscheinend nicht sicher, wer jetzt das Sagen hatte. Ich setzte meine Kriegsfähigkeit ein, um dem Wächter den Stab zu entreißen und an die Decke fliegen zu lassen. Der Träger starrte mit offenem Mund nach oben und ich nutzte den Moment, um das magische Band mittels meiner Fähigkeit in die Höhe zu ziehen. Bei unserem Hindurchgehen knisterte es leise, während das Grüne Buch der Macht beschwingt Simeon hinterher flatterte.

„Ihr werdet das Lager nicht verlassen, das schwöre ich euch!", hörte ich Colloss' Stimme durch die Halle donnern, doch keiner der Wächter folgte uns. Erleichterung machte sich in mir breit, wurde jedoch sofort von den Fragen in meinem Kopf abgelöst: Wer würde nach dem Tod der Macht der Acht nun die Befehle erteilen und die Entscheidungen treffen? Wer würde sich um das Schicksal der Sinnlichen Welt kümmern? Wer würde über Bens Schicksal entscheiden?

Kapitel 2

In der Zeltstadt vor dem Palast herrschte absolutes Chaos. Eine Traube an Sinnträgern hatte sich vor der magischen Barriere der Wächter versammelt, die den Tatort vor den Schaulustigen abschottete, und auf vielen Gesichtern leuchteten die Linien hell in den Farben von Wut, Trauer und Angst.

„Stimmt es, dass die Gestalter tot sind?", rief jemand und ich nickte knapp, da ich keinen Sinn darin sah, die Wahrheit zu verschweigen.

„Die Gestalter sind tot!", schrie der Fragesteller durch das Lager und der Ruf wurde weitergetragen, von einem Sinnträger zum nächsten, bis der Satz die gesamte Zeltstadt erfüllte.

Simeon war noch immer total abwesend und ich zog ihn hinter ein leeres Zelt, das nach Suppe roch. Das Buch der Macht flatterte mit und ließ sich dann wie ein Hund zu seinen Füßen nieder, als Simeon sich resigniert auf den Boden fallen ließ.

Ich wusste nicht, was ich davon halten sollte und ob die Anhänglichkeit des Buches gut oder schlecht war. Alle meine Gedanken wanderten ständig zu Ben. Meine Angst um ihn und diese furchtbare Sorge darüber, was sie nun mit ihm vorhatten, schnürte mir die Brust zu.

„Simeon, was ist da drinnen passiert?", fragte ich drängend und versuchte einen Kontakt zu ihm herzustellen. Simeon starrte ins Nichts und seine Hand zitterte, als er sich die wuscheligen Locken aus der Stirn strich.

„Ich … ich weiß nicht, Lee", murmelte er mit brüchiger Stimme.

Ich kniete mich zu ihm nieder. „Du musst es doch wissen! Du bist nach der Explosion als einer der Ersten hineingelaufen! Was hast du da gesehen? Wie bist du an das Grüne Buch gekommen? War noch jemand da?"

„Ich will nicht daran denken", keuchte Simeon und presste sich die Handballen gegen die Augen.

„Du musst!", schrie ich ihn beinah an und musste mich beherrschen, ihn nicht an den Schultern zu nehmen und zu schütteln. „Sie denken, Ben hat die Macht der Acht ermordet. Sie haben ihn abgeführt, Simeon! Ich weiß nicht, was sie mit ihm vorhaben."

„Sie denken, Ben hat die Macht der Acht ermordet", wiederholte Simeon flüsternd.

„Ja, aber sie irren sich. Es muss noch jemand dort gewesen sein. Hast du noch jemanden gesehen? Oder etwas? Irgendetwas?"

„Ich kann …" Er schluckte. „Ich kann mich nicht erinnern."

„An gar nichts?", rief ich ungläubig. Ich konnte es nicht fassen. Simeon war dort gewesen und wollte mir nicht helfen.

„Simeon, du musst doch", setzte ich an und spürte, wie die Verzweiflung durch meine Adern floss.

Er schüttelte nur schwach den Kopf. „Ich will nicht, ich kann nicht … diese Bilder … sie müssen weg", murmelte er. Dabei starrte er mich an und in seinem Blick lag eine Mischung aus Entsetzen und tiefer Traurigkeit.

Im nächsten Moment schloss er seine hellgrünen Augen und murmelte ein paar Worte. Ich sah grünen Rauch aus seinem Mund quellen, er kroch zwischen seinen Lippen hindurch und formte in der Luft irgendwelche magischen

Symbole, die ich nicht kannte. Dann atmete Simeon einmal tief ein und der grüne Rauch schoss zurück in seinen Mund und dampfte aus seinen Ohren. Ein Ruck ging durch seinen Körper und der Erstaunensträger griff hilfesuchend nach meiner Hand. Ich hielt ihn fest, während er ein paar Mal den Kopf schüttelte und der letzte grüne Rauch aus seinen Ohren kam.

Danach atmete er befreit durch.

„Simeon! Was hast du gemacht?"

Er blinzelte und schaute mich an, als würde er mich zum ersten Mal sehen.

„Hallo Lee", murmelte er verblüfft. „Was machst du hier?" Sein Blick fiel hinunter auf das Grüne Buch der Macht und er riss überrascht die Augen auf. „Wie ist denn das hierhergekommen?"

Mir wurde eiskalt. Hatte er? Hatte er wirklich? Ich schluckte und erst beim zweiten Anlauf gelang es mir, die Worte über die Lippen zu bringen. „Simeon ... hast du gerade dein Gedächtnis gelöscht?"

Er runzelte die Stirn. „Ich weiß nicht, wovon du sprichst." Das, was er sagte, klang ehrlich und es war, als würde sich eine kalte Hand um mein Herz legen und fest zudrücken.

„Was ist das Letzte, woran du dich erinnern kannst?", fragte ich forsch.

„Wir saßen auf der Bank und haben uns mit Edomir unterhalten." Er blickte sich überrascht hinter dem leeren Zelt um. „Bei allen Sinnen ... wie bin ich denn hier gelandet?"

„Simeon, ist das dein Ernst?"

Er richtete sich auf. „Was soll mein Ernst sein? Wieso bist du so seltsam, Lee?"

Ich ließ seine Hand los, taumelte zurück und sprang

auf.

Simeon verstellte sich nicht.

Er musste sich tatsächlich seine Erinnerungen genommen haben. Alles in mir krampfte sich noch weiter zusammen und es war, als würde man mir die Luft zum Atmen rauben.

Wieso hatte er das getan?

Der einzige Grund, der mir einfiel, war so unvorstellbar, dass ich ihn ausschloss. Ausschließen musste.

„Lee?", wiederholte Simeon fragend. „Was ist los? Du siehst aus, als hättest du einen Grünschimmergeist gesehen."

Ich schüttelte stumm den Kopf und drehte mich um. Ich wollte nur weg hier, weg von dem Chaos, weg von Simeon, der etwas gesehen haben musste, was so schrecklich war, dass er es keinesfalls mit mir teilen wollte.

Meine Füße setzten sich in Bewegung, während die Gedanken wie Eiszapfen auf mich einstachen.

Simeon. Ben. Die Macht der Acht. Tot.

Meine Schritte und meine Empfindungen lenkten mich fort von Simeon und ich begann zu laufen, immer schneller, bis ich zwischen den Zelten hindurchrannte und mein Blut in meinen Ohren rauschte.

Ich war eine Wächterin, ich konnte meine Augen nicht davor verschließen, dass Simeons Aktion nur einen hässlichen Schluss zuließ.

Aber ich *kannte* Ben. Ich wusste, dass er die Gestalter nicht ermordet hatte. Nicht, wenn er noch Herr seiner Sinne gewesen war.

„Ich habe dich gesucht", hörte ich plötzlich eine weinerliche Stimme sagen und stoppte keuchend. Vor mir stand ein dünner Sinnträger mit leichenblasser Haut.

Er hatte lange, tiefschwarze Haare, die bis zu seiner Hüfte reichten und einen Großteil seines Gesichts verdeckten. Darunter konnte ich nur eine spitze Nase und seine blutleeren Lippen erkennen.

„Warum hast du mich gesucht?", fragte ich harsch und hatte keine Lust, mich mit dem Typen zu unterhalten.

Der bleiche Sinnträger strich sich mit einer femininen Bewegung die schwarzen Haare aus dem Gesicht und machte einen Schritt auf mich zu. Dann brachte er seinen Kopf so nahe an meinen heran, bis mir sein stinkender Atem ins Gesicht schlug.

„Du bist doch seine Freundin, oder?", fragte er in einer seltsam singenden Art, die mir eine Gänsehaut verursachte.

Stumm starrte ich ihn an. Was wollte er von mir?

„Nein, du brauchst mir nicht zu antworten", säuselte der Trauerträger. „Ich sehe es in deinen Augen. *Du leidest* ... Wie wundervoll." Er seufzte und ich musste mich beherrschen, um nicht den Kopf zur Seite zu drehen. Sein Atem stank bestialisch.

„Weißt du, was sie mit ihm vorhaben?", fragte er mich dann und mir gefiel das gierige Funkeln in seinen Augen nicht.

Doch vielleicht wusste er etwas, das mir weiterhelfen würde. Wachsam erwiderte ich seinen Blick und schüttelte den Kopf.

„Möchtest du es sehen?", fragte er als Nächstes und ich bemerkte, wie seine Fingernägel immer länger wurden, bis sie mich an Klauen erinnerten.

„Was sehen?", fragte ich.

„Was ihn erwartet."

„Was erwartet ihn denn?", hakte ich nach und ein dunkles Gefühl der Angst befiel mich.

„Das hier", flüsterte der Trauerträger und fischte ein kleines Fläschchen unter seinem Haarvorhang hervor. Es war mit dunklem Metall überzogen, das schon ganz zerkratzt und angelaufen war. Mit einer geübten Bewegung entkorkte er die Flasche und fuhr mit seinem Fingernagel hinein. Als er den Nagel wieder herauszog, schimmerte eine blassgraue Träne an seinem Ende.

„Was ist das?"

„Deine Antwort", sagte der Träger und schlenkerte einmal mit dem Handgelenk. Die Träne löste sich von seinem Nagel und spritzte mir ins Gesicht. Überrascht zuckte ich zurück, doch da hatte ich schon etwas davon ins Auge bekommen.

Im nächsten Moment keuchte ich auf und stolperte nach hinten. Über das Bild des hässlichen Trauerträgers schob sich ein anderes.

Ich sah, wie jemand eine magische Schlinge um einen Träger legte, ich sah, wie sich diese Schlinge zuzog und den Mann mit einem Ruck nach oben riss. Seine Beine baumelten in der Luft und er rang verzweifelt nach Sauerstoff. Seine Füße zappelten und sein ganzer Körper zitterte, während aus seinem Gesicht das Leben wich.

Seine Frau schrie, sie brüllte um Gnade. Gnade, die man ihm nicht gewährte. Ich fühlte ihren Schmerz, fühlte, wie es sie zerriss und wie auch die Hoffnung und das Leben aus ihr entwichen. Ich fühlte ihr Leid, als wäre es mein eigenes.

Unwillkürlich schloss ich die Augen, aber die Bilder ließen sich nicht vertreiben, sie waren in meinem Kopf. Und schlimmer noch – in meiner Vorstellung war es nun Ben, der zum Galgen geführt wurde.

Er würde sterben.

Sie würden ihn töten.

Der Schmerz raste durch mich hindurch und ich hatte

das Gefühl, in zwei Hälften gerissen zu werden. Meine Seele und mein Herz wurden in diesem Moment der Stille gebrochen.

„Schick diese Bilder fort", würgte ich schwer atmend hervor, als eine einzelne Träne von meiner Wange tropfte und von dem widerlichen Trauerträger aufgefangen wurde.

„Das war's doch schon. Danke schön", seufzte er zufrieden und steckte sich den Fingernagel mit meiner Träne in den Mund. „Mmmh … deliziös … und es wird mir bei meiner Arbeit helfen", wisperte er und grinste mich an. Die Bilder waren verschwunden, aber ich spürte noch immer ihren Nachhall in mir.

Ben war in schrecklicher Gefahr.

„Colloss hat nach dir gefragt. Du solltest ihn besser nicht warten lassen, er ist sowieso schon etwas gereizt", ertönte in dem Moment eine Stimme, die durch einen Luftzug begleitet wurde. Es war Damien, der in Windeseile neben uns aufgetaucht war.

Damien betrachtete den Trauerträger ungeduldig, während er mir einen abfälligen Seitenblick zuwarf.

„Haben sie dich noch nicht gefangen genommen?", fragte er und wandte den Kopf zu mir. Das Funkeln in seinen lavendelfarbenen Augen verriet, dass er die Situation in vollen Zügen genoss, dass ihm mein Leid gefiel. Entspannt vergrub er die Hände in seinen Hosentaschen.

„Anscheinend nicht. Und ihr werdet Ben auch wieder freilassen müssen", sagte ich und legte so viel Überzeugung in meine Stimme, wie ich in dem Moment nur konnte. „Wo habt ihr ihn hingebracht?"

„Das wirst du nicht erfahren", bemerkte Damien und hielt mir seine Faust ins Gesicht, die er lächelnd öffnete. Und dann ging alles so schnell, dass ich keine Chance hatte, zu reagieren. Ich sah nur noch, wie er mir über seine Handinnenfläche funkelnd graues Pulver ins Gesicht blies, bevor meine Welt auf einmal schwarz wurde.

Ich sah Ben am Galgen hängen, sah, wie sich der magische Strick eng um seinen Hals schlang. Ich wollte schreien, wollte zu ihm rennen, wollte alles verhindern – aber ich war wie gelähmt.

Ich konnte nur zusehen. Die braunen Haare hingen Ben zerzaust in die Stirn und in seinem Gesicht lag der Ausdruck seines glühenden Hasses. Seine schwarzen Augen waren von einer Dunkelheit eingenommen, die ich noch nie bei ihm gesehen hatte. Und dann formten sich seine Lippen zu einem bösen Lächeln, bevor der Strick sich in schwarzem Feuer auflöste.

Ich schreckte hoch. Mein Herz klopfte wie wild und ich wusste nicht, wo ich war. Noch halb benommen blickte ich mich in dem Zelt um, in dem ich mich befand. Verschiedene bunte Elixiere und Fläschchen standen dicht aneinandergereiht in dunkelgrünen Regalen und ich selbst lag auf einer einfachen Pritsche.

In dem Moment betrat ein dicklicher Träger in einer weißen Kutte das Zelt. Seine Falten hatten sich tief in sein Gesicht gegraben, doch er machte mit seinen gutmütigen grünen Augen einen sympathischen Eindruck.

„Du bist aufgewacht, sehr gut", bemerkte der Angstträger mit der filigranen Zeichnung und den kurzen, grauen Haaren freundlich. „Wie fühlst du dich?"

„Noch etwas benommen", gab ich zurück. „Wo bin ich?"

„Du bist in meinem Zelt. Ich bin ein Heiler."

„Warum bin ich hier?", fragte ich und versuchte mich daran zu erinnern, was passiert war. Meine Erinnerungen lagen hinter einem leichten Schleier der Benommenheit und ich sah Damien verschwommen vor mir, wie er mir das funkelnde, graue Pulver ins Gesicht blies.

„Du bist einer gefährlichen Substanz ausgesetzt worden", erklärte der Heiler und verschränkte die Arme hinter dem Rücken. „Es war ein Glück, dass er dich recht schnell gefunden hat. Die Funkel-Asche ist ein hochdosiertes Gift, das zum Koma und im schlimmsten Fall zum Tod führen kann."

„Ich war im Koma?", fragte ich und versuchte mich zu bewegen. Doch meine Glieder fühlten sich noch schwer und träge an und es gelang mir nicht, mich aufzurichten.

„Lass dir Zeit", sagte der Heiler und lächelte mir zu. „Ich werde ihn jetzt holen lassen."

„Wen? Wer hat mich gefunden? Und wie lange war ich weg?", fragte ich, doch da war der Heiler schon aus dem Zelt verschwunden.

„Lee", sagte ein großgewachsener Träger, als er die Zeltplane zur Seite schob und eintrat. Ihm schwirrten zwei Nachrichtenwürfel hinterher und es tat unendlich gut, ein bekanntes Gesicht zu sehen.

„Ich bin erleichtert, dass du aufgewacht bist", sagte Alfonsus.

„Was ist passiert? Wie lange war ich weg?", wollte ich wissen, während ich vorsichtig meine Beine bewegte, die sich noch immer taub und fremd anfühlten.

„Sei bitte vorsichtig", sagte der Angstträger mit den graumelierten Haaren besorgt. „Du brauchst etwas Zeit. Gib dir diese Zeit. Ich werde all deine Fragen

beantworten. Aber im Moment kannst du nichts tun –
außer zu genesen."

„Ich kann hier nicht genesen … sie haben Ben gefangen
genommen!"

Alfonsus nickte und ging ein paar Schritte durch das
Zelt, während er ein goldenes Medaillon durch seine
Hand gleiten ließ. „Du warst sieben Tage bewusstlos",
sagte er ernst.

„Sieben Tage?", hauchte ich. „Wo ist Ben? Was ist mit
ihm passiert?"

„Noch ist nichts mit ihm passiert, Wächterin. Er ist
noch immer gefangen. Sein Aufenthaltsort wird streng
geheim gehalten. Aber wenn seine Unschuld nicht
bewiesen werden kann, wird er hingerichtet werden."

Alles in mir fühlte sich hohl und leer an, denn ich
wusste, dass Alfonsus recht hatte. Der Tod der Gestalter
würde nicht ungesühnt bleiben und sie brauchten einen
Sündenbock.

„Es wird gerade die Nachfolge der Macht der Acht
bestimmt, doch es entzieht sich leider meiner Kenntnis,
wie dieser Vorgang vonstattengeht und wann die neuen
Gestalter feststehen", erklärte er, um mich auf den
neuesten Stand zu bringen. „Zu viel Zeit sollte allerdings
nicht vergehen, denn die Bedrohung durch die Totaa ist
größer denn je."

Ich hörte seine Worte, die sich jedoch dumpf und
bedeutungslos anfühlten, denn meine Gedanken waren
nur bei Ben.

„Es wird gemunkelt, dass das Violette Buch der
Macht aus dem Kriegslager verschwunden ist", merkte
er dann an und betrachtete mich aufmerksam, während
die achteckigen Nachrichtenwürfel um seinen Kopf
schwebten. „Du warst doch vor Ort. Stimmt es?"

„Es ist weg", murmelte ich zerstreut und dachte an das, woran ich mich erinnern konnte. „Colloss hat die Beschützer angewiesen, danach zu suchen - aber es schien wie vom Erdboden verschluckt zu sein."

„Das habe ich mir schon gedacht", entgegnete Alfonsus. „Das bedeutet, wir haben nur noch ein Buch im Kampf gegen die Totaa."

Ich nickte und Alfonsus blieb vor mir stehen. „Auch dein Freund Simeon wurde gefangen genommen", erklärte er. „Er wird als Zeuge befragt, scheint sich aber an nichts mehr erinnern zu können."

Ich fühlte, wie mein ganzer Körper sich anspannte. Damien hatte mich Schachmatt gesetzt, um Zugang zu Simeon zu erhalten. Und jetzt würden sie Simeon sicher nicht gehen lassen, solange das Grüne Buch der Macht nicht von seiner Seite wich.

„Das soll ich dir von ihm geben", schob sich Alfonsus in meine Gedanken und überreichte mir das goldene Medaillon, das mich an jenes erinnerte, in dem Simeon damals den Lichtstein aufbewahrt hatte. „Es soll dir Kraft geben."

„Danke", sagte ich und nahm es an mich.

„Und jetzt ruh dich aus, Lee. Mein Freund, der Heiler, hat dir ein Zelt besorgt, in dem du Ruhe finden wirst und die nächsten Tage genesen kannst."

„Wie soll ich mich ausruhen, wenn sie ihn hinrichten werden?", flüsterte ich tonlos und fühlte die Schwere dieser Worte an mir ziehen. „Ich habe Angst. Ich habe große Angst um ihn."

Alfonsus' würfelförmigen Linien glommen auf und er senkte langsam den Kopf. „Ich auch. Ich habe Angst vor den aktuellen Entwicklungen", erwiderte er ruhig. „Wichtig ist nun, wie du mit deiner Angst umgehst.

Solange du dich nicht von ihr lähmen lässt, kann die Angst sehr hilfreich sein. Sie spornt dich an, lässt dich geistige und körperliche Höchstleistungen vollbringen oder gemahnt dich zur Vorsicht. Und vorsichtig solltest du jetzt auf alle Fälle sein, egal, was du planst."

Mit diesen Worten drehte er sich um und schritt zum Zeltausgang.

„Danke, Alfonsus", sagte ich schnell und war froh, dass er mich gefunden hatte.

Der Angstträger drehte sich noch einmal um und neigte huldvoll den Kopf. „Gern geschehen, Wächterin. Und pass gut auf dich auf."

Kapitel 3

Es brauchte noch etwas Zeit, bis ich wieder bei Kräften war und durch das Lager gehen konnte. Die Zeltstadt war mit den Vorbereitungen für die Verabschiedung der Gestalter beschäftigt und eine Decke der Trauer und Leere hatte sich über das Kriegslager gelegt. Vor dem grünen Palast lag ein Blumenteppich aus allen acht Sinnesfarben und Bilder der Verstorbenen wurden abwechselnd in die Luft projiziert.

Ohne Ben und Simeon fühlte ich mich jedoch fremd in dieser Umgebung und die Träger, die mir begegneten, ignorierten mich oder warfen mir missgünstige Blicke zu.

Ich war die Freundin des Mörders.

Doch das Schlimmste waren nicht die Blicke, das Schlimmste war meine Hilflosigkeit - sie machte mich rasend, denn so sehr ich auch versuchte, an Informationen über Bens und Simeons Aufenthaltsort zu gelangen, so sehr scheiterte ich. Die Träger mieden mich und behandelten mich wie eine Aussätzige. Zudem schien auch keiner etwas zu wissen. Die Maßnahmen nach dem Tod der Gestalter wurden geheim gehalten - selbst Alfonsus hatte nur über wenige Informationen verfügt.

Einziger Lichtpunkt war Simeons goldenes Medaillon, das beim Aufklappen Bilder von Ben und ihm zeigte und mich für einen kurzen Moment fröhlich stimmte. Aber ansonsten war das Medaillon leider nutzlos. Ich hatte es stundenlang untersucht, hatte es gedreht und gewendet, aber es enthielt keinen versteckten Hinweis, keine Information, die mir irgendwie weiterhelfen konnte.

Mein einziger Anhaltspunkt, um Bens Unschuld zu beweisen, war der Tatort. Und der war auf Anweisung von Colloss nach wie vor abgesperrt. Trotz mehrfacher Versuche meinerseits war es mir nicht gelungen, noch einmal Zugang zu erlangen. Denn die Sicherheitsvorkehrungen waren weiter verschärft worden.

Die Verabschiedung der Gestalter fand vor dem Eingangsbereich des grünen Palastes statt. Statt eines Totenfeuers krachte eine Eisfontäne aus dem Boden und verbreitete eine eisige Kälte – passend zu der emotionalen Starre, die der Tod der Macht der Acht über das Kriegslager gebracht hatte.

Die Sinnträger aus der Zeltstadt hatten sich stumm um die Eissäule versammelt und es gab weder eine Ansprache noch Musik. Totenstille herrschte auf dem Platz und meine Gedanken kreisten um Ben und um Simeon, der sein Gedächtnis gelöscht hatte, weil er das, was passiert war, nicht ertragen konnte. Schon wieder wuchs dieses hässliche Gefühl in meinem Magen an, das ich schnell wegzuschieben versuchte - genau wie den Gedanken an Bens bevorstehende Hinrichtung, von der nun ständig berichtet wurde. Sie nannten es die *Dramatische Hinrichtung* und die Vergeltung des *schlimmsten Verbrechens* in der Sinnlichen Welt.

Trübsinnig starrte ich auf die knackende Eissäule, ertrug die Kälte, die von ihr ausging, und versuchte mir meine Hoffnung zu bewahren. Irgendwie musste es mir gelingen, Ben zu retten.

Auch wenn ich noch nicht wusste, wie, würde ich eine Möglichkeit finden. Ich atmete tief ein, als ich den intensiven Blick eines Mannes auf mir fühlte, den ich vorher noch nie gesehen hatte. Er stand auf der anderen

Seite der Eissäule und starrte aus seinen hellblauen Augen zu mir herüber. Er war ziemlich groß, hatte ein kantiges Gesicht und kurzgeschorene blonde Haare. Neben ihm stand ein dünner Wachsamkeitsträger mit kurzen, weißen Haaren und einer goldenen Brille – und er schaute ebenfalls zu mir herüber.

Da ich es mittlerweile gewohnt war, von den Trägern angestarrt zu werden, ignorierte ich die beiden. Ich hatte nicht vor, wegen dieser Blicke die Trauerfeier zu verlassen – ich wollte der Macht der Acht meine letzte Ehre erweisen, genau wie der Rest der Zeltstadt.

Als die Schweigestunde zu Ende war, ging ich in mein Schlafzelt. Ich musste etwas unternehmen, ich brauchte einen Plan. Vielleicht konnte ich Damien ausfindig machen und versuchen, mit Gewalt Informationen von ihm zu erhalten? Oder ich suchte das Orakel auf und hoffte, dass es mehr wusste?

Ich wünschte, Ben wäre hier, wünschte, ich hätte mit ihm über die Situation reden können. Ich öffnete Simeons Medaillon und blickte auf Bens Bild, blickte auf seine dunklen Augen und sein rebellisches Aussehen.

Ich vermisste ihn so unglaublich.

In diesem Moment wurde die Zeltplane zurückgeschlagen und ich starrte in Bens Gesicht. Er warf einen gehetzten Blick über die Schulter und war dann mit einem Schritt bei mir im Zelt.

„Ben", flüsterte ich ungläubig. „Wie ist das möglich? Wie bist du hierhergekommen?"

Er schüttelte nur den Kopf und kam auf mich zu. Es tat so gut, ihn zu sehen, und obwohl ich tausend Fragen hatte, schob ich sie für den Moment zur Seite. Ich wollte ihn einfach nur spüren und ihn nie wieder loslassen.

Seine Arme schlossen sich um meinen Körper und ich klammerte mich an ihm fest. Mit Tränen in den Augen vergrub ich mein Gesicht an seinem Hals und zuckte zurück. Irgendetwas stimmte nicht. Er roch ganz anders als sonst. In dem Moment legte er seine Hände auf meinen Hintern und begann meinen Po zu begrapschen. Gleichzeitig presste er seine Lippen auf meinen Hals und stöhnte leise. Sofort stieß ich ihn von mir weg.

„Wer bist du?", fauchte ich und meine Kriegsfähigkeit schoss wie glühende Hitze durch mich hindurch.

„Wie meinst du das? Ich bin es - Ben", sagte der Typ vor mir und leckte sich nervös über die Lippen. Dann hob er die Hand, um mir damit über die Wange zu streichen. Wütend schlug ich sie zur Seite.

„Lüg mich nicht an!"

„Serge?", ertönte im nächsten Moment eine männliche Stimme und dann wurde die Plane vor dem Zelteingang zur Seite geschlagen und der blonde Träger mit dem kantigen Gesicht, der mir schon bei der Eisfontäne aufgefallen war, trat in mein Zelt. Er blickte kurz zwischen mir und dem falschen Ben hin und her, bevor er einen saftigen Fluch ausstieß.

„Lass den Blödsinn, Serge", brummte er und machte einen drohenden Schritt auf ihn zu. In dem Moment war es, als würde eine unsichtbare Hand über das Äußere von Ben wischen. Seine Konturen zerflossen und innerhalb eines Wimpernschlages stand der dünne Wachsamkeitsträger von der Trauerfeier vor mir.

„Hey Mann, jetzt hab dich doch nicht so", schnaufte er. „Das war doch nur ein Spaß."

„Nur ein Spaß?", knurrte der blonde Ekelträger. „Versuch doch einfach einmal, kein Idiot zu sein."

„Sie sah so traurig aus. Ich wollte sie nur ein bisschen

aufmuntern", rechtfertigte sich Serge und holte ein Päckchen mit einem gelben Pulver aus der Tasche. Es war nur mehr ein winziger Rest darin und er seufzte unglücklich, bevor er die gelben Rückstände mit einem ekelhaften Geräusch durch die Nase hochzog. Dann leckte er das Tütchen aus.

„Du bist wirklich noch widerlicher, als ich dachte", sagte der Ekelträger und wandte sich dann mir zu. „Es tut mir leid, Lee, so wollten wir uns eigentlich nicht vorstellen. Aber Serge hat wahrscheinlich schon zu viel von dem gelben Zeug geschnupft, um noch klar denken zu können." Er warf einen tödlichen Blick zu Serge, der noch immer mit dem Tütchen beschäftigt war. „Mein Name ist übrigens Logan."

Ich blickte misstrauisch zwischen ihm und dem unsympathischen Wachsamkeitsträger hin und her.

„Was willst du?", fragte ich forsch.

„Wir waren mit Ben bei der Buchsuchtruppe", erklärte er.

Ich runzelte die Stirn. „Dann seid ihr die beiden, die in den Katakomben des Schreckens verschollen waren", schlussfolgerte ich.

Logan nickte, während Serge schnaubte. „Oh ja, und es war beileibe kein Vergnügen. Diese bescheuerten Katakomben haben ihren Namen mehr als verdient."

„Wir sind gerade erst zurückgekommen", erklärte Logan weiter. „Es war nicht leicht, aus den Katakomben zu entkommen. Aber es war auch nicht leicht, von Bens Festnahme zu hören."

„Schlimm, schlimm", pflichtete Serge Logan bei, sah aber gar nicht so aus, als fände er die Situation irgendwie irritierend. Der dünne Wachsamkeitsträger blickte sich in dem kleinen Schlafzelt um und schenkte sich ein Glas

Wasser ein.

„Hat Colloss euch geschickt?", fragte ich und überlegte, welche Absicht die beiden verfolgten. Was wollten sie von mir?

Logan schüttelte nur den Kopf. „Wir sind aus freien Stücken hier", sagte er.

„Also ich nicht", murmelte Serge.

„Du bist nur hier, weil sich deine Fähigkeit noch als nützlich erweisen wird", antwortete Logan. „Viel Auswahl haben wir ja nicht."

„Also bitte. Auch ich habe eine verletzliche Seite", murrte Serge. „Du könntest ruhig netter zu mir sein."

„Gerne – sobald du weniger der Idiot bist, der du bist", konterte Logan und wandte sich dann wieder mir zu. Dabei fanden seine hellblauen Augen die meinen und fixierten mich. „Und jetzt lasst uns loslegen und an einem verdammt guten Plan feilen – denn wenn wir Ben retten wollen, werden wir einen brauchen."

***

Dank Logan hatten wir schnell die Sachen zusammen, die wir für unsere Rettungsaktion benötigten. Der Plan war riskant, aber wir hatten keine andere Option. Ich hatte die verschiedenen Varianten durchdacht, hatte uns unterschiedliche Rollen zugeteilt und hoffte, dass wir nicht zum Äußersten gehen mussten. Auch so war unser Vorhaben mehr als gefährlich – aber wir mussten uns darauf einlassen, wenn wir Ben vor der Hinrichtung bewahren wollten.

Und ich hatte nicht vor, ihn sterben zu lassen.

Nachdem Serge jedoch immer mehr Zweifel an seiner Mittäterschaft hatte und sein Preis in die Höhe schoss, mussten Logan und ich uns noch einmal auf den Weg machen, um etwas zu besorgen. Etwas, das nicht leicht zu bekommen war – uns aber Serges Mithilfe sicherte. Und so sehr es mir auch widerstrebte, brauchten wir Serge, damit unser Plan aufging.

Myrtes Haus lag geschützt zwischen den mächtigen, gelben Stämmen mehrerer Wach-Bäume und sah genau so aus, wie ich es mir vorgestellt hatte. Die Naturverbundene hatte ihre Fähigkeit dazu genutzt, um aus den Pflanzen der Umgebung eine natürliche Behausung zu formen. Die Wurzeln der Wach-Bäume erhoben sich aus der Erde und verflochten sich zu einem kuppelförmigen Gebäude. Die Zwischenräume wurden von fleischigen, grünen Kletterpflanzen ausgefüllt, die sich um die ganze Behausung rankten und die Mauern sowie das Dach wasserfest abschlossen.

Das Haus war über und über mit Blüten in den Farben meines Landes bedeckt. Die sonnengelben Blumen verströmten einen zarten Duft, der mich an Zitrusöl erinnerte. Automatisch entfachten sich die Linien auf meiner Wange und meine Wachsamkeit nahm zu.

„Nett", bemerkte Logan, der neben mir stehen geblieben war. „Nun können wir nur noch hoffen, dass auch sie nett ist."

„Ja, hoffentlich", sagte ich, wobei ich es nicht so recht glauben wollte.

„Dann lass uns mal anklopfen", erklärte Logan und machte ein paar Schritte auf das Haus zu, das im Schutz der Waldgrenze errichtet worden war. Kaum hatte er sich dem Bau auf weniger als dreißig Schritte genähert, begannen die Wach-Bäume mit ihren Blättern zu rauschen und die Blüten der Blumen auf dem Dach wechselten ihre Farbe in ein leuchtendes Signalrot. Gleichzeitig stieg mir ein entsetzlicher Geruch in die Nase, der in mir den Wunsch weckte, mich umzudrehen und davonzulaufen.

„Sind wir hier in meinem oder in deinem Land?", rief Logan und hielt sich den Unterarm vor die Nase.

„Das muss eine Abwehrreaktion der Blüten sein", schnaufte ich und fühlte meine Kriegsfähigkeit erwachen. Doch so sehr ich meine neue Fähigkeit schätzte, konnte sie uns doch nicht gegen diesen Geruch helfen.

„Wir kommen in Freundschaft", rief ich und hoffte, dass die Naturverbundene überhaupt zu Hause war. „Und wir würden dir gerne ein Geschenk machen", fügte ich rasch hinzu, weil ich das Gefühl hatte, mit jeder weiteren Sekunde schwächer zu werden.

„Was für ein Geschenk?", drang eine dunkle Frauenstimme nach draußen. Sie klang nicht besonders freundlich und meine Zuversicht sank.

„Das würden wir lieber drinnen mit dir besprechen", gab ich tapfer zurück. Inzwischen taumelte ich. Es war, als würde mir der Gestank jegliche Kraft entziehen. Die Wach-Bäume raschelten noch immer bedrohlich mit ihren Blättern und die knallroten Blüten auf der Behausung zitterten erregt mit ihren Köpfen. Als wäre das nicht schon genug, begannen nun auch noch die Kletterpflanzen zu wachsen und sich langsam in unsere Richtung zu ranken. Sie schlängelten sich vom Dach der Behausung hinunter auf den grasbewachsenen Boden und von dort aus beständig auf uns zu. Es sah aus, als würden dicke, grüne Schlangen auf dem Weg zu uns sein.

„Wir sind außerdem verletzt und brauchen Hilfe", rief Logan in dem Moment und ich warf ihm einen irritierten

Blick zu. Meines Wissens hatte er sich nicht verletzt, aber vielleicht hatte er etwas von der Naturverbundenen vernommen, das ihn zu dieser Aussage bewog. Logans Kriegsfähigkeit war bemerkenswert und ein wenig beneidete ich ihn darum, Gedanken lesen zu können.

Und tatsächlich flaute nach weiteren fünf Sekunden der fürchterliche Blütengestank ab und die elastische Rankentür der Behausung schwang auf.

„Dann kommt herein", hörte ich Myrtes mürrische Stimme. „Aber tretet mir nicht auf meine Pflanzen."

Nacheinander betraten Logan und ich das Haus der gelben Trägerin.

„Wo seid ihr verletzt?", fragte Myrte und fixierte uns auf eine Weise, die mich unruhig machte.

„Meine Augen brennen wie Feuer", erwiderte Logan schnell. „Ich denke, ich bin die Sonne im Wachsamkeitsland nicht gewohnt. Normalerweise halte ich mich mehr im Sumpfland auf."

Sie verzog mürrisch den Mund, wandte sich aber um und ging zu einer Kochnische in dem kuppelförmigen Bau. Das Haus der Naturverbundenen bestand nur aus einem großen Raum, in dem sie offenbar wohnte, kochte und schlief. Ein angenehmes, leicht grünliches Licht fiel durch die Decke ins Innere der Behausung und es roch nach Kräutern und Blumen. Die Trägerin selbst gab mir Rätsel auf. Sie war mittelgroß, nicht richtig schlank, aber auch nicht dick, und trug ihre Haare unter einem grünen Kopftuch verborgen. Ihre ockerfarbenen Augen schienen direkt in mein Innerstes zu blicken, sodass ich im ersten Moment davon ausging, einer älteren Sinnträgerin gegenüberzustehen. Doch ihre Haut spannte sich absolut faltenfrei über ihr Gesicht und gab ihr ein altersloses

Aussehen.

„Ich kann dir einen Sud aus Gelbknollenzehen zubereiten", sagte Myrte zu Logan. „Er wirkt schmerzlindernd, egal, um welche Wehwehchen es sich handelt."

„Das wäre sehr freundlich von dir", erwiderte Logan und schloss die Augen, als ob sie ihm wirklich wehtäten.

„Und was ist mit dir?", fragte mich die gelbe Trägerin harsch.

„Ich brauche keinen Gelbknollenzehensud, vielen Dank."

„Deswegen frage ich auch nicht. Du sagtest, du hättest ein Geschenk für mich."

Ich leckte mir über die Lippen. „Richtig. Genau genommen ist es ein Angebot."

Ihre Mundwinkel wanderten nach unten und sie sah mich so verkniffen an, dass ich schon bereute, auf diese Weise in das Gespräch eingestiegen zu sein. Doch jetzt konnte ich nicht mehr zurück. Abgesehen davon war Bens *Dramatische Hinrichtung* für morgen anberaumt und uns fehlte schlicht die Zeit, lange um den heißen Brei herumzureden.

„Wir haben gehört, dass in deinem Garten wilde Wachsamkeitsblumen wachsen", sagte ich deshalb ruhig und dachte an das Pulver, das man daraus herstellen konnte. Das Pulver, das nicht nur höchst illegal war, sondern nach dem Serge auch unendlich süchtig war. Und da es zu Kriegszeiten fast unmöglich zu beschaffen war, hatte er einen neuen Vorrat verlangt, um uns bei Bens Rettung zu helfen.

„Diese Blumen benötigen wir, um einen Freund zu retten. Wir haben Geld und wir können dich gut bezahlen." Ich war bereit, alle Blätter herzugeben, die ich noch hatte.

„In meinem Garten wachsen keine wilden Wachsamkeitsblumen", unterbrach sie mich unfreundlich.

Ich wechselte einen kurzen Blick mit Logan, der ganz leicht den Kopf schüttelte. Myrte log.

„Es geht um Leben und Tod", versuchte ich es auf andere Weise. „Wenn du einen Wunsch hast, irgendeinen, dann sag ihn mir. Ich würde alles in meiner Macht Stehende tun, um ihn dir zu erfüllen. Aber wir brauchen diese Blumen, wir brauchen sie unbedingt." Flehend blickte ich ihr in die ockergelben Augen.

„Ich sagte schon: Ich. Habe. Keine. Illegalen. Pflanzen. In. Meinem. Garten", erwiderte sie und sprach dabei jedes einzelne Wort besonders deutlich aus. „Wie oft soll ich es noch sagen, Wächterin?"

„Lee ist nicht in ihrer Funktion als Wächterin hier", mischte sich Logan ein. „Wir benötigen deine Hilfe, und wir benötigen sie rasch."

„Ich sagte nein", zischte die Trägerin und ich bemerkte eine Bewegung unter ihrem grünen Kopftuch.

„Logan", murmelte ich warnend und machte einen Schritt zurück.

„Ich sehe es", kommentierte er ruhig.

„Ich weiß, du hast schon viel Schlechtes erlebt", sprach er dann leise weiter. „Träger aller Sinne sind zu dir gekommen und haben sich aus Gier oder in Folge ihrer Süchte an deinen Pflanzen bedient. Sie haben deine Setzlinge zertreten und deinen Garten verwüstet. Sie haben dir genommen, was ihnen nicht zustand." Schmerz huschte über das Gesicht der gelben Trägerin und die Bewegungen unter ihrem grünen Kopftuch wurden heftiger. „Aber wir sind nicht so", sprach Logan beschwörend auf sie ein. „Wir bitten dich nur um ein paar deiner Blumen, damit wir einem unschuldigen Freund das Leben retten können. Unsere Absichten sind gut."

„Das interessiert mich nicht!", gab sie heftig zurück. „Mir wurde zu viel genommen, ich habe kein Interesse an dem, was ihr mir zu bieten habt! Ich möchte hier einfach nur in Ruhe mit meinen schweigsamen Freunden leben und nicht gestört werden. Ihr bekommt keine einzige meiner Blumen, denn sie euch zu geben würde bedeuten, *ihnen* das Leben zu nehmen!"

Sie schleuderte uns ihre Worte mit so viel Inbrunst und Überzeugung entgegen, dass es mir den Brustkorb zusammenschnürte. Mein Instinkt sagte mir, dass wir nichts mehr tun konnten, um ihre Meinung zu ändern, und ich warf Logan einen fragenden Blick zu. Er hatte die Stirn in Falten gelegt und schien konzentriert ihren Gedanken zu lauschen. Schließlich senkte er den Kopf und diese Geste sagte mir alles, was ich wissen musste.

„Hier ist dein Gelbknollenzehensud", sagte Myrte und knallte Logan eine Holzschale mit einer trüben Flüssigkeit auf den Tisch. „Nimm ihn für deine Augen und dann verschwindet von hier."

„Das können wir leider nicht", erwiderte ich ruhig. Ich hasste mich für das, was ich jetzt tun musste, aber ich hatte keine andere Wahl. Es ging um Bens Leben. „Es tut mir leid", sagte ich und Myrtes ockerfarbene Augen weiteten sich. „Die ach so hehre Wächterin und ihr Begleiter haben also entschieden, sich über meine Wünsche hinwegzusetzen", flüsterte sie verbittert. „Nichts anderes habe ich erwartet. Ich weiß doch, wie ihr Sinnträger seid."

Mit diesen Worten riss sie sich das grüne Kopftuch herunter und ich keuchte erschrocken auf, als sich eine ganze Horde fleischfressender Pflanzenköpfe in unsere Richtung wandte. Die Knospen mit den messerscharfen Zähnen saßen auf langen, schlanken Trieben, die direkt aus ihrem Kopf herauswuchsen.

„Lauf in den Garten und hol die Blumen!", rief ich Logan zu und aktivierte meine Kriegsfähigkeit, um mich mit allen herumliegenden Gegenständen zu verbinden. Das Bett, der Tisch und die Stühle waren leider direkt aus den Wurzeln der Bäume geformt und mit dem Haus verwachsen, doch die Töpfe und Teller waren es nicht. Ich setzte meine ganze mentale Kraft ein, um Myrte mit diesen Alltagsgegenständen an der Wand festzunageln, während Logan durch eine Hintertür in den rückseitigen Garten lief, um die Blumen zu holen.

Währenddessen kreischte die Naturverbundene wie eine Wahnsinnige und die grünen Pflanzenhälse schnappten gierig in meine Richtung. „Das werdet ihr büßen!", spie mir Myrte entgegen. Ihre Gesichtszüge änderten sich nun im Sekundentakt und sie war außer sich vor Zorn. „*Du und dein Geliebter, ihr werdet nur Leid erfahren. Leid wird euch auf jedem eurer Schritte begleiten. Nirgends werdet ihr sicher sein. Niemand wird euch Schutz bieten und ihr werdet heimatlos und verloren durch die Welt ziehen, bis ihr schließlich -*"

„Genug!", rief Logan von der Hintertür und kam mit schnellen Schritten zu mir. „Ich hab die Blumen. Lass uns gehen."

„Ja, geht nur!", schrie die Naturverbundene mit überschnappender Stimme. „Geht und kommt nie mehr zurück! Wagt es ja nicht, euch noch einmal bei mir blicken zu lassen!"

Es war kein normaler Rückzug, den wir antraten, es war eine Flucht. Logan hatte bis auf eine einzige Blume alle wilden Wachsamkeitsblumen aus dem Garten der Naturverbundenen gerissen und in einen schwarzen Beutel gestopft. Nun rannten wir gemeinsam über die weite Steppe, nur weg von dem Haus der gelben Trägerin, und mein schlechtes Gewissen zehrte an mir. Ich hatte nicht nur das Gesetz gebrochen, ich hatte auch eine unschuldige Trägerin beraubt. Aber auch wenn es nicht richtig war, tat ich es für Ben.

„Ich denke, wir sind jetzt weit genug entfernt", bemerkte Logan und blieb stehen.

Ich nickte. „Ich werde versuchen, einen ungefährlichen Wasserweg in das Angstland zu finden", sagte ich. „Bist du bereit?"

Logan zögerte einen Moment und fuhr sich dann über sein kantiges Gesicht. „Klar."

„Gut." Ich zog eine Flasche mit Wasser aus meinem Beutel. „Halt dich gut an mir fest. Und falls du die Gedanken irgendwelcher Totaa abfängst, lass es mich sofort wissen, okay?"

***

Der nächste Morgen brach mit einer lilafarbenen Wolkendecke an. Trotz der aktuellen Kriegslage und dem Verlust der Macht der Acht waren erstaunlich viele Sinnträger erschienen. Oder vielleicht lag es gerade am Verlust der Gestalter, dass so viele gekommen waren, um zuzusehen, wie der vermeintliche Mörder selbst sein Leben verlor.

Die erwartungsvolle Spannung der Menge war unerträglich. In der Mitte des Platzes hatten sie einen Galgen mit einem brennenden Seil aufgebaut, dessen violette Flammen magisch knisterten, und ich musste an die Bilder zurückdenken, die der ekelhafte Trauerträger mir in den Kopf gesetzt hatte.

Serge, Logan und ich trugen violette Kapuzenumhänge, wie sie auch von vielen Angstträgern verwendet wurden. Seit wir auf dem Platz angekommen waren, dröhnten die Exekutionstrommeln in einem schrecklichen Rhythmus. Mein Herz schlug im gleichen Takt und ich versuchte mich auf meinen Sinn zu konzentrieren und meine Angst um Ben zurückzudrängen. Doch es wollte und wollte mir nicht gelingen.

„Willkommen im Land der Angst. Willkommen in meiner Heimat. Willkommen bei dieser *Dramatischen Hinrichtung!*", rief Damien in diesem Moment enthusiastisch und ich zuckte zusammen. Er nutzte diese Veranstaltung, um sich zu profilieren. „Wir haben uns heute hier versammelt, um den miesesten Verräter seit Kabos Schreckensherrschaft seinem gerechten Schicksal zuzuführen!"

Die Leute jubelten und einige begannen „Tod! Tod! Tod!" zu brüllen. Ihre Rufe wurden von den Felswänden der angrenzenden Bergkette zurückgeworfen und ich fühlte bei ihrem Geschrei einen unbändigen Hass in mir aufsteigen.

„Mach dich bereit", sagte Logan leise zu Serge.

„Auf was hab ich mich da nur eingelassen", brummte der Wachsamkeitsträger und drängte sich dann durch die Menge in die Nähe des Galgens. Damien sprach in der Zwischenzeit weiter und ich stellte mich auf die Zehenspitzen, um einen Blick auf Ben zu erhaschen.

Er stand gefesselt neben Colloss und wirkte erschöpft, aber nicht gebrochen. Dennoch schien er sein Schicksal akzeptiert zu haben. Colloss' Gesichtsausdruck triefte vor Selbstzufriedenheit und ich wollte mir nicht ausmalen, was sie Ben alles angetan hatten. Verzweifelt versuchte ich Augenkontakt herzustellen, aber Bens Blick war komplett in sich gekehrt.

Erst als Damien seine Rede beendet hatte und die Menge jubelte und grölte, schien Ben wieder zu sich zu kommen. Colloss versetzte ihm einen Stoß in den Rücken und er stolperte nach vorn. Die Leute lachten, als sie das sahen, und einige bespuckten und beschimpften ihn.

„Keine Sorge", flüsterte Logan neben mir, während sich mein ganzer Körper anspannte. „Alles wird gut." Er drückte kurz meine Hand und näherte sich dann mit der Tarndecke im Arm der Prozession.

Inzwischen trennten Ben nur noch wenige Schritte von den Stufen des Galgens. Das Schlagen der Trommeln wurde immer schneller und ich sah, wie Colloss ihm noch einen Stoß versetzte, der ihn auf die Knie fallen ließ. Meine Kriegsfähigkeit rauschte durch mich hindurch und es kostete mich meine ganze Selbstbeherrschung, sie nicht gegen den sadistischen Beschützer einzusetzen. Allerdings hätte es den Plan zunichtegemacht, und ich klammerte mich daran fest, dass der Plan gut war. Mühevoll kam Ben wieder auf die Beine. Ein Windstoß rauschte über den Platz und ich sah, dass er die Stufen zum Galgen schon fast erreicht hatte.

Logan hielt sich in der Nähe bereit, aber wo blieb Serge? Wieso ließ er sich so lange Zeit? Unruhig versuchte ich den Wachsamkeitsträger in der Menge auszumachen und entdeckte ihn endlich zwei Schritte hinter Ben. Er griff unter seinen Umhang und im nächsten Moment ertönte ein lauter Knall, als er die vorbereitete Rauchbombe zündete.

Ich betete, dass Serge seine Gestalt schnell genug ändern konnte und Logan nah genug an Ben herangekommen war, um die Tarndecke über ihn zu werfen. Wenn der Plan jetzt nicht funktionierte, würde ich meine Kriegsfähigkeit einsetzen müssen und mich auf einen offenen Kampf mit ihnen einlassen, um Ben hier rauszubekommen.

Kurzer Tumult entstand und zwei bange Sekunden später atmete ich auf.

„Alles in Ordnung!", brüllte Colloss, als der Rauch sich wieder lichtete. „Wir haben ihn! Er ist nicht entkommen!" Er packte Serge am Nacken und stieß ihn die Treppe zum Galgen hinauf. Für alle anderen sah es so aus, als ob es sich dabei um Ben handelte, doch ich erkannte den Gestaltwandler an dem genervten Blick, den er mir zuwarf.

Langsam begann ich mich zu entspannen. Bisher schien alles gutzugehen. Logan hatte die Geheimtür in der Felswand am Rande des Platzes erreicht und ich lenkte meine Schritte ebenfalls dorthin. Die Trommeln schlugen immer schneller und ich wusste, dass es nicht ewig dauern würde, bis Serge seine Tarnung fallen lassen musste, um nicht wirklich an Bens Stelle hingerichtet zu werden.

Je intensiver der Rhythmus der Trommeln wurde, desto rascher lief auch ich, und dann hatte ich endlich die Geheimtür erreicht und schlüpfte in die höhlenartige Kammer. Auf dem Weg hierher hatten sich einige Sinnträger nach mir umgedreht und ich fürchtete, dass ihnen mein Verhalten vielleicht seltsam vorkam.

„Wo ist er?", fragte ich Logan und konnte nicht verhindern, dass meine Stimme ängstlich und atemlos klang.

„Hier", hörte ich seine raue Antwort und in dem Moment hatte ich das Gefühl, es keine Sekunde länger ohne ihn aushalten zu können. Hastig tastete ich nach seinem Körper und bekam einen Zipfel von der Tarndecke zu fassen, die ich mit einem Ruck herunterriss.

Plötzlich hatte ich Angst. Angst, dass es sich nicht wirklich um Ben handelte, Angst, dass es nur ein Trick von Serge gewesen war. Die schreckliche Angst des violetten Landes hatte mich fest im Griff. Doch ein Blick in seine dunklen Augen wischte das alles fort.

Niemand außer ihm hätte mich so ansehen können.

Ich spürte Tränen aufsteigen und schlang spontan meine Arme um seinen Hals und verbarg mein Gesicht an seiner Brust. Ich wollte nicht weinen, wollte nicht schwach sein, doch als ich seinen vertrauten Geruch einatmete, begann mein ganzer Körper vor Erleichterung zu zittern. Ich konnte nichts dagegen tun.

Am Rande bekam ich mit, dass Logan Bens Fesseln durchtrennte, und dann fühlte ich seine Hände auf meinem Körper und stellte mich auf die Zehenspitzen, um ihn zu küssen. „Ich dachte, ich hätte dich verloren", flüsterte ich.

„Dafür haben wir keine Zeit. Wir müssen uns beeilen", bemerkte Logan und ich nickte. Schnell zog ich einen dunkelvioletten Kapuzenumhang aus meiner Tasche und gab ihn Ben.

„Folgt mir", sagte Logan und verschwand geduckt hinter einem lilafarbenen Teppich der Höhle. Ben und ich huschten hinterher und dann verstummten die Trommeln vor der Höhle und die Menge auf dem Hinrichtungsplatz schrie laut auf. Serge musste seine wahre Gestalt gezeigt haben, uns blieb also nicht mehr viel Zeit.

***

„Und wie geht es jetzt weiter?", fragte Ben, als wir nach unserer Flucht durch die Tunnel endlich eine sichere Höhle erreicht hatten, wo Logan und ich ihn auf den neuesten Stand gebracht hatten. „Sucht jetzt nicht die ganze verdammte Sinnliche Welt nach mir?", fuhr er bitter fort.

Ich senkte den Kopf. „Ja. Das wird sie tun."

„Deshalb", ergänzte Logan, „bringe ich euch an einen Ort, wo euch niemand finden wird."

„Und was für ein Ort ist das?", fragte Ben misstrauisch.

Logan stand auf und klopfte sich den Staub von seinem Anzug.

„Ein Ort, an dem sich der Abschaum der Gesellschaft befindet. Ein Ort, an den die Gestalter auch meine Kassandra verbannt haben, nur weil sie eine Erinnerungsvampirin der Stufe Drei ist." Er machte eine kurze Pause. „Wir gehen in die Schattige Unterwelt."

IM LICHTE GEBOREN, ZUM SCHATTEN ERKOREN
BEWEGT SICH IM SCHEIN, GEFANGEN IM STEIN
VERSKLAVT UND GEZÄHMT, VON INNEN
GELÄHMT

DOCH NICHTS WÄHRET EWIG
IM DUNKLEN REICH

AUCH STEINE ZERBRECHEN
UND TRÄGER VERWESEN
DIE SCHATTEN DANN RÄCHEN
WAS EINST GEWESEN

DIE SCHATTEN, SIE RÄCHEN
UND WERDEN GENESEN

Quelle: Inschrift über dem geheimen Eingang
zur Schattigen Unterwelt

Kapitel 4

Der Weg in die Schattige Unterwelt war lang. Logan brachte uns zu einer Treppe, die tief in den Berg führte, und ich hatte das Gefühl, noch nie in meinem Leben so viele Stufen hinabgestiegen zu sein.

Die Luft wurde zuerst immer kälter, um dann wieder wärmer zu werden, und ich fragte mich, ob das daran lag, dass wir uns dem Erdmittelpunkt der Sinnlichen Welt näherten.

Meine brennenden Wachsamkeitslinien waren die einzige Lichtquelle, die uns zur Verfügung stand, und irgendwann hatten wir tatsächlich die letzte Stufe erreicht und schritten durch einen langen Tunnel auf einen gezackten Durchgang zu, aus dem silbrig-grauer Dunst quoll.

„Hier ist es", sagte Logan leise und blieb etwa zwei Meter vor dem scharfkantigen Torbogen stehen. Der Eingang zur Schattigen Unterwelt sah nicht gerade gastfreundlich aus und ich fühlte, wie mein Herz automatisch schneller schlug. Konzentriert trat ich neben ihn und meine Gesichtszeichnung leuchtete auf, als ich eine seltsame Steinformation erblickte, die wie Stalaktiten aus der Höhlendecke nach unten ragte. Im Schein meines Wachsamkeitslichts erkannte ich, dass es sich dabei um steinerne Buchstaben handelte, die eine Schattenschrift auf den Felsen über dem Eingang warfen. Es war eine Inschrift über versklavte und rachsüchtige Schatten, bei der mir ein Schauer über die Haut lief.

„Und jetzt?", fragte Ben und betrachtete den silbrigen

Dunst, der aus dem gezackten Torbogen quoll. „Gehen wir jetzt rein?"

„Nein", sagte Logan. „Wir warten."

„Und worauf?", fragte ich.

„Auf uns", erwiderte eine dunkle Frauenstimme und dann trat eine Sinnträgerin mit glänzenden kastanienroten Haaren aus dem Nebel des schwarzen Torbogens. Begleitet wurde sie von zwei weiteren Trägern, die alle eine außergewöhnlich blasse Haut hatten und schwarze, fließende Gewänder trugen.

„Kassandra", stieß Logan sehnsüchtig hervor und machte einen Schritt auf die Frau mit dem kastanienroten Haar zu. Ihre Finger fanden einander und er legte behutsam seine Stirn an ihre.

„Geliebter", erwiderte Kassandra leise und blickte mit schimmernden Augen zu ihm hoch. „Ich habe …"

„Ich weiß", unterbrach er sie sanft und strich mit dem Daumen über ihre Wange.

Sie zog lächelnd eine Augenbraue hoch. „Ich bin mir nicht sicher, ob ich deine neue Kriegsfähigkeit mag."

„Ich denke, so sind wir endlich quitt", gab er trocken zurück und ihr Lächeln vertiefte sich.

„Alexia, Kristoff, kümmert euch um die beiden anderen", sagte Kassandra nun und ihr Ton ließ keinen Zweifel aufkommen, dass sie hier die Befehle gab. Dann legte sie ihre Hände auf Logans Gesicht und zog seinen Kopf zu sich herunter.

„Du weißt, was jetzt kommt", flüsterte sie.

„Ich habe seit so vielen Mondläufen darauf gewartet", gab er rau zurück und ihre Lippen verschmolzen zu einem leidenschaftlichen Kuss.

Ich hätte sie vielleicht nicht so anstarren sollen, aber es war das erste Mal, dass ich eine Erinnerungsvampirin in Aktion erlebte. Sie schloss die hellgrünen Augen und als sie sie wieder öffnete, waren sie komplett schwarz geworden. Es sah aus, als hätten sich ihre Pupillen über das gesamte Auge ausgedehnt, und in ihnen sah ich die Spiegelungen der Erinnerungen, die sie Logan nahm. Es waren Erinnerungen an unseren Weg in die Schattige Unterwelt.

„Guten Abend. Ich bin Kristoff", sagte der männliche Erinnerungsvampir in diesem Moment und glitt auf mich zu. Er hatte tiefschwarzes Haar und seltsam rötlich funkelnde Augen. Wie bei Kassandra und der zweiten Vampirin namens Alexia war seine Haut leichenblass – wahrscheinlich eine Begleiterscheinung seines Lebens unter der Erde.

„Hallo. Ich heiße Lee", sagte ich und merkte, wie Ben sich neben mich stellte. Seine ganze Körperhaltung drückte aus, dass er Kristoff nicht leiden konnte.

„Ich werde dir nun deine Erinnerung an den Weg zum Eingang unseres Reiches nehmen", erklärte Kristoff mit ausgesuchter Höflichkeit und ich schluckte kurz.

„Ist das wirklich notwendig?", fragte Ben hart und ich konnte verstehen, dass ihm die Sache missfiel. Die Anwesenheit von drei Erinnerungsvampiren ließ die Erlebnisse mit Viktor wieder präsent werden und ich wünschte ebenfalls, wir müssten uns dieser Prozedur nicht unterziehen.

„Es gibt leider keine andere Möglichkeit", antwortete Kassandra an Kristoffs Stelle. Sie hatte den Kuss mit Logan beendet und ihre Augen sahen wieder normal aus. „Gewöhnlichen Sinnträgern ist der Aufenthalt in der Schattigen Unterwelt nur unter der Voraussetzung gestattet, dass sie ihre Kenntnis über den Weg, der in unser Reich führt, aufgeben. Ein kleiner Tribut im

Austausch für die Erlaubnis, sich bei uns aufhalten zu dürfen. Für manche ist dies die Erfüllung ihrer sehnlichsten Wünsche."

Ich sah, dass Ben eine sarkastische Erwiderung auf der Zunge lag, und griff schnell nach seiner Hand.

„Darf ich?", fragte die Vampirin mit dem Namen Alexia nun schüchtern und stellte sich vor Ben. Sie hatte mitternachtsblaue Augen, die von langen Wimpern umrahmt wurden, und war etwas kleiner als ich. Über den Haaren trug sie einen Schleier aus schwarzer Spitze, der sich auch an den Abschlüssen ihres figurbetonten, schwarzen Kleides wiederfand. Ihre leichenblasse Haut rötete sich ein wenig, als sie zu Ben hochblickte, der noch unschlüssig zu sein schien, ob er wirklich wollte, dass Kristoff mich und Alexia ihn küsste. Allerdings schien ihm die andere Alternative noch weniger zuzusagen, denn er nickte knapp. Alexia stellte sich auf die Zehnspitzen und legte ihre vollen Lippen auf seine. Augenblicklich wurden auch ihre Augen völlig schwarz und ich sah in der Spiegelung darin Bens letzte Stunden von ihr aufgesaugt werden.

Eine starke Hitze auf meiner Haut lenkte mich ab.

„Verzeihung", sagte Kristoff. „Ein Geburtsfehler, mein brennender Blick. Noch ein Grund mehr, hier unten Zuflucht zu suchen."

„Schon gut", sagte ich schnell, weil es nicht richtig wehgetan hatte.

„Erlaubst du nun, dass ich dich küsse?", fragte Kristoff sanft und seine rötlichen Augen glitten über meine Lippen. Er hatte ausgesprochen edle Gesichtszüge mit hohen Wangenknochen und ich dachte kurz, dass er ziemlich gut aussah. Wenn auch bei weitem nicht so gut wie Ben.

Stumm nickte ich auf seine Frage hin und er legte

seine schlanken Finger federleicht unter mein Kinn. Dabei strich er langsam über meinen Hals, bevor er den Kopf beugte und seine Lippen gegen meine drückte.

Der Kuss war viel sanfter, als ich erwartet hatte, doch ich verspannte mich dennoch bei dem ersten Kontakt mit seiner Haut. Allerdings wäre das gar nicht notwendig gewesen. Seine Berührung blieb so zart, und alles, was ich spürte, war ein leichtes, innerliches Zupfen. Unbewusst schloss ich die Augen – und als ich sie wieder aufschlug, war der Kuss zu Ende und ich hatte vergessen, auf welchem Weg wir hierhergekommen waren.

„Sehr gut", sagte Kassandra und lächelte uns mit ihren strahlend weißen Zähnen an.

„Dann tretet nun ein. Wir heißen euch willkommen."

***

Nacheinander traten wir durch den scharfzackigen Torbogen und es war ein seltsames Gefühl, den anderen in den silbrigen Dunst zu folgen. Ben hielt die ganze Zeit über meine Hand und ich war einfach nur froh, ihn an meiner Seite zu wissen.

Nach ein paar Schritten lichteten sich die Dunstschwaden und ich erkannte, dass wir uns in einem weiteren Tunnel befanden. Fahle Lichtsteine steckten in reichverzierten Steinhalterungen an den Wänden und warfen lange Schatten auf den Boden.

Es lag womöglich an meinem Sinn oder an der Inschrift auf dem dunklen Torbogen, aber ich hatte das Gefühl, dass die Schatten in dieser Höhle ihren eigenen Willen besaßen. Dem ersten Anschein nach folgten sie unseren Bewegungen, aber immer dann, wenn ich sie nur noch aus dem Augenwinkel wahrnahm, huschten sie zur Seite.

Unruhig versuchte ich sie im Blick zu behalten, doch sie waren schneller als ich.

„Vorsicht", raunte Kristoff in mein Ohr. „Hör auf, die Schatten zu verfolgen."

„Wieso?", fragte ich und mein Wachsamkeitslicht flackerte hell auf.

„Das provoziert sie", erklärte Kassandra über die Schulter, die mit anmutigen Schritten vorausging. „Die Schattige Unterwelt hat ihren Namen von den Schatten, die hier hausen. Wir haben uns ihre natürliche Magie zunutze gemacht, aber es erfordert viel Durchhaltevermögen und Geduld, bis man einen Schatten unterworfen hat. Der Legende nach hat es hier schon Schatten gegeben, noch bevor die ersten Sinnträger in der Sinnlichen Welt erschienen sind."

„Und wie kann es Schatten in einem Berg geben, in dem es normalerweise stockdunkel ist?", fragte Ben skeptisch. Im selben Moment hatte ich das Gefühl, als würde mir jemand mit dunklen Spinnweben über das Gesicht streichen, und ich musste mich wirklich sehr anstrengen, der Bewegung, die sich an den steinernen Wänden und auf dem Boden fortsetzte, keine Beachtung zu schenken.

„Es ranken sich viele Mythen um die Schatten", erwiderte Kassandra und warf einen kurzen Blick über die Schulter. Ihre kastanienroten Haare glänzten dabei im Schein der Lichtsteine. „Angeblich lebten die Schatten ursprünglich in einer Symbiose mit Wesen aus purem Licht. In manchen alten Schriften steht, dass es dann zu einem Krieg zwischen den Schatten und den Lichtwesen gekommen sei und die Schatten gewonnen hätten. Andere Überlieferungen behaupten, dass die Schatten im Schein der Lichtsteine geboren wurden, von denen die Berge früher durchzogen wurden. Erst durch den Raubbau der Sinnträger ist das Licht aus den Höhlen verschwunden. Fakt ist jedoch, dass die Schatten sich von zu viel Helligkeit provoziert fühlen. Deshalb kleiden wir uns in der Schattigen Unterwelt ausschließlich schwarz. Ansonsten könnte es leicht passieren, dass sie über dich herfallen und dich in ihre Dunkelheit ziehen. Und ein Leben als Schatten ist fürwahr kein schönes Schicksal."

Ich spürte Bens forschenden Blick auf mir und sah ihn von der Seite an.

„Was trägst du denn unter deinem Kapuzenumhang?", flüsterte er mir ins Ohr.

„Meinen Wasserperlenanzug", antwortete ich leise und wünschte, dass ich stattdessen den schwarzen Kampfanzug angezogen hätte.

„Das wird kein Problem sein", mischte sich Kristoff ein, der völlig lautlos zwei Schritte hinter uns ging. „Wir haben für jene, die mit dieser Regel noch nicht vertraut sind, eine Höhle mit adäquater Kleidung vorbereitet, bevor ihr in das Schattenreich eintretet."

„Ich dachte, wir sind schon in der Schattigen Unterwelt", gab Ben relativ unfreundlich zurück. Er konnte Kristoff tatsächlich nicht leiden, aber ich konnte nicht zuordnen, ob das nur an dem Kuss mit mir lag.

„Noch nicht ganz", antwortete Kassandra an Kristoffs Stelle und blieb vor einer glatten Felswand stehen, die den Tunnel zur Gänze abschloss, wodurch es so aussah, als hätten wir ein totes Ende erreicht. Sie hob den schlanken Arm und machte eine graziöse Bewegung mit der Hand, woraufhin Bewegung in den Stein kam. Ich sah dunkle Schemen darüber zischen und dann begann die Oberfläche der Felswand mit einem leisen Stöhnen auseinander zu gleiten, bis sich ein schmaler Durchgang gebildet hatte, von dem sich eine nachtschwarze Treppe noch tiefer in die Dunkelheit erstreckte. Vom unteren Ende wehte uns silbergrauer Dunst entgegen, der den Geruch von Feuchtigkeit und Wasser mit sich brachte. Kassandra bedeutete uns mit einer Handbewegung, voranzugehen, und ich setzte konzentriert einen Fuß vor den anderen, um auf der schmalen Treppe nicht den Halt zu verlieren.

Beleuchtet wurden die Stufen von den gleichen fahlen Lichtsteinen wie im oberen Tunnel und ich hatte den Eindruck, dass die Schatten hier noch viel schneller und auffälliger über den Stein huschten.

Ben befand sich direkt hinter mir und es tat gut, seinen vertrauten Geruch einzuatmen und seine Nähe zu spüren. Zwar wuchs mit jedem Schritt, den ich machte, mein Unbehagen, noch tiefer in die Erde hinabzusteigen, aber ich hielt mir vor Augen, dass wir hier in Sicherheit waren. Ich wollte nicht darüber nachdenken, wie es weiterging und wie lange wir uns hier unten verstecken mussten. Die Hauptsache war, dass Ben lebte. Er lebte und er war hier bei mir. Nach all den Gefahren, die wir schon überstanden hatten, und all den Missverständnissen, die uns beinah auseinandergebracht hätten, waren wir nun endlich wieder zusammen. Das war alles, was im Moment zählte, und ich war unglaublich dankbar dafür.

„Wie weit geht es hinunter?", fragte Ben hinter mir.

„Nicht mehr lange", antworteten Logan und Kassandra wie aus einem Mund.

Die Erinnerungsvampirin atmete tief ein. „Du musst dir wirklich abgewöhnen, dich in meinem Kopf rumzutreiben, Logan", murmelte sie dann und obwohl sie versuchte, streng zu klingen, hörte ich doch die Liebe aus ihren Worten.

„Ich treibe mich auch lieber in deinem Herzen als in deinen Gedanken herum", erwiderte Logan mit einem Schmunzeln. Ich lächelte in mich hinein. Es war schön, Logan so entspannt zu sehen, und ich war dem Träger für so vieles dankbar. Er hatte geholfen, Bens Leben zu retten, und das würde ich ihm nie vergessen.

„Macht euch bereit", sagte Kassandra in diesem Augenblick. „Wir haben die Grenze zur Schattenwelt beinah erreicht."

Der Geruch nach Feuchtigkeit wurde immer stärker und ich verlangsamte automatisch meine Schritte, als ich das untere Ende der Treppe erreichte. Der silbrige Dunst waberte hier um meine Knöchel, sodass ich meine Füße nicht mehr sehen konnte. Vor uns lag ein schmaler Durchlass, der von zwei magischen Fackeln rechts und links im Fels erhellt wurde. Das Feuer wechselte alle paar Herzschläge seine Farbe und die Schatten zuckten hier noch schneller und ungestümer über die Wände. Es wirkte schon beinah aggressiv und ich fragte mich, ob es daran lag, weil sie keine anderen Farben außer Schwarz mochten. Als mir ein Schatten direkt ins Gesicht fuhr, senkte ich rasch den Blick und zwang mich, die Bewegungen nicht weiter zu beachten. Dabei versuchte ich das ekelhafte Gefühl abzuschütteln, das mich bei der Berührung überkommen hatte. Es fühlte sich so an, als ob ich mit dem Gesicht direkt in ein riesiges Spinnennetz gelaufen wäre.

Schaudernd übertrat ich die Schwelle und fand mich auf einem breiten Felsvorsprung wieder, der eine unglaubliche Aussicht bot. Der Steinboden führte noch etwa zwanzig Schritte geradeaus weiter und endete dann an einer Kante, von wo aus man in eine gigantische Höhle blicken konnte, die so groß war, dass sie eine ganze Stadt hätte beherbergen können.

Und das tat sie auch.

Ich zog bei dem Anblick überwältigt die Luft ein. Vor uns lag ein Meer aus silbergrauem Dunst und in dessen Mitte erhob sich die Schattige Unterwelt wie ein Eiland aus dem Nebel. Es sah aus, als würde der schwarze Fels, auf dem die Stadt erbaut worden war, von den silbergrauen Wolken getragen werden, und tatsächlich bewegte sich das Fundament der Stadt ganz sachte, wie ein Floß, das auf einem ruhigen Gewässer schaukelte.

Nachtschwarze Türme mit nebelverhangenen Spitzen dominierten das Stadtbild und in der Mitte der Insel befand sich ein schlanker und anmutiger Palast, der alle anderen Gebäude deutlich überragte. Ich versuchte die gewaltige Größe der unterirdischen Kammer zu schätzen, doch es war mir nicht möglich, da die Ausläufer der Höhle im Nebel verschwanden. Sicher war jedenfalls, dass sie einen Durchmesser von mehreren Kilometern haben musste, und ich stand einfach nur da und versuchte den Anblick zu verarbeiten, der irgendwie schön und schrecklich zugleich war.

Alles hier schien von Dunkelheit und Magie durchdrungen zu sein, von alter Magie, die nichts mit den magischen Errungenschaften und Spielereien der Sinnträger auf der Oberfläche zu tun hatte. Hier zu sein fühlte sich gefährlich an und ich verstand, warum die Gestalter die Erinnerungsvampire in die Tiefen der Erde verbannt hatten. Irgendwie passten sie in diese Schattige Unterwelt, vielleicht weil sie genauso unkontrollierbar waren wie die Schatten selbst.

„Wow", murmelte Logan hinter mir, während ich auf meiner rechten Seite Ben spürte, der meine Hand nahm.

„Warst du noch nie hier?", fragte ich, weil es mich wunderte, dass Logan seine Geliebte nie zuvor besucht haben sollte.

„Doch", erklärte er mir mit einem leichten Lächeln, „aber ich musste die Erinnerung an meinen Aufenthalt leider zurücklassen."

„Du weißt, wie wichtig ihr das Gesetz ist", sagte Kassandra leise und stellte sich neben Logan. Er schlang den Arm um sie und küsste sie auf die Schläfe.

„Ich weiß", erwiderte er. „Und ich weiß es sehr zu schätzen, dass du mir bei unserem Abschied nicht *alle* Erinnerungen genommen hast." Sein neckender Tonfall brachte Kassandra dazu, ihm einen leichten Klaps zu versetzen.

„Ihr müsst jetzt eure violetten Umhänge ablegen", sagte sie dann. „Wir haben nur eine Möglichkeit, über das Nebelmeer in die Stadt zu gelangen – und dafür solltet ihr die Schatten möglichst nicht mit irgendwelchen Farben provozieren. Es wäre auch gut, wenn du es schaffst, deine Wachsamkeitslinien während der Überfahrt nicht zu entfachen", fügte sie an mich gewandt hinzu.

Ben und Logan entledigten sich ihrer Umhänge, unter denen sie ihre schwarzen Kampfanzüge trugen, und ich spürte einen Luftzug, als Kristoff hinter mir auftauchte.

„Wenn du es wünschst, kann ich dir bei der Auswahl eines adäquaten Kleidungsstückes behilflich sein", erbot er sich galant und neigte leicht den Kopf.

„Das kriegt sie sicher allein hin", knurrte Ben und seine zerrissene schwarze Zeichnung begann zu funkeln.

„Aber natürlich", entgegnete Kristoff höflich und trat einen winzigen Schritt zurück.

„Die Kammer mit den Kleidern findest du dort", sagte Kassandra und wies auf eine unscheinbare Öffnung im

Gestein, die sich ein paar Schritte neben dem Fuß der Treppe befand, von der wir gekommen waren.

„Ich zeige sie ihr", erbot sich Alexia mit gesenkten Lidern und griff nach den violetten Kapuzenumhängen der Männer, bevor sie in ihrem bodenlangen Kleid zu der Felsspalte ging. Ich folgte ihr über den mit Dunstschleiern verhangenen Boden und betrat nach der Erinnerungsvampirin die kleine Kammer. Sie war nur etwa drei mal drei Schritte groß und beherbergte nichts weiter als eine steinerne Truhe.

„In der Truhe findest du verschiedene Kleider. Eines davon wird dir sicher passen", sagte Alexia und warf die beiden violetten Umhänge hinein, bevor sie sich am Eingang postierte.

„Danke", sagte ich und bedachte sie mit einem kurzen Blick. Irgendetwas an der Erinnerungsvampirin war seltsam. Obwohl sie die Lider die meiste Zeit über gesenkt hielt, bemerkte ich, dass sie mich immer wieder aus den Augenwinkeln beobachtete.

„Woher stammen die Kleider?", fragte ich, um die drückende Stille zu unterbrechen, und öffnete den Deckel der Truhe.

„Sie stammen von jenen, die vor euch gekommen sind", gab Alexia emotionslos zur Antwort. „Wirf deinen Anzug in die Truhe und nimm dir dafür ein anderes Stück heraus. Wir geben und wir nehmen – das sind die Grundpfeiler unserer Gesellschaft."

Ich nickte, obwohl es mir im Herzen wehtat, mich von meinem Wasserperlenanzug zu trennen.

„Was passiert mit unserer Kleidung?", fragte ich, während ich meinen Wasserperlen befahl, sich von meiner Haut zu lösen und in die Truhe zu gleiten. Dabei fühlte ich den Blick der Erinnerungsvampirin in meinem

Rücken und war froh, noch den Kapuzenumhang zu tragen, um nicht komplett nackt vor ihr zu stehen.

„Die Truhe ist von Schattenmagie durchdrungen", antwortete sie nach einer kurzen Pause auf meine Frage. „Die eingeschlossenen Schatten überziehen die Kleidungsstücke mit Dunkelheit, bis sie schwarz geworden sind."

„Und wie lange dauert das?", fragte ich, da ich die Hoffnung hatte, meine Wasserperlen vielleicht doch noch wiederzusehen, sobald sie von den Schatten eingefärbt worden waren.

„Das ist unterschiedlich", sagte Alexia unverbindlich. Ihre Stimme war plötzlich näher als zuvor und ich fuhr herum. Sie hatte ihren Platz bei dem Höhleneingang verlassen und stand nun direkt hinter mir.

„Wie lange seid ihr schon zusammen?", fragte sie jetzt und ich brauchte einen Moment, um den abrupten Themenwechsel zu verarbeiten.

„Du meinst Ben und mich?", hakte ich stirnrunzelnd nach.

Sie legte den Kopf leicht schief und ich hatte den Eindruck, dass ihre mitternachtsblauen Augen einen Tick dunkler wurden.

„Ja", flüsterte sie. „Ich meine dich … und ihn." Ihre Stimme hatte einen sehnsüchtigen Klang und ich wich unwillkürlich einen Schritt zurück.

„Ich würde mich jetzt gerne umziehen, um die anderen nicht zu lange warten zu lassen", erwiderte ich mit fester Stimme.

„Ich habe Verlangen in seinen Augen gesehen. Vorhin, als er dich betrachtet hat", sagte sie, als hätte sie mich gar nicht gehört. Ihr Blick senkte sich auf meine Lippen. „Zu gerne würde ich von einer deiner Erinnerungen kosten …" Sie streckte den Arm nach mir aus und ihre Augen wurden tiefschwarz. „Ich möchte wissen, wie es sich anfühlt, von ihm begehrt zu werden."

„Alexia, stopp", erklang eine schneidende Stimme vom Eingang der Kammer. Alexia zuckte zusammen und ihre Augen wurden wieder normal.

„Du hast dich nicht im Griff", sprach Kassandra weiter und die rote Zeichnung auf ihrer linken Wange, die mich an eine Seerose erinnerte, glühte hell auf.

„Verzeih mir. Ich … ich war überwältigt …", flüsterte Alexia und senkte beschämt den Kopf.

Ich nahm ihr die Reue jedoch keine Sekunde ab.

„Nicht bei mir solltest du dich entschuldigen, sondern bei der Trägerin, der du Erinnerungen nehmen wolltest, ohne etwas dafür zu geben."

„Du hast recht", erwiderte Alexia und wandte sich mir zu. „Ich bitte dich in aller Form um Entschuldigung", erklärte sie ernst und blickte dabei zu Boden. Obwohl ihre Stimme aufrichtig klang, sagte mir mein Instinkt, dass sie die Worte nur aussprach, weil Kassandra darauf wartete.

„In Ordnung", erwiderte ich beherrscht. „Ich würde mich jetzt gerne umziehen. Allein."

„Selbstverständlich", antwortete Alexia und verließ augenblicklich die Kammer.

„Ich warte ebenfalls draußen", sagte Kassandra und ich nickte.

Als ich drei Minuten später zurück auf die Plattform trat, wünschte ich mir einmal mehr, ich hätte meinen schwarzen Kampfanzug dabeigehabt – denn dann wäre ich nicht gezwungen gewesen, *das hier* zu tragen.

Die Auswahl in der Truhe war für Frauen meiner

Größe und Statur wirklich bescheiden gewesen und ich hatte am Ende die Wahl gehabt zwischen einem extrem unpraktischen Kleid mit Reifrock und einer fünf Meter langen Schleppe aus Tüll oder einem Hauch von Nichts, das knapp unterhalb meines Hinterns endete. Als ich schon drauf und dran gewesen war, Kassandras Warnung in den Wind zu schlagen und das Risiko einzugehen, die Schatten mit meinem Wasserperlenanzug zu provozieren, hatte ich noch das Ding entdeckt, das ich jetzt trug. Es war eine Art Gymnastikanzug in Schlangenoptik und ich hatte den Verdacht, dass es einer Tänzerin gehört hatte, die in einem einschlägigen Etablissement gearbeitet haben musste.

Auf alle Fälle hatte es auf den ersten Blick besser ausgesehen als der Albtraum aus Tüll oder der Hauch von Nichts, doch jetzt war ich mir da nicht mehr so sicher. Denn offenbar war das Kleidungsstück magisch verändert worden – *verbessert* wollte ich es beim besten Willen nicht nennen –, um die Vorzüge seiner Trägerin hervorzuheben. Und das tat es nun äußerst gewissenhaft, indem es im Brustbereich immer enger wurde und meinen Busen kräftig nach oben drückte. Das Schlimmste daran war, dass ich in dem Ding fast noch billiger aussah als Tara in ihrem knallengen Anzug.

Dennoch versuchte ich das Teil mit Würde zu tragen, als ich zurück zum Rand des Felsvorsprungs ging. Logan räusperte sich und wandte rasch den Blick ab, als er mich kommen sah, während Ben mich auf eine Weise betrachtete, die meinen ganzen Körper zum Kribbeln brachte.

„Sicher, dass du mit dieser Garderobe die Schatten nicht erst recht provozierst?", raunte er mir amüsiert ins Ohr.

„Halt die Klappe", gab ich leise zurück.

„Ich werde nun die Schattenboote rufen", sagte Kassandra und schloss die Augen.

Ben grinste noch immer und zog meine Hand an seine Lippen, wo er meine Fingerknöchel küsste. Dabei blickte er mir direkt in die Augen und ich sehnte mich nach dem Moment, wo wir endlich wieder allein sein würden. Seit unserem Kuss kurz nach seiner Befreiung hatten wir kaum Zeit für uns gehabt.

Eine starke Hitze auf meinem Dekolleté lenkte mich von meinen Gedanken ab und ich sah mich verwirrt um, bevor ich Kristoff entdeckte, der ein paar Schritte entfernt stand und mich anstarrte. Als er meinen Blick bemerkte, schlug er rasch die Augen nieder. In dem Moment tauchten die Schattenboote etwa hundert Meter entfernt aus dem silbergrauen Dunst auf und pflügten durch das Nebelmeer auf uns zu.

„In einem Boot haben jeweils zwei Insassen Platz", erklärte Kassandra ruhig, während sich die Gefährte völlig lautlos auf uns zubewegten. „Da sich die Schattenboote nur von uns lenken lassen, müsst ihr euch entsprechend aufteilen." Logan nahm sofort Kassandras Hand und ich blickte mit leichtem Unbehagen hinüber zu Alexia. Die Vampirin stand bewegungslos auf dem Felsen und betrachtete mich unverwandt.

„Ich begleite dich gerne, wenn du es wünschst", drang Kristoffs angenehme Stimme an mein Ohr und ich nickte rasch, obwohl es mir auch nicht gefiel, dass Ben nun mit ihr fahren musste.

Es war ein seltsames Gefühl, von einem Felsvorsprung in ein schwarzes Boot zu steigen, das komplett aus Stein gefertigt war und trotzdem nicht in den Nebelschwaden versank. Kristoff reichte mir die Hand und ich ergriff sie dankbar, während ich ins Innere des sanft schaukelnden Gefährts stieg und die Schatten zu ignorieren versuchte. Es waren mindestens ein Dutzend, die über den kunstvoll verzierten Stein zischten, und ihre Bewegungen wirkten irgendwie abgehackt und verzweifelt.

„Wie lenkst du das Schattenboot?", fragte ich, als wir beide saßen und der Kahn sich mit einem sanften Ruck in Bewegung setzte.

„Mit meinen Erinnerungen", erwiderte Kristoff und sah mir rasch in die Augen, wahrscheinlich weil er mir vorher auf den Busen gestarrt hatte. „Die Schatten haben gelernt, uns zu gehorchen. Dafür sind die Schattenzähmer verantwortlich. Sie verbringen oft Jahre damit, die Schatten gefügig zu machen und im Stein einzuschließen, wo wir ihre natürliche Magie für unsere Zwecke einsetzen können."

Ich warf einen Blick über die Schulter und sah durch den dichten Dunst hindurch auch die anderen beiden Boote, die uns über das Nebelmeer folgten. „Und wieso tut ihr das? Wieso lasst ihr sie nicht einfach in Ruhe?", fragte ich und fühlte mich ein wenig schlecht, weil ich die Dienste der Schatten ebenfalls in Anspruch nahm.

„Weil ein Leben in der Schattigen Unterwelt für uns sonst gar nicht möglich wäre", antwortete Kristoff, den die Frage offensichtlich überraschte. „Die Schatten helfen uns nicht nur, unseren Alltag zu bestreiten, sie beschützen uns auch vor Eindringlingen. Ihre Magie ist stark und alt, und ohne die Schatten könnten wir hier nicht überleben."

„Aber könntet ihr nicht mit ihnen leben, ohne sie einzusperren?", fragte ich und betrachtete die Silhouette der Stadt, der wir uns langsam näherten.

Der Erinnerungsvampir schüttelte den Kopf. „Dafür

sind sie viel zu wertvoll. Außerdem leben sie gerne im Stein", fügte er hinzu. „Da sie in den Bergen geboren wurden, sind die Steine so etwas wie ihre natürliche Umgebung. Und sieh dich doch nur um." Er wies auf die wunderschönen nachtschwarzen Türme, die miteinander harmonierten und sich in ihren architektonischen Details doch so weit unterschieden, dass jeder Turm für sich ein Meisterwerk darstellte. Was sich wie ein roter Faden durch die Gestaltung zog, waren die langen und dünnen Formen, die zu den allgegenwärtigen Schatten passten.

Viele Türme schraubten sich elegant in die Höhe, während andere Gebäude so wirkten, als hätte man die natürlich wachsenden Stalagmiten auf der Insel von innen ausgehöhlt und mit Krallen und Klauen versehen, sodass sie noch abschreckender auf den Betrachter wirkten. Trotzdem ergab sich ein stimmiges Gesamtbild, das den düsteren Charakter der Schattigen Unterwelt unterstrich.

„Mit Hilfe der Schatten werden die kunstvollsten Gebäude errichtet. Es geht den Schattenzähmern dabei nicht darum, den Schatten zu brechen, sondern auch seine Vorstellungen von Ästhetik und Kunst in das Bauwerk einfließen zu lassen. Und dies ist dann das Ergebnis." Er streckte die Hand aus und wies auf den schwarzen Palast, dem es irgendwie gelang, höchste Anmut und eine spürbare Bedrohlichkeit in sich zu vereinen. Seine Türme verjüngten sich zu schlanken Spitzen und überragten die anderen Türme der Stadt um ein Vielfaches. Silberfarbene Nebelschwaden kräuselten sich darum und berührten sanft die düsteren Fresken des Haupthauses.

Das Schattenboot legte nun am Ufer der Insel an und Kristoff stieg als Erster aus, um mir dann aus dem

Gefährt zu helfen.

„Was passiert, wenn man in den Nebel fällt?", fragte ich, als ich auf der sicheren Insel stand.

„Wir wissen es nicht", antwortete Kristoff sanft. „Ich weiß nur, dass bisher noch niemand je wiedergekommen ist."

Kapitel 5

Nachdem die anderen beiden Schattenboote ebenfalls an der Insel angelegt hatten, brachte uns Kassandra zum Erinnerungsvampirrat.

Er hatte seinen Sitz im Herzen der Stadt in einem eigens dafür vorgesehenen Teil des Palastes und ich hatte auf dem Weg dorthin die Gelegenheit, die Umgebung auf mich wirken zu lassen.

Das Auffälligste an der Schattigen Unterwelt war die Schönheit der schwarzen Architektur, die sich teilweise vor meinen Augen noch veränderte. Die fahlen Lichtsteine, die mir schon in den Tunneln aufgefallen waren, leuchteten auch hier an jeder Straßenecke und tauchten die schlanken Gebäude in einen unwirklichen, gespenstischen Schein. Ständig huschten Schatten an mir vorbei und die ganze Stadt atmete ihre alte und mächtige Magie. Die schwarzgekleideten Stadtbewohner, die uns begegneten, warfen uns teils misstrauische, teils begehrliche Blicke zu und ich war dankbar, dass wir uns in Gesellschaft von Kassandra befanden, die eine spürbare Autorität ausstrahlte.

„Wir sind gleich da", sagte sie, als wir in eine breite Straße einbogen, die von silbrigen Nebelschwaden durchzogen wurde. „Sprecht immer respektvoll mit der Gezeichneten, denn sie entscheidet über eure Aufnahme in die Schattige Unterwelt."

Ben verzog das Gesicht und ich sah ihm an, dass er überhaupt kein Interesse daran hatte, für längere Zeit hier unten zu bleiben. Allerdings wusste er genauso gut wie ich, dass wir nicht in der Position waren, Ansprüche zu stellen, und schwieg daher. Kassandra ging voran und ihre langen, kastanienroten Haare glänzten im Schein der magischen Fackeln, als sie auf ein Gebäude zuschritt, das mich an ein Mausoleum erinnerte. Es lag im Schutze des Palastgartens unter künstlichen Bäumen und Blumen aus geschliffenem Obsidian.

„Gibt es hier überhaupt keine richtigen Pflanzen?", fragte ich Kristoff, der mit uns unter einem schwarzen Säulengang hindurch schritt.

„Da die Schattige Unterwelt so tief unter der Erde liegt, dass kein Tageslicht zu ihr hindurchdringt, gibt es nur Nachtschattengewächse, die ein Mal in jedem Mondlauf blühen. Das ist die einzige richtige Vegetation, den Rest mussten wir künstlich erschaffen", gab er mit leichtem Bedauern zurück.

„Und was esst ihr dann, wenn bei euch nichts wächst?", fragte Ben und bedachte Kristoff mit einem widerwilligen Seitenblick. „Oder reicht euch die *Erinnerung* an Essen?"

„Mann, lass das", sagte Logan ruhig. Seine Stimme klang nicht unfreundlich, aber bestimmt. „Wir sind hier zu Gast."

Bens Kieferpartie spannte sich an und ich sah, wie sich sein Blick verdüsterte. Automatisch griff ich nach seiner Hand und drückte seine Finger.

Irgendetwas quälte ihn. Es musste mit der Ermordung der Gestalter zusammenhängen und ich betete, dass wir bald ein bisschen Zeit für uns haben würden, um in Ruhe über alles zu reden.

„Du hast recht", presste Ben schließlich hervor, „wir sind hier nur zu Gast." Er sagte es auf eine Weise, die keinen Zweifel daran ließ, dass er nicht vorhatte, hier länger als notwendig zu bleiben.

„Ich glaube, ich habe vergessen, es zu erwähnen", sagte Kassandra, als sie vor einem schwarzen Steintor stehen blieb, das den Eingang zum Mausoleum bildete. „Wir leben hier unten anders als die Träger an der Oberfläche. Wir leben hier in einer von Frauen dominierten Gesellschaft, die wichtigsten Ämter werden von uns bekleidet. Diese Entscheidung hat sich schon lange bewährt und wird von keinem unserer Bewohner in Frage gestellt." Sie machte eine kurze Pause und sah Ben in die Augen. „Denkt daran, wenn ihr mit der Gezeichneten sprecht."

Das Tor schwang auf und wir traten in eine kühle Halle mit einem schimmernden schwarzen Boden. Zwölf Erinnerungsvampire hielten sich darin auf. Sie bildeten einen Halbkreis vor einem erhöhten Thron aus massivem Obsidian und hatten alle ihr Gesicht einer schlanken Frau zugewandt, die auf der obersten Stufe vor dem Thron stand. Es war unheimlich still in dem Saal und ich hielt unwillkürlich den Atem an, als die Erinnerungsvampirin ihren Blick langsam über die Anwesenden gleiten ließ. Sie hatte pechschwarze Haare, blutrote Lippen und eine milchweiße Haut, die einen starken Kontrast zu ihren schwarzen Augen bildete. Eine dunkle Macht ging von ihr aus und mir war sofort klar, dass es sich bei ihr um die Gezeichnete handeln musste. Unter anderem deshalb, weil ihr von den Schultern abwärts beide Arme fehlten.

Kassandra blieb stehen und senkte ehrerbietig den Kopf, und da Alexia und Kristoff das Gleiche taten, blickte ich ebenfalls zu Boden.

Einige Atemzüge lang geschah gar nichts und ich presste die Lippen aufeinander, damit sich mein Wachsamkeitslicht nicht entzündete, weil ich mir nicht sicher war, ob es in dieser Umgebung als Provokation aufgefasst werden würde.

„Seht mich an", sagte die Gezeichnete schließlich und ihre tiefe Stimme war so klar und selbstbewusst, dass ich automatisch gehorchte. Ihre Augen waren tiefschwarz, als sie uns nacheinander mit ihrem Blick maß, und ich spürte wieder dieses leichte innerliche Zupfen, das ich auch bei dem Kuss mit Kristoff wahrgenommen hatte.

Konnte es sein, dass sie meine Erinnerungen nahm, indem sie mich einfach nur ansah? Hastig durchforstete ich mein Gedächtnis nach unerklärlichen Lücken, konnte jedoch nichts finden. Die Gezeichnete wandte ihr blasses Antlitz Ben zu und blickte ihn besonders lange an. So lange, dass Unruhe in die anwesenden Erinnerungsvampire kam.

„Genug", befahl sie beiläufig und augenblicklich war es so still im Saal, dass selbst die Nebelschwaden draußen mehr Geräusche verursachten.

„Ihr seid also gekommen, um Einlass in die Schattige Unterwelt zu erbitten", sagte die Gezeichnete, nachdem sie endlich den Blick von Ben genommen hatte.

Ihre Stimme ließ keine Emotion erkennen und da ich nicht wusste, ob es sich um eine rhetorische Frage gehandelt hatte, schwieg ich. Die anderen schwiegen ebenfalls und nach einem langen Moment der Stille setzte sie sich in Bewegung und schritt elegant die wenigen Stufen von ihrem Thron herunter. Dann kam sie langsam auf uns zu. Sie trug ein schulterfreies schwarzes Kleid, das bis zur Taille eng anlag und dann in einen wunderschönen Rock aus schwarzer Spitze überging, von dem sich einzelne Rauchfäden lösten. Wenn sie ging, sah es deshalb so aus, als würde sie eine Schleppe aus schwarzem Rauch hinter sich herziehen. Ich versuchte, nicht auf ihre Schulterpartie zu starren, wo ihr beide Arme fehlten, und sah ihr stattdessen in die schwarzen Augen. Bei jedem Schritt zog sich die Schwärze mehr zurück, bis ich ihre Iris sehen konnte, die die Farbe von flüssigem Silber hatte.

„Wisset, dass nur jene willkommen sind, die sich an unsere Regeln halten", fuhr sie mit tiefer Stimme fort. Ihre schimmernden Augen wanderten zwischen Logan, Ben und mir hin und her. „Die Schattige Unterwelt wurde von den Gestaltern immer als Mülleimer für den Abschaum der Gesellschaft angesehen, doch sie hätten von der Wahrheit nicht weiter entfernt liegen können. Nicht der Abschaum ist es, der den Weg in unser Schattenreich findet, sondern jene, die nicht in die starren Strukturen der oberen Welt passen." Die Gezeichnete richtete ihren Blick auf Ben. „Wir bieten einen Rückzugsort für die Verstoßenen und Gefürchteten, für jene, die die obige Welt zu falschen Taten veranlasst hat. Träger mit Behinderungen sind hier ebenso willkommen wie jene, denen Narben zugefügt wurden", sie machte eine kurze Pause, „ganz egal ob körperlicher oder emotionaler Natur. Doch eine Gesellschaft wie die unsere funktioniert nicht ohne Regeln. Deshalb muss jeder, der zu uns kommt, sich auch verpflichten, nach unserem Kodex zu leben, selbst wenn er kein Erinnerungsvampir ist. *Wir geben und wir nehmen* – das ist es, was wir hier unten tun, und wenn ihr nur gekommen seid, um zu nehmen, seid ihr bei uns nicht richtig."

„Ich verbürge mich für die beiden, dass sie im gleichen Maße zurückgeben, was sie in der Schattigen Unterwelt empfangen werden", meldete sich Logan respektvoll zu Wort.

Die Gezeichnete richtete ihren Blick auf ihn und nickte

nach einem Moment. „Gut. Ich erinnere mich an dich, Gefährte von Kassandra. Es sind gute Erinnerungen."

„Das freut mich", erwiderte Logan und neigte den Kopf.

Die Gezeichnete wandte sich Kassandra zu. „Da die beiden Neuankömmlinge Freunde deines Gefährten sind, übergebe ich dir die Verantwortung für ihren Aufenthalt in der Schattigen Unterwelt. Bring sie in einem Quartier am Rande der Nebelfelder unter und kümmere dich darum, dass ihnen eine Aufgabe zugewiesen wird, die zu ihnen passt. Morgen erwarte ich deine Erinnerungen."

***

„Hier ist es", sagte Kassandra und blieb vor einem schlichten schwarzen Haus mit Spitzdach stehen, das außerhalb der Stadt direkt am Rande des Nebelmeeres lag. „Die Gegend hier ist zwar etwas abgelegen, dadurch aber auch ruhiger, was von den Neuankömmlingen in der Regel begrüßt wird. Ich komme euch morgen abholen und helfe euch dabei, eine Aufgabe zu finden, die euren Talenten entspricht."

Ben blickte auf das weite Nebelmeer, das sich nur wenige Schritte von unserer neuen Unterkunft entfernt vor uns ausbreitete, und ich nickte rasch.

„Danke, Kassandra."

Die Erinnerungsvampirin neigte leicht den Kopf und blickte dann zu Logan auf, der neben ihr stand. Er schaute uns beide an. „Gute Nacht", sagte er. „Erholt euch. Nach den ganzen Strapazen habt ihr das dringend nötig."

„Danke", sagte Ben und nickte Logan zu, „danke für alles."

„Du hättest das Gleiche für mich getan."

„Nein, hätte ich nicht", entgegnete Ben trocken und brachte Logan damit zum Lächeln. Dann drehten er und Kassandra sich um und gingen über die gewundene schwarze Straße zurück zur Stadtgrenze, wo Kassandras Haus stand. Auf dem Weg beugte sich Logan hinunter und küsste ihren Hals und ich hörte bis hierher ihr verliebtes Lachen.

Ich schaute hinüber zu Ben, der plötzlich ungewöhnlich ruhig und in sich gekehrt wirkte. Seine Haare waren etwas länger geworden und fielen ihm zerzaust in die Stirn. Ich verspürte das starke Bedürfnis, ihm nahe zu sein, doch er sah aus, als wäre er meilenweit entfernt.

Lautlos trat ich neben ihn und ließ meinen Blick ebenfalls über das weite Nebelmeer schweifen. In der Ferne tauchte eines der Schattenboote auf, glitt einige Sekunden lang durch den Nebel und verschwand wieder in den silbergrauen Dunstschwaden. Es war so still, dass es sich anfühlte, als wären wir in ein melancholisch-düsteres Gemälde gestürzt.

„Was denkst du?", fragte ich irgendwann.

Er zog die Luft ein und vermied es, mich anzusehen. Ihn so zu sehen, mitzuerleben, wie er litt, erweckte in mir den Wunsch, meine Arme um seinen Körper zu schlingen und ihn festzuhalten. Gleichzeitig sagte mir eine Stimme, dass es nicht das war, was Ben jetzt brauchte, und ich hielt mich zurück.

„Ich …" Er brach ab und senkte den Kopf. „Ich habe deinen Schmerz gefühlt."

Verwirrt schaute ich ihn an.

„Als sie mich gefol… Ich meine, als sie mich befragt haben. Da war ein widerlicher Kerl, der hatte eine Träne von dir. Er hat mich gezwungen, zu fühlen, was du gefühlt hast, Lee."

Er blickte mich an und in seinen Augen las ich Verzweiflung. „Ich habe deine Angst gespürt." Er schluckte. „Und deine Zweifel. Und jetzt", Ben machte eine ruppige Bewegung mit der Hand, die unsere ganze Umgebung einschloss, „sind wir in der gottverdammten Schattigen Unterwelt. Nicht das Leben, das ich mir für dich vorgestellt habe."

„Und welches Leben hast du dir für mich vorgestellt?", fragte ich.

Er presste die Lippen aufeinander und schwieg.

„Welches Leben sollte ich wohl führen wollen ohne dich?", fuhr ich fort und griff nach seiner Hand. Seine Finger waren warm und ich stellte mich direkt vor ihn, so dass er mich ansehen musste. „Ich habe dich schon einmal verloren, Ben. Ich weiß, wie es sich anfühlt, zu denken, dass du tot bist. Wenn du hingerichtet worden wärst, wenn ich gesehen hätte, wie sie dich …" Ich brach ab. „Es hätte mich umgebracht", flüsterte ich dann und legte seine Hand auf meine Brust. „Du hältst mein Herz in deiner Hand. Ohne dich … verliert meine Welt ihre Bedeutung."

Er starrte mich an und in seinen Augen lag so viel Hoffnungslosigkeit, dass ich schlucken musste.

„Ich weiß, was in dir vorgegangen ist", wiederholte er hart.

Ich schüttelte den Kopf. „Ben, was du in meiner Träne gefühlt hast … ich war verwirrt. Simeon hat sich so seltsam benommen und ich hatte einfach Angst. Aber ich weiß, dass du kein Mörder bist. *Ich weiß es.* Ich spüre es genau hier." Ich legte beide Hände auf seine Finger und verstärkte den Druck auf mein Herz.

„Bist du dir da wirklich sicher?", fragte er und seine

Worte waren so leise, dass ich sie kaum verstehen konnte. Die Ungewissheit in seiner Stimme schmerzte mich und ich verstand etwas, das ich insgeheim schon befürchtet hatte.

„Du kannst dich nicht erinnern, was passiert ist?"

Er schüttelte den Kopf und Verbitterung schlich sich auf seine Züge.

„Dein Herz schlägt schneller, Wächterin", murmelte er dann und strich sanft mit dem Daumen über meine nackte Haut. Mir stockte bei seiner Berührung der Atem und plötzlich wollte ich nicht mehr reden, wollte mich nicht mehr mit dem Tod der Gestalter befassen. Ich wollte nur noch ganz nah bei ihm sein.

„Lass uns reingehen", flüsterte ich und obwohl seine Augen dunkel vor Verlangen waren, spürte ich sein Zögern. „Hör auf, zu denken", hauchte ich. „Wir sollten uns jetzt erholen." Ich kam noch einen Schritt näher und intensivierte den Kontakt unserer Haut.

Im nächsten Moment spürte ich, wie ich hochgehoben und gegen die Wand des Hauses gepresst wurde. Mit einem Knurren senkte Ben seine Lippen auf meine und seine Leidenschaft riss mich mit sich. Dennoch hatte sie etwas Verzweifeltes an sich, über das ich jetzt nicht nachdenken wollte. Ich wusste auch nicht, wie es jetzt weitergehen sollte, fühlte dieselbe Zerrissenheit und Verwirrung. Doch ich schob das alles zur Seite, ließ mich einfach fallen, in diesen Kuss, in seine Nähe und seine Berührungen, die mir schlicht den Verstand raubten.

„Ben", keuchte ich irgendwann und er verstand und trug mich ins Haus.

Danach lagen wir auf dem harten Boden, der knöchelhoch von silbergrauen Dunstschwaden bedeckt wurde. Unser Atem hatte sich wieder beruhigt und obwohl der Nebel feucht und kalt war, hatte ich mich nie geborgener gefühlt. Bens Körper strahlte eine ungeheure Wärme ab und ich schmiegte mich an ihn, während ich dem Klopfen seines Herzens lauschte.

„Ich liebe dich", flüsterte er in mein Haar.

„Ich liebe dich auch", flüsterte ich zurück. Er zog mich näher an sich.

„Ich wollte dir das nicht antun, das alles hier", erklärte er rau und ich schüttelte schnell den Kopf.

„Ich habe mich selbst dafür entschieden, Ben."

„Selbst dafür entschieden?", fragte er ungläubig. „Für diese Unterwelt? Lee, verdammt, ich weiß nicht, wie es weitergeht. Die Sinnliche Welt denkt, dass ich die Macht der Acht ermordet habe. Und vielleicht …"

„Du hast das nicht getan", erklärte ich entschieden und richtete mich auf. „Ich weiß nicht, was bei dieser Gestaltersitzung passiert ist, aber was es auch immer war, es muss etwas Böses gewesen sein. Und du bist nicht böse, Ben."

Er schwieg und in seinem Schweigen lag doch so viel Ungesagtes, dass es mir das Herz zusammenschnürte.

„Ben", flüsterte ich, „wir werden eine Antwort finden. Ich verspreche es dir. Vielleicht kann uns ein Erinnerungsvampir dabei helfen, deine vergrabenen Erinnerungen wieder an die Oberfläche …"

„Und wenn ich das nicht möchte?", unterbrach er mich hart. „Was, wenn ich es einfach nicht wissen will?"

Ich biss mir auf die Lippen, denn es widerstrebte mir im tiefsten Inneren, Dinge unaufgeklärt zu lassen.

„Lass uns deswegen nicht streiten", erwiderte ich dann. „Für den Moment reicht es mir, zu wissen, dass wir hier sicher sind. Alles andere hat Zeit."

Ben richtete sich ebenfalls auf und fuhr mir mit dem Daumen über die Wange. „Alles andere hat Zeit", wiederholte er und ein dunkler Schatten huschte über sein Gesicht, bevor er seine Lippen zu meinen führte und mich all meine Gedanken vergessen ließ.

Kapitel 6

Der nächste Morgen präsentierte sich in genau den gleichen Farben wie der Abend zuvor und mir wurde bewusst, dass man ohne funktionierende innere Uhr oder externen Zeitmesser in der Schattigen Unterwelt schnell aufgeschmissen war. Da wir so tief unter der Erde waren, gab es keine Tageszeiten, keine Sonne, keinen Mond und keine Sterne. Da waren nur der silbrig graue Nebel und die fahlen Lichtsteine, die auch tagsüber nicht heller strahlten als sonst.

„Guten Morgen", sagte ich und streckte mich, bevor ich die Beine aus dem Bett schwang und zusammenzuckte, als meine Füße mit dem feuchten Bodennebel in Berührung kamen.

„Guten Morgen", brummte Ben, der vor einer schwarzen Kommode stand und eine Schublade nach der anderen öffnete. „Sie haben vergessen, hier eine Küche einzubauen", murmelte er dann. Ich ging zu ihm und schlang von hinten meine Arme um seinen Körper.

„Vielleicht reicht den Erinnerungsvampiren tatsächlich die Erinnerung ans Essen", zog ich ihn auf und strich mit den Fingern über seine harten Bauchmuskeln.

„Langsam beginne ich das wirklich zu glauben", gab er zurück und schloss die letzte Schublade mit etwas mehr Kraftaufwand als nötig.

„*Wir geben und wir nehmen*", erinnerte ich ihn an den Kodex, der hier unten herrschte. „Wahrscheinlich müssen wir uns unser Essen erst verdienen."

„Genauso wie wir uns eine bessere Unterkunft

verdienen müssen?", knurrte Ben und bedachte unsere Umgebung mit einem abschätzigen Blick. „Die Farbe gefällt mir, aber das war's auch schon."

Ich lächelte und sah mich ebenfalls in unserem neuen Zuhause um. Es bestand aus einem spartanisch eingerichteten Raum, von dem ein kleines Badezimmer abzweigte. Das gesamte Mobiliar war schwarz und setzte sich aus einem Bett, einem Schrank, einer Kommode, einem Tisch und zwei Stühlen zusammen. Ben hatte recht: Luxuriös war anders, und Besuch konnten wir hier auch keinen empfangen. Aber irgendwie beruhigte mich das Einfache an unserer Umgebung. Außerdem gewährte uns das große Fenster gegenüber von der Eingangstür einen beeindruckenden Blick über das Nebelmeer. Ich sah einen Moment hinaus und versuchte, nicht daran zu denken, dass ein falscher Schritt in den grauen Dunst wahrscheinlich den Tod bedeutete. Stattdessen ging ich ins Badezimmer, um mich frisch zu machen. An der Wand hing ein Spiegel aus Dunkelglas über einem schwarzen Waschbecken und daneben ein Lichtstein, der die ganze Zeit über schwach leuchtete. Als ich mir Wasser ins Gesicht spritzte, bemerkte ich meinen Schatten an der Wand und stellte beruhigt fest, dass es wirklich *mein* Schatten war, der einzig und allein meinen Bewegungen folgte. Offenbar war die Unterkunft nicht mit Schattenmagie ausgestattet worden und darüber war ich froh. Es war mir lieber, an einem Ort zu schlafen, an dem niemand unberechenbare magische Schattenwesen in das Mauerwerk eingeschlossen hatte.

„Wir sollten uns besser anziehen", bemerkte ich, als ich mit meiner Morgentoilette fertig war. „Wer weiß, wann Kassandra kommt, um uns unsere Aufgaben zuzuteilen."

„Ich kann mich gerne anziehen", sagte Ben und drehte

sich zu mir um. „Aber bei dem, was du gestern getragen hast, kann man nur bedingt von Kleidung sprechen."

Ich schüttelte amüsiert den Kopf. „Halt die Klappe."

„Ich sag nur die Wahrheit", grinste er mich an.

„Sag bloß, es hat dir nicht gefallen."

Er lachte und zog mich an sich. „Doch, Wächterin, es hat mir sogar sehr gefallen. Allerdings hat mir nicht gefallen, dass es diesem Kristoff auch gefallen hat."

„Eifersüchtig?", fragte ich atemlos, weil sein Mund eine brennende Spur von Küssen über meine Haut zog.

„Wegen diesem Typen? Ich bitte dich", knurrte Ben und ich erschauerte, als sein Dreitagebart sanft über meinen Hals kratzte.

„Dann ist ja gut", erwiderte ich lächelnd.

„Hallo", begrüßte uns Kassandra wenig später. „Ich hoffe, ihr hattet eine gute Ruhephase und seid bereit, frische Erinnerungen zu erschaffen."

„Äh … ja, das sind wir", antwortete ich, während wir aus dem Haus traten. Dabei war ich mir nicht sicher, ob dies die richtige Form der Erwiderung war. Gleichzeitig graute mir davor, welche Bedeutung in dem Satz versteckt sein könnte. Welche Erinnerungen würden sie uns nehmen wollen?

Kassandra sah mir meine Unsicherheit an und lächelte.

„Tut mir leid. Ihr seid noch nicht lange hier … ich hätte einfach *Guten Morgen* sagen sollen."

„Woran erkennt man eigentlich die Tageszeit hier unten?", fragte ich und setzte mich mit Ben an meiner Seite in Bewegung. Gemeinsam gingen wir über den gewundenen schwarzen Pfad zurück zur Stadt.

„Es gibt mehrere Schattenuhren", erwiderte Kassandra und bewegte beiläufig ihre Finger, woraufhin eine schlanke Blume aus den silbergrauen Dunstschwaden auf dem Boden emporwuchs und sofort wieder in Nebel zerfaserte. „Die größte davon befindet sich auf dem schwarzen Platz vor dem Palast. Es handelt sich dabei um ein riesiges Lichtstein-Mosaik, das mühevoll im Boden verankert wurde. Die Lichtsteine werfen ihren Schein auf die glatte Palastmauer, wo unsere fähigsten Schattenzähmer einen besonders starken Schatten eingeschlossen haben. Je nachdem, an welcher Stelle des Lichtkreises er sich befindet, zeigt er ähnlich dem Zeiger einer Uhr an, welche Stunde es ist. Ihn dazu zu bringen, war keine einfache Aufgabe, da die Schatten eine natürliche Abneigung gegen zu viel Helligkeit haben."

„Verstehe", erwiderte ich und empfand Mitleid mit dem Schatten, der dazu verdammt war, sich Tag und Nacht gekrümmt über einen Lichtkreis zu bewegen, obwohl es nicht seiner natürlichen Lebensweise entsprach.

„Es gibt aber auch herkömmliche magische Zeitmesser und Weckvorrichtungen", fuhr Kassandra fort, die mein Unbehagen zu spüren schien. „Ich werde euch einen davon zukommen lassen."

Ich nickte dankbar. „Das ist sehr freundlich von dir."

„Wie viele Erinnerungsvampire leben hier unten?", fragte Ben, als wir die Stadtgrenze passierten.

„Einige Hundert", gab Kassandra zurück. „Wobei nicht alle, die hier leben, ausschließlich Erinnerungen nehmen. Es gibt auch jene, die sich auf bestimmte Gefühle spezialisiert haben. Sie befreien andere Träger von Schwermut oder Angst, manche auch von Liebe. Das kommt vor allem denjenigen zugute, die unter Liebeskummer leiden. An der Oberfläche werden unsere Fähigkeiten oftmals als Defekt oder Krankheit bezeichnet, doch das ist nur dem Schwarz-Weiß-Denken der meisten Sinnträger geschuldet. Man kann es auch als Begabung ansehen." Sie machte eine kurze Pause. „Doch was die Träger nicht kennen, fürchten sie auch."

„Vielleicht fürchten sie euch aber auch deshalb, weil es unter den Erinnerungsvampiren ein paar echt durchgeknallte Kotzbrocken gibt", bemerkte Ben trocken und ich warf ihm einen warnenden Blick zu.

Kassandra seufzte und nickte. „Ja, leider. Manche haben sich nicht im Griff und das strahlt dann negativ auf alle anderen aus. Die Schattige Unterwelt hätte sicher einen besseren Ruf, wenn hier nur die Crème de la Crème der Erinnerungs- oder Gefühlsvampire leben würde. Aber das tut sie nun mal nicht. Auch Aussteiger, gewöhnliche Verbrecher und Vampirgroupies finden ihren Weg zu uns."

„Vampirgroupies?", wiederholte ich fragend.

„Das sind jene Sinnträger, die einen besonderen Kick verspüren, mit einem Erinnerungsvampir zusammen zu sein", erklärte sie nüchtern. „Natürlich klappt das Zusammenleben nicht immer ganz reibungslos – und es kommt auch immer mal wieder zu Unfällen, manche davon tödlich."

„Zu tödlichen Unfällen?", hakte ich nach und sah mich mit aufflackernder Wachsamkeit in der dämmrigen Gasse um, durch die wir gerade gingen. Obwohl Ben und ich schwarze Kleidung trugen und in Begleitung von Kassandra unterwegs waren, fielen mir die zahlreichen interessierten Blicke der Bewohner auf. Sie lungerten in kleinen Grüppchen am Straßenrand und betrachteten uns teilweise mit unverhohlener Gier. Ihr äußeres Erscheinungsbild reichte von zerlumpt zu auffallend elegant und viele Frauen kleideten sich so freizügig, dass ich mit meinem offenherzigen Schlangenanzug nicht so herausstach, wie ich befürchtet hatte.

„Sie beäugen euch, weil ihr Neuankömmlinge seid",
sagte Kassandra. „Die einen sehen in euch die Möglichkeit,
frische Eindrücke, frische Gefühle zu erfahren und zu
genießen – die anderen betrachten euch als Gefahr. Ihr
müsst verstehen, dass viele von denen, die hier leben,
in der obigen Welt nicht gut behandelt wurden. Ganz
im Gegenteil. Sie wurden an der Oberfläche verstoßen
und ausgegrenzt. Manche zu Recht – und manche zu
Unrecht."

„Und ihr gewährt allen Unterschlupf?", fragte Ben.

Kassandra nickte. „All jenen, die sich unseren Regeln
unterwerfen. Auch wenn Erinnerungen für uns viel
bedeuten, so lassen wir doch viele hinter uns. Wir
ermöglichen den Trägern, die zu uns kommen, einen
Neuanfang – wenn sie es wollen."

„Und die tödlichen Unfälle? Wie kommt es zu denen?",
wollte ich wissen und spürte, dass mein Wächterinstinkt
noch nicht erloschen war.

„Manche passieren einfach. Das Zusammenleben
zwischen den normalen Sinnträgern sowie den Erinnerungsvampiren oder Gefühlsvampiren verläuft leider
nicht immer ohne Spannungen – schließlich wurden
wir von der Oberfläche in dieses Reich verbannt. Doch
Tucana sorgt dafür, dass sich die Reibungspunkte auf ein
Minimum beschränken und dass Verbrechen hier in der
Unterwelt auch vergolten werden. Doch grundsätzlich
hat sie es sich zur Aufgabe gemacht, die Minderheiten
zu einen und wirklich jedem, der um Asyl ansucht, einen
Platz zu bieten."

„Tucana?", fragte ich nach, weil mir der Name nicht
geläufig war. „Ist das die Gezeichnete?"

„Ja", sagte Kassandra und lächelte mich kurz an. „Ihr

richtiger Name ist Tucana.“

„Und sie ist eure Anführerin“, stellte Ben fest.

Kassandra nickte ehrfürchtig. „Sie ist eine Erinnerungsvampirin der Stufe Acht. Das bedeutet, ihr reicht Blickkontakt, um die Erinnerungen eines Trägers in sich aufzunehmen. Außerdem hat sie die Macht, Erinnerungen zu verändern. Davon können wir anderen nur träumen.“

„Und welche Kräfte hast du?“, fragte ich interessiert. „Logan hat während unserer Flucht erwähnt, dass du eine Vampirin der Stufe Drei bist.“

Kassandra warf mir einen kurzen Seitenblick zu. „So ist es. Das heißt, ich muss den Atem mit jemandem teilen, der mir seine Erinnerungen schenken möchte.“

„Zum Beispiel, indem du ihn küsst?“

Sie nickte. „Zum Beispiel. Aber es geht auch ohne Kuss, wenn ich mich nahe genug vor dem anderen befinde. Erinnerungsvampire der Stufe Zwei benötigen Lippenkontakt.“

„Und was ist mit euren Kriegsfähigkeiten? Haben sich die hier unten auch entwickelt?“

Kassandra nickte. „Das Licht des Blauen Buches der Macht hat uns hier unten erreicht, aber wir setzen unsere Fähigkeiten nicht ein. Wir führen ein friedliches Beisammensein und sind nicht gezwungen, sie anzuwenden. Wie ihr wisst, waren die Kriegsfähigkeiten ursprünglich dazu gedacht, nur bei Bedrohung von Leib und Leben eingesetzt zu werden – auch wenn viele Sinnträger, die stark mit ihrer Kriegsfähigkeit verbunden sind, sie leichtfertig verwenden. Logan liest ständig meine Gedanken, er kann gar nicht mehr anders, und er hat es an der Oberfläche gelernt, weil es einfach geduldet wird. In Zeiten des Krieges scheint in der obigen Welt wohl alles erlaubt zu sein."

Ich hörte den Vorwurf in ihrer Stimme und Kassandra lächelte mich an.

„Ich bin nicht verbittert, falls du das jetzt denkst, Lee. Die da oben fürchten uns Vampire, obwohl sie inzwischen zu Schrecklicherem bereit sind. Nur weil jemand über eine Gabe verfügt, bedeutet es noch lange nicht, dass er sie auch zum Schlechten einsetzt – nicht wahr?"

Mit diesen Worten blieb sie vor einem schmalen Haus stehen, aus dessen Fenster in der oberen Etage ein unheimliches Leuchten drang. Die schwarze Steinfassade war mit kunstvollen Fresken verziert, die jedoch eine düstere Ausstrahlung hatten. Alles hier war düster und ich bemerkte einige Schatten, die sich über den Stein bewegten und immer zur Seite huschten, wenn ich meinen Blick auf sie richtete.

„Habt ihr Hunger?", fragte Kassandra. „In diesem Haus gibt es den besten Schmorosch-Koch in der ganzen Schattigen Unterwelt. Gegen eine kleine Erinnerung kann er euch euer Lieblingsessen zubereiten."

„Das klingt verlockend", murrte Ben und schüttelte kurz das Bein, über das ein Schatten gekrochen war. Ich sah zu Boden und bemerkte noch mehr Schatten, die sich Ben langsam näherten. Sie zogen ihren Kreis immer enger um ihn zusammen und der Anblick ließ meinen Puls in die Höhe schnellen.

„Ist das normal?", fragte ich Kassandra und deutete auf die Schatten, die sich von Ben offenbar angezogen fühlten.

Die Erinnerungsvampirin runzelte die Stirn und schüttelte den Kopf. „Normalerweise sind sie nicht so aufdringlich", erwiderte sie und berührte einen geschliffenen Stein auf ihrem Armreif, den sie am Handgelenk trug. Nachdem sie dreimal dagegen getippt hatte, leuchtete der Stein hell auf und Kassandra richtete den Lichtstrahl auf die Bodenschatten. Mit einem Geräusch, das mich an ein leises Zischen erinnerte, stoben sie auseinander.

„Manche Sinnträger wirken auf die Schatten besonders verführerisch", erklärte sie dann. „Oftmals herrscht in ihnen eine ganz besondere Dunkel…" Sie unterbrach sich. „Es sollte euch nicht zu sehr beunruhigen. Solange ihr nicht in schreiend bunter Kleidung durch die Schattige Unterwelt lauft, tun die Schatten euch nichts. Es kann sein, dass sie sich in eurer Nähe aufhalten, aber das ist alles."

„Okay", murmelte ich und versuchte das ungute Gefühl, das mich bei ihren Worten überkommen hatte, zur Seite zu schieben, während ich vorsichtig Bens Hand ergriff.

„Hunger, meine Hübsche?", ertönte in diesem Moment eine schmierige Stimme und ich richtete meine Aufmerksamkeit auf das Gebäude vor uns. Das schwarze Mauerwerk hatte sich zur Seite bewegt und ich hörte die darin eingeschlossenen Schatten leise stöhnen, als eine Scheibe mit Dunkelglas zum Vorschein kam, hinter dem ein dünner Erinnerungsvampir saß. Er schien schon etwas älter zu sein und hatte schütteres Haar, das ihm fettig auf dem Kopf klebte.

„Ich … äh … nein danke", erwiderte ich, weil mir bei seinem Anblick irgendwie der Appetit vergangen war, bester Schmorosch-Koch hin oder her.

„Schade", lispelte er und wandte sich dann Ben zu. „Und was ist mit dir?"

„Ich könnte ein Frühstück vertragen", erwiderte Ben.

„Was hast du denn?"

„Alles, was dein Herz begehrt", antwortete der Erinnerungsvampir lächelnd und entblößte eine Reihe schiefer Zähne. „Ich kann dir Delikatessen aus dem schwarzen Land ebenso zaubern wie seltene Gerichte aus der anderen Welt. Es befanden sich auch schon einige Reisende unter meinen Kunden. Sie haben mich mit interessanten Erinnerungen aus der Welt der Menschen versorgt."

„Und das ist es, was du für ein Frühstück verlangst?", fragte Ben. „Eine Erinnerung an ein Essen aus der anderen Welt?"

„Normalerweise würde ich zustimmen", sagte der Vampir grinsend und seine Augen glitten gierig über meinen Körper. „Aber heute steht mir mehr der Sinn nach frischen Erinnerungen." Er leckte sich über die Lippen.

„Tatsächlich", sagte Ben und seine Stimme hatte jede Freundlichkeit verloren. „Und wie frisch?"

„Wie wäre es mit einer Erinnerung an heute Nacht", schlug der Koch vor und grinste mich dreckig an. „Hab ich recht mit meiner Vermutung, dass es eine schöne gibt?"

Ben warf ihm einen kalten Blick zu. „Die Erinnerung an heute Nacht ist mit deinem Essen nicht zu bezahlen."

„Wie du meinst", zischte der Erinnerungsvampir und die Dunkelglasscheibe, hinter der er saß, verfärbte sich tiefschwarz.

„Ihr müsst vorsichtig sein, dass ihr die Einwohner nicht beleidigt", sagte Kassandra, die unseren Wortwechsel verfolgt hatte, und blickte uns eindringlich an. „Es mag euch ungerecht erscheinen, aber die Regeln hier unten sind für normale Sinnträger strenger als für

Erinnerungsvampire. Ich denke, es ist eine Reaktion darauf, dass wir auf der Oberfläche nicht erwünscht sind. Sie würden jeden von uns ins Weiße Sanatorium sperren, aus Angst, uns nicht kontrollieren zu können. Nehmt euch deshalb in Acht, wenn ihr eure Erinnerungen oder Gefühle verweigert. Es steht euch natürlich jederzeit frei, das zu tun, aber vergesst nie, höflich zu bleiben."

„Ernsthaft?", knurrte Ben, als wir ein paar Schritte gingen. „Ich hätte bei dem Typen *noch* höflicher sein sollen? Immerhin hat er noch alle seine schiefen Zähne, das sollte an Höflichkeit reichen."

Kassandras Augen verengten sich ärgerlich und sie warf einen raschen Blick auf das schwarze Dunkelglas, bevor sie Ben und mich weiterzog. „Logan hatte recht, als er sagte, du seist deinem Sinn sehr verhaftet", zischte sie nach ein paar Schritten und die rote Seerosen-Zeichnung auf ihrer linken Wange flackerte hell auf. „Nimm meinen Rat besser an, denn ich bin dir wohlgesonnen. Du wirst auf der Oberfläche für den Mord an den Gestaltern verantwortlich gemacht und hast hier die Möglichkeit, dich zu verstecken. Das ist ein Privileg und du solltest nicht zu leichtfertig mit der Gastfreundschaft der Schattigen Unterwelt umgehen."

Ich sah Ben an, dass er drauf und dran war, eine bissige Antwort zu geben, und legte ihm rasch die Hand auf den Arm.

„Danke für deinen Rat", sagte ich aufrichtig zu der Erinnerungsvampirin. „Wir werden ihn beherzigen."

Kassandras Wutzeichnung verblasste und sie nickte.

„Ich hoffe es für euch", murmelte sie. „Etwas Gutes hat die ganze Sache jedoch: Ich weiß genau, welche Aufgabe die richtige für deinen Gefährten ist. Folgt mir."

Sie führte uns zu einer Anlegestelle von Schattenbooten,

die sich auf der anderen Seite des Eilands befand, und ich genoss auf dem Weg dorthin die Gelegenheit, die schaurig schöne Architektur der Schattigen Unterwelt aus nächster Nähe zu betrachten. Die dunklen Ornamente, die sich über die schwarzen Gebäude zogen, waren genauso beeindruckend wie der Nebel, der sich verspielt um die Türme wand.

Mit jedem Schritt in der schwarzen Stadt schien sich Ben auch wohler zu fühlen, und auch ich gewöhnte mich daran, von einer Horde Schatten verfolgt zu werden, da sie uns tatsächlich nichts taten.

„Das ist Faustus", sagte Kassandra, als wir die nebelverhangene Anlegestelle der Schattenboote erreichten, und stellte uns einem glatzköpfigen Muskelberg von Sinnträger vor. „Faustus, das sind Lee und Ben."

„Hey", murmelte Faustus und nickte uns zu. Er war der größte Träger, den ich je gesehen hatte, und er hatte auch die meisten Muskeln. Dennoch lag auf seinem Gesicht ein freundlicher Ausdruck, als er zuerst Ben und dann mir zuwinkte.

„Gut gemacht", sagte Kassandra und lächelte Faustus an.

„Ja, ich hab's nicht vergessen", grinste er zufrieden und die Freudezeichnung auf seiner rechten Wange, die mich an mehrere Seifenblasen erinnerte, begann zu strahlen.

„Was hast du nicht vergessen?", wollte Ben wissen.

„Euch zu winken, statt euch die Hand zu geben. Ihr habt ja alle so kleine Fingerchen, da zerquetsch ich schon mal versehentlich eines davon", gab er gutmütig zurück und lachte dröhnend.

„Faustus arbeitet in den Höhlen auf der anderen Seite des Nebelmeeres", erklärte Kassandra. „Er hat kürzlich seinen Arbeitspartner verloren und wird mit dir in einem der Boote hinüberfahren. Dort habt ihr Zugang zu einem großen Schmorosch-Feld."

„Wir ernten Schmorosch", sagte Faustus und ließ seine Fingerknöchel knacken. „Ich hoffe, du bist stark in Körper und Geist. Man braucht Ausdauer und Kraft für die Ernte, vor allem aber Geduld."

„Kein Problem", erwiderte Ben gelassen und verjagte einen Schatten, der ihm über die Schulter gehuscht war. „Allerdings verstehe ich nicht, wofür ich die Geduld brauche."

„Das liegt am Schmorosch", erklärte Faustus. „Er tropft flüssig von der Höhlendecke und an feuchten Tagen muss man lange warten, bis er getrocknet ist. Erst dann kann er geerntet werden." Wie zur Unterstreichung seiner Worte blies uns ein kalter und feuchter Wind vom Nebelmeer entgegen, der die dunstigen Fetzen in die Höhe wirbelte und auf der Haut prickelte. Faustus zog ein getrocknetes Stückchen Schmorosch aus seiner Hosentasche und pustete darauf. Erstaunt beobachtete ich, wie sich der Schmorosch in eine gelbe Frucht verwandelte, die Faustus zufrieden in den Mund steckte.

„Was ist eigentlich mit deinem bisherigen Arbeitspartner geschehen?", fragte ich, während Faustus intensiv kaute.

„Ist tot", antwortete er schulterzuckend und spuckte ein paar Kerne aus. „Keine schöne Sache."

Ich bemerkte, wie Kassandra zu Boden blickte, und musste an die tödlichen Unfälle denken, von denen sie gesprochen hatte. Offenbar hatte erst vor kurzem wieder einer stattgefunden.

„Was ist passiert?", wollte ich wissen.

„Er hat ein Messer in den Rücken gerammt bekommen", sagte Faustus emotionslos.

„Und das nennt ihr einen Unfall?", fragte ich erschrocken.

„Tucana hat ihre Schattengarde darauf angesetzt, und bislang ist es noch als Unfall deklariert. Solange keine Schuld bewiesen ist, sind wir in unserer Welt mit Verdächtigungen sehr vorsichtig. Du kannst dir vorstellen, warum. Es ist eine unserer wichtigsten Regeln."

„Schattengarde?", wiederholte ich und verstand natürlich, dass jene, die an der Oberfläche oft fälschlicherweise verdächtigt worden waren, es hier anders machen wollten.

Kassandra nickte. „Das ist unsere Art von Wächterschaft, wenn du es so willst. Sie kümmern sich um die Einhaltung des Kodex und der Gesetze in der Schattigen Unterwelt und stellen sicher, dass wir in Harmonie leben." Sie machte eine Pause. „Ich weiß, dass du eine Wächterin in der oberen Welt warst, aber hier dürfen nur Vampire dieses Amt bekleiden."

„Ich bin schon lange keine Wächterin mehr", sagte ich und versuchte die Bitterkeit aus meiner Stimme zu vertreiben. Seit ich die Gesetze gebrochen hatte, seit ich alles getan hatte, um Ben vor der Hinrichtung zu bewahren, hatte ich meine Berufung aufgegeben. Und ich würde es jederzeit wieder tun.

„Und warum bist du hier unten?", hakte Ben in dem Moment bei Faustus nach, um anscheinend das Thema zu wechseln – wofür ich ihm dankbar war. „Wie ein Erinnerungsvampir siehst du nicht aus."

„Ne, bin ich auch nicht", sagte Faustus. „Ich bin ein normaler Freudeträger. Ich werde nur leider wahnsinnig, wenn ich Tränen sehe. Keine Ahnung, warum das so ist." Er klopfte Ben auf die Schulter. „Ich hoffe also in deinem Interesse, du heulst nicht rum, wenn wir heute Schmorosch ernten gehen."

„Eher verdampft das beschissene Nebelmeer", erwiderte Ben und Faustus grinste.

„Wird er wirklich wahnsinnig, wenn er Tränen sieht?", fragte ich Kassandra, nachdem Ben und Faustus zusammen ein Schattenboot bestiegen hatten und Richtung Schmorosch-Höhlen aufgebrochen waren.

Die Erinnerungsvampirin seufzte leise. „Ja, leider", antwortete sie dann.

„Und wie äußert sich dieser Wahnsinn?"

„Er versucht denjenigen, der weint, zu töten."

Ich hob die Augenbrauen und war froh, dass Ben tatsächlich nicht der Typ für Tränen war. „Ist Faustus deswegen hier?"

Kassandra nickte. „Er scheint ein traumatisches Erlebnis im Trauerland gehabt zu haben. Seine sogenannten Freunde haben ihn kurz nach seiner Erweckung dort ausgesetzt. Irgendwie scheint die Überstimulation mit dem blauen Sinn seine Freude-Natur so stark angegriffen zu haben, dass sein einziger Ausweg in die Gewalt führte. Ich habe versucht, ihm seine schlimmen Erinnerungen zu nehmen, aber sie sind zu tief verschüttet. Ich komme einfach nicht ran." Sie klang ernsthaft bekümmert, als sie das sagte, und mir wurde bewusst, wie sehr sich Kassandra von jemandem wie Viktor unterschied. Obwohl sie die gleichen Fähigkeiten hatten, war Kassandra darum bemüht, anderen zu helfen, während Viktor nur auf seinen eigenen Vorteil aus war.

„Es gibt Schlüsselerinnerungen, die können nur von sehr begabten Erinnerungsvampiren eingesehen werden."

„Wir haben bisher nur einen Erinnerungsvampir näher kennengelernt", vertraute ich ihr aus einem Impuls heraus an. „Und der hat versucht, uns im Park der Besorgnis zu töten. Ich wollte nur, dass du das weißt. Er ist der Grund, warum wir …"

„Schon gut", sagte Kassandra und lächelte mich an. „Du hättest mich sehen sollen, als ich das erste Mal hier war. Schließlich war ich nicht immer eine Erinnerungsvampirin. Bevor der Defekt – oder die Gabe, je nachdem, wie du es nennen willst – aufgetreten ist, war ich verzweifelt. Aber ich bin froh, meinen Platz hier gefunden zu haben und dass ich gelernt habe, mit meiner Fähigkeit umzugehen. Denn es ist wichtig, seine Gabe zu beherrschen und ihre Grenzen und Auswirkungen kennenzulernen. Zudem hat mir dieser Ort hier geholfen, meine Fähigkeiten zu entwickeln und mich nicht wie eine Missgeburt zu fühlen. Nimm Kristoff zum Beispiel, er ist herzensgut, wurde aber aus der oberen Welt verdammt, weil er nicht nur ein Erinnerungsvampir ist, sondern auch noch über seinen brennenden Blick verfügt."

„Wie kam es dazu?", wollte ich wissen.

Kassandra zuckte mit den Schultern. „Wir wissen es nicht. Wir wissen nur, dass die Träger in seinem Dorf unheimliche Angst vor ihm hatten, nachdem er versehentlich zwei Träger verbrannt hatte – weil er nicht mit seiner Gabe umgehen konnte. Aber anstatt ihm zu helfen, wollten sie ihn ins Gefängnis stecken – er war eine gebrochene Seele, als er bei uns Zuflucht fand. Er hatte jegliches Selbstvertrauen verloren und war nicht mehr als ein Häufchen Elend. Es ist absurd: Dort oben existiert eine magische Welt in all ihrer Vielfältigkeit, und doch wird nicht tiefer geblickt – und es werden jene gefürchtet, deren Fähigkeiten man sich nicht erklären kann. Hätte die obige Welt uns nicht verbannt, wäre der Krieg gegen die Totaa schon längst gewonnen." Sie machte eine kurze Pause. „Wir helfen den Trägern hier, ihre speziellen Fähigkeiten zu entwickeln und über sich selbst hinauszuwachsen. Das hier ist ein guter Ort, Lee. Auch wenn ich Logan dadurch viel seltener sehe, als ich gerne würde." Jetzt, wo wir allein waren, wirkte sie viel gelöster, und ich mochte diese ehrliche und unverstellte Art an ihr.

„Das kann ich verstehen", sagte ich leise und dachte an meine eigene Geschichte mit Ben. Wir hatten so wenig Zeit miteinander gehabt und ich fühlte mich noch immer so gehetzt. Es war so viel geschehen und ich war mir nicht sicher, ob ich mich jemals wieder richtig würde entspannen können.

„Soll ich …" Kassandra zögerte. „Soll ich dir nehmen, was dich so quält?"

Ich blieb unwillkürlich stehen, bevor ich sie anblickte.

„Aber quält es dann nicht *dich*, Kassandra?"

Sie strich sich eine kastanienrote Strähne aus der Stirn und zuckte mit den Schultern. „Ich bin es gewohnt, damit umzugehen", erwiderte sie. „Bei fremden Erinnerungen ist es immer leichter, die Distanz zu wahren. Das lernt man recht schnell."

„Das ist wirklich ein sehr großzügiges Angebot", sagte ich. „Aber ich … es würde sich wie Betrug anfühlen, dir meine Erinnerungen zu geben, die mich belasten."

Sie nickte. „Ich dachte mir schon, dass du so etwas sagen würdest. Du hast einen starken Gerechtigkeitssinn."

„Ich weiß nicht, vielleicht liegt es auch nur daran, dass ich nichts vergessen möchte", erwiderte ich leise. „Denn vielleicht habe ich auch nur einfach etwas übersehen."

„Oder vielleicht willst du etwas nicht sehen", bemerkte

Kassandra und fuhr sich durch ihre roten Haare. „Aber genug von der Vergangenheit. Hier geht es um deine Zukunft und wir brauchen eine Aufgabe für dich. Da du als Wächterin hier nicht arbeiten kannst - welche Fähigkeiten hast du noch?"

„Ich kann Sand beherrschen", sagte ich das Erste, was mir einfiel.

Kassandra strahlte mich an. „Perfekt. Da habe ich genau die richtige Aufgabe für dich."

Kapitel 7

Ich war todmüde, als ich an diesem Abend – der genau das gleiche Dämmerlicht aufwies wie der Morgen und der Rest des Tages – in unsere einfache Unterkunft am Rande des Nebelmeeres zurückkehrte.

Ben war noch nicht wieder da und ich ließ mich einfach für einen Moment in unser Bett fallen. Dabei dachte ich an den Tag zurück. Kassandra hatte mich nach unserer Unterhaltung zu einem Künstler gebracht, der sich der Bearbeitung von Glas verschrieben hatte, und dieser Künstler war Kristoff gewesen. Mit seinem brennenden Blick erhitzte er das Glas zuerst, um es dann in besondere Formen zu gießen und damit Vasen oder Trinkgefäße herzustellen. Dank meiner Fähigkeit, Sand zu beherrschen, standen ihm nun ganz neue Möglichkeiten offen. Anders gesagt: *Uns* standen nun ganz neue Möglichkeiten offen.

„Hey", sagte Ben, der in diesem Moment in der Tür aufgetaucht war, und seine tiefe Stimme allein reichte, um meinen ganzen Körper mit Gänsehaut zu überziehen.

„Hey", antwortete ich lächelnd und genoss es, dass er wieder da war. „Wie war dein Tag?"

„Ich habe Schmorosch geerntet", erwiderte Ben und ließ einen Batzen davon, der mich an einen Klumpen Lehm erinnerte, auf unseren schwarzen Tisch plumpsen. „Und wie war deiner?"

„Ich habe Kunst erschaffen", erwiderte ich mit einem zufriedenen Lächeln.

Er zog eine Augenbraue hoch und betrachtete meine

erste gläserne Vase, die ich nach unzähligen gescheiterten Versuchen mit Kristoff endlich hinbekommen hatte.

„Und wieso hast du uns dann so eine hässliche Vase angeschleppt?", fragte Ben amüsiert. „Damit der Vergleich mit deinem Kunstwerk noch besser wirkt?"

Ich schnaubte und griff nach dem Kissen unter meinem Kopf, das ich zielsicher auf ihn warf. Ben wich mühelos zur Seite aus und das Kissen traf die Vase, die auf den Boden fiel und dort in unzählige Scherben zersprang.

„Okay, sie war hässlich. Aber deswegen hättest du sie nicht gleich zerstören müssen", grinste er.

„Ach, sei doch still", schnaufte ich. „Du hast mein erstes Kunstwerk auf dem Gewissen."

„Hab ich nicht."

„Doch, hast du."

„Das ist gar nicht möglich."

Ich stützte mich im Bett auf den Ellbogen auf. „Und wieso nicht?"

Er verschränkte amüsiert die Arme vor der Brust. „Weil Kunst *definitiv* anders aussieht."

Ich hörte das Lächeln aus seiner Stimme und schnaubte erneut. „Hast du eine Ahnung, wie schwer es ist, mit meiner Fähigkeit den Sand so lange zu beherrschen, bis er nicht nur die gewünschte Form angenommen hat, sondern auch noch stillhält, damit Kristoff ihn mit seinem Blick schmelzen lassen kann?"

„Kristoff? Ehrlich?", knurrte Ben. „Jetzt weiß ich, wieso das Ding so ausgesehen hat."

Ich schüttelte nur den Kopf und schwang die Beine aus dem Bett. „Du bist unmöglich."

Er grinste nur und küsste mich, und ich schloss die Augen und genoss diesen wunderbaren Moment.

„Hast du als Lohn auch nur einen Klumpen

Schmorosch bekommen?", fragte ich dann.

Ben nickte. „Aber Faustus hat mir gezeigt, wie es geht. Man muss nur ein magisches Wort murmeln, die entsprechende Energie durch sich fließen lassen und sich ganz genau vorstellen, was aus dem Schmorosch werden soll."

„Das ist alles?", fragte ich skeptisch und fühlte, wie meine Linien heiß wurden. Das nutzte ich gleich dazu, um die Glassplitter mithilfe meiner Fähigkeit aus dem Haus zu fegen und im angrenzenden Nebelmeer zu versenken.

„Das ist alles. Wollen wir es versuchen?"

Ich nickte. „Wie lautet das magische Wort?"

„Schasch'latasch", antwortete Ben und wir setzten uns auf unsere Stühle und betrachteten unsere Brocken Schmorosch, den wir auf zwei Teller aufteilten.

„Schasch'latasch", murmelte ich und versuchte die magische Energie zu erspüren, während ich mir ein leckeres Gelbcurry vorstellte.

Ben starrte ebenfalls auf seinen Klumpen Schmorosch, der sich verflüssigt hatte und nun anfing, Blasen zu schlagen. Ein ekelerregender Geruch stieg mir davon in die Nase und ich beugte mich ein wenig vor.

„Mmmh, sieht lecker aus", sagte ich mit einem breiten Grinsen. Bens Mundwinkel zuckte amüsiert nach oben.

„Der gelbe Schleim auf deinem Teller sieht auch nicht gerade überwältigend aus."

Ich kicherte, obwohl ich wirklich Hunger hatte. „Meinst du, dass man das auch roh essen kann?"

„Keine Ahnung", meinte Ben, dessen Schmorosch sich inzwischen in eine dunkelbraune, blubbernde Flüssigkeit verwandelt hatte, die hektisch im Kreis zirkulierte. „Aber ich denke, dass es uns nicht umbringen wird."

Ein leises Klopfen an der Tür ließ mich den Blick von meinem gelben Schleim abwenden, aus dem jetzt noch ein paar Bröckchen ragten. Mit viel Fantasie ließ sich sagen, dass ich meinem Gelbcurry näher kam.

Ben stand auf und ging zur Tür, und obwohl er es sich nicht anmerken lassen wollte, sah ich doch die Anspannung in seinen Bewegungen. Mit einem Ruck öffnete er die Tür und ich atmete auf, als ich Logan draußen stehen sah. Der blonde Ekelträger lächelte uns entspannt an.

„Hey, ihr zwei, Kassandra und ich wollen gleich zu Abend essen und da haben wir uns gedacht, wir fragen euch, ob ihr Lust habt, mit uns gemeinsam …"

„Ja!", sagten Ben und ich wie aus einem Mund.

Logan blickte an uns vorbei auf die gescheiterten Schmorosch-Versuche und versuchte sich ein Lachen zu verbeißen.

„Großartig", erwiderte er amüsiert. „Aber tut mir einen Gefallen und versenkt das stinkende Zeug da vorher im Nebel."

Das Haus von Kassandra und Logan war ein zwei-stöckiges Gebäude und erinnerte mich ein wenig an unseren alten Turm in der Schwarzweißen Stadt.

Ob er wohl noch stand? Oder hatten ihn die Totaa bei ihrer Eroberung der Stadt schon längst dem Erdboden gleichgemacht? Die Vorstellung machte mich traurig und schon im ersten Moment, als ich über die Schwelle trat, spürte ich eine starke Sehnsucht nach unserem alten Leben, die ich rasch zur Seite zu drängen versuchte.

Erstens hatte es keinen Sinn, der Vergangenheit nach-zutrauern, und zweitens wollte ich vor Logan nicht un-dankbar erscheinen, falls er zufällig unsere Gedanken las.

„Kommt rein und setzt euch", sagte Logan und deutete auf einen glänzenden schwarzen Esstisch im Wohnzimmer, um den vier gemütlich aussehende Stühle standen. Der Tisch war bereits liebevoll gedeckt und ich spürte, wie mein Magen bei der Aussicht auf ein richtiges Essen leise zu knurren anfing. Seufzend nahm ich auf einem der angebotenen Stühle Platz. Der Raum wurde von mehreren Lichtsteinen an den Wänden in einen angenehmen, rötlichen Schimmer getaucht und ich bewunderte die Nebelrosen in der Vase, die langsam verdunsteten und sich dann immer wieder aufs Neue bildeten. Das Einzige, was mich unruhig machte, waren die zahlreichen Schatten, die immer wieder über die Wände und Decke huschten. Ich konnte mir noch so oft vorsagen, dass sie ein natürlicher Bestandteil der Schattigen Unterwelt waren – jede ihrer Bewegungen reizte meinen gelben Sinn und es kostete mich große Überwindung, sie zu ignorieren und nicht ständig mit meinen Blicken zu verfolgen. Zudem hatte ich irgendwie Mitleid mit diesen Geschöpfen.

In diesem Moment tauchte Kassandra lächelnd mit einem matten Silbertablett im Türrahmen auf. Darauf lag ein großer Haufen Schmorosch und ich hoffte inständig, dass Ben und ich nicht gezwungen sein würden, uns unsere Lieblingsspeise selbst zuzubereiten.

„Es freut mich, dass ihr gekommen seid", sagte sie aufrichtig und stellte das Tablett auf den Tisch. „Vor allem nachdem mir Logan erzählt hat, welche Köstlichkeiten ihr euch gerade zaubern wolltet", fügte sie belustigt hinzu.

„Kannst du uns sagen, wie lange es für gewöhnlich dauert, bis man ein halbwegs genießbares Essen zustande bringt?", fragte ich.

Kassandra überlegte kurz. „Nun, bei mir hat es ungefähr zwei Mondläufe gedauert. Ich wurde aber auch immer so wütend, dass es die Sache nicht besser gemacht hat. Roter Sinn …", sie deutete auf ihre linke Wange, „… keine ideale Voraussetzung für Geduld."

„Zwei ganze Mondläufe? Verdammt", knurrte Ben. „So lange wollte ich eigentlich nicht bleiben."

„Gibt es schon irgendwelche Neuigkeiten von oben?", griff ich das Thema auf. „Hast du etwas von Serge gehört, Logan? Oder von Simeon?"

Der blonde Ekelträger schüttelte den Kopf. „Um Serge solltest du dir aber keine Sorgen machen, der wird uns noch alle überleben." Dann blickte er Kassandra an. „Schatz, du hattest doch so einen Nachbarn, der immer von irgendwelchen Verbindungen zur Menschenwelt geschwafelt hat. Wollen wir den vielleicht fragen, ob er etwas weiß?"

Kassandra nickte. „Natürlich, das können wir machen. Aber zuerst essen wir. Was sind eure Lieblingsgerichte?"

Sie blickte mich an. „Ich hätte gern ein Gelbcurry", seufzte ich.

„Wird gemacht. Stell es dir ganz besonders lecker vor, dann wird es eher so, wie du es möchtest", wies sie mich an und häufte mir eine Portion Schmorosch auf meinen Teller. Dann flüsterte sie das magische Wort und nach einem kurzen Moment begann der Schmorosch zu blubbern und verwandelte sich vor meinen Augen in ein duftendes Gelbcurry.

„Danke", hauchte ich. „Danke, danke, danke."

Kassandra lächelte mich an und zwinkerte mir zu. „Und was möchtest du?", fragte sie Ben.

„Weißt du, wie ein Sumpfsuppeneintopf schmeckt?"

„Du hast Glück. Da ich mir einen waschechten

Ekelträger an Land gezogen habe, kenne ich die ganze Palette an Sumpfspezialitäten", erwiderte Kassandra und konzentrierte sich kurz. Ein paar Sekunden später stand ein dampfender Sumpfsuppeneintopf vor Ben.

„Wir müssen das auch unbedingt lernen", seufzte ich nach dem ersten Bissen von meinem Curry, das einfach nur himmlisch schmeckte.

Nach dem Essen stand Kassandra auf und ich wollte ihr helfen, die Teller abzuräumen, aber sie schüttelte nur den Kopf. „Das ist nicht nötig", sagte sie zu mir. „Darum kümmern sich die Männer. Komm, wir setzen uns nach draußen."

Sie ging vor und ich folgte ihr mit einem etwas befremdlichen Gefühl vor das Haus. Dort setzten wir uns auf eine schwarze Bank und ich atmete tief den nebeligen Geruch der Schattigen Unterwelt ein.

„Meintest du das damit, als du gestern sagtest, die Schattige Unterwelt wäre eine von Frauen dominierte Gesellschaft?", fragte ich nach einer Weile.

Kassandra richtete den Ausschnitt ihres schwarzen Kleides und nickte. „Tucana ist mit Abstand die stärkste Erinnerungsvampirin, die mir je begegnet ist", erklärte sie dann. „Von den männlichen Vampiren erreicht keiner mehr als Stufe Fünf. Tucana hat eine Acht. Deshalb steht es ihr frei, zu bestimmen, nach welchen Regeln unsere Gesellschaft funktioniert. Keiner stellt ihre Entscheidungen in Frage."

„Sind es denn gute Entscheidungen?", fragte ich, obwohl mir klar war, dass ich mich damit auf dünnem Eis bewegte.

Kassandra nickte langsam. „Tucana hat den Kodex eingeführt. Er besagt, dass es egal ist, woher du kommst oder was du getan hast. Deine Vergangenheit ist nicht von Bedeutung. Nur dein Verhalten hier in der Schattigen Unterwelt zählt. *Wir geben und wir nehmen*, zuerst wird gegeben, dann genommen. Sie war die Erste, die diese Regel aufgestellt hat. Und damit hat sie Ordnung in das Chaos gebracht."

„Wieso wird sie von euch eigentlich *die Gezeichnete* genannt? Was ist mit ihr passiert – warum hat sie keine Arme?"

Kassandra seufzte leise. „Wir nennen sie *die Gezeichnete*, weil sie ihre Arme nicht durch einen Unfall verloren hat", erwiderte sie dann. „Ich weiß nicht viel über diese Sache, ich weiß nur, dass Tucana auf der Oberfläche einen furchtbaren Mord begangen hat. Die Hintergründe sind mir nicht bekannt. Aber zur Strafe wurden ihr beide Arme abgehackt. Auf diese Weise sollte verhindert werden, dass sie jemals wieder so eine schreckliche Tat begeht. Meines Wissens ist das viele Jahre her. Tucana hat ihre Strafe abgesessen und sich nach der Tat geändert. Aber auf der Oberfläche wurde sie geächtet und daher entschied sie irgendwann, in die Unterwelt zu gehen. Hier unten herrschte damals Anarchie. Jeder nahm die Erinnerung von jedem, es wurde viel gemordet und es herrschte das Gesetz des Stärkeren. Auch die Schatten waren noch nicht unterworfen. Kurz gesagt tobte hier das totale Chaos. Sie hat die Schattige Unterwelt zu dem Ort gemacht, der er heute ist. Zwar nicht perfekt", Kassandra blickte mich ernst an, „aber doch ziemlich nah dran."

Ich versuchte die Informationen zu verarbeiten und schwieg. Es erschien mir, als ob Kassandra diesen Ort ein wenig zu sehr glorifizierte, aber dann dachte ich daran, was ihr die Schattige Unterwelt alles bot, was sie auf der Oberfläche nicht bekam: Akzeptanz. Verantwortung.

Eine Aufgabe.

„Meine Fragen sollten nicht respektlos klingen", sagte ich.

„Das tun sie nicht", erwiderte Kassandra. „Ich finde es schön, mich mit jemandem zu unterhalten, der Dinge hinterfragt. Ich mag Freigeister wie dich."

„Danke", sagte ich. Es war lange her, dass mir jemand ein Kompliment gemacht hatte, und von jemandem wie Kassandra hatte ich es am allerwenigsten erwartet.

„Wie gefällt dir die Schattige Unterwelt?", fragte sie nun.

Ich lehnte mich auf der schwarzen Steinbank zurück und meine Finger fanden Simeons Medaillon, das ich um den Hals trug. Hoffentlich ging es ihm gut.

„Es ist ein bemerkenswerter Ort", sagte ich. „Aber ich vermisse die Sonne und den Wind. Ich mag das Gefühl von trockenem Sand auf meiner Haut." Ich stockte. „Doch noch mehr als das alles zusammen würde ich ihn vermissen, wenn er nicht mehr bei mir wäre. Selbst wenn ich den Rest meines Lebens in diesem Nebel verbringen muss, so würde ich keine Sekunde zögern, es zu tun."

Kassandra schaute lange auf die Silhouetten der Türme des Palastes, der sich in einiger Entfernung von uns im Stadtzentrum erhob.

„Du liebst ihn aufrichtig", sagte sie dann. „Sei vorsichtig, wenn du auf Vampire triffst, die von deinen Gefühlen kosten wollen. Solch eine Liebe macht schnell süchtig. Egal, was dir die Liebesvampire versprechen, lass dich auf keinen Deal ein."

„Das werde ich nicht", erwiderte ich.

In diesem Moment kamen Ben und Logan aus dem Turm.

„Mission Geschirrspülen abgeschlossen", raunte mir

Ben ins Ohr, der schon wieder von mehreren Schatten umkreist wurde.

„So schnell?", fragte ich neckend, um das ungute Gefühl zu überspielen, das mich beim Anblick der huschenden Schattenwesen überkam.

„Kassandra hat einen Schrank mit Schattenmagie", antwortete Logan an Bens Stelle. „Man muss bloß die schmutzigen Teller hineinstellen und nimmt sie kurze Zeit später wieder gesäubert heraus."

„So ein paar Schatten fände ich bei uns auch ganz praktisch", meinte Ben und ich schüttelte automatisch den Kopf.

„Hey, ist das nicht dein Nachbar?", brummte Logan. Kassandra setzte sich auf und ihr langes schwarzes Kleid raschelte bei der Bewegung. Schließlich nickte sie und stand auf.

„Hallo Leno", rief sie durch den Nebel. „Hast du eine Minute?" Der dünne Träger erstarrte mitten in der Bewegung und sein Kopf ruckte zu uns herum. Er hatte kurze, weißblonde Haare und eine gekräuselte violette Gesichtszeichnung, die sich nicht nur über die rechte Wange erstreckte, sondern über seine gesamte rechte Körperhälfte zu verlaufen schien. Jedenfalls setzte sich das Muster auf seinen Armen und Füßen fort. Der Rest wurde durch seinen schwarzen, locker sitzenden Anzug verdeckt.

„Hallo Kassandra", grüßte Leno und beäugte uns misstrauisch. „Was kann ich für dich tun?"

„Ich wollte dich fragen, ob du in letzter Zeit Nachrichten von oben empfangen hast."

Lenos Augen weiteten sich und ein Lächeln umspielte seine Lippen. „Ich freue mich über jeden, der sich für meine Nachrichten interessiert", sagte er und sah uns an.

„Interessiert ihr euch auch für sie?"

Ben, Logan und ich nickten.

„Kann man denen denn trauen?", fragte Leno Kassandra und runzelte die Stirn. „Es sind Neuankömmlinge, nicht?"

Kassandra lächelte. „Ja, aber ich vertraue ihnen – und du kannst es auch." Dann wandte sie sich uns zu.

„Leno hat die Fähigkeit, die magischen Wellen der Nachrichtenwürfel aufzufangen", erklärte Kassandra. „Es funktioniert nach einem ähnlichen Prinzip wie das Nehmen von Erinnerungen – allerdings ist es viel anstrengender und auch sehr viel schwieriger, weil die Nachrichtenwürfel alle auf der Oberfläche herumschwirren und so weit entfernt sind."

„Und einen Nachrichtenwürfel mit nach unten zu nehmen würde das Problem nicht lösen?", fragte Ben.

Logan schüttelte den Kopf. „Die Würfel funktionieren hier unten nicht."

„Aber ich funktioniere, ich kann es jetzt tun. Jetzt gleich", warf Leno aufgeregt ein, der sichtlich stolz auf seine Gabe war. „Soll ich es euch zeigen?" Wir nickten.

„Dann seid leise. Still jetzt. Ganz still." Er riss die Augen weit auf und legte den Kopf in den Nacken, bis er an die Höhlendecke starrte. Ich verstand, dass es ihm so leichter fiel, die magischen Wellen der Nachrichtenwürfel auf der Oberfläche aufzufangen.

Eine Zeitlang starrte Leno nur mit pechschwarzen Augen nach oben und ich hatte schon das Gefühl, dass es nicht funktionieren würde.

„Eine Acht, sie bilden eine Neue Acht", gab er stockend wieder. „Der Krieg tobt … viel Zerstörung und … die Totaa … sie haben eine zweite Hand."

„Eine zweite Hand?", wiederholte ich. „Was soll das

bedeuten? Noch einen Anführer?"

„Die zweite Hand bedeutet Gefahr", knatterte Leno. „Und für den Mörder der Gestalter wurde ein Kopfgeld ausgesetzt. Sie versprechen jedem, der ihn tot oder lebendig bringt, zehntausend Blätter."

„Zehntausend Blätter?", hauchte ich und klammerte mich an der Steinbank fest. Zehntausend Blätter waren ein Vermögen. Bei so einem hohen Kopfgeld war Ben nirgendwo sicher. Vielleicht nicht einmal hier.

„Danke, Leno", sagte Kassandra mit sanfter Stimme und stand auf. Ihre schlanken Hüften bewegten sich verführerisch unter ihrem schwarzen Kleid, als sie auf den dünnen Träger zuschritt und ihm die Hände auf die Schultern legte. „Ich lade dich als Dankeschön zum Essen bei mir ein", sagte sie und brachte ihren Mund ganz nah an seinen.

Leno starrte Kassandra an und nickte.

„Wunderbar", lächelte sie und drehte sich um. Dabei sah ich, dass ihre Pupillen sich über das gesamte Auge ausgedehnt hatten. „Gute Nacht, Leno."

„Gute Nacht, Kassandra", antwortete er. Dann drehte er sich um und verschwand in seinem Haus.

„Was hast du mit ihm gemacht?", fragte ich, obwohl ich die Antwort schon ahnte.

„Ich habe ihm die Erinnerung an die letzten Minuten genommen – dafür werde ich ihm ein Essen zubereiten", erwiderte Kassandra. „Ben ist sicherer, wenn hier niemand von dem Kopfgeld erfährt."

„Zehntausend Blätter", wiederholte Ben, als wir wieder zu Hause waren, und sah mich an. „Lee, du solltest mich ausliefern und dir mit der Kohle ein neues Leben aufbauen."

„Genau. Das werde ich tun", sagte ich und schüttelte den Kopf. „Wirst du hier unten langsam wahnsinnig?"

„Ja, das werde ich", entgegnete Ben und raufte sich die Haare. Es tat mir weh, ihn so zu sehen.

„Das ist nicht so gut, denn wir müssen hier noch einige Zeit bleiben", murmelte ich. „Bei der Höhe des Kopfgeldes können wir unmöglich an die Oberfläche. Sie werden dich jagen."

„Ich weiß", schnaubte Ben und setzte sich aufs Bett.

Ich ging vor ihm in die Hocke. „Versprich mir, dass du hier bei mir bleibst – dass du dich nicht allein auf den Weg nach oben machst, okay?"

„Würde ich denn so etwas tun?", fragte er und lächelte schief.

„Das würdest du."

„Du auch."

„Deswegen sollst du es mir ja versprechen", sagte ich und fuhr ihm zärtlich über den Arm.

„Und was ist mit Simeon?", fragte er.

Ich griff vorsichtig nach meinem Medaillon und öffnete es. „Simeon hat es bisher geschafft, sich aus jeder brenzligen Situation hinauszumogeln – er wird es auch jetzt schaffen", sagte ich und hoffte, dass meine Worte wahr waren.

Ben blickte auf das goldene Schmuckstück mit unseren Bildern. „Hat er dir das geschenkt?"

Ich nickte langsam. „Ich vermisse ihn sehr", murmelte ich. „Dennoch müssen wir hierbleiben, Ben. Und zwar länger als geplant."

Kapitel 8

Am nächsten Tag mieden wir das Thema und gingen einfach unseren Arbeiten nach. Auch wenn mir meine Tätigkeit als Wächterin mehr Genugtuung bereitet hatte, so fand ich langsam Gefallen daran, mit meiner Fähigkeit etwas zu erschaffen. Und es machte Spaß, mit Kristoff zusammenzuarbeiten.

„Du wirst immer besser", bemerkte er, als wir Feierabend machten und er seinen Laden schloss.

„Danke", entgegnete ich, bevor ich mich verabschiedete. Ben arbeitete immer etwas länger als ich und so entschied ich mich dafür, ein wenig durch die Straßen der Stadt zu streifen. Dabei versuchte ich, mein gelbes Wachsamkeitslicht nicht entfachen zu lassen – was mich viel Anstrengung kostete. Denn die Einwohner der Stadt hatten alle ihre Geschichte und nicht wenige von ihnen wirkten gefährlich.

„Schmuckstücke für deine Liebe!", kreischte eine alte Frau, als ich auf einen kleinen Marktplatz stieß, an dem sich die Stände dicht aneinanderdrängten. Auf einem kleinen Tischchen vor ihr lagen funkelnde Ketten und Armbänder, auf die sie mit ihren dicken Fingern deutete. „Nur zu, sie sind hübsch, nicht wahr?", grinste sie und entblößte dabei eine Reihe gelber Zähne. „Du musst mir nur ein wenig von deiner Liebe schenken und eines dieser Stücke gehört dir."

Ich schüttelte den Kopf und ging weiter. Dabei ließ ich meinen Blick über den kleinen Marktplatz schweifen, der den Basaren aus der oberen Welt sehr ähnelte. Auch wenn man hier nicht Währungsblätter, sondern seine Gefühle und Erinnerungen gegen die angebotenen Waren tauschte.

Viele Besucher des Basars hielten ihren Kopf gesenkt und ich fragte mich unwillkürlich, wer sie waren. Waren es Mörder und Verbrecher? Oder Geächtete, deren Selbstvertrauen schon vor langer Zeit zerstört worden war?

Ich versuchte nicht, mich über sie zu stellen, denn im Grunde gehörte ich zu ihnen. Ich war eine Vertriebene. Und auch wenn ich mir den Kopf darüber zerbrach, was in dem grünen Palast tatsächlich passiert war, so brachte es mich keinen Schritt weiter.

„Was hast du zu bieten?", fauchte mich ein kleiner, dünner Händler an, dessen zerrissene schwarze Zeichnung zu glimmen begann.

„Was hast *du* zu bieten?", fauchte ich zurück.

Der Träger wies auf seinen Tisch, auf dem sich Dutzende Lichtsteine befanden.

„Besondere Lichtsteine", sagte er.

„Inwiefern besonders?", fragte ich und nahm einen davon in die Hand. Erst jetzt erkannte ich, dass darin Licht und Schatten miteinander rangen. Schnell legte ich den Stein wieder zurück.

„Du hast Mitleid mit den Schatten, oder?", bemerkte der Ekelträger und fuhr sich durch die struppigen Haare. „Aber das da drinnen sind keine Schatten."

„Was ist es dann?", wollte ich wissen.

„Es ist Magie aus einer alten Zeit."

„Und wozu dient diese Magie?"

„Es sind Talismane", erklärte er und reckte stolz das Kinn.

„Unsinn", mischte sich eine dünne Trägerin vom

Nachbarstand ein. „Das ist nur Schrott. Komm lieber zu mir, ich habe schöne Elixiere."

„*Das* ist nur Schrott", konterte der Ekelträger.

„Ach ja?", fragte die dünne Trägerin mit den kurzen, schwarzen Locken und verschränkte die Arme vor der Brust. Ich erkannte, dass ihre Hände leicht zitterten. Diese Art von Zittern hatte ich schon mal gesehen, es war die Folge einer unheilbaren Knochenkrankheit namens Zittritis, die durch den übermäßigen Gebrauch von Elixieren entstand. „Erzählst du jetzt wieder deine Geschichte vom Gleichgewicht, du alter Geschichten-erzähler?", machte sie weiter. „Versuchst damit die Kundschaft zu ködern?"

Der schwarze Händler warf seiner Konkurrentin einen bösen Blick zu, dann wandte er sich mir zu und beugte sich nach vorn. „Das Gleichgewicht ist entscheidend, du findest es überall", wisperte er und seine Augen begannen zu funkeln. „Es ist die Lösung für so viele Fragen. Hell und Dunkel muss miteinander im Reinen sein, und die Welt da oben braucht eine Welt wie diese hier unten, sonst würde die Balance kippen. Hast du schon mal von dem Licht-und Schatten-Zauber gehört?"

Ich schüttelte den Kopf und wollte eigentlich weiter-gehen, fand es aber zu unhöflich. Und da ich bereit war, dem Kodex der Unterwelt zu folgen, indem ich seine Worte gegen mein offenes Ohr tauschte, blieb ich stehen.

„Der Licht-und-Schatten-Zauber ist eine alte, verschollene Magie, aber ich habe ihn schon einmal erlebt. Ich habe gesehen, wie das Gute eines Trägers langsam auf einen anderen Träger überging." Er schnaubte. „Du wirst vielleicht denken, dass das eine gute Sache ist, aber wenn sich das Gute in einem Träger immer weiter mehrt - wo soll dann das Böse hin? Es waren zwei Freunde, die mit dem Zauber in Berührung kamen, der eine wurde gut und der andere wurde böse. Und du willst das Böse nicht sehen." Er schüttelte den Kopf.

„Was ist passiert?", fragte ich.

„Es dauerte seine Zeit, es geht Schritt für Schritt, fast unmerklich. Der Gute tut Gutes und der Böse tut Böses, aber die Reinheit dieser dunklen Taten ist fürchterlich. Der Böse hat Lust am Morden, er quält gerne und findet Gefallen an dem Leid anderer, verstehst du? Er ist wie ein Vampir, der keine Lust auf Erinnerungen oder Gefühle hat – er möchte die Dunkelheit in sich aufsaugen." Er senkte seine Stimme. „Und wenn du das pure Böse einmal gesehen hast, dann erkennst du es. Du kannst nichts dagegen tun. Und ich habe es hier in einer Person gesehen …"

Ein kalter Schauer rann mir über den Rücken.

„Lass dich nicht von ihm einlullen", bemerkte die dünne Händlerin. „Er redet einfach so lange auf dich ein, bis du etwas kaufst, damit du endlich Ruhe von seinen Geschichten hast."

Der Ekelträger drehte sich zu ihr um. „Halt lieber deinen Mund, sonst werde ich dir deine Erinnerungen an meine Geschichten nehmen!"

„Tu's doch!", keifte die Händlerin. „Dann hätten wir beide etwas davon!"

Und während sich die Händler zankten, nutzte ich den Moment, um weiterzugehen.

Auf dem Markt hier konnte man fast alles kaufen – nur eben nicht mit Geld. Je wertvoller die Stücke waren, desto mehr Erinnerungen oder stärkere Gefühle musste man eintauschen.

Ich schlenderte eine Weile an den schwarzen Ständen vorbei und versuchte die gierigen Blicke der Verkäufer zu ignorieren. Es kam mir falsch vor, mir Erinnerungen nehmen zu lassen – und auch bei den Gefühlen war ich mir unsicher. Die Worte des kleinen Händlers über Gleichgewicht und Balance klangen in mir nach, als plötzlich ein hässlicher Schrei erklang.

Automatisch bewegten sich meine Beine in die Richtung, aus der der Schrei gekommen war, und ich lief zurück zu dem Stand des kleinen Ekelträgers.

Doch der Ekelträger stritt sich nicht mehr mit der Händlerin, nein, er lag über seinen Verkaufstisch gelehnt, mit einem Dolch im Rücken. Und er atmete nicht mehr.

„Lee, was machst du hier?", fragte in dem Moment Logan, der plötzlich neben mir aufgetaucht war.

Zum Antworten blieb mir keine Zeit, denn im nächsten Moment schraubte sich eine dunkle Rauschschwade aus dem Boden in die Höhe, aus dem zwei braunhaarige Trägerinnen sprangen. Beide trugen ärmellose, schwarze Overalls und einen schwarzen Armreif um ihren rechten Oberarm. Es musste die Schattengarde sein, die Kassandra erwähnt hatte.

„Was ist hier passiert?", fragte die erste Gardistin und kniff die Augen zusammen, als sie den Leichnam sah.

Die Händlerin, die eben noch mit dem kleinen Träger gezankt hatte, zuckte mit den Schultern. „Ich weiß es nicht. Wir hatten einen kurzen Disput, dann habe ich mich meinen Elixieren zugewandt, und als ich wieder hinsah, lag er auf einmal so da. An mehr kann ich mich nicht erinnern."

„Du wirst mit uns kommen müssen, wir werden uns deine Erinnerungen ansehen", sagte die andere Vampirin der Schattengarde und blickte sich um.

„Ich glaube nicht, dass sie es war", mischte ich mich ein und deutete auf den Dolch, der im Rücken des

Ekelträgers steckte. „Die Trägerin hier hat Zittritis, sie ist zu schwach, um mit der notwendigen Kraft zuzustechen."

„Ach ja?", bemerkte die linke Schattengardistin und warf ihre braunen Locken zurück. „Und wer sagt, dass wir deinen Worten Glauben schenken?"

„Sie hat recht", mischte sich die Händlerin ein. „Ich arbeite schon zu lange mit den Elixieren und meine Krankheit verschlechtert sich von Tag zu Tag. Ich tue mich schon schwer, meine Fläschchen zu halten."

Ich straffte die Schultern und die beiden Vampirinnen der Schattengarde beäugten mich abschätzig.

„Wer bist du? Und was tust du hier?", fragte die eine.

„Du bist doch eine einfache Trägerin und ich habe dich noch nie gesehen", bemerkte die andere argwöhnisch.

„Wir waren gemeinsam einkaufen", meldete sich Logan schnell zu Wort. „Und wir werden jetzt gehen."

Er nickte den beiden Gardistinnen zu und zog mich dann mit sich.

„Sie mögen es nicht, wenn man sich in ihre Angelegenheiten mischt", flüsterte er mir zu, während wir schon ein paar Schritte gegangen waren. „Und du solltest hier auf keinen Fall auffallen."

Ich atmete tief ein, und obwohl ich wusste, dass er recht hatte, obwohl ich wusste, dass es für Ben und mich besser war, wenn ich nicht genauer hinsah, wenn ich nicht über die tödlichen Unfälle in der Schattigen Unterwelt nachdachte und mich aus allen Ungereimtheiten raushielt, wehrte sich alles in mir dagegen.

Die Tage flossen dahin und ich verdrängte den Vorfall auf dem Markt. Aus den Tagen in der Schattigen Unterwelt wurden Wochen. Und aus den Wochen wurde ein ganzer Monat. Auch wenn die Schattige Unterwelt nicht zu unserer Heimat wurde, so wussten wir, dass wir so lange hierbleiben mussten, bis der wahre Mörder der Gestalter gefasst war – oder ich eine andere Möglichkeit sah, um Bens Unschuld zu beweisen.

Aber hier lag das Problem: Irgendwie hatte ich das Gefühl, dass nicht einmal Ben von seiner Unschuld überzeugt war. Und die Schattige Unterwelt setzte ihm zu.

Sie setzte uns beiden zu.

Die Schatten verfolgten ihn Tag und Nacht. Sie umschwirrten ihn wie Motten das Licht und ich musste ständig an Kassandras Worte denken, dass gerade die Sinnträger, die jede Menge Dunkelheit in sich trugen, besonders verführerisch auf die Schatten wirkten.

Dennoch schob ich es immer wieder fort. Wenn ich vor dem Einschlafen in Bens Gesicht sah, wenn ich ihm in die Augen blickte, während wir uns liebten, wenn wir morgens gemeinsam frühstückten und er über meine katastrophalen Schmorosch-Ergebnisse schmunzelte, dann wusste ich, dass er es nicht getan hatte. Und daran hielt ich mich fest. Es ließ mich die Tage überstehen, in denen er in sich gekehrt und abwesend wirkte. In denen er stundenlang am Ufer des Nebelmeeres stand und ich mich fragte, ob er überlegte, diesen einen Schritt nach vorn zu machen.

Die Angst um ihn zehrte an mir. Und obwohl ich nach längerem Ringen mit mir schon begonnen hatte, mir in regelmäßigen Abständen meine Angst von einer blinden Gefühlsvampirin nehmen zu lassen, kam sie dennoch immer wieder zurück. Sie stieg immer wieder aufs Neue empor, so lange, bis ich es irgendwann nicht mehr ertrug und Ben davon überzeugte, dass wir so nicht weitermachen konnten. Er musste sich in seine

Erinnerungen blicken lassen. Wir mussten endlich Gewissheit erlangen.

„Hier ist es", sagte ich und klopfte an die steinerne Tür mit dem großen Guckloch aus Dunkelglas in der Mitte. Ben und ich befanden uns in einer abgelegenen Ecke der Schattigen Unterwelt, einer üblen Gegend, die vor allem von Lustvampiren für ihre Orgien genutzt wurde. Während wir hier standen, waren die Schreie aus einem nahe gelegenen Kellergeschoss deutlich zu hören.

„Ich habe kein gutes Gefühl bei der Sache", murmelte Ben und ich griff nach seiner Hand.

„Es wird uns Klarheit verschaffen", sagte ich und strich mit den Fingerspitzen über seinen Dreitagebart. „Vertrau mir, Ben."

„Das tue ich. Sonst wäre ich schon längst weg", knurrte er und zog mich zur Seite, als ein liebestrunkener Gefühlsvampir an uns vorbeitorkelte.

„Wenigstens starren sie dich nicht mehr so an, seit du deine Wasserperlen wiederhast." Ich nickte und war darüber auch froh. Nachdem Kristoff und ich ein paar wunderschöne Glasskulpturen verkauft hatten, war ich in der Lage gewesen, eine Überfahrt auf einem Schattenboot zu bezahlen und mir meinen Wasserperlenanzug aus der steinernen Truhe zurückzuholen, der inzwischen vollkommen schwarz geworden war. Ben und ich verdienten inzwischen zusammen genug, dass wir uns auch eine bessere Unterkunft hätten leisten können, aber ich mochte das Haus am Ufer des Nebelmeeres. Mir gefiel, dass dort so wenig Schatten wohnten. Nur selten verirrte sich einer zu uns und im Umkreis von einer Meile gab es keine Schattenmagie, der ich weiterhin skeptisch gegenüberstand.

Die schwarze Tür wurde mit einem Ächzen geöffnet und ein rundlicher Erinnerungsvampir mit dicken Brillengläsern blinzelte uns entgegen.

„Was wollt ihr?", schnaufte er.

„Können wir reinkommen?", fragte ich.

„Sagt zuerst, was ihr wollt."

„Du sollst in meine Erinnerungen schauen", schnauzte Ben ihn an.

Der Erinnerungsvampir kniff die winzigen Augen zusammen. „Bist du nicht dieser Typ, der …"

„Entweder du lässt uns jetzt rein oder wir gehen wieder", unterbrach ich ihn mit all meiner weiblichen Autorität, zu der ich fähig war.

Er stockte und zog die Nase hoch. „Wenn ihr wollt, dass ich in seine Erinnerungen schaue, brauche ich euch nicht reinzulassen. Das geht ganz schnell." Er brachte sein rundes Gesicht näher an das von Ben heran.

„Welche Stufe hast du?", fragte Ben angewidert.

„Drei", schnaufte der Erinnerungsvampir.

„Reicht dir sein Atem?", fragte ich den Vampir hoffnungsvoll.

„Besser geht's mit einem Kuss."

Ben schüttelte den Kopf. „Vergiss es."

„Okay, dann eben mit deinem Atem. Puste mir ins Gesicht."

Ben atmete tief ein und ich konnte ihm ansehen, dass er knapp davor war, auf dem Absatz umzukehren und zurück zu unserem Haus zu gehen.

„Bitte, Ben", flüsterte ich. „Denk an den letzten Moment, an den du dich noch erinnern kannst, bevor es passiert ist – und dann tu es." Er schloss resigniert die Augen und blies dem rundlichen Erinnerungsvampir seinen Atem ins Gesicht. Die kleinen Augen hinter den dicken Brillengläsern verfärbten sich pechschwarz und ich konnte Bens Erinnerungen darin gespiegelt sehen.

Da war ein Junge mit einer Zahnlücke und Sommersprossen. Er war noch jung, keine fünfzehn Jahre alt, und saß zitternd auf einem schmutzigen, mit Stroh bedeckten Boden. Die Arme hatte er um seine knochigen Knie geschlungen und seine Augen waren weit aufgerissen vor Angst. Er hatte sich hinter einem Heuballen versteckt. Nun starrte er auf eine Stalltür und steckte sich seine Faust in den Mund, um nicht zu wimmern.
Als Nächstes ging die Tür auf und ein schwarzer Schatten fiel auf den Boden. Das Letzte, was ich sah, war, dass dieser Schatten eine Peitsche in der Hand hielt.

Der dicke Erinnerungsvampir taumelte zurück und Ben presste sich die Hand auf sein Herz.

„Verdammt", keuchte er. „Wieso tut das so weh? Was ist passiert?"

„Ich will deine Erinnerungen nicht haben", schnaufte der Vampir und stolperte zurück in sein Haus. „Sie sind zu alt. So alte Erinnerungen will ich nicht." Mit diesen Worten knallte er Ben und mir die Tür vor der Nase zu.

„Was meint er damit?", fragte Ben und rieb sich noch immer seine Brust. Ich war so erschrocken, dass ich im ersten Moment kein Wort herausbrachte.

„Ich weiß es nicht", antwortete ich dann. „Kannst du dich jetzt an irgendetwas erinnern? Etwas, das vorher nicht da war?"

Ben strich sich die zerzausten Haare aus dem Gesicht und atmete einmal tief durch. Dann schüttelte er verbittert den Kopf. „Nichts", sagte er. „Ich habe keinen blassen Schimmer, was an dem Tag …"

Ein lautes Brüllen unterbrach seinen Satz. Er klang anders als die Lustschreie aus dem Kellergeschoss und ich fühlte, wie meine Wachsamkeitslinien heiß wurden.

„Ben", sagte ich drängend.

Er schob mich halb hinter sich und nickte. „Verdammt, hier stirbt doch jemand."

Kapitel 9

Wir rannten in die Richtung, aus der der Schrei gekommen war, und knallten dabei fast in Logan, der von einer anderen Seite kam und ebenso erschrocken wirkte wie wir. Der Nebel auf den Straßen war noch dichter als sonst und die Schatten zischten so schnell über die Hauswände, dass man ihre Aufregung deutlich spüren konnte.

„Was ist passiert?", stieß ich hervor und blickte mich unruhig um.

Logan schüttelte den Kopf. „Ich weiß es nicht", antwortete er keuchend. „Ich war unterwegs, um Kassandra eine Halskette für den Ball morgen Abend zu besorgen. Dabei habe ich die Gedanken von jemandem aufgefangen, der Todesangst hatte. Kurz darauf ertönte dieses Brüllen. Aber ich weiß nicht, woher es kam."

Zu dritt drehten wir uns auf der Straße, die plötzlich wie ausgestorben wirkte. Der dichte Nebel ging mir bis zur Hüfte und ich versuchte herauszufinden, woher der Schrei gekommen war.

„Hier!", rief Logan plötzlich und ging neben einer schwarzen Häuserwand in die Knie. Der Nebel wurde von einem Windstoß aufgewirbelt und ich sah einen dünnen Erinnerungsvampir mit kurzen, weißblonden Haaren auf dem Boden liegen. Es handelte sich um Leno, der uns die Nachricht über Bens Kopfgeld aus dem Nachrichtenwürfel mitgeteilt hatte.

„Bei allen Sinnen", flüsterte ich, als ich den Dolch in seinem Rücken entdeckte. Irgendjemand hatte Leno ermordet.

„Halt! Stehen bleiben!", ertönte in dem Moment eine kräftige Stimme und eine dunkle Rauchschwade schraubte sich aus dem Boden in die Höhe, aus dem zwei Vampirinnen der Schattengarde sprangen. Sie trugen wie beim letzten Mal einen schwarzen, ärmellosen Overall und einen schwarzen Armreif um ihren rechten Oberarm. Eine von den beiden kannte ich bereits – es war jene Trägerin, die ich vor Wochen auf dem Markt gesehen hatte.

„Nimm die Hände weg von ihm!", rief die andere Gardistin mit den blonden, kurzen Haaren und deutete auf Logan. Sofort sprangen fünf Schatten von der Häuserwand herunter und hüllten Logan ein, sodass von ihm kaum noch etwas zu sehen war.

„Hört auf!", schrie ich. „Wir haben die Leiche nur gefunden, wir haben nichts damit zu tun."

„Schon gut", erwiderte Logan. Die Schatten zerrten an ihm und er stand schwankend auf und hob beide Hände. „Ich kenne ihn und habe seine Angst gespürt. Natürlich komme ich mit euch, um euch zu sagen, was ich weiß. Ihr werdet es in meinen Erinnerungen sehen können."

Die Vampirinnen der Schattengarde warfen uns einen misstrauischen Blick zu, während sie den Leichnam begutachteten. „Du bist die gewöhnliche Sinnträgerin vom Markt", zischte die eine mit den braunen Wellen. „Du tauchst hier das zweite Mal auf, an einem Tatort. Das kann kein Zufall sein – Vorsicht bei vorschnellen Verdächtigungen hin oder her", sagte sie und machte einen Schritt auf mich zu, um mir einen herben Stoß zu versetzen. „Das Messer im Rücken, was für eine feige Tat."

„Mach das noch einmal und du hast ein Problem

mit mir", knurrte Ben und machte einen Schritt auf die Trägerin zu.

„Ben", hauchte ich, „tu das nicht. Wir können das so regeln."

„Hast du meiner Kollegin etwa gerade gedroht?", zischte die andere Gardistin mit den blonden, kurzen Haaren.

„Gratuliere. Du bist doch intelligenter, als du aussiehst", sagte Ben und schüttelte meinen Arm ab.

„Hör auf damit", wisperte ich ihm zu, doch es war, als ob er mich gar nicht hören würde. Die Schatten aus der näheren Umgebung huschten zu ihm, sie kamen von den Wänden, von den Dächern und vom Boden. Und sie alle umschwirrten ihn – jedoch ohne ihn festzuhalten, wie sie es bei Logan gemacht hatten.

Diese Schatten waren auf seiner Seite, sie kamen ihm zu Hilfe – und das zu sehen machte mir Angst.

„Was ist los mit dir?", fragte die dunkelhaarige Gardistin und riss die Augen auf. „Warte … du bist doch der Typ, auf den sie das Kopfgeld ausgesetzt haben. Ein Neuankömmling hatte deinen Steckbrief mitgenommen."

Mein Herz setzte einen Schlag aus. Jetzt war genau das passiert, wovor ich schon so lange Zeit Angst gehabt hatte. Sie hatten ihn enttarnt.

„Halte dich an die Regeln, Gardistin", mischte sich Logan ein. „Wer zu euch kommt, lässt seine Vergangenheit hinter sich. Nichts von dem, was früher war, ist von Belang. Nur das Jetzt zählt. Wer sich in die Schattige Unterwelt begibt, erlangt Immunität – so hat es mir Tucana zumindest mitgeteilt. Willst du der Gezeichneten widersprechen?"

Tiefe Missgunst zeichnete sich im Gesicht der

Gardistin ab.

„Natürlich nicht", presste sie hervor, „aber da ich mich an die Regeln halte, werde ich dich und diese gelbe Trägerin jetzt zur Seherin bringen."

Ben hatte widersprechen wollen, doch Logan und ich hatten ihm versichert, dass es in Ordnung war, die Schattengarde zu begleiten. Sie ließen Lenos Leichnam abtransportieren und brachten uns zum Palast, in einen der schwarzen Türme.

Die ganze Zeit über sprachen sie kein Wort mit uns und wir folgten ihnen unzählige Treppen hinab in ein Kellergeschoss. Dabei wirbelten die Gedanken nur so durch meinen Kopf und ich versuchte die Tatsache, dass auch Logan zweimal an einem Tatort einfach erschienen war, zu verdrängen. Immerhin war mir genau das Gleiche passiert. Es konnte also ein Zufall sein. Aber … war es das wirklich? Oder war Logan in Wahrheit kein netter Freund, sondern jemand, der sich an den Todesgedanken anderer berauschte?

Ich schluckte und wollte nicht daran glauben, dass die, die mir wichtig waren, Dunkelheit im Herzen trugen.

Aber wer war für die Dolchmorde verantwortlich? Und wie viele von den Morden waren bislang passiert? Faustus hatte von seinem Kollegen gesprochen, dann der Händler am Markt, und jetzt auch noch Leno - gab es noch mehr Opfer?

„Wir sind es, die Schattengarde", sagte die Dunkelhaarige, als wir vor einer hölzernen Tür stehen blieben, die von zwei schwebenden Fackeln beleuchtet wurde.

„Tretet ein", ertönte eine weibliche Stimme von drinnen.

Die beiden Gardistinnen folgten der Anweisung und wir begaben uns in ein dunkles Gewölbe, an dessen Steinwänden die Schatten entlangzuckten. Nur ein paar schwache Lichtsteine erhellten den breiten Raum, an dessen rechter Seite eine Front aus Gefängniszellen verlief. Die Gitterstäbe loderten im schwarzen Feuer und silberne Nebelschwaden waberten über den Boden. In der Mitte unter dem Kreuzgewölbe befand sich ein opulenter Stuhl, auf dem eine Trägerin saß.

Ihr Gesicht war von Falten durchzogen und weiße, dünne Haare fielen ihr über die Schultern. Sie hatte eine spitze Nase und ihre Augen jagten mir einen kalten Schauer über den Rücken. Sie hatte keine Pupillen und ihre Augen waren milchig-gelb. Es war ein seltsamer Anblick.

„Ja, ich bin blind", knarzte die Seherin, als könne sie meine Gedanken lesen. „Und nein, ich bin nicht in eurem Kopf. Noch nicht."

Sie stand auf und kam auf uns zu. Obwohl sie augenscheinlich nichts sehen konnte, bewegte sie sich in dem Raum mit einer Geschicklichkeit, als würde sie jede Ecke in- und auswendig kennen. „Was habt ihr für mich?", wollte sie von den Gardistinnen wissen.

„Der Alarm wurde ausgelöst und wir haben noch einen Mord, Seherin. Einen Mord, der mit einem Dolch begangen wurde", erklärte die blonde Gardistin voller Respekt.

„Wieder in den Rücken?"

Die Vampirin nickte, aber da die Alte das nicht sehen konnte, bekräftigte sie ihr Nicken mit einem einfachen „Ja."

„Wer ist das Opfer?", krächzte die Seherin.

„Ein Vampir namens Leno, er hat die Nachrichten aus

der Oberfläche gezogen."

Die Seherin atmete verächtlich aus. „Also wieder einer von den Störenfrieden."

Ich schluckte bei dieser Wortwahl.

Die dunkelhaarige Gardistin trat hervor. „Wir werden nicht trauern müssen, aber dennoch – die Gezeichnete möchte Klarheit haben, wer hinter den Morden steckt. Wir haben dir zwei Zeugen – oder zwei Mörder – mitgebracht."

Die Seherin nickte erneut und deutete auf den herrschaftlichen Stuhl, auf dem sie eben noch gesessen hatte. Die Schattengardistinnen wiesen mich an, Platz zu nehmen.

„Was passiert jetzt?", wollte ich wissen.

„Du bist nicht hier, um Fragen zu stellen", schnarrte die Alte, „sondern um Antworten zu geben."

Mit wenigen Schritten war sie bei mir und ihre milchigen Augen starrten mich an. Es missfiel mir, dass sie mir wahrscheinlich gleich meine Erinnerungen nehmen würde – aber ich hatte keine Wahl. Ich konnte mich den Gesetzen dieser Welt nicht widersetzen, nachdem ich jene an der Oberfläche bereits gebrochen hatte.

Ohne dass die Seherin etwas anderes machte, als mich anzustarren, flossen die Erinnerungen von den Morden durch meinen Kopf und es war, als würde die Alte einfach hindurchspazieren.

„Sie ist nutzlos", ächzte die Seherin und bedeutete mir, wieder aufzustehen. Dann führte sie die gleiche Prozedur bei Logan durch und schüttelte den Kopf. „Sie sind beide nutzlos. Er hat zwar die Angst des Opfers und seine letzten Gedanken aufgefangen, aber die bringen euch nicht weiter. Denn er konnte seinen Angreifer nicht sehen, er fühlte nur den Schmerz, der durch seinen

Körper jagte. Es war wieder ein vergifteter Dolch, nicht wahr?"

„Ja, so war es."

„Das dachte ich mir", knarzte die Alte und das Bild des schwarzen Dolches, dessen Griff mit filigranen Ornamenten verziert war, tauchte in meinen Gedanken auf. Ich konnte mich noch immer an jedes Detail erinnern – die Seherin hatte mir also meine Erinnerungen gelassen.

„Gebt der Gezeichneten Bescheid, sie will sicher für Ausgleich schaffen", befahl die Seherin und ließ sich dann wieder auf ihrem Sitz nieder.

Eine der Gardistinnen verschwand und es dauerte ein paar Minuten, da betrat die Gezeichnete den Raum.

Ihre dunklen Haare fielen ihr seidig über die Schultern und ihre silbrigen Augen betrachteten uns kurz, bevor sie sich der Seherin zuwandte. Tucana trug wie das letzte Mal ein bodenlanges, schwarzes Kleid, aber an den Anblick ihrer fehlenden Arme hatte ich mich noch immer nicht gewöhnt.

„Seherin", sagte sie mit tiefer Stimme.

„Gezeichnete", erwiderte die Alte respektvoll und machte eine ehrfürchtige Verbeugung.

„Wir wissen noch immer nichts?"

„Wir tappen im Dunkeln", antwortete die Seherin.

„Und diese Zeugen habt Ihr befragt?", wollte die Gezeichnete wissen.

„Das habe ich."

Die Gezeichnete wandte sich uns zu und blickte uns düster an. „Voreilige Anschuldigungen entsprechen nicht den Grundregeln unserer Gemeinschaft. Sollte euch diesbezüglich Unrecht getan worden sein, so nehmt bitte meine Entschuldigung an."

Logan schüttelte den Kopf. „Uns wurde kein Unrecht zugefügt. Wir standen gerne zu Diensten."

„Wie löblich von euch", erklärte sie mit schneidender Stimme. „Leider wird Neuankömmlingen in unserer Welt oft Misstrauen entgegengebracht, gegen das ich anzukämpfen versuche."

„Wie viele Morde sind denn bereits verübt worden?", fragte ich, denn mein Instinkt drängte danach, mehr zu wissen. Auch wenn ich keine Wächterin mehr war, widersprach es meinem Naturell, einfach tatenlos zuzusehen.

„Es interessiert dich?", fragte Tucana und ihre schimmernden Augen fixierten mich. „Man sagt, du warst an der Oberfläche eine Wächterin – vergiss nicht, dass dies hier ein Neuanfang ist und du deine Vergangenheit nicht mitnimmst." Ihr Tonfall klang beinah tadelnd, sie mochte es anscheinend nicht, wenn man sich in die Angelegenheiten der Schattigen Unterwelt einmischte.

„Die Seherin verfügt über die Gabe, Erinnerungen nur zu sehen, sie dem anderen aber nicht zu nehmen", erklärte sie und wechselte damit das Thema. „Dennoch: Ihr habt eure Erinnerungen mit uns geteilt – dafür sollt ihr zum Tausch etwas erhalten. Du, Gefährte von Kassandra, bist zu unserem Schwarzen Ball bereits eingeladen und kannst dir neue Kleidung aus unserer Palastgarderobe wählen. Und dir", sie richtete den Blick auf mich, „erlaube ich als Zeichen meiner Wertschätzung, ebenfalls zum Schwarzen Ball zu erscheinen. Die Kleider für dich und deinen Gefährten werden heute Abend bereitliegen."

***

„Bist du dir sicher, dass du da hinwillst?", hörte ich

124

Ben durch die verschlossene Badezimmer ächzen. Ich war gerade dabei, etwas Make-up aufzutragen und meine Haare hochzustecken.

„Ich möchte ihre Gastfreundschaft nicht zurückweisen. Außerdem ... die Sache mit den Morden geht mir nicht aus dem Kopf." Ich hatte noch immer nicht ganz verarbeitet, was gestern alles passiert war. Zuerst Bens Erinnerung an diesen ängstlichen Jungen, dann Lenos Tod, die Befragung durch die Seherin und Tucanas Auftauchen. Ich hatte keine Ahnung, wieso, aber es fühlte sich an wie ein Puzzle, von dem ich noch nicht alle Teile besaß.

„Natürlich bekommst du die Sache nicht aus dem Kopf", hörte ich Ben nur dumpf sagen und wusste, woran er dachte. An die Morde, die ihm zugeschrieben wurden – und für die wir nach wie vor keine Erklärung hatten.

„Hat Faustus vielleicht irgendetwas erzählt?", fragte ich, um Ben schnell auf andere Gedanken zu bringen.

„Nicht viel. Mein Vorgänger soll anscheinend oft recht abgelenkt gewesen sein. Er war ein Schreiberling, hat Faustus erzählt. In seiner Freizeit soll er an einem Manuskript gearbeitet haben, das sich mit der Vergangenheit der Einwohner beschäftigt hat." Er lachte spöttisch. „Quasi ein *Who's who* der Verbrecher und Aussätzigen."

Ich schluckte. „Die Schattengardistin hat von Störenfrieden gesprochen ... Vielleicht wollte jemand die Veröffentlichung dieses Buches verhindern", sagte ich und konnte mir gar nicht vorstellen, welche Gräueltaten alle in diesem Buch gesammelt waren.

„Wir müssen langsam los, wenn du wirklich dort hinwillst", schob sich Ben in meine Gedanken.

„Ich beeile mich ja schon", sagte ich und tupfte noch etwas Rouge auf meine Wangen. Dann betrachtete ich mich im Dunkelspiegel und hatte das Gefühl, jemand anderen zu sehen.

Meine braunen Haare wirkten mit der Hochsteckfrisur ganz anders als sonst, meine dunkelgrünen Augen funkelten und ich sah beinah aus, als würde ich in diese Welt passen. Die Schatten hatten mir ein hauchzartes, schulterfreies Kleid dagelassen, dessen schwarz-seidenes Bustier eng bis zur Taille lag und sich dann zu weich fallenden schwarzen Wellen weitete. Bei jeder meiner Bewegungen schwang der bodenlange Rock ein wenig, der aus grauer Wolkenspitze gefertigt worden war. Das Kleid war ein Traum und ich konnte es selbst nicht fassen, dass mir die Gezeichnete etwas derart Schönes überlassen hatte.

„Ich hoffe, dass mich dein Anblick wenigstens umhauen wird", bemerkte Ben trocken gerade in dem Moment, als ich die Tür öffnete. Er selbst trug einen schwarzen Anzug, der sich wie eine zweite Haut um seinen durchtrainierten Körper spannte. Seine braunen Haare hatte er nach hinten frisiert und wirkte dadurch etwas vornehmer als sonst. Obwohl der Anblick ungewohnt war, gefiel er mir.

„Und?", sagte ich und zog eine Augenbraue nach oben.

Ben antwortete nicht, stattdessen zog er scharf die Luft ein, während sein Blick über mich glitt. Das Erstaunen in seinen Augen bereitete mir eine starke Genugtuung.

„Hallo? Ben? Bist du noch da?", fragte ich und er machte einen Schritt auf mich zu, ohne den Blick von mir zu nehmen.

„Weißt du eigentlich", flüsterte er, „wie wunderschön du bist?"

Ich lächelte und er hob sanft mein Kinn an. „Ich bin

echt sprachlos."

„Also hat dich mein Anblick umgehauen?", kokettierte ich.

Ein sanftes Lächeln umspielte seinen Mund. „Mehr als das." Er senkte seine Lippen auf meine Haut und begann meinen Hals zu küssen. „Müssen wir wirklich dort hin?", raunte er mir ins Ohr. „Wir können doch auch hierbleiben."

„Wir sind Gäste in der Schattigen Unterwelt. Es wäre unhöflich, Tucanas Einladung nicht Folge zu leisten."

„Dann sind wir eben ein bisschen unhöflich", flüsterte er und seine leichten Küsse brachten meinen ganzen Körper zum Kribbeln.

„Ben", sagte ich so mahnend wie möglich.

„Lee", wiederholte er mit rauer Stimme.

Ich atmete tief ein und trat einen Schritt zurück. Ich musste mich seiner Anziehungskraft entziehen, anders würden wir es nie zu dem Schwarzen Ball schaffen.

„Ben. Wir. Müssen. Jetzt. Los", sagte ich so bestimmt wie möglich, obwohl alles in mir nur zu ihm wollte.

„Ich liebe es, wenn du so dominant bist", sagte er und ein Funkeln schlich sich in seine dunklen Augen.

„Das stimmt nicht", entgegnete ich. „Es nervt dich."

„Im Moment nicht", sagte er und sein Mundwinkel zuckte verführerisch. „Im Moment könntest du alles mit mir tun."

Ich lächelte. „Dann ist es ja gut", sagte ich, „denn wir werden jetzt auf den Ball gehen."

Der Palast erstrahlte an diesem Abend im Glanz unzähliger Lichtsteine. Als wir nun inmitten der anderen Gäste die breite Treppe zum imposanten Eingangstor hinaufschritten, versuchte ich das Gefühl abzuschütteln, dass heute Abend noch irgendetwas Schlimmes passieren würde.

„Wir bleiben eine Stunde, lassen uns kurz bei ihr blicken und verschwinden dann wieder", raunte mir Ben zu und ich schüttelte nur leicht den Kopf.

„Gib dem Ganzen eine Chance, Ben. Vielleicht wird es total nett", sagte ich und versuchte selbst daran zu glauben.

Gemeinsam mit Ben durchschritt ich das schwarze Palasttor, dessen polierte Oberfläche im fahlen Schein der Lichtsteine glänzte, und betrat einen gewaltigen Ballsaal. Ein funkelnder schwarzer Kronleuchter hing hoch über unseren Köpfen und eine sanfte, ätherische Musik wehte durch den Saal. Sie hatte etwas Geisterhaftes und mir wurde bewusst, dass die Melodie von den Schatten kam, die überall in diesen Mauern eingeschlossen waren. Ich sah Schatten in den Spiegeln, in den Wänden, sah sie auf dem spiegelglatten Boden, im kristallenen Lüster. Der ganze Palast war voll mit Schattenmagie und während die Erinnerungs- und Gefühlsvampire sich in ihren schimmernden Kleidern drehten und tanzten, litten die Schatten. Ich spürte es mit jeder Faser meines Körpers, es war, als könnte ich ihre stummen Schreie hören.

„Ben, Lee, wie schön, dass ihr gekommen seid", sagte in dem Moment Kassandra. Sie trug ein seidenes schwarzes Ballkleid, dessen Ärmel mit funkelnden schwarzen Steinen bestickt waren. Mit ihren roten Haaren, den blauen Augen und ihrer blassen Haut sah sie umwerfend aus.

„Eure Kleidung steht euch wunderbar", bemerkte sie mit einem Lächeln und Logan, der bei ihr stand, pflichtete ihr bei. „Selbst du siehst mal ganz ordentlich aus, Ben."

Bens Augen funkelten amüsiert. „Ich wünschte, das könnte ich von dir auch behaupten."

Logan lächelte nur und ich musste zugeben, dass auch er sehr gut aussah. Er trug einen ähnlichen Anzug wie Ben, nur war seiner von zarten schwarzen Rauchfäden umwoben. Mit den blonden Haaren, dem kantigen Gesicht und der gebräunten Haut wirkte er zwar so, als würde er nicht in diese Welt passen, aber er passte definitiv zu Kassandra.

„Werte Einwohner der Schattigen Unterwelt", ertönte plötzlich eine bekannte Stimme, als die Musik verstummte. Es war die Gezeichnete, die durch eine Flügeltür in den Ballsaal getreten war. Begleitet wurde sie von schwebenden schwarzen Kerzen, die Tucana ein düsteres Aussehen verliehen. Schlagartig hörten die Vampire auf, zu tanzen, und es wurde totenstill im Saal.

„Ich freue mich, dass ihr heute erschienen seid, um am Schwarzen Ball teilzunehmen", erklärte sie und stolzierte durch den Raum wie eine Königin. Ihr bodenlanges schwarzes Ballkleid, dessen Stoff huschende schwarze Schatten belebten, wurde von dunklen Federn geschmückt. In ihren pechschwarzen Haaren steckte ein Schleier, der bis zum Boden reichte und sie wie eine dunkle Braut aussehen ließ.

Ihre blutroten Lippen, die einen starken Kontrast zu ihrer bleichen Haut bildeten, verzogen sich zu einem Lächeln. „Wie ihr wisst, ist der Schwarze Ball nicht nur eine Feier – er ist eine Erinnerung." Sie machte eine bedeutungsvolle Pause. „Eine Erinnerung an die Zeiten, in denen noch Chaos und Anarchie in der Schattigen Unterwelt herrschten." Ihre Stimme schwoll an. „Denkt daran, wenn ihr heute tanzt und euch an den Gefühlen und Erinnerungen anderer berauscht!" Dann nickte sie kurz, und die ätherische Musik setzte wieder ein. Es dauerte einen Moment, aber dann begannen die Gäste wieder zu tanzen.

„Ich würde gerne tanzen", sagte Kassandra und wandte sich Ben zu.

„Und was bekomme ich dafür?", fragte Ben zurück und ich war dankbar, dass er dabei lächelte und nicht unhöflich wirkte. Kassandra hakte sich bei ihm unter. „Meine Gesellschaft", erklärte sie und Ben suchte kurz meinen Augenkontakt. Obwohl ich natürlich gerne den ersten Tanz mit ihm gehabt hätte, war es für mich völlig okay, dass Kassandra ihn aufforderte. Immerhin war sie in den letzten Wochen zu einer Freundin geworden, die uns Schutz und Beistand geboten hatte.

„Wollen wir es wagen?", fragte Logan galant, als die beiden auf der Tanzfläche verschwunden waren.

„Gerne", sagte ich und als wir uns wenig später zum Takt der Musik bewegten, gefiel es mir. Logan war ein guter Tänzer, der zu führen wusste – und ich musste nichts weiter tun, als ihm zu folgen.

„Fühlst du dich denn langsam hier wohl?", fragte er, nachdem wir etwas Small Talk geführt hatten.

„Ich weiß nicht", gab ich ehrlich zu. „Das Leben ist doch anders als auf der Oberfläche."

„Ja, denn auf der Oberfläche herrscht Krieg", entgegnete er.

„Da hast du natürlich recht", gab ich zu, „aber irgendwie gehen mir diese Morde nicht aus dem Kopf."

Logan drehte mich einmal gekonnt um meine eigene Achse. „Was genau geht dir nicht aus dem Kopf?"

„Die Vorgehensweise. Und die Verbindung zwischen den Opfern. Weißt du denn, ob es noch mehrere Morde gab?"

Logan schüttelte den Kopf. „Nein, aber um ehrlich zu sein, will ich es auch gar nicht wissen."

Ich zog die Stirn kraus. „Willst du nicht?"

„Nein, die Schattige Unterwelt folgt ihren eigenen Gesetzen. Das habe ich von Kassandra gelernt und ich respektiere es." Er machte eine kurze Pause und seine hellblauen Augen sahen mich eindringlich an. „Und das solltest du auch."

„Darf ich?", fragte in dem Moment Kristoff, der neben uns aufgetaucht war.

Logan machte eine huldvolle Verbeugung. „Selbstverständlich – wenn die Dame es erlaubt."

Ich nickte und Kristoff tauschte mit Logan den Platz. „Du siehst wunderschön aus, Lee", sagte er, als Logan zwischen den tanzenden Paaren verschwunden war.

„Danke", sagte ich und ließ mich von Kristoff führen. Er war nicht so ein guter Tänzer wie Logan, aber ganz passabel.

„Bist du in Begleitung hier?", fragte ich, da ich keine Zeit gehabt hatte, mit Kristoff über den Schwarzen Ball zu sprechen.

Kristoff lächelte. „Ich bin mit Alexia gekommen, sie wollte sich nur kurz erfrischen. Und da dachte ich, es wäre angebracht, dich zum Tanz aufzufordern. Immerhin verkauft sich meine Kunst durch die Zusammenarbeit mit dir viel besser."

Ich lächelte freundlich und wir drehten uns durch den schummrigen Ballsaal.

„Kristoff", sagte ich dann, weil ich die Fragen in meinen Kopf einfach beantworten wollte, „hast du von der Mordserie gehört?"

Kristoff sah mich für einen Moment seltsam an und seine rötlich funkelnden Augen wirkten kurz bedrohlich.

„Ich weiß nicht viel darüber. Nur dass es vier Opfer gab.“

„Vier?“, wiederholte ich und stockte, als Kristoff mich kurz zur Seite wirbelte.

„Das erste, ein Palastwächter, war ein Freund von Alexia. Er wurde mit einem Dolch erstochen.“

„Wann war das?“, fragte ich.

Kristoff zuckte mit den Schultern. „Vor einigen Monaten, glaube ich.“

„Und weißt du etwas über den Schmorosch-Pflücker, der ein Manuskript über die Vergangenheit der Unterwelt-Einwohner verfasst hat?“

„Das ist nicht der richtige Ort, um über solche hässlichen Dinge zu reden“, zischte Alexia, die plötzlich neben uns erschienen war. „Das Manuskript ist nur ein Gerücht, aber das alles hier geht dich nichts an.“

Kristoff und ich blieben abrupt stehen.

„Ich habe nur gefragt“, sagte ich und Alexias mitternachtsblaue Augen, die von langen Wimpern umrahmt wurden, starrten mich an. Ihr ganzer Körper wirkte für einen Moment fast versteinert.

Da ich nicht den Drang verspürte, mich hier in der Öffentlichkeit mit ihr zu streiten, nickte ich Kristoff nur kurz zu und drehte mich um, um in der tanzenden Menge nach Ben zu suchen.

Da ich ihn im Ballsaal nicht erspähen konnte, suchte ich die anderen Räumlichkeiten nach ihm ab. Vielleicht hatte er sich etwas zu trinken besorgt, dachte ich, als ich durch die verschiedenen Säle und Palastgänge lief. Auch hier wurde getanzt und gefeiert, doch in einigen Nischen taten die Vampire auch mehr. Sie frönten ihrer Natur und saugten leidenschaftlich die Gefühle und Erinnerungen Bereitwilliger. Vereinzelt konnte ich Lustschreie und lautes Weinen vernehmen, das jedoch glücklicherweise in dem Stimmengewirr und der Musik des Balles unterging.

Dennoch war diese Art der Feier ziemlich befremdlich für mich und ich wünschte, der erdrückenden Atmosphäre für einen Augenblick entkommen zu können.

Als ich einen Ausgang fand, rettete ich mich kurz hinaus auf eine Terrasse und machte ein paar Schritte in den prunkvollen Garten. Hier war die Schattenmelodie etwas leiser und ich sog die feuchtkalten Nebelschwaden tief in meine Lungen. Zwischen den eindrucksvollen Gartengewächsen, die aus feinen Nebelfäden gebildet wurden, entdeckte ich eine Gestalt, die die Stille anscheinend ebenso suchte wie ich.

„Guten Abend", sagte die Gezeichnete mit tiefer Stimme und wandte ihren Blick wieder in die rabenschwarze Nacht.

„Ich wollte nur etwas Luft schnappen", erklärte ich und bewunderte die dunstartigen Heckenfiguren.

„Gefällt dir mein Fest?", fragte Tucana, ohne mich anzusehen.

„Es ist sehr schön", erwiderte ich.

„Das ist es, und trotzdem suchst du die Ruhe", entgegnete sie. „Wir geben und wir nehmen – das ist unser Kodex."

„Ich weiß", sagte ich, weil ich nicht wusste, was ich sonst erwidern sollte.

Die Gezeichnete drehte sich langsam zu mir um. Ihre schwarzen Augen fixierten mich und für einen Augenblick fühlte ich eine undefinierbare Unruhe über mich rollen. „Wenn du es weißt, warum handelst du nicht danach?", fragte sie scharf. „Ich habe erfahren, dass du dich in Dinge einmischst, die dich nichts angehen. Dass du herumschnüffelst, als wärst du noch eine Wächterin.

Und das, obwohl ich dich gewarnt habe."

Ich schluckte. „Ich wollte nur der Wahrheit dienlich sein."

Tucana lachte dunkel. „Du sollst nicht der Wahrheit, sondern mir dienlich sein. Ich dulde keine Störenfriede und ich gebe und *nehme*, verstehst du?"

Bei ihren Worten erschauderte ich, und die Sätze sickerten tiefer – und plötzlich war es mir, als würde sich ein Puzzle zusammenfügen. Auch wenn ich keinen Beweis hatte, so hatte ich doch einen starken Verdacht.

„Ihr wart es", hauchte ich.

Ein böses Lächeln breitete sich auf Tucanas Gesicht aus und sie atmete tief ein. „Ich soll die Morde begangen haben?", fragte sie höhnisch. „Ist dir nicht aufgefallen, dass ich keine Arme mehr habe?"

Ich wusste, dass es unklug war, meine Verdächtigungen laut auszusprechen, und ich hatte keine Ahnung, wie sie es gemacht hatte, aber ich war mir sicher, dass sie die Mörderin war. Alle Opfer hatten Unruhe in ihr System gebracht. Vielleicht hatte Faustus' Kollege auch etwas über Tucanas Vergangenheit herausgefunden. Auf alle Fälle hatte die Gezeichnete die Störenfriede nicht geduldet.

„Du hast dich sicher schon gefragt, warum sie mir die Arme genommen haben", bemerkte sie kalt und lächelte versonnen mit ihren blutroten Lippen. „Weil ich einen Dolch in den Rücken meines Geliebten gestochen habe – nachdem er nichts anderes mit meinem Herzen gemacht hat."

Ich zog tief die Luft ein. Mit ihrem opulenten schwarzen Kleid und dem Schleier erinnerte mich Tucana noch einmal mehr an eine dunkle Braut. Mein Puls beschleunigte sich. Alle Opfer waren männlich gewesen, schoss es mir durch den Kopf, keine einzige Trägerin war dabei gewesen. Das konnte kein Zufall sein.

„Er hat mich betrogen und belogen, und als notwendige Konsequenz habe ich ihn und seine Freunde zur Rechenschaft gezogen. Jene, die nur genommen haben."

„Und was hat Euch Leno angetan? Er war doch vollkommen harmlos", fauchte ich.

„Harmlos? Er hat in meiner Vergangenheit gestöbert, genauso wie die anderen, die an meiner Regentschaft zweifelten. Aber hier gibt es nichts zu zweifeln, ich bin ihre Königin!"

Mit diesen Worten machte sie einen bedrohlichen Schritt auf mich zu. „Ihr werdet mir gleich meine Erinnerungen nehmen, nicht wahr?", fragte ich.

Sie lächelte mitleidig. „Ich werde dir noch viel mehr nehmen, denn du hast den Kodex dieser Welt nicht verstanden. Dein Gefährte wird gleich hier auftauchen. Ich habe ihn etwas ablenken lassen, aber bald stößt er zu uns – und dann werde ich ihn töten lassen."

Panik kroch durch meine Adern. „Wie wollt Ihr das anstellen?", fragte ich und machte mich bereit auf einen Kampf. „Bei all den Leuten?"

„Ich bin eine Erinnerungsvampirin der Stufe Acht. Das ist einzigartig. Du musst nicht versuchen, wegzurennen. Ich kann Erinnerungen manipulieren, und das unglaublich schnell. Ich kann jeden hier glauben lassen, dass dein Gefährte sein größter Feind ist und dass er ihn töten muss." Ein boshaftes Glitzern trat in ihre Augen und ich musste an das denken, was der Händler auf dem Markt gesagt hatte. Er hatte das Böse in ihr gesehen, und jetzt sah ich es auch.

„Du", flüsterte ich und brachte die Worte kaum über meine Lippen, „du wirst *mich* ihn töten lassen."

Tucana sog tief die Nachtluft ein und nickte. „Und ich werde es genießen."

Ich fühlte, wie sich mein Brustkorb zuschnürte, wie ich kaum noch atmen konnte, während ich versuchte, meine Fähigkeit zu aktivieren. Das war meine einzige Chance, auch wenn ich es trotz ihrer Worte schaffen würde, wegzurennen - das hier war Tucanas Reich.

Die Königin würde mich nicht davonkommen lassen.

Meine ganze Kraft konzentrierte sich auf die Aktivierung meiner Kriegsfähigkeit – doch es passierte nichts.

„Verstehst du es denn nicht, du dumme Trägerin?", fragte Tucana. „Meine Kriegsfähigkeit besteht darin, alle anderen Kriegsfähigkeiten zu unterdrücken."

In dem Moment betrat Ben die Terrasse und lief zu uns in den Garten. „Endlich habe ich dich gefunden", sagte er sichtlich erleichtert.

„Ben, lauf weg!", schrie ich, doch da wurden die Augen der Gezeichneten schon tiefschwarz und ich wusste, dass wir verloren waren.

In diesem Moment ertönte ein ohrenbetäubender Knall und dann raste eine so heftige Erschütterung durch den Palastgarten, dass wir alle von den Beinen gerissen wurden.

Instinktiv sprang Ben zu mir und gleichzeitig explodierte einer der Palasttürme. Die Detonationswelle riss mich zu Boden. Mit schreckgeweiteten Augen drehte ich mich um und sah, wie eine ganze Horde von Schatten aus dem zerstörten Turm in die Höhe schoss. Es wirkte wie die schwarze Eruption eines Vulkans - und die versklavten Schatten stießen ein so grauenvolles Kreischen aus, dass ich mir die Ohren zuhielt.

„Nein", stammelte Tucana und in ihrem bleichen

Gesicht zeichnete sich die pure Verzweiflung ab. Die schwarzen Schatten, die seit so langer Zeit im Stein und Glas des Palastes eingeschlossen gewesen waren, rauschten noch immer wie ein Schwarm Nachtkrähen in die Höhe und verschmolzen mit den unversklavten Schatten zu einer undurchdringlichen schwarzen Wolke. Auch die Schatten auf Tucanas Kleid lösten sich aus ihrem Stoff und befielen die Gezeichnete.

„Sucht die Anführerin!", ertönte in dem Augenblick eine Stimme, die ich kannte. Ungläubig wandte ich den Kopf. Die Stimme gehörte zu Victoria, der weißen Spionin, und ich glaubte, meinen Augen nicht zu trauen, als Victoria mit einer Gruppe Leibwächter auf die Palastterrasse trat. „Findet die Armlose! Ich will sie lebend!", donnerte Victorias Stimme noch einmal über den Palastgarten und ich spürte, wie Ben mich in die Höhe zog, während Tucana stolpernd in ihren Palast flüchtete.

„Wir müssen abhauen", flüsterte er mir zu. Überall um uns herum herrschte Chaos. Die befreiten Schatten stürzten sich auf die Erinnerungs- und Gefühlsvampire und ich hörte ihre Schreie sich mit den Befehlen von Victoria vermischen, die ihre Truppen weiterhin anfeuerte, nach der Armlosen zu suchen.

Ben hielt die ganze Zeit meine Hand und so rannten wir geduckt durch den Palastgarten. Ich hielt die ganze Zeit Ausschau nach Kassandra und Logan, aber ich konnte die beiden nicht finden. Die Luft war erfüllt von dem Brausen rachsüchtiger Schatten und immer wieder spürte ich die spinnwebenartigen Berührungen ihrer Körper überall auf meinem Gesicht. Aber die Schatten schienen zu wissen, dass wir nicht zu denen gehörten, die sie eingeschlossen hatten, denn sie ließen wieder von uns ab.

„Was ist hier eigentlich los?", brüllte Ben, als wir das Palastgelände endlich hinter uns gelassen hatten.

„Ich weiß es nicht", keuchte ich. „Victoria will anscheinend Tucana für sich. Möglicherweise weil sie die Kriegsfähigkeiten ihrer Gegner ausschalten kann. Oder einfach nur weil sie die Konzentration des Bösen ist."

„Wir können nicht länger hierbleiben", knurrte er und duckte sich, als ein paar wilde Schatten sich auf ihn stürzen wollten. „Wir müssen die Schattige Unterwelt verlassen."

„Ja, das müsst ihr", keuchte Kassandra hinter uns und ich war noch nie so froh gewesen, ihre Stimme zu hören. Die Erinnerungsvampirin stützte Logan, der bei der Detonation am Bein verletzt worden war, und blickte sich hektisch über die Schulter um.

„Springt in das Nebelmeer", flüsterte sie dann. „Habt keine Angst wegen der Geschichten, die ihr vielleicht darüber gehört habt. Unter der Nebeldecke befindet sich fester Stein und dort gibt es auch ein magisches Portal, das euch auf die Oberfläche führt. Es kann sein, dass ihr nach der Reise etwas desorientiert seid, dass euer Instinkt getrübt wird, aber das geht vorbei." Ihre Stimme klang drängend. „Ihr müsst euch beeilen. Hier wimmelt es jetzt überall von Sinnträgern, die Ben erkennen könnten. Geht zu meiner Freundin. Ihr Name ist Zynkalia, sie wohnt in Gaudina. Sie kann in Bens Schlüsselerinnerungen sehen – und das wollt ihr doch insgeheim. Sagt ihr, dass ich euch schicke. Sie wird euch verstecken. Und jetzt geht!"

„Danke", flüsterte ich, aber bevor ich Kassandra zum Abschied umarmte, erzählte ich ihr noch kurz, was die Gezeichnete getan hatte – auch wenn es jetzt schon egal war. Dann griff ich nach Bens Hand und rannte mit ihm gemeinsam zu den Ufern des Nebelmeeres, um wieder in die obere Welt zu gelangen.

ZUR STÄRKE VERBUNDEN.
DER EINE FÜHRT DEN ANDEREN, DER IHM
ZUR HAND GEHT.
SEIN GESICHT GESPALTEN, TRENNT GUT
VON BÖSE, EINT VERGANGENHEIT UND
ZUKUNFT.
ER IST EIN WUNDER.
ENTSCHIEDEN FÜR DIE RICHTIGE SEITE.

ER IST DER, DER GEKOMMEN IST, UM DEN
KRIEG ZU BEENDEN.
FÜR IHN, FÜR UNS.

Quelle: Tagebuch eines Totaa, nach dem Kampf an der großen Panikmauer

Kapitel 10

Mein Atem ging schnell und keuchend, als Ben und ich wieder die Oberwelt erreichten. Mit einem kräftigen Ruck landeten wir auf einer kargen Grasebene, die links von einem See begrenzt wurde. Der Regen prasselte auf die graue Wasseroberfläche und verpasste dem See orangefarbene Tupfen, die sich faserig ausdehnten und im Wasser verloren. Es war ein schmutziges Orange, das nichts mehr mit der strahlenden Kraft des Freudelandes gemein hatte.

Wie lange waren wir weg gewesen? Ich rechnete rasch nach. Es mussten beinah sieben Wochen gewesen sein. Und wir hatten keine zuverlässigen Informationen, was in dieser Zeit alles passiert war. Hatten die Totaa die Herrschaft an sich gerissen? War der provisorische Rat gebildet worden? Und wer waren die neuen Gestalter?

Mit einem Kloß im Hals dachte ich an die Macht der Acht und ihren Tod, während der eisige Wind mir durch die Haare sauste und das kalte Nass des Unwetters mir ins Gesicht peitschte. Beinah fühlte es sich an, als würden sich kleine Nadeln in meine Wangen bohren.

Mein Blick blieb am düsteren Himmel haften, auf dem sich die Wolken zu gigantischen orangefarbenen Schiffen türmten, als wären sie auf der Flucht vor dem drohenden Unwetter. Sie zischten über unsere Köpfe hinweg und ich fühlte, dass das alles hier verkehrt war.

„Wo zum Teufel sind wir?", rief Ben, als uns ein Träger mit tief gezogener Kapuze entgegenkam. Automatisch senkten auch wir den Kopf, um unsere Gesichter zu verbergen, doch natürlich fielen wir auf. Wir trugen noch immer unsere Outfits vom Ball der Unterwelt und ich hätte einiges darum gegeben, mein üppiges Kleid gegen meinen Wasserperlenanzug und einen einfachen Umhang zu tauschen.

Doch wir hatten Glück. Der Träger verspürte bei dem Unwetter nicht den Drang, seinen Kopf zu heben, geschweige denn uns anzusehen, und erkannte Ben somit nicht.

„Ihr seid im Freudeland, seht ihr das nicht", bemerkte der Träger grummelnd, als er dem grauen Steinpfad folgte, der sich durch die karge Ebene zog. Seine Füße marschierten zügig und in einem Rhythmus, der sich dem Regen angepasst hatte.

„Wer hat sich denn dieses Scheißunwetter gewünscht?", sagte Ben schroff und ich dachte an die Besuche im Freudeland zurück, bei denen sich die Landschaft an die Wünsche der Besucher angepasst hatte. Dieses Verhalten gehörte definitiv der Vergangenheit an.

„Der Krieg, dieser freudlose Krieg", schimpfte der Freudeträger über die Schulter, der schon an uns vorbeigegangen war. „Er hat alles außer Kontrolle gebracht. Die Sinnliche Welt ist aus ihren Fugen geraten, nichts ist mehr, wie es war, alles ist zerstört." Automatisch nickte ich und als der Träger sich weiter von uns entfernt hatte, atmete ich tief durch. Ben griff nach meiner Hand und plötzlich lichtete sich der Himmel, fast als ob es ein Zeichen wäre. Die zischenden Wolkenschiffe beruhigten sich, lösten ihre gewaltigen Formationen auf und stoben zur Seite, als würden sie jemandem Platz machen. Auch der Regen verstummte für einen Moment und eine Sekunde später donnerte ein orangefarbener Blitz auf die Landschaft nieder. Unbarmherzig und mit einem ohrenbetäubenden Geräusch schlug er mehrmals zielgerichtet ein.

Ben und ich konnten gerade noch rechtzeitig zur Seite springen, um nicht von der tödlichen Energie erfasst zu werden. Orangefarbene Flammen zuckten auf, setzten das Gras um uns herum in Brand, und wir mussten nicht lange überlegen, um loszurennen. Aus der Ferne hörten wir einen qualvollen Schrei und ich warf einen kurzen Blick über meine Schulter. Dabei sah ich, wie der Kapuzenträger von vorhin lichterloh brannte, bevor sein Körper einen Wimpernschlag später zu schwarzer Asche zerfiel.

Ben und ich beschleunigten unsere Schritte. Gemeinsam liefen wir auf eine Siedlung zu, die sich in einiger Entfernung abzeichnete. Mein Herz hämmerte kräftig gegen meine Brust und Ben verstärkte den Griff um meine Hand. Ich fühlte seine tiefe Sorge, die mehr mir als ihm selbst galt.

Mit brutalem Ehrgeiz verfolgte uns der Blitz und nicht nur einmal verfehlte er uns um Haaresbreite. Als wir irgendwann die steinerne Siedlung erreichten, deren Häuser wie schiefe Zähne aus dem Boden ragten, stürzten wir in die erstbeste Unterkunft, um Schutz zu suchen.

Auch wenn es riskant war, hatten wir keine andere Wahl. Ich konnte nur hoffen, dass die Häuser aus dem grauen Sandstein weiterhin dem Blitz standhielten und nicht plötzlich auf magische Weise Feuer fingen.

Mein Brustkorb hob und senkte sich schwer, als Ben die Tür hinter uns schloss und sich erschöpft dagegen lehnte. Wir hatten Glück: Das Haus war nicht verschlossen gewesen. Und während ich noch nach Luft rang, bemerkte ich, dass wir noch mehr Glück hatten.

Das Haus war leer.

Es war nicht besonders groß und es war verlassen worden. Die Schränke standen offen, als hätte man ihren Inhalt in großer Eile geschnappt und nur das Wichtigste mitgenommen. In einer Kochnische stapelte sich noch das dreckige Geschirr, das Bett war unaufgeräumt und es hatte sich bereits eine dünne Staubschicht über die wenigen Möbelstücke gelegt.

„Alles okay?", fragte Ben und machte einen Schritt auf mich zu. Seine Gesichtszüge entspannten sich langsam und in seinem schwarzen Anzug sah er noch immer wie ein Gentleman aus, dem die Frauen zu Füßen lagen. Mit einer raschen Bewegung strich er sich seine regennassen Haare aus der Stirn.

„Alles okay", sagte ich und glättete gedankenverloren den Rest meines Rocks, auf dem sich die Spuren unserer Flucht abzeichneten. Das Feuer auf der Grasebene hatte den Stoff aus Wolkenspitze angekokelt, sodass von seiner eleganten Form nicht mehr viel übrig war. Der Stoff hing mir nur noch in Fetzen vom Körper.

Ben zog mich zu sich und schloss mich in seine Arme.

„Wirklich alles okay, Wächterin?"

Ich lächelte schwach. „So hast du mich lange nicht mehr genannt." Dann schluckte ich. „Ich bin keine Wächterin mehr, Ben."

„Und doch willst du, dass wir Zynkalia aufsuchen." In seinen Worten lag eine Resignation, die ich nicht hören wollte.

„Du warst es nicht", sagte ich und starrte Ben in seine dunklen Augen. „Du warst es nicht", wiederholte ich und versuchte damit nicht nur ihn zu überzeugen.

„Und was, wenn doch?"

„Das hatten wir schon, Ben", ließ ich die Vernunft aus mir sprechen. „Ich kenne dich. Du bist nicht fähig dazu, die Gestalter zu töten. Und wenn überhaupt: Welchen Grund hättest du gehabt?"

„Ich habe sie schon immer verabscheut", entgegnete er hart.

Ich lachte auf. „Ben, wenn du jeden töten würdest, den du hasst, dann müssten eine Menge Leichen deinen Weg säumen."

Bens Mundwinkel zuckte und es war schön, das zu sehen. Der kurze Moment der Unbeschwertheit tat mir gut und ich schmiegte mich an seine Schulter.

„Wir werden das schaffen, wir schaffen doch alles", sagte ich und fühlte das Schlagen seines Herzens, das nicht so schwarz war, wie er es mir vormachen wollte.

Nachdem wir uns kurz ausgeruht hatten und die Blitzeinschläge und das Unwetter langsam verklungen waren, durchwühlte ich am Boden sitzend die Kleidungsstücke, die im Schrank zurückgelassen worden waren. Unter den einfachen Anzügen fand ich einen dunkelgrünen Overall, der mir zu groß war, aber sich als beste Option herausstellte. Mit schnellen Bewegungen riss ich etwas Stoff ab und band mir einen schwarzen Schal um die Hüfte, um den Jumpsuit in Form zu bringen.

„Gar nicht so schlecht", bemerkte Ben und deutete mit dem Finger auf meinen Busen. „Aber du solltest hier oben noch ein Stück Stoff abreißen."

Ich schleuderte ein kariertes Hemd in Bens Richtung, das er gelassen mit einer Hand auffing. „Ich kann dir auch gerne beim Abreißen helfen."

„Das wirst du schön lassen", sagte ich und stand auf.

Ben grinste. „Jetzt vermisse ich deinen Schlangenanzug."

„Da bist du aber der Einzige", entgegnete ich und

warf einen Blick durch das kreisrunde Fenster, an dessen Scheibe sich einzelne Regentropfen entlangschlängelten. In weiter Ferne lag der See friedlich in der trostlosen Landschaft und ich konnte nirgends auch nur einen Sinnträger erblicken.

„Was, glaubst du, ist hier passiert?", fragte ich Ben, der sich gerade seinen Anzug so zurechtriss, dass er an Auffälligkeit verlor. Er zuckte mit den Schultern.

„Wahrscheinlich wurde das Dorf verlassen. Es sieht nicht aus, als wäre es angegriffen worden. Es wirkt mehr, als ob das Land die Leute vertrieben hätte."

„Die Sinnliche Welt ist aus ihren Fugen geraten, nichts ist mehr, wie es war, alles ist zerstört", wiederholte ich die Worte des Trägers, dem wir vorhin begegnet waren und der nun tot war. „Es ist das Land", sagte ich. „Die Länder wehren sich gegen den Krieg."

„Ich glaube nicht, dass sie sich wehren", sagte Ben und die Trostlosigkeit in seiner Stimme versetzte mir einen Stich. „Die Länder zeigen die Spuren des Krieges, sie sind ein Beweis dafür, dass das Gleichgewicht nicht mehr existiert. Wie soll in diesen Zeiten denn auch Freude empfunden werden?", murmelte er und seine Worte hallten durch die mickrige Unterkunft, als würden die Wände seine Frage zurückwerfen und ihr damit die Kraft der Wahrheit verleihen.

Ben fuhr sich verzweifelt durch die Haare. „Die menschliche Welt, Lee. Du darfst die Welt der Anderen nicht vergessen. Auch dort wird es Spuren des Krieges geben, wenn nicht vielleicht sogar einen eigenen Weltkrieg."

Bei dem Gedanken fuhr mir ein kalter Schauer über den Rücken. Ein Dritter Weltkrieg würde die Schäden in der Sinnlichen Welt noch verstärken, das System würde kollabieren und die beiden Welten sich gegenseitig vernichten.

„So weit darf es nicht kommen", hauchte ich und drängte die Vorstellung an die vielen Opfer aus meinem Kopf. Es waren schon zu viele gestorben. Es durften nicht noch weitere Leben für einen Kampf vergeudet werden, der ohne Sinn war.

„Und was willst du tun?", fragte Ben und ließ sich auf einem Stuhl nieder.

„Wir müssen herausfinden, wer hinter dem Tod der Gestalter steckt", versuchte ich es vorsichtig zu formulieren und machte weiter, noch bevor Ben etwas erwidern konnte. „Wir werden diese Zynkalia finden, und wir werden erfahren, was passiert ist."

Im nächsten Moment wurde die Tür aufgerissen und eine dicke Frau erschrak genau wie wir, als sie uns sah. Sie war in Lumpen gekleidet und sah uns aus ihren grauen Augen missgünstig an.

„Was wollt ihr hier? Wollt ihr mir meine Sachen klauen?", fauchte sie und schob sich in den Raum, um nacheinander die Schränke zu durchwühlen. Sie tat es mit einer Selbstverständlichkeit, als ob es ihr Haus wäre. Aber ihr suchender Blick verriet sie.

„Das ist nicht dein Haus", stellte ich scharf fest.

„Ach, was du nicht sagst", brummte sie, ohne von ihrer Suche abzulassen. Ihre gelockten grauen Haare waren von orangefarbenen Strähnen durchzogen und ihr schmutziger Umhang bewegte sich rastlos, als sie das Haus durchstöberte. „Wertloses Zeug, alles wertloses Zeug", kommentierte sie die Sachen, die sie achtlos auf den Boden fallen ließ. „Nichts als Schrott, nichts davon kann ich verkaufen." Dann schwenkte ihr Blick zu mir und blieb an meinem Hals hängen.

„Zwei Währungsblätter", murmelte sie und deutete mit dem Kinn auf mich. Dabei wippten ihre kurzen Locken.

„Wie bitte?", fragte Ben und stellte sich neben mich.

„Zwei Währungsblätter für das Medaillon. Kannst froh sein, im Krieg überhaupt was dafür zu bekommen."

Meine Hand tastete automatisch über die goldene Oberfläche von Simeons Anhänger. „Es ist nicht verkäuflich", sagte ich, obwohl wir kein Geld bei uns hatten und jedes Blatt gut gebrauchen konnten. Die Währungsblätter, die ich nach unserer Flucht in die Schattige Unterwelt mitgenommen hatte, lagen in einem Versteck in der Schattigen Unterwelt und brachten uns dort rein gar nichts.

Keiner von uns hatte damit gerechnet, dass wir den dunklen Ort derart schnell verlassen mussten. Aber die Vorstellung, dieses letzte Stück mit Erinnerungen an glückliche Momente zurückzulassen, brachte ich nicht übers Herz.

„Miststück", sagte die Freudeträgerin und rümpfte die Nase.

„Reiß dich zusammen, Alte", entgegnete Ben kalt und fixierte die Trägerin mit seinen dunklen Augen.

„Nicht sie", wehrte die Alte ab. „Nicht sie, sondern die Informantin ist ein Miststück."

„Welche Informantin?", fragte ich.

„Die Informantin, die mir weismachen wollte, dass es hier noch etwas zu holen gibt. Die verlassenen Städte sind verlassen, aber in manchen", sie begann wie ein junges Mädchen zu kichern, „findet man doch den einen oder anderen Schatz. Aber hier ist kein Schatz, hier ist nur Müll", murrte sie und ließ einen Teller auf den Boden knallen. „Nichts als Müll", seufzte sie. „Da treibe ich mich durch dieses gottlose Land, und alles umsonst. Müll, Müll, Müll", keifte sie und warf die Gegenstände auf einer Kommode hinunter.

„Wo sind die Leute hin?", fragte ich. Was war in den letzten Wochen passiert? War es tatsächlich das Land, das die Leute vertrieb, oder steckte etwas anderes dahinter?

„Wo hast du denn die letzten Wochen gesteckt, Kleines?", fauchte die Alte und kniete sich nieder, um unter dem Bett nachzusehen. „Manchmal", begann sie geistesabwesend zu erklären und tastete mit den Fingern unter das Bett, „verstecken die Leute ihre Schätze so gut, dass sie sie ganz vergessen. In der Eile kann das schon mal passieren, aber dann bin ich da und kümmere mich um die kleinen Schätzchen, gebe ihnen eine neue Heimat."

„Um sie dann wieder zu verkaufen", kommentierte Ben trocken.

„Ja, um sie zu Währungsblättern zu machen", bestätigte die Alte und richtete sich schwerfällig wieder auf. Ihre Augen hatten einen besonderen Glanz angenommen, immer wenn sie über Geld sprach, schien sich ein vernehmliches Leuchten in ihren Blick zu schleichen. „Schließlich muss ich für meine Suche entlohnt werden. Wir suchen doch alle, die einen nach Antworten, die anderen nach Lösungen, und ich eben nach Schätzen." Sie klopfte sich mit beiden Händen über ihren dicken Busen und der Staub wirbelte um sie herum. „Ich gebe es offen zu: Es macht mir nichts aus, mir die Hände schmutzig zu machen." Sie holte tief Luft und wischte sich den Schweiß von der Stirn. „Schau an, was die feinen Herrschaften von ihren sauberen Händen hatten", sagte sie und deutete auf den Raum, in dem wir uns befanden. „Das hier waren irgendwann mal herrschaftliche Bauten, voller Prunk und Glanz", erklärte sie, machte eine umschweifende Handbewegung und begann dann zu glucksen. „Aber davon ist nicht mehr viel übrig, denn es war auch ein Geschenk des Landes. Die Villen mit dem hübschen See – nur besondere Träger duften dort wohnen. Gestalterin Philomena war hier wählerisch, sehr wählerisch. Sie dachte wohl, dass sie für immer an der Macht bleiben würde. Aber alles ist endlich. Auch der Stolz und die Trübsicht, die ihn begleitet. Was haben wir denn da?" Die Alte stellte sich auf die Zehenspitzen und schielte auf die Oberseite eines Schrankes, um einen Brief hervorzuziehen, den sie, ohne zu überlegen, öffnete.

„Ach, nur einer dieser Liebesbriefe. Na, so wichtig kann er dann doch nicht gewesen sein, wenn sie ihn hier vergessen hat, unseren Filemus, der seine Rebecca von ganzem Herzen, für immer, ohne Wenn und Aber vergöttert und auf Händen tragen möchte", meckerte sie, ließ den Brief fallen und sah sich weiter im Raum um. Dabei verengten sich ihre Augen zu Schlitzen und ihr durchdringender Blick glich dem eines Adlers, dem kein Detail entging. Ich fühlte mich zunehmend unwohl in der Anwesenheit der Alten.

„Das Land gibt, das Land nimmt, so ist es eben. Für den einen ist es ein Schatz, für den anderen ist es wertlos. Das Leben ist, wie es ist, und manchmal ist es eben das hier …" Sie senkte ihre Stimme, während ihr Blick rastlos über jede Nische und Ecke glitt. „Nicht mehr wert als meine Zähne, die genauso schief stehen wie diese Häuser, die die Landschaft mit ihrem Anblick verpesten. Das Freudeland hat einfach genug. Genug von dem Krieg. Es ist kein Wunder, dass die tiefe, böse Freude aufflackert und ihre Blitze niedersendet. Oder?" Sie sagte es leichthin und drehte sich zu uns um und ich fuhr unwillkürlich mit der Hand zu meinem Wächterstab, den ich jedoch schon lange nicht mehr bei mir trug.

Auch Ben schien etwas zu spüren, denn er schob sich schützend ein Stück vor mich.

Die Zeichnung der Alten, die wie ein zerronnenes Herz aussah, begann orangefarben zu glimmen. „Ja, ich bin alt, deswegen unterschätzt man mich. Man unterschätzt gerne die Alten. Und wer auf der Suche ist, scheint sich nicht um die anderen zu kümmern – er wirkt harmlos, auch wenn er es gar nicht ist. Aber sind wir nicht alle auf der Suche?"

Ich fühlte, wie sich Bens Muskeln anspannten, und ein hämisches Grinsen schlich sich in das dicke Gesicht der Alten. Erst jetzt fiel mir auf, dass ihre Fingerkuppen in einem dunklen Orange leuchteten. „Die Sucher erkennen sich. Ihr sucht etwas und auch ich suche etwas. Und wer hätte gedacht, dass ich es hier finde? Also, Bürschchen, komm ruhig näher zu mir, so nah du willst - deine Freundin ist mir egal, aber du, du bist ein echtes Schätzchen."

Kapitel 11

Noch bevor wir reagieren konnten, führte die Alte ihre Hände zusammen, sodass sich ihre Fingerkuppen sanft berührten. Von den Möbelstücken und dem Boden schnitten grell leuchtende Laserstrahlen präzise durch den Raum und spannten sich knapp über Bens und meinen Körper, sodass wir uns nicht mehr bewegen konnten, ohne in Kontakt mit den Strahlen zu kommen.

„Ich würde es nicht versuchen", kicherte die Alte. „Die Dinger heißen nicht nur Blitznetze, sie funktionieren auch wie ein Blitz. Und sie sind das neueste Modell, angepasst an die neuen Fähigkeiten. Leider etwas schwer zu installieren, aber sehr effektiv. Eine falsche Bewegung und BUMM", sie klatschte freudig in die Hände und ihre Gesichtszeichnung entfachte sich, „seid ihr gegrillt. Nicht mehr als ein Haufen Asche. Und wer will schon ein Haufen Asche sein? Also ich zumindest nicht und du, Bürschchen, wohl auch nicht. Denn für einen Aschehaufen werde ich nicht", ihre Augen bekamen wieder diesen gierigen Glanz, „zehntausend Währungsblätter erhalten. Heute ist mein Glückstag, mein Glückstag! Ich hätte nicht gedacht, dich hier zu finden, aber manchmal, da muss man Glück haben. Zehntausend Währungsblätter! Halt, was stand noch mal auf deinem Steckbrief? Tot oder lebendig?" Sie zog ein Stück Papier aus ihrem Umhang und rollte es auf. Bens Gesicht prangte von dem Blatt und zeigte ihn kurz vor der Hinrichtung, wie er den Weg zur Guillotine beschritt. Ich wusste, dass wir gerade ebendiesen Weg erneut betraten, und verfluchte mich dafür, dass ich nicht aufmerksamer gewesen war. Das Leben in der schattigen Unterwelt hatte mich unvorsichtig gemacht und ich hatte mich von der Alten täuschen lassen. Mit aller Kraft versuchte ich meine Kriegsfähigkeit zu entfachen, aber etwas blockierte mich. Ein Blick zu Ben verriet, dass es ihm nicht anders ging.

„Unbedingt lebendig. Ach, ich hasse es, wenn sie das schreiben", motzte die Alte und steckte die Schriftrolle zurück in ihren Umhang. Dann tippte sie ihre Fingerkuppen leicht aneinander, sodass sich die Blitzstrahlen zusammenzogen und jeweils nur ein leuchtendes Netz um mich und Ben bildeten, die sich eine Handbreite von unseren Körpern entfernt aufspannten.

Die Freudeträgerin konnte sich nun wieder frei durch den Raum bewegen. „Wo sind die guten alten Zeiten hin? Tot oder lebendig, das ist eine Aussage. Aber nur lebendig? Na ja, vielleicht bekomme ich für das Mädchen ja auch noch etwas", sagte sie mehr zu sich selbst als zu uns. Dann schüttelte sie den Kopf und schaute mich an. „Oder du bewegst dich jetzt einfach? Nur ein Stück? Dann würde sich das Problem von allein lösen. Du musst verstehen – zwei Träger durch ein vom Krieg heimgesuchtes Land zu transportieren, das ist nicht so einfach." Sie beugte sich etwas nach vorn. „Und ich bin schließlich auch nicht mehr die Jüngste", fügte sie Mitleid heischend hinzu. „Und das Geschäft ist härter geworden. In Zeiten des Krieges sind die Leute nicht mehr so leicht zu finden. Alles ist in Aufruhr, man darf nicht zwischen die Fronten geraten und die Konkurrenz, ach, die Konkurrenz, dieser alte Bock. Über die will ich gar nicht erst reden. Also – wenn du so freundlich bist – kannst du dich vielleicht doch ein Stückchen bewegen?

Wie sagt man so schön? Oft reicht nur ein kleiner Schritt." Sie blickte mich auffordernd an und ich konnte nicht glauben, dass die alte Freudeträgerin das wirklich ernst meinte.

„Sie wird nichts dergleichen tun", knurrte Ben mit tiefer Stimme. „Solltest du ihr auch nur ein Haar krümmen, werde ich mich freiwillig grillen lassen." In seinem Blick lag tiefster Hass und obwohl seine zerrissene Zeichnung zu glühen hätte beginnen müssen, tat sie es nicht. Die Blitzstrahlen schienen einen ähnlichen Effekt wie die Wächterkugel zu besitzen. Sie neutralisierten jegliche Magie - nur dass die Strahlen noch besser entwickelt und tödlich waren.

„Du bist aber ein taffes Kerlchen", murrte die Kopfgeldjägerin. „Kein Wunder, dass sie so viel Geld auf dich ausgesetzt haben. Und du musst verstehen: Wenn es nicht so viele Blätter wären, würde ich dich auch gehen lassen. Irgendwie mag ich dich. Immerhin hast du endlich diese Philomena beseitigt, eine schrecklich Person war das. Sag", die Alte machte einen Schritt auf Ben zu und lehnte sich verschwörerisch zu ihm hinüber, „hast du sie wenigstens ein bisschen leiden lassen? Nur ein klein wenig?" Sie fragte es fast flehend und es kostete mich viel Beherrschung, ruhig zu bleiben.

„Mathilde!", donnerte eine Stimme von draußen und im nächsten Moment stieß ein bärtiger Typ die steinerne Tür mit seinem Fuß auf. „Da habe ich dich endlich, du altes Biest."

Schlagartig verschwand die Freude aus dem Gesicht der Alten und ihre Augen verengten sich zu schmalen Schlitzen.

„Verschwinde, du alter Bastard."

„Einen Dreck werde ich tun", fauchte der weißhaarige

Typ und betrat mit schwerem Schritt die Unterkunft. Er trug einen breiten Gürtel, an dem diverse Waffen hingen, sowie dunkle Stiefel und war von stämmiger Natur.

„Mathilde, Mathilde, du verräterisches Weib. Wie hast du es angestellt? Hast du etwa meinen Späher gegrillt?"

Ein unschuldiges Lächeln spielte um die Lippen der alten Trägerin, deren Gesichtszüge nun beinah sanfter und jünger wirkten. „Franzus, deinen Laufburschen soll ich gegrillt haben? Dein Laufbursche ist doch keines von meinen kostbaren Blitznetzen wert. Außerdem habe ich nur zwei. Und die sind gut im Gebrauch, die Dinger sind schließlich sauteuer und müssen genutzt werden. Ich habe ihn also nicht getötet – es war wahrscheinlich der Blitz. Du kannst also wieder verschwinden, du alter Depp. Das kannst du doch so gut." Sie fuhr sich durch ihre grauen Locken und ich dachte kurz an den Träger, der uns vorhin nicht beachtet zu haben schien. Er musste der Späher gewesen sein, von dem sie sprachen.

Franzus rieb sich über den Bart und seine weiße Gesichtszeichnung, die an ein Fallbeil erinnerte, glomm sanft auf.

„Du vertraust mir noch", grinste die Alte. „Und womit? Mit Recht. Also traue meinen Worten und hau ab."

„Wenn du mir den Ekelträger gibst, siehst du mich nie wieder, versprochen. Die Kleine kannst du behalten." Die hellblauen Augen des Alten, die unter buschigen Augenbrauen lagen, begannen vertrauensvoll zu glänzen.

„Deinen Zauber hast du bei mir schon lange verloren, schon lange, du alter Trottel", keifte Mathilde. „Noch bevor du mir diesen Dreifachmörder gestohlen hast."

„Pah, der war doch nix im Vergleich zu der Königin der Diebe, die du mir ausgespannt hast. Das war damals eine ganz miese Falle, eine miese Falle war das."

Mathilde zuckte mit den Schultern. „Sie ist mir sowieso wieder entwischt, also was kümmert's dich, du alter Bock. Aber für den Dreifachmörder hast du gute Blätter erhalten und konntest dir den Laufburschen leisten."

Franzus spuckte auf den Boden. „Allerdings ist der jetzt auch wieder weg. Zumindest der eine. Und der andere ist ein noch größerer Nichtsnutz."

Mathilde deutete vorwurfsvoll auf ihre Füße. „Nichtsnutz hin oder her, ich muss alles zu Fuß gehen, während der schicke Herr seine Späher vorschickt und erst zutage tritt, wenn die Späher die ganze Arbeit geleistet haben. Du bist bequem geworden, Franzus. Bequem und fett."

„Du hattest auch schon bessere Zeiten, Mathilde", entgegnete der Vertrauensträger und strich sich über seinen Wanst. „Oder wann hast du das letzte Mal einen Blick in den Spiegel riskiert? Du bist alt geworden, verdammt alt."

„Na und? Zumindest habe ich Joost überlebt."

Franzus' Kiefermuskeln spannten sich an. „Lass Joost aus dem Spiel."

„Was? Willst du das Bürschchen etwa selbst zur Strecke bringen?", fragte sie und deutete auf Ben. „Nach dem alten Ritual? Bist du deshalb hinter ihm her?"

„Gib ihn mir, Mathilde", stieß der Alte bedrohlich zwischen zusammengepressten Zähnen hervor. „Gib ihn mir."

„Damit du ihn töten kannst? Niemals. Er ist mein Schätzchen. Die Neue Acht wird mir viele Blätter für ihn geben und jetzt, wo sie den Krieg vielleicht sogar gewinnen, stehen sie wer weiß auch in meiner Schuld.

Du musst mich schon töten, wenn du ihn haben willst."
Fast unbemerkt ließ die Alte ihre Hand in ihren Umhang gleiten, und auch Franzus legte seine Hand auf seinen Gürtel.

„Das ist kein Problem, du altes Biest", zischte er.

„Na dann komm doch her. Oder hast du Angst?" Ihre grauen Augen funkelten gefährlich. „Du kannst noch immer gehen und das hier ungeschehen sein lassen, du fetter Bastard. Verkriech dich zurück in dein Loch, aus dem du gekommen bist."

Ein Gefühl der Hoffnung zupfte an mir. Und dann passierte tatsächlich alles ganz schnell. Die beiden zückten ihre Waffen und gingen aufeinander los. Mathilde zog ein antikes Lederamulett aus ihrem Umhang und drückte es gegen ihre Brust. Im nächsten Moment schossen schwarze Giftschlangen wie Pfeile aus dem Amulett auf Franzus zu, die er nur schwerlich mit seiner Axt abwehren konnte. Er versuchte die giftigen Tiere zu zerhacken, doch je mehr Schlangen er zerschnitt, desto mehr wurden es.

Als er das begriff, änderte er seine Taktik, schnappte grob nach den Schlangen und schleuderte sie auf seine Angreiferin zurück. Mathilde wich geschickt aus und schmiss eine Explosionskapsel auf Franzus, der schnell zur Seite sprang. Die beiden Alten waren beweglicher, als ich es ihnen zugetraut hatte. Sie attackierten sich mit ihren Waffen und boten sich einen Kampf, der vor Brutalität und Heimtücke nur so strotzte. Immer wenn ich glaubte, dass einer der beiden die Oberhand gewann, setzte sich der andere gekonnt zur Wehr. Mathildes Umhang war voller magischer Gegenstände, die sie gegen ihren Konkurrenten einsetzte – unter anderem eine orangefarbene Schere, die sich zielsicher ihren Weg in Franzus' Auge bohrte. Der Vertrauensträger schrie auf und hetzte blindlings nach vorn, um die Alte zu Fall zu bringen.

„Na, war das schon alles, Mathilde?", brüllte er und zog sich die Schere aus seinem Auge, das stark blutete. Mit nur einer Hand hielt er dabei ihre Arme fest, während er gebeugt über ihr saß. „Du bist wirklich alt geworden. Deine Tricks sind auch noch die alten."

„Und du bist wirklich fett geworden, geh von mir runter", schnaufte Mathilde und ihr Gesicht färbte sich rot. Ich wartete nur auf den Moment, der kommen musste. Sie würde nicht klein beigeben, so eine Frau war sie nicht.

„Was für ein Tod. Ich auf dir, so hast du es dir doch sicher immer gewünscht", höhnte Franzus und grinste breit.

Mathilde krümmte sich unter ihm und musste nun bald ihre letzte Waffe zücken. Fast unmerklich nickte mir Ben zu und ich wusste, dass auch er darauf wartete.

Franzus griff nach einem Messer an seinem Gürtel und Mathilde nutzte den Moment. Es war nur eine kleine Bewegung, nicht mehr als ein Fingertippen, aber es reichte, um das Blitznetz außer Kraft zu setzen. Lieber ließe sie sich von uns übermannen als von Franzus. Und Ben war bereit - in Windeseile übernahm er die Kontrolle über Mathilde und Franzus, noch bevor sie wirklich wussten, wie ihnen geschah.

Kapitel 12

Bevor wir aufbrachen, schnappten wir uns zwei Umhänge, die wenigen Währungsblätter, die die beiden mit sich trugen, und Mathildes blaue Pillen, die sich vielleicht noch als nützlich erweisen würden.

Mathilde und Franzus, die geknebelt am Boden lagen, warfen uns wütende Blicke zu. Wir hatten sie mit ihren eigenen Handschellen aneinandergebunden, und das gefiel ihnen gar nicht. So eng beieinander waren die beiden sicher schon lange nicht mehr gewesen.

„Hast du alles?", fragte Ben und ich nickte ihm zu, als wir die steinerne Behausung verließen. Dann stellte ich mich vor die geschlossene Tür und verband mich mit meiner Kriegsfähigkeit, die wie flüssige Hitze durch meine Adern wallte. Es kostete mich viel Kraft, den schweren Felsbrocken zu bewegen, der in der Nähe der verlassenen Siedlung lag – aber wir mussten sichergehen, dass uns die beiden nicht so schnell folgen würden.

„Alles okay?", fragte Ben, als der Fels mit einem Krachen vor den Eingang rollte und den Ausgang blockierte.

„Alles okay", sagte ich und strich mir eine dunkle Haarsträhne aus dem Gesicht. Es regnete zwar nicht, dafür war es heiß geworden und die Wärme drückte auf uns nieder. Das Freudeland spielte tatsächlich verrückt und ich wünschte mir die guten alten Zeiten zurück, in denen der Krieg die Welt noch nicht verändert hatte. „Es geht gleich wieder", fügte ich hinzu, um die Sorge aus Bens Gesicht zu vertreiben.

„Franzus und Mathilde werden eine gute Zeit haben", bemerkte Ben sarkastisch und richtete einen letzten Blick auf die Behausung, die krumm aus dem Boden ragte.

Ich lächelte bei dem Gedanken, dass die beiden Streithähne nun zusammen festsaßen. „Ja, sie werden wohl einige Zeit miteinander verbringen. Die Fesseln sind kaum zu lösen, der Fels blockiert die Tür und das Fenster ist zu klein, als dass sie hindurchpassen würden."

„Ja, weil sie zu fett sind", entgegnete Ben nüchtern.

„Und zu alt", ergänzte ich.

Bens Mundwinkel hoben sich und er griff nach meiner Hand. „Vielleicht waren die beiden auch mal so verliebt wie wir."

„Das ist gut möglich", sagte ich so ernst wie möglich. „Wirst du mich denn auch lieben, wenn ich so wie Mathilde aussehe?"

Ben schüttelte den Kopf. „Sicher nicht."

Ich schlug ihm auf die Schulter. „Das ist die falsche Antwort."

„Das ist die falsche Frage", sagte er und zog mich zu sich heran. So eng, dass ich seine Brustmuskeln unter seinem Anzug spüren konnte und sein Herz, das gleichmäßig schlug.

„Und was ist die richtige Frage?", hauchte ich in sein Ohr.

Bens Gesichtszüge spannten sich an und er strich mir zärtlich mit der Hand über die Wange. Dabei bohrte sich sein intensiver Blick in meine Augen und ich spürte ein Kribbeln, das von meinen Zehenspitzen direkt in mein Herz fuhr.

„Das musst du doch schon lange wissen." Er machte eine kurze Pause und für einen Augenblick gab es nur uns zwei. Ich wusste, dass wir weitergehen sollten, dass wir keine Zeit für diesen Moment hatten, aber alles in mir gierte nach ein wenig Nähe.

„Lee, was meine Liebe zu dir betrifft, gibt es keine Fragen", erklärte er mit tiefer Stimme und ich fühlte, wie mein Herz aufblühte. „Sie ist bedingungslos." Und dann drückte er mich an sich heran und seine Lippen küssten meine und gaben mir die Sicherheit, dass die Anschuldigungen gegen Ben einfach nicht wahr sein konnten.

„Aber fett werden solltest du trotzdem nicht", sagte Ben emotionslos und rieb sich über seinen Dreitagebart, als wir unseren Kuss irgendwann unwillig beendeten.

Ich verdrehte die Augen. „Ich kann mich noch erinnern, wie du im Gefängnis der Beschützer festgesessen hast und die Magie der Ausnüchterungszellen dein Aussehen verändert hat. Das war kein besonders schöner Anblick", sagte ich, als wir uns den Weg durch die verlassene Siedlung bahnten.

„Du hast mich doch damals schon geliebt", entgegnete Ben und ich warf ihm einen kurzen Seitenblick zu. Auch wenn wir hier ein wenig herumalberten, lag doch eine Schwere in seinem Gesicht. Die letzten Wochen, die Geschehnisse im Palast waren nicht zu verleugnen. Aber es tat gut, sie kurz ein Stückchen zur Seite zu schieben.

„Habe ich das? Habe ich dich schon immer geliebt?", fragte ich und zog eine Augenbraue hoch.

„Du konntest doch nicht anders."

Ich zuckte mit den Schultern. „Dafür gibt es keinen Beweis."

Ben grinste und ich musste unweigerlich lächeln, und dann zogen meine Gedanken automatisch zu dem Wort Beweis und zu den Beweisen, die uns fehlten, um Bens

Unschuld darzulegen. Meine Sorge musste sich in meinem Gesicht widerspiegeln, denn auch Bens Blick verfinsterte sich. Wir spürten beide das Damoklesschwert, das über unseren Köpfen hing.

Für eine Weile marschierten wir stumm durch die Gassen der Siedlung. Einige der Türen standen weit offen, andere waren geschlossen, aber nicht verschlossen. Was auch immer die Einwohner dazu bewegt hatte, ihre Behausungen zu verlassen, es musste schnell gegangen sein. Waren die Totaa dafür verantwortlich? Oder hatte tatsächlich das Land der Freude seine Einwohner vertrieben?

Viel Zeit, darüber nachzudenken, blieb mir jedoch nicht. Nachdem wir schweigend die tote Siedlung verlassen hatten, deren Stille auf uns niederdrückte, erreichten wir schon bald eine Anhöhe. Sie bot uns einen weiten Blick über das Tal, das sich zu unseren Füßen erstreckte.

In wenigen Kilometern Entfernung lag Gaudina.

Hinter der orangefarbenen Stadtmauer, die sich halbmondförmig um ihr Inneres zog, ragten mosaikbesetzte Dächer wie schimmernde Skorpionschwänze in die Höhe. Die gräulich-orangefarbenen Schindeln und die Biegungen der Dachfronten, die spitz zueinander fanden, verliehen der Stadt eine gewisse Gefährlichkeit, die sich hoffentlich nicht bestätigen würde.

„Was zum Teufel soll das?", fragte Ben harsch und legte die Hand über seine Augen. Die Hitze des Landes hatte nachgelassen, stattdessen fuhr ein starker Wind durch unsere Kleider und zerrte an ihnen wie ein Tier an einem Stück Stoff.

Ich starrte nach vorn. Vor den Toren der Stadt lag nicht nur eine Menge Müll – es hatte sich auch eine

Schlange an Sinnträgern gebildet, die auf dem steinigen Boden standen und nur langsam vorwärts rückten.

„Sicherheitskontrolle", entfuhr es mir.

„Scheiße." Aus den Augenwinkeln konnte ich erkennen, wie Bens Kiefermuskeln sich anspannten.

„Die blauen Pillen", sagte ich nur und griff in meinen Umhang, um sicherzugehen, dass ich sie unterwegs nicht verloren hatte.

Ben wandte sich mir zu. „Ich gehe allein, Lee. Es ist zu gefährlich."

Ich blickte ihn skeptisch an. „Hat mich das schon jemals aufgehalten?"

Er schnaubte. „Nein, aber genau das ist das Problem."

Ich sah ihm tief in die Augen und versuchte mich dabei nicht von seiner Attraktivität ablenken zu lassen. Bens Haare hingen ihm zerzaust in die Stirn und sein schwarzer Anzug tat sein Übriges. Seine Züge wirkten hart und er war entschlossen, allein zu gehen. Aber das konnte er vergessen.

„Ich werde dich begleiten, ob du willst oder nicht", sagte ich scharf. „Also – dir bleibt nur die Wahl: stürmisch und schnell oder langsam und vorsichtig?"

Obwohl es nicht unserem Naturell entsprach, hatten wir uns für langsam und vorsichtig entschieden. Da wir nicht wussten, wie lange die Wirkung der blauen Pillen halten würde, hatten wir entschieden, ihren Einsatz bis zum letzten Moment hinauszuzögern. Die Kapuzen tief ins Gesicht gezogen, schlossen wir uns der Traube an wartenden Sinnträgern an. Und obwohl ich natürlich wissen wollte, was es genau mit der Kontrolle auf sich hatte und ob sie vielleicht der Suche nach Ben oder anderen Flüchtigen galt, widerstand ich dem Drang,

Gaudinas Zugangstor zu nahe ins Auge zu fassen.

Die in der Schlange stehenden Träger interessierten sich glücklicherweise nicht für uns, alle starrten nur nach vorn, keiner warf einen Blick nach hinten. Die meisten standen einfach nur stumm da und rückten auf, wenn es so weit war. Einige unterhielten sich, manch andere mokierten sich über die lange Wartezeit und schwitzten vor sich hin. Die Sonne brannte auf unsere Körper und ich sehnte den Moment herbei, meinen Umhang endlich ablegen zu können.

Unauffällig reichte ich Ben seine blaue Pille, nachdem ich meine geschluckt hatte. Ein unmerklicher Ruck ging durch mich hindurch und als ich meinen Blick auf Ben richtete, musste ich aufpassen, nicht sofort in schallendes Gelächter auszubrechen.

„Du müsstest dich erst sehen", flüsterte mir Ben amüsiert zu und zog eine Augenbraue hoch, bevor er sich Richtung Stadttor wandte. Seine maskulinen Gesichtszüge hatten sich verfeinert und auf seiner Haut sprossen ein paar Pickel. Mit seinen rötlichen Haaren und der schlaksigen Statur sah er aus wie ein junger Teenager und ich biss mir auf die Lippen.

Mathildes Verwandlungspillen waren stärker, als ich es gedacht hatte. Ich hatte mit einer vergrößerten Nase, dicken Lippen oder geschwollenen Augen gerechnet, nicht aber mit einer derartigen Anpassung.

Ben fuhr sich über die Wangen. „Widerlich", kommentierte er sein neues Erscheinungsbild und nutzte eine am Boden liegende Spiegelscherbe, die sich neben ein paar Lumpen und dreckigen Fässern befand, um sein Antlitz zu betrachten. „Aber dennoch denke ich, dass ich den besseren Deal gemacht habe." Mit diesen Worten sah er mich herausfordernd an und setzte dann sachlich hinzu:

„Franzus."

Ich machte einen Schritt zur Seite und erkannte in dem Spiegelsplitter, dass sich mein Gesicht in das des Kopfgeldjägers verwandelt hatte. Die weißen Haare, die buschigen Augenbrauen und die Vertrauenszeichnung, die an ein Fallbeil erinnerte, blickten mir ungeschönt entgegen.

„Mathilde", stieß ich hervor und fuhr mir über den dicken Wanst.

„Diese alte Hexe", bemerkte Ben leise. „Wahrscheinlich bin ich einer von Franzus' Laufburschen. Die Alte ist sich wirklich für keinen Trick zu schade."

„Sie ist schon lange in dem Geschäft, und es kann ziemlich nützlich sein, sich in die Konkurrenz zu verwandeln."

Ben nickte. „Sie ist schließlich nicht die Einzige in dem Geschäft", wiederholte er trocken ihre Worte.

Ich schob diesen Gedanken sofort zur Seite, da ich nicht an weitere lauernde Kopfgeldjäger denken wollte, und konzentrierte mich auf das bogenförmige Stadttor, das nur noch zehn Meter vor uns lag. Vor dem Eingang standen zwei Wachen. Es waren keine Wächter, sondern Beschützer, die mit leuchtenden Steinen die einzelnen Sinnträger abtasteten.

Automatisch runzelte ich die Stirn. Was sollte das Ganze?

Die Gruppe an Sinnträgern ächzte, als die Warteschlange sich wie eine dicke Raupe ein Stück weiterrollte und es plötzlich zu schneien anfing. Es waren orangefarbene Schneeflocken, die auf uns niederfielen, und sie waren eisig kalt.

„Auch das noch", murrte eine kleine Freudeträgerin mit blonden Locken und ich war nun doch wieder froh, dass ich meinen Umhang dabeihatte. „Dieses Wetter. Es ist fürchterlich. Schnee. Regen. Sturm. Hitze. Wie soll man hier noch Freude empfinden?", fauchte sie ihrer Freundin zu.

„Und den Müll, du darfst den Müll nicht vergessen", stimmte ihr die dünne Freundin mit den langen Fingern zu. Wie aufs Stichwort landeten im nächsten Moment keine Eiskristalle auf meinem Arm, sondern dreckige Wollfussel und Staubkörner. Ich musste husten, und ich war nicht die Einzige.

„Das ist ja abartig", kommentierte ich laut genug, damit die beiden Trägerinnen meine Worte hören konnten. Dabei versuchte ich, meine Stimme so tief wie möglich klingen zu lassen.

„Du sagst es", murrte die Dünne mit der schwarzen Hochsteckfrisur und der spitzen Nase. „Das Freudeland ist nicht mehr das, was es war. Der Krieg … ist so furchtbar. Hoffentlich kann die Neue Acht ihn bald beenden."

Die kleine Freudeträgerin neben ihr nickte und fischte sich etwas aus den Haaren, das wie ein dunkles Haarknäuel aussah. Mit einer schnellen Bewegung schnippte sie es weg und ließ es zu dem Müll fallen, der bereits auf dem steinigen Boden lag. „Die Zeichen sehen gut aus. Immerhin – ich weiß, man soll über Tote kein schlechtes Wort verlieren, und Philomena war auch nicht die Schlimmste aller Freudeminister – der Erfolg gibt der Neuen Acht recht, immerhin haben sie mit ihrer Politik schon einiges erreicht."

Ich nickte und hoffte, dass die beiden einfach weiterredeten. Doch ein kurzer Moment der Stille trat ein.

„So viel haben sie doch noch gar nicht erreicht",

meldete sich Ben zu Wort und klang wie ein Junge, der noch grün hinter den Ohren war. Die zwei Trägerinnen sahen Ben irritiert an und es war irgendwie eigenartig, dass er, der sonst sehnsüchtig betrachtet wurde, keine begehrlichen Blicke abfing.

„Sie haben noch nichts erreicht?", fragte die Dünne tadelnd und drückte ihren Rücken durch. „Junge, wie nennst du dann das, was sie die letzten Wochen vollbracht haben? Ihre Politik des … Isabel, wie nennen sie es noch einmal?"

„Die Politik der verlassenen Erde", erklärte die Kleine und fuhr mit dem Aufklärungsunterricht ihrer Freundin fort, „war bis jetzt die mit Abstand erfolgreichste Strategie und hat die Totaa endlich zurückgedrängt."

„Was ist die Politik der verlassenen Erde?", fragte Ben und legte ganz viel Unsicherheit in seine Stimme. Die dünne Trägerin ergriff schnell das Wort, bevor ihr die andere zuvorkommen konnte. Die beiden genossen es sichtlich, Ben seine Unwissenheit auf die Nase zu binden und mit ihrem Wissen zu prahlen.

„Hast du dich die letzten Wochen etwa vor der Welt versteckt?", schnaubte sie, machte jedoch gleich weiter. „Siehst du die Siedlung da hinten? Sie ist verlassen. Du wirst in allen acht Ländern derartige tote Städte und Dörfer vorfinden. Die Neue Acht – die sich aus Sicherheitsgründen nicht zeigt, und wer kann es ihnen verübeln, nach dem, was mit der Macht der Acht passiert ist – hat über die Nachrichtenwürfel zur Konzentration aufgerufen. Kleine Dörfer und Städte sollten verlassen werden und wir Sinnträger mussten uns sammeln – um den Totaa den Angriff zu erschweren. Die Neue Acht konnte sich somit auf weniger Verteidigungspunkte konzentrieren und die Totaa mussten plötzlich weitere

Wege zurücklegen." Sie hielt kurz inne. „Aber das ist nur eine von vielen guten Entscheidungen, die die Neue Acht getroffen hat. Egal, welche acht Gestalter sich hinter dem Führungskreis verbergen, sie haben dafür gesorgt, die Kräfte der acht Länder zu einen. Zusammen haben sie es geschafft, viele besetzte Gebiete wieder zurückzuerobern. Und sie setzen neue Techniken ein, sie sind einfach innovativer."

Die kleine Trägerin neben ihr nickte. „Es gibt Gerüchte, dass sie einfach jünger sind, flexibler im Geist und weniger umständlich. Ich freue mich auch schon so, wenn der Krieg endlich vorbei ist", erklärte sie und ihr Gesichtsmuster, das einer geschwungenen Treppe glich, begann orangefarben zu glimmen, „und sie ihre Identität offenlegen. Vielleicht ist ja auch der eine oder andere attraktive Junggeselle dabei." Sie begann zu kichern und ihre Freundin stimmte mit ein, während die Schlange wieder ein Stück vorwärts rückte. „Solange er nicht aussieht wie die zweite Hand der Totaa." Es schüttelte sie und ein ungutes Gefühl beschlich mich.

„Die zweite Hand?", fragte ich so ruhig wie möglich.

„Ja, hast du von ihm denn noch nicht gehört?", fragte die kleine Freudeträgerin und band sich ihre blonden Haare zu einem Knoten zusammen. „Er ist der, der mit seinem Gesicht in Erscheinung tritt, während sich der Anführer der Totaa in der Dunkelheit versteckt. Man munkelt, dass die Totaa etwas unternehmen mussten, dass sie ihrem Krieg ein Gesicht geben mussten, auch wenn es kein besonders hübsches ist." Sie machte mit der Hand eine Geste und schnitt durch ihr Gesicht hindurch, als würde es sich in zwei Hälften teilen. „Er wird nur der Gespaltene genannt, weil er seine Opfer in zwei Hälften teilt."

„Das ist ein Gerücht", meinte die andere nach einer kurzen Stille leichthin. „Vielleicht nennen sie ihn auch den Gespaltenen, weil er drei Freundinnen besitzt."

„Drei Freundinnen?", wiederholte Ben, um noch mehr zu erfahren. Die beiden Trägerinnen erwiesen sich als gute Auskunftsquelle, auch wenn ich nicht davon ausgehen konnte, dass alles, was sie sagten, auch der Wahrheit entsprach.

„Ja, drei, und zwar ziemlich hübsche", nickte die Dünne eifrig. „Eine Blonde, eine Dunkelhaarige und eine Rothaarige. Die Blonde soll die schlimmste von allen sein. Denn diejenige, die die meisten Träger tötet, darf die Nacht mit dem Gespaltenen verbringen. Und die Blonde ist anscheinend ständig bei ihm, wenn ihr versteht, was ich meine."

Ich runzelte die Stirn. „Woher wisst ihr das alles?"

Die Trägerin mit den dunklen Haaren zuckte mit den Schultern. „Die Gerüchte verbreiten sich schnell. Und es gibt einige reumütige Totaa, die sich der Neuen Acht wieder angeschlossen haben."

„Die Neue Acht lässt dies zu?", fragten Ben und ich beinah gleichzeitig.

„Natürlich. Sie haben sogar aufgerufen, dass jeder, der sich freiwillig stellt, einen fairen Prozess und mildernde Umstände bekommt."

„Aber wie kann sich die Macht der Acht", ich korrigierte mich schnell, „wie kann sich die Neue Acht denn sicher sein, dass sich unter den Leuten keine Verräter befinden?"

Die beiden Trägerinnen sahen mich an, als würde ich sie nach der Farbe meines Sinnes fragen. „Na, dadurch", erklärte die kleine Blonde und deutete mit dem Kinn auf die Wachen, die mit den leuchtenden Steinen die Leute abtasteten.

Ich versuchte mir meine Erleichterung nicht anmerken zu lassen, genau wie Ben, dessen Muskeln sich augenblicklich entspannten. Die Steine wurden benutzt, um die Gesinnung der Leute festzustellen.

„Totaa-Detektoren", erklärte die Dunkelhaarige mit der spitzen Nase und beäugte uns von oben bis unten. Dabei legte sie ihre Stirn in Falten. „Wo genau kommt ihr noch mal her?"

„Das haben wir noch nicht gesagt", entgegnete ich.

„Dann sagt es uns doch jetzt", beharrte die kleine Trägerin und ich mochte den Ausdruck in ihren Augen nicht. Noch weniger mochte ich jedoch, dass wir uns dem Eingang zur Stadt endlich genähert hatten und wir nun keinerlei Aufregung gebrauchen konnten.

„Wir sind Kopfgeldjäger", sagte ich und reckte mein Kinn stolz nach oben. „Wir suchen die ganz, ganz bösen Jungs."

Noch immer starrten mich die Trägerinnen misstrauisch an.

„Viele von denen sind gutaussehende Kerle", stimmte Ben schnell mit ein, „und gar nicht so übel, bis auf den einen oder anderen Mord, aber immer auf der Suche nach der großen Liebe."

Ein sehnsüchtiges „Hach" entrang sich beiden Trägerinnen und ich fragte mich, ob sie die Sache mit dem Mord nicht gehört hatten. Oder es war ihnen schlichtweg egal – lieber ein mordender Mann als überhaupt kein Mann.

„Der Nächste", schallte die Stimme der Wächter zu uns herüber und die Trägerinnen trippelten mit ein paar Schritten nach vorn, wo sie den beiden Wachposten verführerische Blicke zuwarfen. Auch wenn es bei der einen an ein notorisches Augenzucken erinnerte und die andere wie eine geistig labile Person wirkte, ließen sich die Beschützer nicht beirren. Pflichtschuldig gingen sie ihrer Arbeit nach und ließen die Steine in etwas Abstand über die Körper der Trägerinnen gleiten, die diese Prozedur lächelnd genossen. Erst jetzt fiel mir das kleine, goldene Schild auf, das neben dem Eingang zur Stadt in der Mauer eingelassen war:

„Einsatz von Kriegsfähigkeiten innerhalb der Stadt verboten. Sollte sich jemand gegen die Verordnung stellen, so wird die Verwendung der Fähigkeit mit einer Freiheitsstrafe vergolten. Die Sicherheitsstrahlen erfassen jeglichen Gebrauch.“

Die Neue Acht hatten tatsächlich einige Neuerungen eingeführt.

„Ihr seid sauber – geht weiter“, brummte der rechte Beschützer, der mich in seiner Statur an Jesper erinnerte, den beiden Freudeträgerinnen zu. Er war von hünenhafter Gestalt, hatte dunkle Haare – doch seine Augen waren grün, nicht blau. Schnell verdrängte ich die Gedanken an Jesper, der uns verraten hatte und den ich unter der eingestürzten Decke des Totaa-Gefängnisses begraben ließ.

Ein Blick zu Ben verriet mir, dass auch ihm die Ähnlichkeit aufgefallen war, und seine Augen waren auf den Beschützer geheftet. Und nicht nur das erkannte ich, ich sah auch, dass Bens Pickel sich zurückbildeten und seine Züge wieder männlicher wurden. Seine Figur gewann an Muskeln und mein Puls schoss in die Höhe. Ich konnte nur hoffen, dass die Magie der blauen Pille noch so lange standhalten würde, bis wir im Trubel der Stadt untertauchen konnten.

„Einen Schritt nach vorn machen. Und Arme

ausstrecken", befahl der linke Beschützer und ich folgte seinen Anweisungen. Dabei versuchte ich weder schuldig noch besonders unauffällig zu wirken. Der drahtige Wachsamkeitsträger begann mich vom Kopf abwärts mit dem Stein zu untersuchen. Mein Herz klopfte mir bis zum Hals und jede verstrichene Sekunde kam mir wie eine gefühlte Ewigkeit vor.

Die Beschützer verfolgten routiniert ihre Aufgabe und sahen mir nicht einmal ins Gesicht. Denn das Gesicht interessierte sie nicht, sie konzentrierten sich lediglich auf die Impulse des Steins.

„Der hier ist kein Totaa", warf der drahtige Wachposten mit dem spitzen Kinn dem Beschützer zu, der gerade Ben untersuchte. Dabei sah ich, wie Ben einen Zentimeter wuchs. Das Adrenalin zuckte durch meinen Körper und ich konnte nur hoffen, dass der Beschützer die Rückverwandlung nicht bemerkt hatte.

„Der hier ist auch keiner", brummte der Freudeträger und nickte Ben zu, als sein Blick an meinem Gesicht hängen blieb. „Na, bei allen Sinnen. Was machst denn du da?", fragte er mich und seine Augen begannen zu leuchten. Noch konnte ich nicht deuten, ob es ein gutes oder ein schlechtes Leuchten war. Ben verharrte in der Bewegung und fixierte den Beschützer. Egal, was auch passieren würde, wir hatten ihnen nicht viel mehr entgegenzusetzen als unsere Kriegsfähigkeiten – aber wir wussten nicht, womit sie gewappnet waren. Immerhin war die Neue Acht, wie die Trägerin vorhin schon gesagt hatte, für ihre Innovationen bekannt. Und ich konnte mir beim besten Willen nicht vorstellen, dass Gaudina nur von zwei Wachposten beschützt wurde.

„Ich bin auf der Suche", antwortete ich und ließ dabei meine Stimme so kratzig und tief wie nur möglich klingen. Der Beschützer sah mich merkwürdig an. Seine grünen Augen verengten sich, und ich rechnete mit dem Schlimmsten. Aber stattdessen begann er zu lachen. „Hast du wieder Mal zu viel getrunken, Franzus? Deine Stimme hört sich furchtbar an, ganz fürchterlich. Aber du bist nicht mehr so fett."

Ich versuchte tief zu grinsen und nickte dem Beschützer einfach nur zu.

„Wenn du in der Stadt bist, lass uns nachher auf ein kühles Wonnebier gehen, okay?"

„Klar, das machen wir", antwortete ich, während ich mit Ben schon durch den Torbogen schritt.

„Du hast ein Date mit diesem Jesper-Verschnitt?", raunte mir Ben ins Ohr, während wir durch die engen Gassen der Stadt gingen.

„Zum Glück hat er nichts bemerkt, noch nicht zumindest", sagte ich und wies auf eine dunkle Ecke, in der wir uns kurz zurückziehen konnten, bis von Franzus und seinem Laufburschen nichts mehr zu sehen war. Wir drückten uns in die finstere Nische, die von zwei Häuserfronten gebildet wurde, und ich blickte mich verstohlen um. Die Häuser in Gaudina waren wirklich nicht schön. Mit ihren Skorpionschwanz-Dächern und den krummen Wänden sahen sie aus wie Hexenhäuser, die zu eng aneinander gebaut worden waren. Die Luft stank nach Abfall, die Straßen waren überfüllt und schmutzig und überall gingen Sinnträger ihrem Tagwerk nach.

Es dauerte nicht lange, da hatten Ben und ich wieder unser normales Aussehen angenommen.

„Wir müssen diese Zynkalia schnell finden und bis zum Abend wieder abhauen", flüsterte Ben mir zu.

„Wenn der Beschützer merkt, dass Franzus nicht in der Stadt ist, wird er eventuell Verdacht schöpfen."

Ich nickte. „Bleib du hier", erklärte ich. „Ich werde mich durchfragen und die Vampirin so schnell wie möglich ausfindig machen. Wir dürfen nicht riskieren, dass irgendjemand dein Gesicht erkennt."

Obwohl es ihm sichtlich schwerfiel, mich allein gehen zu lassen, stimmte Ben mir zu. Mit beherztem Schritt trat ich auf die Straße und die Eindrücke der Stadt prasselten nur so auf mich ein. Es war der chaotischste Ort, den ich je erlebt hatte. Es war laut, roch nach totem Schwarzfisch und war überaus schmutzig. Alles, was ich sah, hatte wenig mit dem Freudeland zu tun, wie ich es in Erinnerung hatte.

Die Gassen waren eng und die Leute quälten sich hindurch, immer wieder stieß ich an irgendwelchen Sinnträgern an, die hektisch ihren Arbeiten nachgingen und an diversen Hauseingängen Waffen und Waren feilboten. Sie schrien durch die Gegend und stritten sich um jeden Kunden. Der Lärmpegel der Stadt war enorm und eine Selbstverständlichkeit. Was mir zugutekam, denn jeder hier kümmerte sich nur um sich selbst und ich konnte in der Menge gut untertauchen.

Nur ab und an kam mir ein Träger entgegen, dessen Gesichtszüge auf unnatürliche Weise ruhig und entspannt wirkten. Sie blickten mir ins Gesicht und lächelten und schienen den Tumult der Stadt gänzlich von sich abprallen zu lassen.

Da es zu viel Aufmerksamkeit erregt hätte, wenn ich wahllos die Leute nach Zynkalia befragt hätte, versuchte ich mich an den Händlern zu orientieren. Sie mussten hier leben und kannten die Einheimischen sicherlich am besten.

Besonders ein Freudeträger, der neben einer Reihe von Fässern stand, erregte meine Aufmerksamkeit. Er verabschiedete sich gerade von einem Träger, der den gleichen besinnlichen Gesichtsausdruck trug, der mir so eigenartig vorkam. Als Wächterin hatte ich gelernt, dass man die besten Auskünfte von Trägern erhielt, die in illegale Geschäfte verwickelt waren – und irgendetwas sagte mir, dass hier etwas in der Art vor sich ging.

Mit schnellen Schritten drängte ich mich durch die Menge zu dem unscheinbaren Mann vor.

„Was verkaufst du?", fragte ich und musste beinah schreien, damit er mich überhaupt verstand.

„Ich bin Gulliver und ich verkaufe Ruhe", sagte der Freudeträger mit dem braunen Vollbart.

„Ruhe?", wiederholte ich unschlüssig.

Er nickte und deutete auf die Fässer zu seiner Seite.

„Willst du eines der Fässer mieten?"

Ich runzelte die Stirn. „Wozu?"

„Um darin zu verweilen", sagte der Mann und fuhr sich durch sein lockiges Haar. Dann lächelte er sanft. „Die Geräusche der Stadt sind erdrückend, nicht wahr? Du kannst dir einfach eine Auszeit nehmen, gönn sie dir. Mindestaufenthalt sind fünf Tage. Aber ich vermiete dir die Heilfässer auch für sieben oder zehn Tage."

„Und was können diese Fässer?", fragte ich, als es aus einem von ihnen laut polterte.

„Es sind Fässer der Ruhe."

Argwöhnisch verengte ich die Augenbrauen. „Sie können also nichts?"

„Sie geben dir Ruhe. Willst du in eines hineinsteigen?", fragte der Freudeträger und begann mit seinem Vollbart zu spielen. Schon wieder ertönte ein lautes Hämmern aus einem der Fässer.

„Es scheint, als würde jemand hier rauswollen", erklärte ich.

„Seine Zeit ist noch nicht gekommen. Er hat sieben Tage gebucht, und erst drei sind um. Ich werde den Träger nicht übers Ohr hauen, er hat sieben Tage gebucht und er bekommt sieben Tage." Ich betrachtete den Träger irritiert, was er zum Anlass nahm, mir die Sache genauer zu erklären. „Die ersten Tage sind ungewohnt. So viel Ruhe. Kein Geruch. Nur du selbst. Das besondere an den Fässern ist, dass du nicht essen und trinken – und dich auch nicht entleeren – musst. Du kannst dich nur auf deine Gedanken konzentrieren, erfährst die vollkommene Stille. Und du brauchst keinen Schlaf – wunderbar, nicht wahr?"

Ich wusste nicht, ob das so wunderbar war, ich wusste auch nicht, ob die Träger wirklich freiwillig in den Fässern steckten, aber ich musste mich auch gerade um etwas anderes kümmern.

„Also, willst du fünf Tage buchen?", fragte der Träger noch einmal und sah mich auffordernd an. Mit seiner geschäftstüchtigen Art erinnerte er mich ein wenig an Schmotz, von dessen Tod mir Ben erzählt hatte.

„Noch nicht", antwortete ich. „Vielleicht später. Zuerst muss ich noch Zynkalia aufsuchen."

„Zynkalia?", wiederholte der Typ und ich hoffte, dass ihm der Name etwas sagte. „Was willst du denn bei der?"

„Keine Ruhe – falls du das befürchtest."

„Dann ist es ja gut, die Ruhe wirst du bei der sowieso nicht bekommen", sagte er und zwirbelte sich seinen Bart. „Zynkalia ist eine seltsame Person, ich habe ihr schon so oft angeboten, bei mir Ruhe zu erlangen, ich besitze sogar Paarfässer, damit sie die Ruhe mit mir zusammen genießen kann, aber sie möchte nicht. Sie kommt fast nie aus ihrem Haus heraus und den Jüngeren hier macht sie Angst."

„Wo ist ihr Haus?", fragte ich.

„Du musst einmal rechts nach vorn, um die Ecke, dann einmal nach links, drei Häuser geradeaus, dann nach links – es ist das fünfte Haus auf der rechten Seite." Er hielt kurz inne. „Aber pass auf, in der Gegend gibt es Pfützen, in die solltest du lieber nicht hineinsteigen."

Kapitel 13

„Was zum Teufel ist das?", fragte Ben, als wir Gullivers Anweisungen folgten und uns den Weg zu Zynkalias Haus bahnten. Überall auf der Straße befanden sich Pfützen, die in unterschiedlichen Blautönen schimmerten. Einige von ihnen waren nicht größer als ein Fuß, andere hingegen zogen sich quer über den Weg und erschwerten uns das Vorankommen. Wir mussten springen, auf Zehenspitzen balancieren und uns gegenseitig stützen, um nicht mit der schmierigen Flüssigkeit in Berührung zu kommen.

Das einzig Gute an der Sache war: Wir waren fast allein. Anscheinend mieden die Stadtbewohner dieses Viertel, denn als wir Zynkalias Haus ein Stück näher gekommen waren, hatte sich die Menschenmenge schon gelichtet – und auch der Lärmpegel war zurückgegangen. Und jene wenigen, die uns in den Gassen begegneten, waren ebenso damit beschäftigt, trockenen Fußes zu ihrem Ziel zu gelangen.

„Schimpf nicht über die Pfützen, schimpf nicht über sie", heulte ein dünner Freudeträger mit treuem Blick, der in einer der Lachen am Straßenrand saß. Seine orangefarbene Kleidung hatte sich bereits wie ein Schwamm mit dem Pfützenwasser vollgesogen. „Das ist so gemein, die Welt, sie wird untergehen, und du, du machst diese Pfützen dafür verantwortlich. Was bist du nur für ein schrecklicher, schrecklicher Träger. Siehst du nicht, was vor sich geht?"

„Ich sehe nur jemanden, der in einer Dreckpfütze sitzt

und rumheult", antwortete Ben kalt und ich kniff ihn daraufhin kurz am Arm. Wir durften um keinen Preis auffallen und sollten einfach so schnell wie möglich weitergehen. Ben verstand meinen Wink, murrte etwas, folgte aber dem durchnässten Weg weiter, so schnell er konnte.

„Wir sind dem Untergang nahe, dem Untergang!", schrie uns der Typ nach. Seine Stimme nahm einen hysterischen Tonfall an. „Blind seid ihr! Alle blind, ihr erkennt nicht, was hier passiert, ihr seht es einfach nicht!"

„Halt's Maul", brüllte ein dicker, kahlköpfiger Träger, der uns entgegenkam. Mit enormer Geschicklichkeit sprang er über die Lachen. Es war anscheinend nicht das erste Mal, dass er diesen Weg ging.

„Ich werde mir nicht den Mund verbieten lassen!", jammerte der Pfützensitzer weiter. „Es ist meine Aufgabe, euch zu bekehren, es ist meine Aufgabe, Licht in die Dunkelheit zu bringen, denn die Dunkelheit ist nahe."

„Was brauchen wir dann dein verdammtes Licht, wenn die Welt sowieso untergeht?", blaffte der Kahlköpfige den Träger an, ohne sein Tempo zu verringern.

„Du musst es doch wissen, nichts ist schlimmer als Unwissenheit! Wir müssen sehenden Auges in die Dunkelheit gehen, wir müssen verstehen, was kommt und uns umbringen wird."

„Bullshit", hörte ich den anderen Träger noch motzen. „Nichts wird uns umbringen, außer ich dich, wenn du nicht endlich mal deine verdammte Pfütze verlässt." Viel mehr hörten wir nicht, denn dann bogen wir schon um die Ecke.

„Das muss es sein", sagte ich und deutete auf das fünfte Haus auf der rechten Seite. Es stand genauso krumm da wie die anderen Häuser und wirkte mit seiner schiefen

Tür und dem gebeugten Skorpiondach auch nicht besonders einladend.

Ohne zu zögern, klopfte ich an der Tür. Nichts geschah. Ich klopfte noch einmal, mit mehr Nachdruck, während ich einen kurzen Blick über die Schulter warf. Aus irgendeinem Grund fühlte ich mich beobachtet.

„Was ist?", fragte Ben, der meinen Blick zu deuten wusste.

„Es ... es war nur so ein Gefühl", sagte ich leise, konnte jedoch nirgends jemanden entdecken. „Als ob uns jemand verfolgen würde."

„Vielleicht ist der Wahnsinn aus den Pfützen ansteckend?", wisperte Ben zurück.

„Vielleicht", stimmte ich ihm zu, während Ben sanft an der Tür ruckelte. Im nächsten Moment wurde sie unwirsch aufgestoßen und wir mussten schnell zurückspringen, um nicht von dem Holz getroffen zu werden. Glücklicherweise landeten wir in keiner der eigenartigen Pfützen.

„Was wollt ihr?", fragte eine Stimme, bevor sich die Tür schnell wieder schloss.

„Das würden wir dir gerne persönlich sagen", zischte ich.

„Sagt es mir hier", wies uns die weibliche Stimme an. Sie klang jung und misstrauisch.

„Kassandra schickt uns", sagte Ben und ich hoffte, dass die Erwähnung des Namens der Erinnerungsvampirin reichen würde.

Ein lautes Stöhnen erklang. „Na gut." Dann öffnete sich die Tür noch einmal und Ben und ich warfen uns einen kurzen Blick zu, bevor wir vorsichtig eintraten.

Schwungvoll schloss sich die Tür hinter uns. Der

Raum, der vor uns lag, war nicht weniger schräg, als es das Haus von außen hatte vermuten lassen. Es war ein großes Zimmer mit mehreren kleinen Emporen, die wie Holzbalkone von den schrägen Wänden abstanden. Die einzelnen schiefen Terrassen waren durch Treppen miteinander verbunden, die nicht weniger wirr und systemlos durch den Raum führten. Von der brüchigen Decke, es musste sich um die Spitze des Skorpionschwanzes handeln, fiel durch unzählige kleine Löcher spärliches Licht in den Raum. Erst jetzt erkannte ich die unzähligen Phiolen, die überall herumstanden. Sie befanden sich auf dem Boden, den Treppen und den Emporen, es waren gläserne Gefäße, die unterschiedlich funkelnde Flüssigkeiten enthielten. Und obwohl alles hier irgendwie schief war und wir aufpassen mussten, hier drinnen nicht das Gleichgewicht zu verlieren, standen die Phiolen aufrecht da, als könnte sie nichts erschüttern.

„Passt auf, wo ihr hintretet. Ich möchte nicht, dass ihr mir einen meiner Versuchskörper zerstört. Verstanden?"

Die weibliche Stimme kam von einer schlanken Freudeträgerin, die ein Stück entfernt auf einer der Terrassenschrägen saß und eine Phiole in ihrer Hand begutachtete. Offenbar hatte sie die Tür mithilfe von Magie geöffnet und auch wieder geschlossen. Zynkalia hatte schwarze Haare, die sie zu zwei losen Zöpfen gebunden hatte. Ihre Haut war blass und ihre Gesichtszüge ebenmäßig. Sie war eine schöne Frau mit großen, grünen Augen und einem zarten Mund.

„Wir brauchen deine Hilfe", sagte ich.

„Ich weiß", antwortete sie.

„Du weißt es?", fragte Ben.

„Natürlich. Warum wärt ihr sonst hier. Und ich weiß noch eines: Ihr seid dumm. Keiner bei Verstand kommt mich besuchen."

Ich runzelte die Stirn. „Was meinst du?"

„Die Pfützen. Seid ihr gut daran vorbeigekommen?"

„Ja", erwiderte ich.

„Gut, dann habt ihr zumindest mehr Glück als Verstand", bemerkte Zynkalia, während sie die Phiole in ihrer Hand leicht schüttelte. Die orangefarbene Flüssigkeit verdunkelte sich und wurde pechschwarz, bevor sie verpuffte. „Verdammt", schimpfte Zynkalia. „Schon wieder nichts." Sie biss sich auf die Lippe, stellte das Gefäß auf dem Boden ab, wo es waagrecht Halt fand, und nahm dann eine der schrägen Treppen zu uns nach unten. Dabei musste sie nicht auf den Boden sehen, um den Phiolen auszuweichen, sie wusste anscheinend, wo sie sich befanden.

Als Zynkalia uns erreicht hatte, musterte sie uns langsam von oben bis unten. „Also, was genau wollt ihr?", fragte sie.

„Kassandra meinte, du hast die beindruckende Fähigkeit, Schlüsselerinnerungen zu sehen. Wir müssen eine Schlüsselerinnerung sehen."

„Ach, müsst ihr das?", fragte Zynkalia und legte den Kopf leicht schief. „Und was habe ich davon?"

„Wie bitte?", fragte Ben, doch ich ahnte schon etwas.

„Kassandra befindet sich, soweit ich weiß, in der Schattigen Unterwelt. Und ihr kennt sicher den Kodex der Unterwelt: Es wird gegeben, bevor genommen wird. Also, was habt ihr für mich?" Sie fuhr sich über den orangenfarbenen Kittel, den sie trug und der sich unter ihrer Berührung leicht kräuselte, als würde es ihm gefallen.

„Was willst du denn?", fragte Ben barsch und ich war froh, dass er, obwohl er nichts von der Sache hier hielt, jetzt zu mir stand.

„Freude."

„Wie bitte?", fragte ich.

„Freude. Einen der acht Sinne", wiederholte sie mit einer Selbstverständlichkeit, die mich stutzen ließ. Mein Blick wanderte über die rechte Wange der Menschverbundenen. Ihre orangefarbene Zeichnung erinnerte an Puzzlestücke, die nicht so recht zueinander passen wollten.

„Du bist eine Freudeträgerin", fasste Ben meine Gedanken in Worte. „Du musst doch von allein Freude empfinden."

Zynkalia schüttelte den Kopf und ihre zwei dunklen Zöpfe schwangen sachte hin und her. Dann machte sie eine ausholende Bewegung mit der Hand. „Wenn ich echte Freude empfinden würde, würde ich wohl das alles hier nicht machen." Sie deutete auf die vielen Phiolen.

„Ich möchte echte Freude", wiederholte sie. „Keine vorgeschobene, keine geheuchelte, keine schmutzige und keine falsche Freude."

Ben verschränkte die Arme hinter dem Rücken. „Was ist denn bitte schön der Unterschied zwischen geheuchelter und falscher Freude?"

„Das ist eine gute Frage", erklärte Zynkalia und es gefiel ihr sichtlich, Ben die Antwort darauf zu geben. Ihre grünen Augen begannen zu leuchten. „Falsche Freude ist Freude, die du nicht empfinden dürftest. Die du fühlst, weil du *glaubst*, etwas wäre gut, aber das ist es nicht. Also", sie machte ein paar Schritte durch den Raum, „wenn du zum Beispiel *glaubst*, ich könnte euch helfen, und wenn ich auch so tue, als könnte ich es, aber wenn ich es in Wirklichkeit gar nicht kann, dann empfindest du Freude über meine bevorstehende Hilfe, aber diese Freude ist nicht echt, denn sie ist nicht wirklich, auch wenn sie sich in dem Moment echt anfühlt. Falsche Freude ist die tückischste von allen und durch den Ausbruch des Krieges, durch die Hoffnungen der Menschen wächst falsche Freude einfach überproportional an. Verstehst du? Es ist wie mit den Trauerpfützen da draußen. Zuerst war es nur eine, keiner hat sie gesehen, weil im Freudeland natürlich keiner eine Trauerpfütze vermutet, die gehören ins blaue Gebiet. Aber dann wurde sie größer und hat ihre Freunde mitgebracht. Und jetzt? Jetzt kann man den Weg nur schwer passieren, ohne in eine hineinzutreten. Ihr hattet Glück, dass ihr schadlos zu mir gekommen seid, denn die Pfützen wechseln an manchen Tagen auch gerne ohne Ankündigung ihre Position. Nur noch wenige trauen sich über die Pfützengassen zu gehen. Viele sind schon in andere Teile der Stadt umgezogen, und die Stadt ist ja zum Brechen voll." Sie strich sich eine Haarsträhne aus dem Gesicht. „Habt ihr denn einen Pfützensitzer gesehen?", fragte sie, ohne eine Antwort abzuwarten. „Zum Glück bereinigen sie die Straßen ab und zu, sonst würde ich das Geheule bis hierher hören. Die Pfützensitzer sind von Trauer erfüllt, es sind Untergangsfanatiker, die nur miese Stimmung verbreiten."

„Und wie kommt es zu diesen Pfützen?", wollte ich wissen.

„Es ist die Sinnliche Welt. Die Spuren des Krieges sind bereits sichtbar, das war doch klar. Zuerst ist es vielleicht eine zarte Angstrose, die im Vertrauensland wächst, dann eine Wutwolke im Wachsamkeitsland oder ein kleines Freudefeuer im Erstaunensland. Unsere Welt ist geschwächt, die Grenzen verschwimmen. Seht euch an, was der Krieg mit dem Freudeland gemacht hat. Unsere

Städte waren hübsch und prunkvoll, zumindest viele von ihnen, und das Land hat uns immer gut behandelt. Aber jetzt? Es regnet, es schneit, dann rollt eine Hitzewelle über uns, die Natur setzt sich zur Wehr und kotzt sich über unseren Köpfen aus. Wir denken an den Krieg, denken daran, zu gewinnen, wir trauern um die Verluste unserer Leute, aber keiner trauert um das zerstörte Land – darum, was wir der Sinnlichen Welt antun, was wir auch der anderen Welt antun. Der Kollaps ist vielleicht näher, als wir denken." Sie machte eine kurze Pause und begann zu kichern. „Oje, jetzt höre ich mich auch schon wie einer der Pfützensitzer an."

„Kannst du uns jetzt helfen oder nicht?", fragte Ben emotionslos.

Zynkalia hob eine ihrer Phiolen vom Boden auf. „Ja, das kann ich."

Ben grinste. „Dann kannst du doch auch unsere Freude darüber extrahieren", bemerkte er. „Unsere *echte* Freude."

Zynkalia zog für einen Moment die zarten Augenbrauen zusammen. „Prüfst du etwa, ob ich kann, was ich behaupte?"

„Muss ich es denn prüfen?", erwiderte Ben.

„Es funktioniert nicht", erklärte die Freudeträgerin und stellte seufzend die Phiole wieder auf den Boden.

„Was funktioniert nicht?", fragte ich und hoffte, dass sie sich nicht auf uns bezog.

Zynkalia machte ein paar Schritte durch den Raum, bis sie sich auf einer kleinen, gekrümmten Couch niederließ, auf der auch einige Phiolen waagrecht standen. „Beides. Ich forsche jetzt schon seit Wochen an einem Freudeelixier, das echte Freude verbreiten kann, ein Elixier, das dem Land etwas von seiner Wahrhaftigkeit wieder zurückgeben kann, versteht ihr? Etwas, das die Natur wieder ins Lot bringt."

„Vielleicht wäre Friede das Richtige", meinte ich.

Zynkalia sah mich vorwurfsvoll an. „Wenn ich Friede hier drinnen züchten könnte, dann würde ich es tun, dessen kannst du dir sicher sein. Aber Friede … was für ein Gedanke. Wie schön wäre es, den in Phiolen zu füllen und zu verschenken." Sie sagte es mehr zu sich selbst als zu uns und für einen Moment wirkte sie, als wäre sie komplett in ihren Gedanken versunken.

„Zynkalia, kannst du uns jetzt helfen?", versuchte ich es noch einmal. Die Freudeträgerin war vielleicht etwas eigen, aber irgendwie schien sie das Herz am rechten Fleck zu haben.

„Ich sagte doch schon, dass die Freude, die ihr mit eurem Besuch mitgebracht habt, nicht funktioniert. Nicht weil sie falsch ist, sondern weil sie geschwächt ist. Sie ist zu klein", erklärte sie und strich sich über ihre Zöpfe. Dann beäugte sie uns. „Eure Freude ist zu mickrig, das fühle ich. Entweder ihr glaubt nicht wirklich an das, was ihr tut, oder ihr seid zu geschwächt von den Strapazen, die ich in eurem Gesicht ablesen kann. Dreht und wendet es, wie ihr wollt", sie schnappte sich eine leere Phiole, die auf einem Kissen neben ihr stand, „ihr habt nichts, das ihr mir anbieten könnt. Das heißt, ich muss irgendwann wieder nach draußen, in diese viel zu laute, viel zu schmutzige Stadt, und muss mir Nachschub an echter Freude besorgen, um sie zu studieren, zu extrahieren und an einem Heilmittel für das Land zu arbeiten."

Für einen Augenblick sahen Ben und ich uns schweigend an. Stimmte es? Hatte Zynkalia recht? Glaubten wir beide nicht so recht daran, dass uns die Schlüsselerinnerung weiterhelfen würde? Oder war es die Angst, dass wir das, was wir sehen würden, gar nicht sehen wollten?

In meinem Inneren hoffte ich, dass die Strapazen der letzten Wochen für die Resignation verantwortlich waren, die Zynkalia zu spüren schien.

„Das Medaillon", sagte Ben in dem Moment. „Öffne das Medaillon."

Ich lächelte dankbar und meine Hand fuhr zu dem goldenen Anhänger, den Simeon mir gegeben hatte. Irgendwie war er in Vergessenheit geraten und als ich ihn öffnete und sich Simeons Antlitz vor unseren Augen projizierte, konnte ich nicht anders, als zu lächeln. Auch Ben musste unweigerlich grinsen, als der Magiebegabte sich singend die Zähne putzte und sich parallel dazu ein paar Nasenhaare entfernte.

Ich vermisste Simeon.

Ich vermisste Simeon und das unbeschwerte Leben, das er mit sich brachte. Das fühlte ich von Kopf bis Fuß, als sich Simeons Projektion veränderte und Bens Gesicht zu sehen war. In dem Hologramm wirkte er gelassen und zufrieden und es war keine Spur von der Schwere der letzten Wochen zu sehen. Der Anblick stimmte mich fröhlich und für einen Moment war ich dort, wo wir seit Monaten nicht mehr gewesen waren.

Ich war glücklich.

„Sehr schön, das reicht mir", schob sich Zynkalia in meine Gedanken, die soeben eine Phiole mit einem Korkverschluss verschraubte.

„Wie machst du das?", wollte Ben wissen.

„Es ist ein kompliziertes Verfahren", erklärte Zynkalia. „Und es ist der Raum, der es möglich macht. Anscheinend steht er auf irgendeiner Art von Quelle, ganz verstanden habe ich es selbst noch nicht, aber ich habe auch zu wenig Zeit für meine Forschungen. Viel zu wenig Zeit, leider." Sie schielte auf das Medaillon in meiner Hand. „Der blonde Typ muss dir einiges bedeuten", sagte sie. „Und auch der andere", fügte sie hinzu und deutete auf Ben.

Ich nickte stumm und lächelte.

„Und du hast nicht viel Freude in deinem Herzen, oder?", machte sie mit Ben weiter. „Aber okay, Deal ist Deal. Was wollt ihr wissen? Welche Schlüsselerinnerung wollt ihr sehen?"

Ich zögerte einen Moment, weil ich diesen Teil noch gar nicht durchdacht hatte. Wie sagte man ihr, dass man die Ermordung der Gestalter ansehen wollte?

„Du sollst in meine Erinnerungen eintauchen", bemerkte Ben hart, während seine Augen Zynkalia fixierten. So wie er sie ansah, wirkte er beinah bedrohlich, doch die Freudeträgerin reagierte in keiner Weise eingeschüchtert.

„Und welche Schlüsselerinnerung soll ich suchen?", fragte sie.

„Sie ist ein paar Wochen alt. Es geht um die Ermordung der Gestalter. Ich war dabei."

Zynkalia zog scharf die Luft ein und wurde blass. „Du warst dabei?"

Ben nickte.

„Und ich soll mir das mit dir ansehen?"

Er nickte erneut und ich fühlte, wie sich die Stimmung im Raum deutlich anspannte. „Deal ist Deal", meinte Ben kalt und für einen Moment tat mir Zynkalia beinah leid.

„Deal ist Deal", wiederholte sie matt und trat mit leisen Schritten auf Ben zu. „Gib mir deine Hand."

Er streckte seinen Arm aus und Zynkalia legte seine

Hand auf ihre Wange, die zu glühen begann.

„Schließ deine Augen", sagte sie und Ben folgte ihrer Anweisung. Auch Zynkalia schloss ihre Lider.

Für einen Moment war es totenstill in dem schrägen Raum, und auch ich hörte plötzlich auf zu atmen. Ich sah, wie Zynkalias und Bens Augenlider zuckten, zuerst war es nur eine kleine Bewegung, die jedoch immer größer und energischer wurde, bis Zynkalia die Augen aufriss und ihre Augen nicht mehr grün, sondern komplett weiß waren.

Und dann begann sie zu schreien, so laut, dass sie die Phiolen um uns herum zum Schwingen brachte. Das Glas erzitterte unter ihrer Stimme, die so schmerzerfüllt und grässlich klang, dass ich Panik bekam. Es klang wie der Schrei eines sterbenden Tieres, der die Gefäße zum Zerspringen brachte, eins nach dem anderen. Die Phiolen zerbarsten und die klirrende Explosion schleuderte die Scherben wild durch die Gegend.

Zynkalia riss Bens Hand von ihrer Wange und taumelte ein paar Schritte zurück. Ihre Augen hatten sich getrübt, nahmen aber langsam wieder ihre normale Augenfarbe an.

Voller Entsetzen starrte sie Ben an, der langsam die Lider öffnete. Für einen Moment dachte ich, eine komplette Schwärze darin zu sehen und musste an die Schatten denken, die ihn in der Unterwelt umschwirrt hatten. Aber wahrscheinlich bildete ich mir das nur ein. Das Licht hier war schwach und eine Scherbe hatte mich an der Stirn getroffen. Blut sickerte über meine Schläfe die Wange hinunter und mein Herz hämmerte wie verrückt gegen meine Brust.

„Verschwindet! Verschwindet von hier!", kreischte Zynkalia, deren Blick noch immer ängstlich auf Ben geheftet war. Ihr ganzer Körper zitterte und ich verstand nicht, was passiert war.

„Geht weg, geht weg von mir, ich will nichts mit euch zu tun haben!"

„Aber was … was ist passiert?", drängte ich zu wissen. Neben mir stand Ben, der auch nicht wusste, was los war.

„Es ist seine Vergangenheit, es ist seine Zukunft!", stieß die Freudeträgerin keuchend aus. „Es ist sein Blut, sein dunkles Blut!"

„Was hast du gesehen? Sag mir bitte, was du gesehen hast!", drängte ich Zynkalia und versuchte dabei so ruhig wie möglich zu bleiben. Ich musste meine Angst kontrollieren, ich durfte die Freudeträgerin nicht noch weiter verängstigen. Ich musste einen kühlen Kopf bewahren. „Hast du die Szene im Palast gesehen?"

Zynkalia schlang sich ihre Arme um den Körper. „Ich habe nichts gesehen", sagte sie, „ich habe es gefühlt. Es ist alt, es ist schwarz und es wird Vernichtung bringen."

Kapitel 14

„Wir sollten uns trennen", sagte Ben, als wir wenig später in einem schäbigen Gasthaus saßen. Ich hatte zwar keinen Appetit, da ich noch immer Zynkalias schreckensbleiches Gesicht vor mir sah, aber wir konnten schließlich nicht in irgendeiner Straße stehen und das Geschehene diskutieren. Vor allem nicht, wenn irgendwelche Pfützensitzer etwas aufschnappen könnten und die Worte in die Welt hinausschreien würden.

Das Gasthaus war nicht gut besucht und wir hatten uns in eine dunkle Ecke verzogen. Die Gefahr, hier drinnen erkannt zu werden, war nicht besonders groß – zumal selbst Einheimische das Lokal zu meiden schienen. Was vielleicht an der Karte lag, die genau ein Getränk und eine Speise anbot.

„Hör auf mit dem Schwachsinn", sagte ich und griff unter dem Tisch nach Bens Hand. „Ich werde mich nie wieder von dir trennen, okay? Bekomm das endlich mal in deinen ekelhaften Kopf. Wir waren schon viel zu lange getrennt und ich werde das nie wieder zulassen, egal was du sagst, egal was du tust, Ben. Wir haben Sinjas Wutzauber überlebt, wir haben Jespers Verrat durchgemacht und wir haben selbst in der Schattigen Unterwelt durchgehalten. Es ist jetzt nicht der Zeitpunkt, um aufzugeben."

„Hast du gerade gesagt, dass mein Kopf ekelhaft ist?", fragte Ben und ein Funkeln schlich sich in seine Augen, das mich etwas beruhigte.

„Hast du den Rest überhaupt gehört?"

„Welchen Rest?", fragte er, drückte dabei aber meine

Hand. „Okay, Wächterin. Wir bleiben zusammen, aber – bei allen Sinnen – ich weiß nicht, was das hier alles soll."

„Ich auch nicht", stimmte ich zu. „Aber wir werden es herausfinden. Wir werden herausfinden, was hier los ist, Ben. Glaubst du mir das?" Dabei versuchte ich so viel Zuversicht in meine Stimme zu legen, wie ich nur konnte. Zynkalias Worte ergaben noch immer keinen Sinn für mich.

Ben nickte schwach. „Dein sturer Kopf schafft meistens, was er sich vornimmt."

„Meistens?", fragte ich und ließ eine Augenbraue nach oben schnellen. In dem Moment wurden wir von der grinsenden dicken Kellnerin unterbrochen, die uns wortlos zwei „Du-willst-nicht-wissen-was" auf den Tisch stellte und dann wieder zur Theke verschwand. Dazu bekamen wir zwei Freudegetränke serviert, die anscheinend ihre freudlosen Tage hatten. Ich wusste nicht mal, ob man das tatsächlich trinken konnte. Und das „Du-willst-nicht-wissen-was" sah aus wie etwas, das den Magen schon einmal verlassen hatte. Aber dafür roch es recht gut.

„Ich will echt nicht wissen, was das ist", bemerkte Ben trocken und ich pflichtete ihm bei, während ich meine Gabel langsam in das Essen fahren ließ. Vorsichtig kostete ich den matschigen, orangefarbenen Brei, der überraschend gut schmeckte. Vielleicht lag es auch daran, dass wir lange nichts mehr gegessen hatten, aber das war mir egal. Hauptsache, wir konnten wieder neue Energie tanken.

„Schmeckt zumindest besser, als es aussieht", bemerkte Ben trocken und führte dann auch sein Glas an den Mund. Der orangefarbene Schleim blubberte sanft vor sich hin, während Ben davon probierte. „Keine Offenbarung, aber okay", kommentierte er das Freudegetränk, als ich aus den Augenwinkeln einen Schatten wahrnahm.

Das Gasthaus mit der schrägen Decke verfügte über acht Tische, die ohne erkennbare Ordnung im Raum verteilt standen. Nur zwei davon waren besetzt. Die Theke befand sich links vom Eingang und wir saßen ganz hinten, in einer kleinen Nische. Mein Puls schoss in die Höhe, als sich eine Gestalt in einem dunklen Umhang mit langsamen Schritten auf uns zubewegte. Auch Ben hatte den Träger bemerkt, denn ich sah, wie sich die Muskeln unter seinem Anzug anspannten.

Das Adrenalin schoss mir durch die Adern. Hatte uns ein Kopfgeldjäger bemerkt? Oder hatte die grinsende Kellnerin nicht deswegen so gegrinst, weil sie endlich wieder Gäste hatte, sondern weil sie jemandem Bescheid gegeben hatte, der die Belohnung mit ihr teilen würde?

Ich packte in Ermangelung einer Waffe die Gabel fester und auch Ben griff nach einem Messer. Wenn wir hier angegriffen werden würden, durften wir nicht zu viel Aufmerksamkeit auf uns ziehen. Der Einsatz unserer Kriegsfähigkeiten würde von den Detektoren der Neuen Acht bemerkt werden, und dieses Risiko durften wir nicht eingehen. Um unserem Angreifer keinen zusätzlichen Vorteil zu verschaffen, versuchte ich meine Wachsamkeitslinien nicht zu entfachen – denn das Licht würde unverblümt unsere Gesichter preisgeben. Ben und ich drückten uns also an die dunkle Wand und die Schritte kamen näher. Der Kapuzenträger steuerte direkt auf uns zu.

Aufgrund der Statur konnte ich Mathilde und Franzus ausschließen, aber sie waren nicht die einzigen Kopfgeldjäger. Die Konkurrenz war groß, hatte sie uns mehrfach zu verstehen gegeben – doch irgendein kleiner Teil von mir hoffte noch, dass wir gerade verwechselt wurden und die Gestalt sich wieder abwenden und verschwinden würde.

Doch das geschah nicht.

Der Träger hatte den Kopf nach unten gesenkt, sodass ich sein Gesicht nicht erkennen konnte, und obwohl er nur noch ein paar Schritte von uns entfernt war, stoppte er nicht. Meine Kriegsfähigkeit floss brennend durch meinen Körper und ich widerstand dem Drang, der Gestalt einfach einen Stuhl vor die Füße zu werfen, obwohl alles in mir nichts anderes wollte. Und auch Ben schien es sichtlich schwerzufallen, nicht zu versuchen, die Kontrolle über den Fremden zu erlangen. Als der Träger nur noch einen Schritt entfernt war, plötzlich seinen Kopf hob und seine Kapuze nach unten gleiten ließ, stockte mir der Atem.

„Endlich", sagte er mit einer Stimme, die anders klang, als ich es gewohnt war. Er sah auch anders aus und für einen Augenblick wusste ich nicht, ob er es wirklich war.

Doch das spitzbübische Funkeln in seinen Augen ließ mich nicht weiter zweifeln und als er über den Tisch die Arme ausbreitete und mich schnell in eine herzliche Umarmung schloss, konnte ich nicht anders, als mich einfach fallen zu lassen.

„Simeon", hauchte ich. Es tat unendlich gut, den Magiebegabten zu sehen, nicht nur weil er Vertrautheit ausstrahlte und mit seiner unbeschwerten Art für bessere Zeiten stand, sondern weil ich mir auch nie sicher gewesen war, ob er die letzten Wochen tatsächlich überlebt hatte. Auch in Bens Gesicht zeichnete sich Erleichterung ab und für einen Moment war es so, als wäre alles irgendwie gut.

Als wäre der Krieg, der da draußen tobte, nicht real. Als wären unsere Flucht vor der Guillotine, unsere Zuflucht in der Schattigen Unterwelt und die Begegnung mit den Kopfgeldjägern nur ein böser Traum gewesen, als wäre das Zusammensein mit den beiden Trägern, die mir in der Sinnlichen Welt am wichtigsten waren, Normalität und der Rest einfach nur gelogen.

Doch der Schatten der Wirklichkeit zog an mir und ich löste mich vorsichtig aus der Umarmung.

„Es tut gut, euch zu sehen", sagte Simeon und nahm gegenüber von uns in der Nische Platz.

„Was machst du hier?", fragte Ben. „Und was macht das Ding in deinem Gesicht?"

Ich konnte mich nicht daran erinnern, wann ich Simeon jemals mit einem Dreitagebart gesehen hatte. Automatisch musterte ich den Magiebegabten, der in seinem Auftreten und seiner Statur irgendwie reifer wirkte. Es war eigenartig und ich konnte es nicht begründen, aber ich hatte das Gefühl, dass sich weit mehr bei ihm verändert hatte.

Simeon rieb sich über seine weißblonden Stoppeln und grinste. „Sieht gut aus, oder?"

„Es verdeckt zumindest einen Teil von deinem Gesicht", entgegnete Ben trocken.

„Simeon, was machst du hier?", wollte ich wissen, als ich eins und eins zusammenzählte. „Wie hast du uns gefunden?"

„Das Medaillon", erklärte er und deutete auf meinen Hals. „Du hast es lange nicht geöffnet", meinte er beinah vorwurfsvoll.

„Du hast einen Lokalisationszauber darin versteckt?", fragte ich und stützte mich mit den Ellbogen auf dem Tisch ab.

Simeon nickte und sah mich an, als hätte ich ihn nach der Bezeichnung der acht Sinne gefragt. „Na klar. Nach allem, was passiert ist, musste ich doch sichergehen, dass ich euch finden würde."

Die dicke Kellnerin kam und nahm wortlos Simeons Bestellung auf, der nach einem kurzen Blick auf unsere Teller nur das Getränk orderte – und auch das wohl nur, um nicht irgendwie verdächtig zu erscheinen. Nachdem ihm das Getränk von der Kellnerin mit einem tiefen Lächeln serviert worden war, setzten wir unser Gespräch fort.

„Seit eurer Flucht ist viel passiert", begann Simeon leise zu erzählen. „Es hat nicht besonders lange gedauert, bis sich die neue Macht der Acht, nur die Neue Acht genannt, gebildet hatte."

Ich nickte. „Wir haben gehört, dass ihre Identitäten geheim gehalten werden."

„Das stimmt", bestätigte Simeon. „Aus Sicherheits-gründen wissen nur sehr wenige Leute über die Neue Acht Bescheid. Nach dem, was der Macht der Acht passiert ist, ist es auch richtig so. Immerhin kann die Sinnliche Welt es nicht riskieren, ihre Führungsriege noch einmal zu verlieren."

„Wir haben gehört, dass sie anders als die ehemaligen Gestalter sind", bemerkte Ben.

Simeon beugte sich etwas vor. „Das sind sie", sagte er und seine Augen funkelten. „Sie sind schneller und sie sprechen und agieren mit einer Stimme. Sie sind bereit, diese Welt zu verändern und alte Muster aufzubrechen. Nicht wie die Macht der Acht, die bereits müde und träge von dem Krieg war. Die Neue Acht hat schnell erkannt, dass wir mit den Maßnahmen, die wir bislang ergriffen haben, den Totaa weit unterlegen waren. Neue

Techniken, neue Magien und neue Strategien kommen seit ihrer Gründung zum Einsatz – und der Erfolg gibt ihnen recht. Die Totaa wurden zurückgedrängt, viele Dörfer und Städte wurden wieder zurückerobert und einige Menschverbundene konnten bereits aus der Gefangenschaft befreit werden. In nur wenigen Wochen hat sich das Kräfteverhältnis umgedreht – und die Neue Acht wird dafür sorgen, dass wir den Krieg gewinnen werden."

„Du scheinst ja ein richtiger Fan zu sein", sagte Ben nüchtern.

Simeon nickte und seine grünen Augen strahlten uns an. „Sicher", sagte er, „schließlich bin ich einer von ihnen."

„Du bist was?!", wiederholten Ben und ich beinah gleichzeitig.

„Ich bin der neue Gestalter des Erstaunens", sagte Simeon leise, aber mit einer Zufriedenheit, die aus jeder einzelnen Pore drang. „Zwingt mich aber bitte jetzt nicht, euch zu töten, weil ich euch mein Geheimnis verraten habe."

„Die Welt ist dem Untergang nah", schnaubte Ben und ließ sich resigniert zurückfallen. „Wir haben verloren."

Ich schlug ihm auf die Schulter und versuchte die Information, die wir soeben erhalten hatten, zu verdauen.

„Sie haben dich zum Gestalter gemacht?", fragte ich und konnte den Zweifel aus meiner Stimme nicht heraushalten.

„Lee, jetzt tu bitte nicht so. Es war nur eine Frage der Zeit, bis mein Potenzial endlich entdeckt werden würde."

Ben raufte sich die Haare und schloss kurz die Augen.

„Und wer sind dann die anderen? Haben sie die

verrückte Thaya auch zur Gestalterin ernannt?"

Simeons Blick verdunkelte sich und er straffte die Schultern. „Du sprichst hier mit einem Gestalter, Ben. Also überleg dir bitte, was du sagst."

Ben öffnete die Augen, die Simeon durchdringend ansahen.

„Dein Ernst?"

Simeon gluckste. „Nein, aber ich habe mich schon so irre lange auf den Moment gefreut, diesen Satz zu dir zu sagen."

Bens Mundwinkel zuckte leicht und ich konnte es noch immer nicht fassen.

„Wie ist es passiert?", wollte ich wissen. „Wie ist die Ernennung von sich gegangen? Und wer sind die anderen Gestalter?"

„Darüber darf ich nicht sprechen, Lee", sagte Simeon ernst. „Aus Sicherheitsgründen werden die Identitäten geheim gehalten."

Ben sah Simeon unbewegt an. „Jetzt rück die Namen schon raus."

Simeon schaute ebenso unbewegt zurück. „Bitte. Sag bitte."

„Dein *bitte* kannst du dir sonst wohin stecken, Simeon."

Simeon lächelte. „Es tut so gut, dich wiederzusehen, Mann."

Ben räusperte sich. „Wenn ich das bloß erwidern könnte."

„Bitte", unterbrach ich die beiden, auch wenn es schön war, sie so zusammen zu sehen, „wir sind noch immer auf der Flucht. Und wir wissen nicht, wann der nächste Kopfgeldjäger uns erwischt – wir haben also nicht allzu viel Zeit. Simeon, du musst uns alles darüber erzählen, was in den letzten Wochen passiert ist."

Und dann erzählte uns Simeon über die Neue Acht, die durch ein streng geheimes Ritual, das die Templer durchgeführt hatten, hervorgebracht worden war. Es war kein demokratischer Prozess gewesen, aber in Zeiten des Krieges war für Demokratie keine Zeit.

Die ältesten Templer der jeweiligen Länder, Mitglieder der Bruderschaft, hatten sich im Sternensaal zurückgezogen und Magie wirken lassen. Alte, mystische Magie, die jedoch auch die Meinungen der Ältesten mit einschloss.

„Und welche acht haben sie ausgewählt?", fragte ich und konnte noch immer nicht fassen, dass Simeon zum Gestalter ernannt worden war.

Simeon rieb sich gehaltvoll über seinen Dreitagebart, eine Geste, die Ben mit einem leichten Schnauben quittierte.

„Einige davon werdet ihr nicht kennen", erklärte er. „Es sind keine bekannten Persönlichkeiten oder Träger, die sich schon früher für diesen Posten beworben haben. Aber zwei von ihnen", Simeon lächelte schwach, „werden euch überraschen. Der Gestalter der Angst und des Ekels." Ben richtete sich etwas auf, es war ersichtlich, dass er gespannt war.

„Wer ist es?", fragte ich.

„Damien und Casimir."

Ich schluckte und Ben lachte hart auf. „Die Templer haben Casimir gewählt? Wie passend."

„Ben, alles musste schnell gehen. Die Neue Acht war gegründet und es war nicht viel Zeit, den Prozess zu hinterfragen. Und auch nicht, ob Casimir sich selbst zum Gestalter ernannt hatte oder wie Damien zu dem

Posten gekommen ist."

„Und wer ist es noch?"

Die meisten Namen kannte ich nicht. Nur von Etienne, der violetten Gestalterin, hatte ich schon einiges gehört. Vor ihrer Ernennung war sie eine Wächterin gewesen, deren Ruf ihr vorauseilte. Sie war klug, schnell und hatte die höchste Quote an Festnahmen in der ganzen Wächterschaft.

„Etienne ist toll. Sie befehligt die Truppen mit einer Anmut", ein verklärter Ausdruck tauchte in Simeons Gesicht auf, „der seinesgleichen sucht. Und sie ist wunderschön. Mit ihrer blassen Haut und den dunkelblauen Augen … Noch nie hat Angst so schön ausgesehen."

Ich stockte. „Hast du dich etwa verknallt?", fragte ich.

Simeon schüttelte sich, als hätte er sich soeben verbrannt. Alles an ihm wurde ganz ernst. „Natürlich nicht", antwortete er steif. „Wo denkst du hin, Lee. Für einen Gestalter gebührt es sich nicht, einer Gestalterin Avancen zu machen. Wir haben doch gesehen, wo das bei Sinja und Quirin hingeführt hat."

„In den Tod", sagte ich und dachte an Quirin, der vor wenigen Wochen noch gelebt hatte. Obwohl ich viele dunkle Erinnerungen mit ihm verband, so hatte ich ihn für seine Entscheidung, den Kreis der Auserwählten zu gründen und zu handeln, immer respektiert.

„Eben", stimmte Simeon mir zu. „Und dorthin will ich nicht."

„Wie ist Casimir so?", fragte Ben und spießte ein Stück von seinem „Du-willst-nicht-wissen-was" auf, woraufhin Simeon das Gesicht verzog.

„Willst du das wirklich essen?", fragte Simeon stirnrunzelnd.

Ben nahm einen herzhaften Bissen von dem schleimigen Brocken und Simeon sah schnell weg.

Ben lächelte zufrieden.

„Casimir ist noch immer so ekelhaft wie eh und je, genau wie dein Essen", bemerkte Simeon, der sich uns langsam wieder zuwandte. „Aber er besitzt ein unglaubliches Wissen. Er ist wie ein wandelndes, boshaftes Wörterbuch." Er machte eine Pause. „Aber er ist sehr hilfreich."

„Es ist wohl auch sehr hilfreich für ihn, dass Arkadius abgekratzt ist", sagte Ben abfällig. Seine dunklen Augen leuchteten und eine eigenartige Stille spannte sich über uns drei. Keiner von uns sprach es aus, aber uns war allen klar, dass wir noch viel zu wenig über die Ereignisse im Palast wussten. Und jeder von uns hatte seine eigene Strategie, um damit umzugehen: Simeon ignorierte die Geschehnisse, ich wollte ihnen auf den Grund gehen und klammerte mich an jeden auch noch so kleinen Strohhalm, und Ben, ja Ben wollte einfach alle aus seiner Welt ausschließen und die Sache mit sich selbst austragen.

„Man mag von Casimir halten, was man will", lenkte Simeon ein, „aber die Neue Acht, an deren Erfolg ich natürlich maßgeblich beteiligt bin, hat schnell und sehr gezielt gehandelt. Wir setzen neue Methoden ein, zeigen Mitgefühl und schaffen es so, die Totaa nach und nach ausbluten zu lassen."

Langsam rieb ich mir über die Augen. Seit wir aus der Unterwelt geflohen waren, waren schon einige Stunden vergangen und ich fühlte die Müdigkeit, die in meine Knochen kroch. „Wir haben gehört, dass ihr versucht, reumütige Totaa wieder in die Gesellschaft zu integrieren?"

Simeon nickte und kleine Fältchen bildeten sich um seine Augen. „Ja, das war Etiennes Idee, die anfangs doch etwas heftiger diskutiert wurde. Aber durch verschiedene neue Elixiere und magische Hilfsmittel ist es uns gelungen, die Mittäterschaft zu eruieren. Einige der Totaa hatten einfach keine Kraft, um dem Druck standzuhalten – es gibt unter ihnen Tierverbundene, die zur Mithilfe gezwungen wurden, und andere, deren Liebsten bedroht wurden", sagte er, während er mit seinem Finger gedankenverloren einen Kreis und einen Strich auf die Tischplatte zeichnete. „Den Totaa war und ist überhaupt nichts heilig – aber ihr System beginnt langsam zu bröckeln. Einige Tierverbundene, die anfangs noch mitgemacht haben, weil sie an die Sache glaubten, sind von der Grausamkeit ihres Anführers erschrocken und wollen sich zurückziehen. Außerdem – so haben unsere Spione berichtet – sorgt es für Unruhe, dass er sein Gesicht nicht zeigt."

„Daher die zweite Hand", sagte Ben und ein Schatten huschte über Simeons Gesicht.

„Ihr wisst davon?"

„Wir haben von ihm gehört. Sie nennen ihn auch den Gespaltenen", beantwortete ich Simeons Frage und nahm einen Schluck von meinem Getränk. Je mehr ich davon trank, desto besser schmeckte es. „Weil er seine Opfer in zwei Hälften schneiden soll", fügte ich hinzu und musste unweigerlich an Jaron denken, den ein Totaa brutal auseinandergerissen hatte.

„Das ist nur ein Gerücht", erklärte Simeon leise. „Genauso wie dass er drei Freundinnen haben soll und mit einem Fuß hinkt. Aber die Gerüchte verbreiten sich schnell und wir haben bislang noch zu wenige Informationen über ihn. Unser Geheimdienst hat leider noch kein Bild von ihm weiterleiten können. Man sagt, dass ihn eine Art Schutzzauber umgibt, man sieht ihn – aber vergisst ihn wieder, wenn man ihn nicht kennt." Er machte eine kurze Pause. „Auf alle Fälle wissen wir noch zu wenig über ihn, nur dass er den Totaa – als wir dachten, wir könnten schon bald die Schwarzweiße Stadt einnehmen – wieder Aufschwung gegeben hat. Wir gehen davon aus, dass der Schwarze Meister seine zweite Hand einsetzt, um die Truppen besser zu motivieren. Und es funktioniert, leider. Aber es wird nicht lange funktionieren. Denn die neue Grausamkeit des Gespaltenen spaltet", Simeon kicherte kurz und unpassend, „die Lager. Wie gesagt, für einige Tierverbunde wird es zu bestialisch."

„Warum zeigt der Anführer sein Gesicht nicht?", fragte Ben und seine Stimme klang irgendwie eigenartig.

Simeon nippte an seinem Getränk, stellte es aber sofort wieder ab, nachdem er geschluckt hatte. „Wir wissen es nicht", sagte er und presste die Lippen aufeinander. „Es gibt Überlegungen, dass er sich im Verborgenen hält, weil er optisch nicht wie ein Anführer aussieht."

„Du meinst, der Schwarze Meister ist ein kleiner, hässlicher Zwerg?"

„Das könnte sein. Oder aber er nutzt seine wahre Identität, um Informationen über uns zu sammeln. Er könnte ein doppeltes Spiel spielen." Simeon hielt kurz inne. „Fest steht, dass wir nichts über ihn wissen. Wir wissen, dass er grausam ist, wir wissen, dass er die Menschverbundenen hasst … aber mancher seiner Züge lässt vermuten, dass er in Wahrheit ein anderes Ziel verfolgt. Es ist seltsam."

Ich strich mir eine Strähne hinters Ohr. „Wie kommt ihr darauf?"

„Es ist nur so ein Gefühl. Und wir wissen, dass er noch

immer hinter den Büchern der Macht her ist."

„Hat er in der Zwischenzeit wieder eines eingesetzt?", wollte ich wissen.

Simeon schüttelte den Kopf. „Nein, aber es ist nur eine Frage der Zeit. Wie ihr wisst, muss jedes Buch unterschiedlich aktiviert werden. Er hat es geschafft, das Blaue Buch der Macht zu aktivieren, und er wird es auch schaffen, eines der anderen zu aktivieren. Schließlich hat er alle, bis auf das Violette Buch, das seit … seit der Sache", er senkte die Lider, „verschwunden ist. Und das Grüne Buch der Macht, das hat er auch nicht."

Das Grüne Buch der Macht. In all dem Trubel hatte ich es vollkommen vergessen.

„Wo ist das Grüne Buch der Macht?", fragte ich und reckte mich etwas, um hinter Simeon zu sehen, doch ich konnte es nirgends herumfliegen sehen.

„Es ist noch immer bei mir", erklärte Simeon mit einem schiefen Grinsen. Dann öffnete er seinen Umhang und ließ uns darunter sehen. Das Grüne Buch schwebte dicht an seinen Körper gepresst und gab fast unhörbare Schnarchgeräusche von sich.

„Pssst, es schläft", sagte Simeon mit der gleichen Fürsorge, mit der ein Vater sein schlummerndes Baby betrachtet hätte.

Ben atmete geräuschvoll aus. „Deswegen."

Schnell klappte Simeon seinen Umhang wieder zu. „Ich weiß nicht, was du meinst."

Mir fiel es wie Schuppen von den Augen. „Deswegen bist du ein Mitglied der Neuen Acht. Weil du Zugang zu einem Buch hast", sagte ich und verstand es als klugen Schachzug, Simeon in die Führungsriege mit aufzunehmen. Solange das Grüne Buch ihm auf Schritt und Tritt folgte, war es das Sicherste, Simeon an die

Ziele der Neuen Acht zu binden. So konnte am besten verhindert werden, dass ihn der Schwarze Meister für sich rekrutieren konnte.

„Ich weiß nicht, was du meinst", wiederholte der Magiebegabte noch einmal und zuckte dann mit den Schultern. „Gut, vielleicht hat es *etwas* geholfen, dass das Grüne Buch der Macht mich auserkoren hat, sein Beschützer zu sein. Aber wer mag es ihm auch verübeln? Schließlich haben wir schon einiges miteinander durchgestanden, und schließlich habe ich es auch gefunden. Aber zu behaupten, dass ich nur deswegen einer der acht Gestalter wurde, ist irrsinnig. Schließlich bin ich ein befähigter Magiebegabter und Erfinder. Ich habe zum Beispiel die Totaa-Detektoren erfunden, die zur Sicherung der Stadt benutzt werden."

„Du hast die Steine erfunden?", fragte Ben und zog zweifelnd eine Augenbraue hoch.

„Ja, das war ich", sagte Simeon stolz, während er sich noch immer verteidigte. „Und seither sind die Terroranschläge durch Explosionen der Totaa-Selbstmörder rapide zurückgegangen."

„Das ist eine gute Sache", sagte ich und legte meine Hand auf seinen Unterarm. „Du erfindest viele gute Sachen."

Simeon atmete tief ein. „Danke, Lee, es ist schön, dass das wenigstens *einer* bemerkt." Er warf Ben einen vielsagenden Blick zu, den dieser mit einem Grinsen beantwortete.

„Ja, Simeon, du erfindest Sachen", pflichtete er bei.

„Großartige Sachen", ergänzte Simeon und in dem Moment zuckte etwas an seinem Körper. Es war nur eine kleine Bewegung und Simeon fuhr sich in die Hosentasche, um eine Art Knopf hervorzuziehen, den er sich ins Ohr setzte.

„Einen Moment", sagte er zu uns und wirkte vollkommen konzentriert. Sein Blick war klar und das schelmische Funkeln, das ich so an ihm mochte, war verschwunden.

Während Simeon einfach nur dasaß und über diesen grün funkelnden Knopf anscheinend irgendwelche wichtigen Nachrichten empfing, wandte ich mich Ben zu.

„Es ist viel passiert, seit wir geflohen sind", flüsterte ich ihm ins Ohr und drückte seine Hand.

Ben nickte und sah mir tief in die Augen. „Zu viel." Sein Brustkorb hob sich schwer. „Scheiße, sie haben Simeon zum Gestalter gemacht."

Ich schmunzelte. „Das ist nicht das Schlimmste."

Ben nickte. „Nein, das Schlimmste ist, dass sie Casimir auch zum Gestalter gemacht haben."

„Du darfst Damien nicht vergessen", fügte ich hinzu, während ich meinen Blick durch das Gasthaus schweifen ließ. Es war inzwischen vollkommen leer und langsam irritierte es mich, dass es in einer derart überfüllten Stadt überhaupt irgendwelche leeren Lokale gab. Hoffentlich hatte das nichts mit der Verträglichkeit des Essens zu tun.

Simeon unterbrach meine Gedanken.

„Das war eine Nachricht der Neuen Acht", sagte er und zog sich den Knopf aus dem Ohr, um ihn wieder in seiner Hosentasche zu verstauen. Seine grüne, spiralförmige Gesichtszeichnung hatte zu glimmen begonnen.

„Was ist passiert?", fragte ich.

„Es ist etwas Überraschendes passiert", antwortete er und schluckte. Er sah aus, als hätte er einen Geist gesehen. „Ich muss sofort los." Er fischte einen Haufen Währungsblätter aus seiner anderen Hosentasche und schob sie uns schnell über den Tisch.

„Hier", sagte er beinah abwesend, „das sollte euch fürs Erste helfen. Es tut mir leid, dass ich aktuell nicht mehr für euch tun kann, aber wenn ihr etwas braucht, dann aktiviere das Medaillon, Lee. Ich kann nicht versprechen, dass ich sofort kommen kann – und ich muss auch vorsichtig sein, immerhin seid ihr noch immer flüchtig und werdet gesucht, solange wir keine neuen Beweise haben –, aber ich werde mein Bestes tun."

Mit diesem Versprechen stand er auf und alles in mir wehrte sich dagegen, ihn so gehen zu lassen.

„Was ist passiert, Simeon?", verlangte ich noch einmal zu wissen.

„Simeon", presste auch Ben hervor.

Simeon schlug sich seine Kapuze über den Kopf. „Nicht alle Gestalter sind tot", sagte er und seine Worte verursachten eine Gänsehaut auf meinem ganzen Körper.

„Was soll das heißen?", fragte Ben aufgeregt und ich merkte, wie die Nachricht etwas mit ihm machte. „Wie viele haben überlebt?"

Simeon schüttelte den Kopf. „Nur einer", erklärte er mit gesenkter Stimme. „Er hat einen Schutzkristall verwendet, um sich in das Ministerium zu transportieren. In jedem Ministerium gibt es einen Schutzraum, in den sich der Gestalter transportieren lassen kann – und er wird normalerweise von Wachen beschützt, die dem Gestalter dann aus dem Kristall helfen, da er allein nicht mehr rauskommt. Aber wie ihr vielleicht wisst, sind die meisten Ministerien im Zuge des Krieges zerbombt worden, und die Schutzräume, sofern sie noch existieren, werden nicht bewacht. Es war ein reiner Zufall, ja, ein Zufall", er legte eine seltsame Betonung in diese Worte, „dass der Schutzkristall und der Gestalter gefunden wurden."

Simeon sah uns an. „Ich weiß noch nicht, ob er sich an etwas erinnern kann, er ist aktuell anscheinend noch sehr verwirrt … Es tut mir leid, aber sobald ich mehr erfahre, werde ich es euch wissen lassen."

„Aber wer zum Teufel ist es?", fragte Ben angespannt.

Simeon straffte die Schultern. „Es ist Coel, der ehemalige Gestalter des Erstaunens." Er fuhr sich durch seine weißblonden Haare und ein Hauch Verwirrung lag in seinen Augen. „Ich weiß also nicht, ob ich jetzt überhaupt noch Gestalter bin."

Kapitel 15

„Und was sollen wir jetzt tun?", fragte Ben, als Simeon uns verlassen hatte. „Wir können nur untertauchen."

„Genau das werden wir tun, Ben. Ich bin müde, du bist müde – wir sind seit unzähligen Stunden auf den Beinen. Wir sollten uns eine Unterkunft suchen und uns hinlegen."

„Gemeinsam?", fragte Ben mit rauer Stimme und ich war ihm dankbar, dass er die schweren Gedanken für einen kurzen Moment aus meinem Kopf vertreiben konnte.

„Ja, gemeinsam", sagte ich und lächelte. Mein Hirn hatte unaufhörlich gerattert und fühlte sich gerade ganz leer an. Es war schön gewesen, Simeon wiederzutreffen, und so interessant seine Informationen auch gewesen sein mochten, sie hatten uns leider keinen Schritt weitergebracht.

Zu gern hätte ich erfahren, was Coel wusste. Aber wusste er überhaupt etwas? Und würde mir überhaupt gefallen, was er wusste?

Ich schluckte schwer, als wir bezahlten und uns auf den Weg nach draußen machten. Die dicke, wortlose Kellnerin hatte noch immer gegrinst, und irgendetwas daran gefiel mir nicht. Es war zu glücklich für eine Zeit, in der das Glück nicht mehr zu finden war.

Wir traten nach draußen, wo uns der Lärm der Stadt wieder empfing. Mittlerweile war die Sonne untergegangen und der Abend hatte sich wie eine Decke über die geringelten Dächer der Stadt gelegt. Ich atmete die kühle Nachtluft ein, während die Leute geschäftig an mir vorübergingen. Gerade als ich überlegte, wo wir unterkommen sollten, spürte ich einen dumpfen Schlag am Hinterkopf, der mich sofort zusammensacken ließ.

Mein Kopf fühlte sich an, als hätte jemand mit einem Hammer dagegen geschlagen, und ich brauchte einen Moment, um die Orientierung wiederzuerlangen. Ich blinzelte und öffnete vorsichtig die Augen.

„So schnell sieht man sich wieder", murrte Franzus, als er mein Aufwachen bemerkte. Noch etwas benommen blickte ich mich um. Franzus hatte Ben und mich in eine Seitengasse gezerrt. Ich saß mit gefesselten Händen am Boden, an eine Hausmauer gelehnt, neben mir Ben, der noch immer bewusstlos war. Gerade war Franzus dabei, Bens Hände mit einem einfachen Seil festzubinden. „Ihn habe ich etwas härter rangenommen, er wird noch etwas brauchen, bis er aufwacht." An seiner Seite erkannte ich jenen jungen, pickeligen Träger mit den roten Haaren, in den sich Ben vor dem Stadttor verwandelt hatte. Er stand neben Franzus und starrte mich nur an. „Der Nichtsnutz sagt kein Wort, falls du dir von ihm Rettung erhoffst. Außerdem ist er beschäftigt."

Der Kopfgeldjäger fuhr sich durch seinen weißen Haarschopf und ein Lächeln, das vor abfälliger Genugtuung nur so strotzte, erschien auf seinen schmalen Lippen. „Ihr seid nicht die Ersten, die versucht haben, zu fliehen – aber noch einmal werde ich euch keine Gelegenheit dazu geben."

Die Gedanken zischten durch meinen Kopf. Wie hatte er uns so schnell gefunden? Hatte die wortlose Kellnerin ihn kontaktiert? Hatte sie deswegen so zufrieden gelächelt?

„Der Wachposten", nickte er mir zu, als würde er mir eine Antwort auf meine Gedanken geben. „Ich kann es in deinen Augen sehen. Und an deinem Handgelenk. Du warst einmal eine Wächterin, und was ich so erfahren habe, auch eine ziemlich gute. Aber dann bist du anscheinend auf die schiefe Bahn geraten und hast dich mit dem ekelhaften Pack eingelassen." Er blickte Ben hasserfüllt an.

„Der Wachposten?", wiederholte ich und dachte an den Typen, dessen Ähnlichkeit mit Jesper unbestreitbar war.

„Ich soll abgenommen haben?", schnaubte der Alte und blickte kurz auf seinen dicken Bauch. „Das glaubt doch keiner. Aber Egon hat die Konkurrenz hinter dem Wandlungszauber vermutet. Mathilda nimmt gerne mein Aussehen an und hat es in der Stadt schon das eine oder andere Mal damit versucht. Wenn Egon wüsste, was für ein dicker Fisch ihm hier durch die Lappen geht, dann hätte er mich sicher nicht informiert." Er stockte kurz und seine Stimme wurde noch leiser und gefährlicher. „Vor allem, wenn er wüsste, was ich jetzt tun werde."

Ich schluckte und meine Zunge fühlte sich viel zu schwer an. „Was hast du mit uns vor?"

Franzus' hellblaue Augen, die keine Verletzung von Mathildes Scherenstich mehr zeigten, wandten sich mir zu, während er ein weiteres Seil aus seinem Beutel zog, um komplizierte Knoten damit zu knüpfen. Seine Hände machten unbewegt weiter, während seine Augen meinen Blick suchten. „Ich weiß noch nicht, was ich mit dir mache. Aber ihn, diesen Abschaum hier – ihn werde ich töten."

Alles in mir verkrampfte sich und ich fühlte, wie das Adrenalin durch meinen Körper schoss. Franzus hatte eine persönliche Rechnung mit demjenigen offen, der Joost getötet hatte, und ich glaubte ihm seine Worte.

„Er war es nicht", sagte ich und legte so viel Überzeugung in meine Stimme, wie ich nur konnte.

Franzus begann zu lachen. „Das ist süß." Er betrachtete mich, als wäre ich ein kleines Kind, das nichts von der Welt wusste. „Aber vollkommen nutzlos. So nutzlos wie mein Nichtsnutz."

Ich fühlte, wie meine Kriegsfähigkeit aufbegehrte, ich fühlte, wie sie sich von meiner Kontrolle losreißen wollte, wie sie etwas, was in der dreckigen Gasse lag – einen Stein, ein Stück Holz, eine abgebrochene Eisenstange – aufheben, bewegen und an Franzus' Kopf donnern wollte. Meine ganze Kraft floss in die Beherrschung meiner Fähigkeit, doch ich musste widerstehen, ich durfte sie nicht einsetzen, noch nicht gleich. Wenn die Sicherheitsstrahlen der Stadt uns bemerken würden, dann hätten wir nur Pest gegen Cholera getauscht.

„Was hast du mit ihm vor?", knirschte ich zwischen zusammengepressten Zähnen hervor, während mich der junge Träger weiter nur anstarrte.

„Ich werde ihn langsam leiden lassen", bemerkte Franzus emotionslos. „Und falls du deine Kriegsfähigkeit einsetzen willst, vergiss es. Denn der Nichtsnutz ist zwar oft nur eine Bürde, aber eine Sache kann er gut."

„Mich anstarren?"

Franzus nickte. „Ja, und damit deine Kriegsfähigkeit neutralisieren. Außerdem reagieren die Sicherheitsstrahlen nicht auf ihn. Du brauchst also gar nicht erst irgendetwas zu versuchen."

Resignation kam über mich. Auch wenn der Einsatz meiner Fähigkeit die Wachposten alarmiert hätte, so hätten Ben und ich vielleicht doch etwas Zeit gewinnen können. Jetzt entglitt uns auch diese Möglichkeit.

„Und wenn er es nicht war? Wie kannst du dir so sicher sein?"

Franzus lachte auf. „Warum sollte die Neue Acht denn sonst eine derart unverschämt hohe Summe auf seinen Kopf aussetzen? Überall stand es geschrieben, überall gab es nur das Thema, dass dein Freund die Macht der Acht ausgelöscht hat. Du kannst von Glück reden, dass Krieg herrscht und ihr in den Turbulenzen untertauchen konntet. Sonst hätte ich euch schon viel früher erwischt. Und jetzt gleich werde ich ihn bezahlen lassen."

Er knüpfte weiter und die Knoten, die er mit seinen Fingern erschuf, verwoben sich zu einem viel dickeren Seil.

„Du könntest ihn ausliefern", sagte ich, einfach nur, um Zeit zu gewinnen. Je länger ich Franzus in ein Gespräch verstrickte, desto mehr Zeit hatte ich, einen Ausweg aus dieser Situation zu finden. Ben lehnte noch immer mit geschlossenen Augen an der schmutzigen Häuserwand und während ich hinter dem Rücken versuchte, meine Fesseln zu lösen, mochte ich nicht daran denken, welch heftigen Schlag Franzus Ben versetzt haben mochte – oder womit er nachgeholfen hatte. Aber noch weniger wollte ich daran denken, was er jetzt mit ihm vorhatte.

„Damit er sich in letzter Sekunde wieder vor dem Galgen rettet?", zischte Franzus abfällig und spuckte auf den Boden. „Sicher nicht. Ich werde ihn nach guter alter Kopfgeldjägermanier töten."

„Und das heißt?", fragte ich unruhig. Franzus hatte den Strick fest um meine Handgelenke gebunden und jede noch so kleine Bewegung verursachte mir Schmerzen. Aber ich musste die Fesseln losbekommen.

„Das Seil wird bei uns auch das *Letzte Seil* genannt.

Und weißt du, warum es so heißt? Weil es das letzte Seil ist, das dein Freund zu Gesicht bekommen wird. Es ist extra dick", erklärte er und deutete auf den Strick, der nun mehr an ein Tau erinnerte. „Nenn es Sentimentalität, aber es ist ein altes Kopfgeldjägerritual. Du musst wissen, Wächterin, der Beruf des Kopfgeldjägers war von jeher gefährlich. Und das nicht nur, weil wir Mörder und Verbrecher jagen, sondern auch deshalb, weil wir natürlich nicht immer Arbeit haben. Es gibt Zeiten, da morden die Träger gerne – und Zeiten, in denen es einfach zu friedlich ist. Und wir sind nicht in der Lage, andere Tätigkeiten auszuüben, einfach die Aufgabe zu wechseln – wir haben das Jagen im Blut. Deshalb müssen die Blätter oft für eine lange Zeit reichen. Und du musst gut in deinem Job sein, musst genau erfüllen, was in der Ausschreibung gewollt ist. Du kannst nicht einfach einen toten Bastard abliefern, und dann die Blätter kassieren – denn wenn sie ihn lebendig wollen, zahlen sie nur, wenn er auch lebendig ist." Er schloss die Augen und seine Lider begannen zu zittern, als er weitersprach. „Aber ab und an begegnet dir einfach ein Mistkerl, den du lebendig abliefern musst, obwohl jeder Atemzug von ihm schon einer zu viel ist. Und dann triffst du eine Entscheidung: Blätter oder Gerechtigkeit." Er öffnete seine Augen und begutachtete das Seil, das ihm noch zu kurz erschien. „Der Erste, der sich für die Gerechtigkeit entschieden hat, hieß Pilantes. Er hat so ein Seil verwendet und ist zu einer Art Held geworden, nachdem sie ihn gehängt haben. Zu Ehren seiner knüpfe ich dieses Seil."

Mir wurde beinah schlecht und während ich unauffällig meine Handgelenke aneinander rieb, überlegte ich fieberhaft, wie wir aus dieser Situation herauskommen sollten. Die Gasse, die sich Franzus ausgesucht hatte, war vollkommen leer und kein Sinnträger betrat sie. Und Franzus' Gefährte, der noch immer mit dem Blick auf mir verharrte, würde mir definitiv nicht helfen.

„Du musst nicht hoffen, dass irgendjemand kommt", bemerkte Franzus, der seelenruhig sein Seil weiter knüpfte. „Ich kenne diese Stadt und die Stadt kennt mich. Diese Gasse hier hat einen schlechten Ruf, sie soll verflucht sein – zumindest habe ich dafür gesorgt, dass das jeder glaubt. Außerdem habe ich durch einen Schutzzauber die Sicht auf uns versperrt. Selbst wenn jemand hier erscheinen sollte, so wird er genau *nichts* sehen." Er schnäuzte sich kurz.

„Aber warum?", fragte ich und hielt dabei Ausschau nach Sand. „Warum willst du ihn töten? Was hat Joost dir bedeutet?"

Franzus hielt in seiner Bewegung inne und für einen Moment zweifelte ich daran, dass er mir die Wahrheit sagen würde. Aber der alte Mann schien einsam zu sein und es war ihm ein Bedürfnis, sich die Sache von der Seele zu reden. „Joost ist ein guter Freund von mir gewesen, verstehst du? Nicht viele wollen mit Kopfgeldjägern befreundet sein, wir werden gefürchtet und gemieden – unser Handwerk hat einen schlechten Ruf. Aber Joost hat zu mir gestanden, selbst als sie ihn zum Gestalter ernannt haben. Wir haben uns regelmäßig getroffen, haben auch gerne einen über den Durst getrunken … und er war immer für mich da." Seine hellblauen Augen funkelten mich an. „Jetzt ist er es nicht mehr."

Dann stand er auf und strich sanft über seinen Gürtel.

„So, das reicht jetzt. Genug geredet." Er wickelte sich das dicke Seil um die Hand. „Ich werde deinen Freund in dieser schmutzigen Gasse sterben lassen. Und zwar jetzt sofort." Er trat vor Ben und ich riss an meinen Fesseln, aber sie waren noch immer nicht locker genug, um mich daraus zu lösen. Wutgetränkte Tränen schossen mir in die Augen.

Ich war machtlos.

Ich konnte nichts tun, ich war hilflos und hatte keine Möglichkeit, Ben zu helfen.

„Für Joost", sagte Franzus und legte den Strick um Bens Hals und ich hörte auf zu atmen.

Im nächsten Moment schnellte Bens Kopf kräftig nach vorn und er verpasste Franzus einen derart heftigen Schlag, dass dieser nach hinten taumelte.

„Und das ist für Franzus!", brüllte Ben, sprang auf die Beine und schlug mit dem Kopf mehrmals auf Franzus ein. Er tobte wie ein wild gewordenes Tier und ich brauchte nicht länger, um ebenfalls auf die Beine zu kommen.

Der junge Träger wollte gerade ein Messer zücken, als ich ihn von der Seite rammte und zu Fall brachte. Ich verpasste ihm einen schnellen Fußtritt und hoffte, dass Ben es mit verbundenen Händen mit Franzus aufnehmen konnte. Der rollte sich jedoch schnell zur Seite und Ben versetze ihm einen heftigen Tritt in die Magengegend. Der Kopfgeldjäger krümmte sich zusammen, zog jedoch kräftig mit der rechten Hand an Bens Bein und riss ihm damit den Boden unter den Füßen weg. Dann löste er eine weiße Murmel aus seinem Gürtel, die er auf Ben schoss.

Und dann erklang plötzlich ein irre hoher Pfiff, der mir durch Mark und Bein fuhr. Es war ein schrilles, schmerzhaftes Geräusch, das mir das Blut aus den Ohren rinnen ließ. Und nicht nur ich schien es zu hören, denn mit einem Schlag war der Kampf in der Gasse vergessen und wir alle krümmten uns auf dem Boden - Franzus, sein Begleiter, Ben und ich. Der Kopfgeldjäger und sein Späher hielten sich die Hände auf die Ohren, doch sie schienen den Schmerz nicht zu lindern.

Ich griff mit verbundenen Händen nach einer auf dem Boden liegenden Glasscherbe und versuchte damit meine Fesseln zu lösen. Doch schon kurz darauf war ich nicht mehr fähig, mich zu bewegen. Der gellende Ton lähmte meinen Körper und er lähmte meinen Verstand. Und als ich aus den Augenwinkeln die Kellnerin aus dem Restaurant lächelnd näher kommen sah, wusste ich nicht, ob sie es war oder Mathilde.

„Hier, das reicht für die nächsten Stunden. Ich muss noch ein paar Besorgungen machen, danach hole ich sie wieder ab, mitsamt Fass. Und wenn ihnen was passiert, dann bist du dran", drang Mathildes Stimme an mein Ohr. Meine Welt war dunkel geworden und ich hörte außer meinem nur noch ein weiteres Herz, das kräftig neben mir schlug. Mathilde musste uns mit dem gellenden Ton bewusstlos gemacht haben, denn ich wusste nicht, wie ich hierhergekommen war.

„Du kannst mir doch vertrauen. Ich habe dich noch nie enttäuscht, oder? Obwohl du immer gesagt hast, dass das Zweierfass eine schlechte Idee ist - aber jetzt, jetzt bist du froh, dass ich es erfunden habe, nicht wahr? Für den Transport ist es nicht schlecht", hörte ich die Stimme des Fassverkäufers sagen und verstand, dass wir in einem der bescheuerten Paarfässer festsitzen mussten.

„Blödsinn", entgegnete Mathilde. „Ich würde lieber Einzelfässer nehmen, aber du Gauner verlangst zu viel dafür."

„Du hast einen Mengenrabatt bekommen, Mathilde. Meine treuesten Kunden behandle ich gut."

„Ach, tust du das?", fuhr ihn Mathilde an. „Immerhin habe ich dir drei Träger in deine verdammten Fässer setzen lassen, Gulliver." Sie schnaubte.

„Und einen davon für immer. Das heißt, der Kerl blockiert jetzt immer mein Fass. Natürlich ist das teuer. Und wenn du nicht meine älteste Kundin wärst, würde ich dir die Ratenzahlung auch nicht zugestehen, Mathilde."

„Das erzählst du doch jedem, du Mistkerl."

Die Stimmen verklangen langsam, sie mussten sich entfernen, und ich tastete meine Umgebung mit den Fingern ab.

„*Tod ... sie müssen sterben ... alle ... für die Helligkeit*", murmelte eine Stimme neben mir und ein eisiger Schauer lief mir über den Rücken.

„*Tod und Verderben ... ein geringer Preis*", wisperte Ben halb bewusstlos und ich fühlte, wie mir die Angst in die Knochen schoss.

„Ben", hauchte ich erschüttert und löste mit der Glasscherbe, die ich noch immer in den Händen hielt, meine Fesseln. Danach rüttelte ich an seinem Körper. Er schien noch immer halb benommen zu sein und seine Worte versetzten mich in Panik. Es dauerte einen Moment, bis er langsam wieder das Bewusstsein erlangte.

„Diese verfluchte Hexe", sagte er und schnaubte. „Wo hat sie uns diesmal hineingesteckt?

„Was hast du gerade gesagt?", fragte ich, ohne auf seine Worte einzugehen.

„Nichts", meinte er. „Habe ich denn geredet?" Inständig hoffte ich, dass er nur geträumt hatte, und versuchte mir keine Gedanken zu machen, auch wenn es mir nicht gelang.

Auf alle Fälle mussten wir hier raus und ich tastete

mit meinen Fingern weiter die Umgebung ab, bis ich auf Bens Bauchmuskeln stieß.

„Ich glaube nicht, dass das jetzt der richtige Zeitpunkt ist", raunte Bens Stimme und es tat gut, ihn wieder normal sprechen zu hören. Rasch durchtrennte ich mit der Glasscherbe auch die Stricke um seine Handgelenke. „Andererseits ...", fuhr er fort und ich spürte, wie Bens Hand meine Hüfte berührte, doch im nächsten Moment keuchte er schmerzerfüllt auf.

„Was ist?", fragte ich.

„Ich weiß es nicht", presste Ben hervor. „Es wird schon nichts sein."

„Die weiße Murmel, mit der dich Franzus attackiert hat?", fragte ich und war in Gedanken noch immer bei seinen gemurmelten Worten. Doch die Angst lichtete sich langsam und wich einer anderen. Hoffentlich war Ben nicht verletzt.

„Es wird schon nichts sein", wiederholte Ben, doch ich konnte hören, dass er Schmerzen hatte. „Wo zum Teufel sind wir?"

„In einem Fass. Und wir müssen hier raus", sagte ich und war dankbar für mein Wachsamkeitslicht, das uns in der Dunkelheit erlaubte, unsere Umgebung zu erkennen. Das Fass bot gerade mal so viel Platz, dass Ben und ich darin sitzen konnten. Die gekrümmten Wände waren aus Holz gefertigt und ich suchte nach einer Möglichkeit, den Deckel zu heben, als ich glaubte, im Boden eine Art Zeichen zu fühlen.

„Was ist das?", fragte ich Ben. Es schien ein Symbol zu sein, ein handgroßer, durchgestrichener Kreis.

„Keine Ahnung", antwortete Ben und ich zog mit meinem Finger das Symbol nach, als der Boden unter uns wegbrach und uns nach unten rutschen ließ.

Kapitel 16

Wir rutschten mit einer enormen Geschwindigkeit einen dunklen Tunnel entlang und ich verlor jegliches Zeitgefühl, bis wir irgendwann durch eine enge Öffnung ausgespuckt wurden.

„Alles okay?", fragte Ben, als ich mich langsam hochrappelte. Auch er kam auf die Beine und presste dabei seine Hand gegen die Leiste. Ich blickte mich um. Wir waren durch ein kreisrundes Loch ausgeworfen worden, das sich hinter uns sofort wieder zu einer perfekten weißen Mauer schloss. Keinerlei Risse oder Öffnungen waren zu sehen.

Dafür standen vor uns unzählige Zelte, dicht aneinandergereiht. Auf dem Stoff der Zelte prangte ein Zeichen. Es war ein Kreis, aber es war nicht das Symbol, das wir am Boden des Fasses entdeckt hatten. Nein, dieser Kreis bewegte sich und sandte grauen Rauch in den dunklen Nachthimmel.

„Verdammt", stieß Ben hervor und nahm schnell meine Hand.

Ich nickte wortlos.

Wir befanden uns in einem Lager der Totaa.

„Was macht ihr hier?", herrschte uns ein weißer Kapuzenträger an, der plötzlich aus dem Nichts zu kommen schien. Er hatte schmale Schultern, rötliche Wangen und eine breite Nase zierte sein Gesicht.

Doch bevor ich ihm eine Antwort geben konnte, beäugte er unsere Gesichtszeichnungen und ich spannte meinen Körper an. Ich war bereit, gegen ihn zu kämpfen.

„Verdammt, ihr seid Menschverbundene. Wir müssen euch schnell Umhänge besorgen", sagte er dann und wies uns an, ihm zu folgen.

„Aber ...", setzte ich an, doch er deutete, mir still zu sein. „Wenn ihr überleben wollt, dann haltet die Klappe und folgt mir."

Ben und ich warfen uns einen kurzen Blick zu. Wir wussten nicht, wie uns geschah, aber noch weniger wussten wir, was wir stattdessen tun sollten. Den Weg zurück in das Fass konnten wir nicht nehmen, da er nicht mehr existierte.

„Haltet euren Kopf unten", flüsterte uns der Totaa zu. „Und sagt kein Wort."

Mit schnellen Schritten folgten wir dem Typen, ohne zu wissen, wohin er uns bringen wollte. Wir schritten an einigen geschlossenen Zelten vorbei und ich wunderte mich, dass ich hier draußen überhaupt keine Totaa sah. Nur den einen, den wir schlussendlich in eines der weißen Zelte begleiteten.

„So – was bei allen Sinnen macht ihr hier?", fragte der Kapuzenträger, als er hinter uns das Zelt verschloss. Es war nicht groß und sehr spartanisch eingerichtet. Ein Bett und ein kleiner Tisch, eine Kiste, mehr nicht. Der Totaa legte seinen weißen Umhang ab und setzte sich aufs Bett. Dabei raufte er sich die gelockten braunen Haare. „Ihr solltet nicht hier sein, das solltet ihr nicht."

„Wo sind wir denn?", fragte Ben mit einem leisen Ächzen, das so klang, als ob die Schmerzen noch nicht nachgelassen hätten.

„In einem Lager der Totaa."

„Und warum hilfst du uns dann?", fragte ich, noch immer erstaunt darüber, was in den letzten Minuten alles passiert war.

Und in diesem Moment sah ich das Zeichen, eingeschnitzt in die Truhe. Es war das gleiche Symbol, das ich am Boden des Fasses entdeckt hatte, und es wäre mir nicht aufgefallen, hätte ich es nicht schon öfter gesehen. Ein durchgestrichener Kreis.

„Warum ich euch helfe? Na, weil ich hier raus will."

Ben lehnte sich gegen den Tisch und stützte sich dort mit einem kurzen Keuchen ab. „Du willst hier raus?"

„Warum seid ihr in Gullivers Fass gestiegen? Warum habt ihr das Zeichen aktiviert?", fragte der Kapuzenträger zurück.

„Es war ein Zufall", sagte ich und wunderte mich darüber, dass uns der blaue Träger nicht erkannte. Immerhin mussten in der Sinnlichen Welt überall die Steckbriefe mit Bens Gesicht aufgehängt sein – aber das schien für ihn kein Thema zu sein und außerdem schienen seine Sorgen dringlicher.

„Also funktioniert das Zeichen noch", murmelte der Trauerträger und seine Musterung, die mich an Wellen erinnerte, begann blau zu glimmen. „Allerdings nur in eine Richtung."

Jetzt kapierte ich es. „Es ist ein Fluchtweg."

„Es *war* ein Fluchtweg", korrigierte er mich und rieb sich über seine breite Nase. „Und jetzt führt er nur noch in eine Richtung – wir hatten Gulliver extra bezahlt, damit er das Fass unbesetzt lässt."

„Er hat euch offenbar übers Ohr gehauen", presste Ben hervor.

„Ihr schleust also Totaa aus dem Lager?", wollte ich wissen.

Der Träger betrachtete mich. „Ja, und es war nicht unsere Absicht, Träger *in* das Lager zu schleusen." Er stand auf. „Wir haben zwar einige Reisende unter uns, aber seit der Krieg ausgebrochen ist, traut sich keiner mehr, zu reisen. Zu viele sind schon gestorben, das ist also keine Alternative", sagte er mehr zu sich selbst. Dann wandte er sich uns wieder zu. „Ich bin übrigens Utz. Und wie heißt ihr?"

„Mathilde und Franzus", sagte ich schnell, weil es die ersten Namen waren, die mir einfielen. Ben warf mir einen belustigten Blick zu, verstand aber, dass es sicherer war, nicht unsere wahren Namen zu verraten.

„Okay, Mathilde und Franzus – das ist die bittere Wahrheit: Ihr kommt hier ziemlich sicher nicht mehr raus. Und ihr seid Menschverbundene, was hier drinnen nicht ganz so optimal ist."

„Das ist ein wenig untertrieben", meinte Ben emotionslos und Utz stand auf, um zu der hölzernen Truhe zu gehen. Er öffnete sie und zog zwei weiße Umhänge hervor. „Die sind von ein paar Trägern, die es hinaus geschafft haben. Nehmt sie und versucht so lange wie möglich, nicht aufzufallen. Wobei das ziemlich schwer sein wird."

„Wenn es schon ein paar hinaus geschafft haben, warum bist du dann nicht mitgegangen?", wollte ich wissen.

Utz reckte seinen Hals. „Weil ich nicht gehen wollte, bevor nicht der Letzte von uns gegangen ist. Seit die Neue Acht an die Macht gekommen ist, haben einige von uns das Gefühl, dass wir zurückgehen *können* – dass sie fair mit uns umgehen werden. Ihr müsst verstehen, ich bin ein Tierverbundener und ich konnte der Sache von Anfang an nicht viel abgewinnen. Aber es war dann plötzlich wie eine gigantische Welle, die mich mit sich zog, und es hat sich eine Art Eigendynamik entwickelt.

Der Schwarze Anführer hat uns Freiheit und Reichtum versprochen, aber was haben wir bekommen? Tote und Grausamkeit. Ich war nie ein besonderer Freund der Menschverbundenen und hatte auch die eine oder andere schlechte Begegnung, aber das, was hier getan wird, ist nicht mehr schön. Sie töten euch, sie zwingen uns dazu, euch zu töten, und bevor ich sämtliche Gefühle und jeden Anstand verliere, flüchte ich lieber von hier."

„Gibt es viele wie dich?", fragte ich.

„Es werden mehr. Aber wir müssen vorsichtig sein", erklärte Utz. „Denn der Schwarze Meister duldet keinen Widerstand. Und der Gespaltene auch nicht. Er hat die Sicherheitsmaßnahmen für das Lager erhöht – deswegen funktioniert unser Zeichen auch nicht mehr."

Bei der Erwähnung des Gespaltenen rann mir unwillkürlich ein kalter Schauer über den Rücken.

„Warum haben wir draußen keine Totaa gesehen?", fragte Ben.

„Sie sollten sich zurückziehen. Es gibt nur ein paar Wachen, und die Mauer beschützt uns gut. Zu gut. Ich bin einer von den Wachen und muss auch gleich wieder auf meinen Posten zurück – bevor noch jemandem was auffällt. Die meisten ruhen sich aus, der Gespaltene hat das angeordnet – denn wir müssen bereit sein." Er seufzte. „Wir müssen ständig bereit sein."

Dann blickte er uns an. „Ich habe keine Ahnung, was ich mit euch machen soll, aber ihr könnt erst mal hierbleiben. Geht nicht hinaus, die Gefahr ist zu groß, dass man euch erkennt – es war schon Glück, dass wir hier nicht entdeckt wurden. Wenn sie euch finden, werde ich abstreiten, euch zu kennen", sagte er resigniert. „Aber bleibt auf alle Fälle hier, versprochen?"

„Was für eine Scheiße", ätzte Ben. „Von dem beschissenen Fass in das Lager der Totaa, großartig."

Ich versuchte selbst, irgendetwas Hoffnungsfrohes aus
der Situation zu ziehen, aber da war nichts.

„Hast du Schmerzen?", fragte ich und trat auf Ben zu,
als er sich wieder über seine Leiste fuhr.

„Wir haben jetzt größere Probleme", entgegnete er
ernst.

„Zeig mal her."

Bens Mundwinkel zuckte. „Du willst doch bloß, dass
ich meinen Anzug ausziehe."

„Franzus hat eine Art Murmel auf dich geworfen, kurz
bevor uns Mathilde übermannt hat, also versuch nicht,
abzulenken. Ich will das sehen."

„Natürlich", sagte Ben, öffnete jedoch seinen Anzug,
damit ich die Wunde anschauen konnte. Sie befand sich
in der Leistengegend, war etwa fingerbreit und schien
sich auszudehnen.

„Ben, wir müssen das behandeln lassen", sagte ich und
bekam ein ungutes Gefühl.

Ben zog seinen Anzug wieder an. „Und wo? Sollen
wir zu den Totaa gehen? Ich glaube nicht, dass sie mir
helfen werden. Ich glaube nicht, dass mir irgendwer in
der Sinnlichen Welt helfen wird."

„Sag das nicht", entgegnete ich und strich ihm über
die Wange. Es tat gut, ihn zu berühren, und es gab mir
Halt, auch wenn wir von einer schrecklichen Situation in
die nächste stürzten.

Plötzlich erklang ein lauter Gong.

„Totaa. Verlasst eure Zelte", hallte eine dunkle
Stimme durch das Lager. „Ich, die zweite Hand, habe
eine Mitteilung zu machen."

Mein Herzschlag beschleunigte sich und irgendetwas

an der Stimme kam mir bekannt vor.

Ich hörte, wie die Träger nach und nach aus ihren Zelten schritten und mit ihren Geräuschen die Stille der Nacht verdrängten. Schnell warf ich mir den weißen Umhang über und ging zum Zeltausgang.

„Lee, das ist zu gefährlich", sagte Ben und hielt mich am Arm fest.

„Es ist eine Verkündigung. Alle werden sich den Gespaltenen ansehen, keiner wird Augen für mich haben."

Ben schnappte sich ebenfalls einen Kapuzenumhang und zog ihn sich über.

„Du solltest hierbleiben", sagte ich. „Du bist verletzt."

Er sah mich an und seine dunklen Augen leuchteten. „Lee, das kannst du so was von vergessen."

Die Totaa waren überall, und es waren unglaublich viele. Sie standen neben und vor ihren Zelten und richteten ihren Blick in die Mitte des Lagers, von wo aus sich zum Takt eines düsteren Trommelschlags eine weiße Plattform erhob. Die massive, kreisrunde Scheibe schwebte nach oben. Auf ihr befanden sich vier Träger, und obwohl sie in einiger Entfernung standen, erkannte ich zwei von ihnen sofort. Helle Feuerbälle schwebten neben ihnen in der Nacht und erhellten ihre Gesichter.

„Das darf nicht wahr sein", flüsterte Ben beinah tonlos, als die weißen Zelte im gesamten Lager nach und nach zusammensackten, um den Blick auf die weiße Plattform noch besser freizugeben.

Ich stand wie angewurzelt neben Ben und spürte, wie ich von einer Welle des Grauens erfasst wurde. Für einen Augenblick traute ich meinen eigenen Augen nicht, es musste sich um eine Halluzination handeln, anders konnte es nicht sein.

„Wir sind stark", donnerte die tiefe Stimme des Gespaltenen über das Totaa-Lager und er trat an den Rand der weißen Plattform. Hinter ihm standen drei Frauen und blickten voller Kälte auf die Kapuzenträger hinunter. Wie die Freudeträgerin vor den Toren von Gaudina berichtet hatte, waren seine Gefährtinnen rot-, blond- und dunkelhaarig. Und sie waren schön, alle drei. Die katzenhaften Augen der Blonden waren so, wie ich sie in Erinnerung hatte: gefühlskalt und voller Selbstbewusstsein.

Aber Tara wiederzusehen, war nicht das Schlimmste.

Das Schlimmste war der Gespaltene und ich verstand jetzt, woher er seinen Namen hatte. Seine rechte Gesichtshälfte war völlig verbrannt und die rot-schwarz verkohlte Haut verlieh ihm ein fürchterliches Aussehen. Blut tropfte in einem fort aus seinen nässenden Wunden und ich konnte es noch immer nicht fassen.

Denn seine linke Gesichtshälfte trug das Zeichen einer orangefarbenen Acht und seine stahlblauen Augen waren mir nur allzu vertraut. Seine korrekte Haltung wirkte noch unnahbarer als früher und wie er da so stand, mit seinem flammend roten Anzug, auf dem das Emblem der Totaa eingebrannt war, wirkte er geradezu unbesiegbar.

Ich schluckte.

Ich hatte nicht gedacht, Jesper jemals wiederzusehen.

„Wir werden noch stärker", hallte seine Stimme über das Lager. „Denn heute Nacht werden wir der Sinnlichen Welt einen Todesstoß versetzen. Wir werden sie bluten lassen, wie sie uns haben bluten lassen, aber im Gegensatz zu ihnen werden wir sie heute in die Knie zwingen. Unser Sieg ist nahe. Heute Nacht wird etwas ganz Wunderbares geschehen. Und es wird gleich geschehen."

Er fasste Tara und die Rothaarige an der Hand.

„STÄRKE! KRAFT! MACHT!", brüllte Jesper über den Platz und die Totaa stimmten in sein Mantra mit ein.

„STÄRKE! KRAFT! MACHT!", jubelten die Totaa weiter und auch wenn es unter ihnen welche gab, die sich Utz anschließen und sich zurückziehen wollten, so war es doch eine beängstigende Übermacht, die den Anführer und seine zweite Hand unterstützte. Die Luft hallte von ihren Schreien wider und der Boden vibrierte unter ihren stampfenden Füßen.

„Wir werden die Helligkeit über ihre dunklen Herzen kommen lassen!", schrie Jesper und reckte die Faust in die Höhe. Und im nächsten Moment stieg eine Lichterscheinung in Form eines leuchtend weißen Pilzes in den Himmel. Mir stockte der Atem, denn ich wusste, dass ich das schon mal gesehen hatte. Angst beschlich mich, und obwohl das Licht mindestens eine Tagesreise weit entfernt war, war es so gleißend hell, dass ich für einen Moment die Augen schließen musste.

Und dann sah ich, wie sich die weißen Flammen durch den Himmel fraßen und über unsere Köpfe hinweg ausbreiteten. Eine Gänsehaut überzog meinen Körper, als ich die frenetischen Schreie der Totaa hörte. Ich erwartete, dass es mich gleich treffen würde, dass mich die Macht des Weißen Buches genauso erfassen würde, wie es bei der Druckwelle aus blauem Licht gewesen war, aber das geschah nicht. Ich hatte keine Ahnung, welche Macht die Totaa mit dem Einsatz des Weißen Buches freigesetzt hatten. Aber ich sah, dass das weiße Feuer am Himmel wütete, als ob es kein Morgen geben würde.

Kapitel 17

„Ich hatte euch doch gesagt, dass ihr im Zelt bleiben sollt", motzte uns Utz an, nachdem die Zelte wieder in die Höhe geschossen waren und Jesper sich mit seinen drei Begleiterinnen entfernt hatte. Wir waren vorsichtig gewesen und die Totaa schienen auch zu sehr mit sich selbst beschäftigt gewesen zu sein, um unsere Anwesenheit zu bemerken.

„Mach dir nicht ins Hemd. Es ist nichts passiert", erklärte Ben, als er den Zelteingang hinter uns schloss.

Utz' Blick flackerte. „Nichts passiert? Hast du das weiße Feuer nicht gesehen?"

„Natürlich", sagte ich und versuchte so beruhigend wie möglich zu wirken, als Ben einen leisen Schmerzensschrei ausstieß und sich an die Leiste fasste.

„Ben", hauchte ich und war sofort bei ihm.

„Es ist nichts, Lee", stieß er zwischen zusammengepressten Zähnen hervor. Ich strich ihm sanft über die Wange und meine Hand zitterte.

„Wir müssen ihn zu einem Heiler bringen", sagte ich an Utz gewandt.

Utz strich sich durch seine dunklen Locken. „Und wie stellst du dir das vor? Die Heiler sind nur für die Totaa da – für Tierverbundene. Und ihr seid keine Tierverbundenen."

„Das ist mir egal", sagte ich und machte einen bedrohlichen Schritt auf Utz zu. Auch wenn er uns geholfen hatte, Bens Schmerzen wurden von Minute zu Minute schlimmer.

Und ich würde nicht warten, bis die Schmerzen ihn umbrachten.

„Utz, wir benötigen einen Heiler", sagte ich noch einmal und meine Stimme ließ keinen Zweifel daran offen, dass ich es ernst meinte und gewillt war, alles zu unternehmen, um zu bekommen, was ich wollte.

„Was hat er denn?"

„Er hat Schmerzen, wir wissen nicht, woher sie kommen", sagte ich und spürte, wie sich jeder Muskel meines Körpers anspannte. Ich hatte keine Lust, hier noch länger mit ihm zu diskutieren.

Utz schluckte. „Okay", sagte er und schnappte nach Luft. „Ich weiß vielleicht eine Lösung. Wir haben jemanden, der uns ab und an hilft, und vielleicht weiß er auch diesmal eine Lösung – aber ich bin mir nicht sicher, ob er überhaupt noch am Leben ist."

Utz führte uns eilig durch das Lager, vorbei an den Zelten. Dabei warf er immer wieder schnelle Blicke über die Schulter, um sicherzugehen, dass uns niemand folgte. Aber nach Jespers Rede und der Aktivierung des Weißen Buches hatten viele der Kapuzenträger zu feiern begonnen und waren dadurch unvorsichtig geworden. Was uns zugutekam.

„Hier ist es", flüsterte Utz und führte uns in ein weißes Zelt, das genauso aussah wie die anderen.

Als wir es betraten, hielt ich für einen Augenblick den Atem an. Ich hatte mit einem ähnlich spartanisch eingerichteten Zelt gerechnet, so wie Utz eines hatte, aber stattdessen standen hier drinnen nur Käfige. Unglaublich viele Käfige, die nebeneinander schwebten.

Und das Seltsame war: In nur einem Käfig, der sich dicht am Boden befand, saß eine Gestalt mit dem Rücken zu uns - alle andere waren unbesetzt.

„Die Totaa haben Angst vor ihm, deshalb sitzt er hier allein fest", erklärte uns Utz leise. „Aber er ist weise. Er ist anders und scheint dem Gespaltenen nicht zu gefallen. Deshalb versteckt er ihn hier."

Wir traten an den Käfig heran und ich sah den ausgemergelten Körper eines Trägers. Er saß in der Mitte seiner Zelle und trug einen dunklen Umhang, den Kopf hielt er gesenkt.

„Ich habe gewusst, dass ihr kommt", bemerkte er leise. Seine Stimme klang gebrochen und alles an ihm wirkte, als hätte er großes Leid erfahren.

„Wir brauchen deine Hilfe", sagte ich und er nickte.

„Ich weiß."

„Wie kannst du das wissen?", stöhnte Ben. Seine Schmerzen hatten weiter zugenommen.

„Die weiße Murmel", hörten wir den dünnen Träger sprechen, ohne dass er uns ansah. „Sie bohrt sich durch deinen Körper. Du musst sie herausfischen, bevor sie sich vollends durch deine Eingeweide bohrt."

Ich schluckte. Woher wusste er das?

„Zeig uns dein Gesicht", verlangte ich, da mich ein unheimliches Gefühl beschlich.

„Magnus hat sehr unter den letzten Wochen gelitten", bemerkte Utz beinah entschuldigend, als der Träger uns sein Gesicht zuwandte. Auch wenn die Klarheit aus seinen Zügen gewichen war, so hätte ich seine gelben Augen überall erkannt.

„Das Orakel", hauchten Ben und ich beinah gleichzeitig.

„Oder das, was von ihm übrig ist", bemerkte das Orakel und ein trauriges Lächeln umspielte seinen Mund. Ich dachte an die letzte Begegnung mit ihm, als er uns seine Vergangenheit und den Tod seiner Liebsten gezeigt hatte, dachte an den Herzenswunsch, der zum Ausbruch des Ersten Sinnlichen Krieges geführt hatte, und empfand plötzlich eine tiefe Schwermut, als ich ihn hier so einsam erblickte.

„Sei nicht traurig, Lee", bemerkte er und Utz wirkte kurz irritiert bei der Erwähnung meines echten Namens. „Ich habe dir schon bei unserem Treffen in der Eislandschaft gesagt, dass Kräfte am Werk sind, die mich schwächen und meine Energien stören. Diese Kräfte sind größer geworden, und nun haben die Totaa mit meiner Hilfe das Weiße Buch der Macht aktiviert."

„Mit deiner Hilfe?", wiederholte ich erschrocken.

Er nickte. „Ich sterbe. Und ich werde schwach. Sie haben mein Wissen genutzt. Aber kümmere dich nicht um mich, kümmere dich um deinen Freund."

Ich nickte und wandte meinen Blick zu Ben.

„Wir müssen die Murmel entfernen", sagte ich.

Er schüttelte den Kopf. „Nein, nicht wir. Ich." Mit diesen Worten zog er seinen Anzug vom Oberkörper herunter und stöhnte auf, als er sich mit den Fingern in seine offene Wunde fuhr. Es tat mir weh, ihn mit schmerzverzerrtem Gesicht zu sehen, aber ich wusste, dass es notwendig war.

Ben keuchte, taumelte kurz zurück, und ich war gerade noch rechtzeitig bei ihm, um ihm Halt zu geben.

„So hast du dir unser Leben nicht vorgestellt", stöhnte er und ich lächelte schwach.

„Zumindest wird es mit dir nicht langweilig", sagte ich und versuchte so unbeschwert wie möglich zu klingen. Bens Gesicht verzog sich schmerzerfüllt und er presste die Zähne fest aufeinander, als er mit den Fingern tiefer in die Wunde glitt. Er musste unglaubliches Leid erfahren, dachte ich und hoffte, dass er die Murmel endlich finden würde. Es kam mir wie eine Ewigkeit vor und ich konnte das Blut an seinen Händen kaum ertragen, als er endlich eine weiße Kugel aus der Wunde hervorzog.

Erleichtert atmete ich aus und stellte erst jetzt fest, dass ich bislang den Atem angehalten hatte.

Ben ließ sich in meinen Armen etwas zurücksinken und sein Brustkorb hob und senkte sich schwer. Dann ließ er die Murmel auf den Boden fallen und trat mit aller Kraft darauf.

„Die Wunde wird gut verheilen, auch wenn du noch eine Weile Schmerzen haben wirst", bemerkte das Orakel. „Aber ihr müsst aus dem Lager fliehen, ihr habt nicht mehr viel Zeit, bis sie euch bemerken werden." Er heftete seinen Blick auf Utz. „Hast du, wonach ich dich gefragt habe?"

Utz nickte.

„Gut. Dann könnt ihr den Schutzmechanismus der Totaa brechen und den Gang nach draußen reaktivieren. Das Elixier wird euch vor den Blicken der Totaa schützen und ihr werdet schadlos das Lager verlassen können. Aber ihr habt nicht viel Zeit."

„Und was ist mit dir?", wollte ich wissen und strich mir eine Haarsträhne aus der Stirn.

„Du weißt, dass ich zu schwach bin."

Ich schüttelte den Kopf. „Aber wir können dich doch nicht einfach hierlassen!"

Das Orakel lächelte müde. „Doch, das könnt ihr. Ich habe lange genug durchgehalten, um euch zu helfen, und damit meinen Dienst erwiesen. Doch ich bin zu geschwächt, um der alten Kraft der Unberührbaren zu entkommen, die durch das Weiße Buch heraufbeschworen wurden. Sie nehmen einem das Wichtigste, und alles, was sie uns dafür gegeben haben, ist das Verzeichnis in den neuen Weißen Sümpfen."

Ich machte einen Schritt auf den schwebenden Käfig zu.

„Ich verstehe nicht. Wovon sprichst du? Welches Verzeichnis? Und welche Weißen Sümpfe?"

Das Orakel hob angestrengt den Kopf und atmete schwer aus. „Die Weißen Sümpfe existieren noch nicht, aber du wirst sie erkennen, wenn du sie siehst. Doch hütet euch vor den Unberührbaren. Nur eine reine Seele kann sie befehligen, aber der Krieg hat die Reinheit verdorben. Es ist aussichtslos." Er schloss kurz die Augen, schien in Gedanken verloren. „Meiner Seele war kurzes Glück beschieden, aber nach Anis Tod floss keine Liebe mehr durch mein Herz. Und das Herz braucht Liebe." Er hob den Blick und sah uns traurig an.

Ich wollte eine Frage stellen, wollte erfahren, ob er wusste, wer die Gestalter umgebracht hatte und was mit Ben los war, doch er bedeutete mir, still zu sein. Er war geschwächt und das Reden strengte ihn sichtlich an.

„Ihr zwei … ich habe euch schon gesagt, dass eure Schicksalsfäden miteinander verknüpft sind und eure Wege sich immer wieder kreuzen werden, egal, was ihr tut. Ihr seid der anderen Welt entzogen worden, um gemeinsam diese Welt zur retten. Bei dem, der sich Ruwen nannte, hat es geklappt – aber jetzt? Die Hoffnung ist nur ein schwacher Schimmer an Tagen wie diesem. Und zu deiner Frage, Lee: Ihr müsst eure Vergangenheit näher betrachten, denn alles ist in Balance – Zukunft und Vergangenheit – und ihr könnt eurer Vergangenheit nicht entkommen. Egal, wie schwarz sie ist." Sein Blick fixierte Ben. „Du musst in die andere Welt, um deine Fragen zu beantworten – es ist das Erste, was du tun musst. Geh zu dem Begleiter, der dich schon das erste Mal geführt hat und sei vorsichtig – die Balance ist gekippt und das Reisen in die andere Welt noch gefährlicher als sonst." Er machte eine kurze Pause und obwohl ich tausend Fragen hatte, obwohl ich mehr wissen wollte, wusste ich, dass er mir keine weiteren Antworten geben würde. „Und jetzt verlasst diesen unsäglichen Ort, so schnell ihr könnt, helft den anderen, denn die Unberührbaren werden kommen."

Das Elixier, das Utz auf den erdigen Boden gestrichen hatte, hatte in kürzester Zeit eine durchsichtige Hülle über uns gelegt, wie eine Art Kuppel, unter der wir verborgen waren. Wir waren insgesamt fünfzehn und vor unseren Augen hatte sich die Mauer einen Spalt geöffnet und den Rückweg nach Gaudina freigegeben. Durch meinen Kopf zischten die Fragen und ich musste an das Orakel, die Welt der Anderen und die Unberührbaren denken. Wen hatte das Weiße Buch der Macht heraufbeschworen? Und wie würden Ben und ich sicher in die andere Welt gelangen?

Vor uns zwängten sich die Totaa durch den Spalt, die mehr oder weniger reumütig schienen. Ich fragte mich, ob sie wirklich vorhatten, sich in Gaudina zu stellen, oder ob sie doch lieber untertauchen würden. Vielleicht würden einige von ihnen auch in der Schattigen Unterwelt Zuflucht suchen.

Doch so sehr ich bei den Trägern und Trägerinnen, die mir seltsame Blicke zuwarfen, an ihrer Motivation zweifelte, eins hatten alle gemein: Sie hatten Angst vor dem Gespaltenen und vor dem, wozu er fähig war. Die Angst und das Entsetzen spiegelten sich in ihren Augen wider.

Plötzlich sah ich in einigen Metern Entfernung einen hünenhaften Totaa auf uns zukommen. Für einen Moment dachte ich schon, dass er uns bemerken würde, doch er machte kehrt. Das immense kuppelförmige Schutzschild hielt stand und verbarg uns und unsere Geräusche vor den Blicken der anderen.

„Ich liebe dich, Lee", flüsterte mir Ben plötzlich ins Ohr. „Egal was passiert, du darfst das nicht vergessen. Versprich mir das."

„Ich verspreche es dir", sagte ich und bekam ein seltsames Gefühl.

„So, jetzt bist du dran", bemerkte Utz und deutete auf den Mauerspalt, durch den sich die anderen schon gequetscht hatten.

Ich nickte und zwängte mich in den Spalt, der in die Dunkelheit führte, zögerte dann aber. Unruhig warf ich einen Blick nach hinten, als ein reißender Laut erklang.

Ein Paar prächtiger, riesengroßer Schwingen brach aus Bens Rücken und glänzte mattschwarz. Ben streckte seine Hand aus und sandte einen kräftigen Magiestrahl aus, der sich binnen eines Herzschlags zu einem schwarzen Energiestrudel zusammenballte und einen leuchtenden Tunnel öffnete.

In ihm tobten die Blitze und die Mondlichtsplitter rotierten in einer Geschwindigkeit, in der ich es noch nicht gesehen hatte.

„Ben, nein!", schrie ich.

„Ich muss es tun", antwortete er über das magische Knistern hinweg, „und ich muss es allein tun." Meine Beine setzten sich automatisch in Bewegung, ich rannte zu ihm, wollte ihn aufhalten, wollte mit ihm kommen - aber bevor ich ihn erreichte, sprang er schon in den Tunnel, der sich sogleich schloss und Ben mit sich nahm.

Kapitel 18

„Und du bist sicher, dass du das willst?", fragte Gulliver und sah mich eindringlich an.

„Ja. Und ich möchte keine Zeit verlieren", bestätigte ich.

Er lächelte. „Na gut. Du bekommst Bart zugeteilt. Bart ist einer meiner Fähigsten. Und er kann dich an genau den Ort bringen, zu dem du möchtest." Mit dem Kinn deutete er auf einen kleinen, muskelbepackten Wutträger mit einer großen Narbe auf der Stirn, der mir zunickte.

Ich zweifelte, ob Bart der fähigste Träger war, aber ich hatte nicht wirklich eine Alternative – und die Reisenden, die sonst noch in dem kreisrunden Hinterzimmer des Fassträgers standen, wirkten auch keinen Hauch vertrauenswürdiger.

Gulliver grunzte. „Mathilde war sehr wütend, als das Fass auf einmal leer war. Sie hätte mich fast umgebracht."

Ich schnaubte und sah dem Schmuggler ins Gesicht. „Und was hat sie davon abgehalten?"

„Nicht was, sondern wer. Ein anderer Kopfgeldjäger, Franzus sein Name, ist plötzlich aufgetaucht und hat sich mit ihr angelegt – so sehr, dass sie zusammen von den Wachposten aus der Stadt transportiert wurden. Den beiden wurde ein Stadtverbot erteilt. Jetzt wird sie mich wenigstens nicht töten, aber mein Geschäft ist eben gefährlich – und ich muss aufpassen, dass ich die Fässer nicht mehr vertausche."

Zumindest Mathilde würde mir jetzt nicht auch noch

in die Quere kommen, das war gut. Weniger gut war, dass Ben schon unterwegs durch den Mondlichttunnel war und dass mir wenig Zeit blieb, um ihn einzuholen. Ich wusste, dass er es tat, um mich zu schützen, ich wusste, dass er sich selbst nicht mehr vertraute – aber ich vertraute ihm. Und ich ließ ihn definitiv nicht im Stich.

„Sag, schmuggelst du nur Leute oder verkaufst du auch tatsächlich Ruhe?", fragte ich.

„Natürlich. Wo denkst du hin? Viele meiner Fässer entlassen dich in eine weiße Ebene, in der es nur dich gibt und deine Gedanken. Das ist befreiend."

„Apropos befreiend: Bist du bereit?", fragte in dem Moment der stämmige Reisende und machte einen Schritt auf mich zu. „Hat dich Gulliver über die Risiken aufgeklärt?"

Ich schüttelte den Kopf und Gulliver wandte sich lächelnd einem anderen Kunden zu, der schnell verschwinden wollte.

„Die Wahrscheinlichkeit, dass du stirbst, ist groß. Ich werde dich fallen lassen, sobald mein eigenes Leben in Gefahr ist, verstehst du?"

„Und dafür zahle ich so viele Blätter? Dass du mich fallen lässt?", fragte ich und dachte an Simeons Geld, das ich Gulliver für den Transfer in die andere Welt gegeben hatte. Gulliver musste sich mit seinen ganzen Schmuggelgeschäften eine goldene Nase verdienen – indem er von dem Leid anderer Leute profitierte.

„Ich bringe dich dorthin, wo du hinwillst, Flüchtling. Sieh es so: Du kannst drüben ein neues Leben anfangen. Oder du findest den Tod. Auf alle Fälle wirst du das Leben *hier* nicht mehr fortsetzen, und das willst du doch."

Ich nickte, obwohl ich nichts lieber getan hätte, als in

mein normales Leben zurückzukehren. Aber das existierte nicht mehr. Und so hatte ich Gulliver weisgemacht, dass ich wie einige der zurückgekehrten Totaa, die keine Lust auf einen Prozess hatten, Zuflucht in der anderen Welt finden wollte.

„Stimmt, das will ich", bestätigte ich und der Reisende nahm meine Worte zum Anlass, um mich mit der linken Hand zu packen und mit der rechten Hand den Mondlichttunnel heraufzubeschwören. Seine roten Flügel brachen durch seinen grauen Anzug. Sie waren weniger beeindruckend als Bens Schwingen und ich konnte nur hoffen, dass sie uns sicher hinübergeleiten würden.

***

Gulliver hatte recht gehabt: Bart war fähig. Und obwohl ich in manchen Momenten dachte, dass er mich gleich fallen lassen würde – so tat er es doch nicht. Stattdessen zischte er mit mir an den scharfkantigen Mondlichtsplittern vorbei, die mir noch größer vorkamen als bei meiner letzten Reise in die andere Welt. Bart war schnell, er musste schon viele Flüchtlinge transportiert haben, denn er flog mit einer Geschwindigkeit und Sicherheit um die Kurven und Windungen des Tunnels, dass mir unendlich schlecht wurde. Die Rotation der scharfen Mondlichtsplitter tat ihr Übriges – und ich musste mich sehr beherrschen, mich nicht gleich in dem Tunnel zu übergeben.

Als wir endlich wieder festen Boden unter den Füßen hatten, war mir noch immer übel. Alles um mich herum drehte sich und Barts Gesicht wirkte verzerrt und hässlich.

„Hat sich doch gelohnt", sagte er grinsend und rieb sich über seine Narbe. „Keine Ahnung, was ihr alle in der anderen Welt finden wollt, aber ich habe dich dort abgesetzt, wo du wolltest. Und ich habe dich nicht fallen gelassen."

„Danke", presste ich hervor und hoffte, dass sich die Welt bald wieder zu drehen aufhören würde. Ich atmete mehrmals tief durch, dachte an meine erste Reise in die andere Welt und daran, dass es jetzt nicht viel besser war.

„Das ist der Krieg", erklärte Bart grummelnd. „Er schwächt die Verbindung zwischen den Welten." Mit diesen Worten verabschiedete er sich und ließ mich in dem verlassenen Park stehen, der sich auf den ersten Blick kaum verändert hatte.

Ich brauchte einige Minuten, bis ich mich aufrichten konnte, und noch immer schwankte meine Umgebung. Doch weiter vorn konnte ich sehen, was ich gehofft hatte. So schnell ich konnte, taumelte ich auf die Parkbank zu, auf der der vollbärtige Begleiter lag, in Lumpen gekleidet. Neben ihm stand Ben und versuchte ihn anscheinend dazu zu bewegen, ihn in die Vergangenheit zu führen.

„Nicht die auch noch", seufzte der alte Mann, als er uns sah. Ben warf mir einen finsteren Blick zu.

„Was willst du hier? Wie bist du hierhergekommen?", fragte er scharf.

„Auf dem gleichen Weg wie du, nehme ich an."

Seine Augen verdunkelten sich und eine undefinierbare Härte legte sich über sein Gesicht. „Lee, das hättest du nicht tun sollen."

„Aber ich habe es getan", entgegnete ich widerspenstig. „Du hast mich allein zurückgelassen."

„Es ist sicherer für dich."

„Das ist wohl meine Entscheidung, Ben", sagte ich

und fühlte, wie ich wütend wurde. „Du kannst nicht immer für mich mitentscheiden. Und auch wenn du es versuchst, ich werde dir folgen, so wie jetzt. Also vergiss es. Ich werde dir immer folgen."

Ich merkte, wie sich seine Züge entspannten. „Du bist also mein Stalker?"

„Nenne es, wie du willst, ich werde nicht von deiner Seite weichen", sagte ich, nahm seine Hand und küsste sie. Ich wusste, dass Ben stark war, aber er musste das hier nicht allein durchstehen.

Ben lächelte knapp und der Begleiter begann zu murren.

„Und ihr seid meine Stalker. Warum lasst ihr mich nicht endlich in Ruhe?"

„Weil wir deine Hilfe brauchen", sagte ich.

„Das ist mir aber so was von egal", murrte der Alte.

„In der Sinnlichen Welt herrscht Krieg", sagte ich. „Warum sieht es in deiner Welt so friedlich aus?"

Der Begleiter richtete sich müde auf. „Das täuscht", knurrte er und ließ seinen Blick über den Park gleiten. „Der Krieg, der hier tobt, ist nicht in diesem Park sichtbar. Andere Mächte sind am Werk und zerstören unsere Gesellschaft. Korruption, Betrug, Unmenschlichkeit – das alles war noch nie so groß wie jetzt. Das Leid ist da, aber keiner will hinsehen, es ist überall." Er schnaubte. „Der Krieg tobt und vergiftet unsere Welt. Leute verlieren ihre Häuser, ihre Jobs, überall herrschen kleine Kriege der Unzufriedenheit, die zu größeren Kriegen führen. Regierungen werden gestürzt und die Kälte zieht in unsere Welt." Er machte eine Pause und holte tief Luft. „Unmenschlichkeit ist die wahre Armut dieser Zeit."

„Die Welten hängen zusammen", versuchte ich ihn zu überzeugen, „sie sind miteinander verbunden. Wenn du uns hilfst, können wir vielleicht der Sinnlichen Welt helfen und dadurch auch deiner Welt."

Der Begleiter lachte hart auf und raufte sich sein graues krauses Haar. „Das glaubst du doch selbst nicht."

„Ich kann nicht glauben", knurrte Ben, „dass du hier über die Unmenschlichkeit philosophierst und selbst nicht einen Deut besser bist."

Der alte Mann schluckte und zögerte einen Moment.

„Du hast recht", sagte er dann und ich war überrascht, dass er darauf einging. Der in Lumpen gekleidete Mann stand auf und betrachtete Ben. „Wenn du unbedingt in deine Vergangenheit willst, dann werde ich dir helfen. Und damit besser sein als der Rest der Welt."

Ben nickte und reichte dem Alten sein Lederarmband, das die Verbindung zu seinem menschlichen Leben darstellte. Der Begleiter nickte zurück und in Windeseile schoss eine riesengroße, fleischige Zunge aus dem Boden, wickelte sich um unsere Körper und zog uns mit sich in die Erde hinab.

Ich konnte diese Art, zu reisen, nicht ausstehen, aber ich war froh, dass uns der Begleiter in Bens Vergangenheit führte. Wir bewegten uns rasant durch die Zeit und als die Zunge fünf Herzschläge später mit uns aus dem Boden brach und wieder verschwand, hatte ich das Gefühl, voller Schleim zu sein. Auch Ben wischte sich die Kleidung sauber. „Das ist noch immer ekelhaft", kommentierte er trocken.

„Ihr wolltet es nicht anders", sagte der Begleiter und grinste. Wir befanden uns in einer riesigen Halle und Ben wusste, was er zu tun hatte. Er musste das richtige Gefühl empfinden.

Und diesmal ging es denkbar einfach, denn es reichte,

dass Ben die klebrige Flüssigkeit durch seine Finger gleiten ließ. Seine Gesichtszeichnung begann zu glimmen, und schon zog es uns den Boden unter den Füßen weg und die vergangene Zeit raste an uns vorbei, sodass ich sie kaum sehen konnte.

Ein Typ mit blasser Haut und tiefblauen Augen betrat die Bühne. Er sah aus, als hätte er die ganze Nacht durchgefeiert. Die Scheinwerfer waren nur auf ihn gerichtet - es war Bens altes Ich, und der Typ gab soeben ein Konzert. Das Kreischen und Johlen in dem Saal schwoll an, als er ans Mikro trat und sich seine Band hinter ihm postierte.

Wir standen seitlich der Bühne und ich ließ meinen Blick über die Halle schweifen, die zum Bersten gefüllt war. Die Luft roch nach Alkohol und Euphorie, eine gefährliche Mischung. Der Sound der E-Gitarre erklang und das Gekreische verebbte langsam.

„Hey", sagte der Typ mit rauer Stimme. „Wir spielen heute einen neuen Song." Er gab seiner Band ein Zeichen und die Musik setzte ein, mit einer fast magischen Kraft. Langsam hob der Typ das Mikro an die Lippen und begann zu singen.

Ohne Flügel geboren – in der Welt verloren
die Vergangenheit bleibt ... aber dich nicht mehr treibt
ohne Sterne die Nacht
die dich dunkel macht
sie lacht dir ins Herz
und du fühlst nur den Schmerz
und du lachst blöd zurück
denkst kleines Drecksstück
du bekommst das nicht mehr

... denn alles ist leer

„Beeindruckend, mein altes Ich – aber wie soll uns das jetzt weiterhelfen?", schrie mir Ben über die Musik hinweg zu und ich zuckte mit den Schultern, während mich die Worte des Sängers tief berührten. War das Zufall, dass er über die Vergangenheit und die Dunkelheit sang?

Am Hals des Sängers erkannte ich das Muttermal, das wie eine Acht aussah. „Ist dies das Zeichen?", fragte ich unseren Begleiter. „Das Zeichen für das Gefühlsgen?"

Der alte Mann nickte. „Gut erkannt."

Mein Gehirn arbeitete auf Hochtouren und ich versuchte Verknüpfungen aus altem und neuem Wissen herzustellen. „Ist es vererbbar?", fragte ich.

Ein tiefes Lächeln breitete sich auf dem Gesicht des alten Mannes aus. „Nicht viele erkennen es", gab er zu.

„Das heißt, meine Mutter, mein Vater – sie sind auch in der Sinnlichen Welt?", wollte Ben wissen.

Der Begleiter schüttelte den Kopf. „Das Gefühlsgen, oder Emoto, wie es früher auch genannt wurde – man weiß recht wenig darüber. Nur, dass es sprunghaft ist – es wird innerhalb der Familie weitergegeben. Du könntest es von deinem Onkel oder deiner Großmutter geerbt haben."

Mein Herzschlag beschleunigte sich und ich straffte die Schultern. „Das bedeutet, dass es Verwandte von mir in der Sinnlichen Welt gibt?", fragte ich und war total geplättet. „Warum sagt einem das keiner?"

„Hat es denn Bedeutung?", stellte der Begleiter die Gegenfrage. „Immerhin beginnst du ein neues Leben in der Sinnlichen Welt", meinte er und stockte. „Es sei denn, du spielst auf die Blutlinie an."

244

AUS DEMSELBEN BLUT ERSCHAFFEN
AUS DEMSELBEN HOLZ GESCHNITZT
GEFORMT, UM FORTZUFÜHREN
WAS DAS ERBE KLAR BESTIMMT

IN DEN KREISEN JENER GEFANGEN
DEREN TOD NICHT ENDLICH IST
VERBUNDEN IN DEM NEUEN LEBEN
VERBUNDEN IN DER NEUEN WELT
EIN TEIL VON IHR
EIN STÜCK VON DIR

LACH AUF MEIN SCHWARZES HERZ
LACH AUF

Kapitel 19

Mir wurde eiskalt. „Die Blutlinie … vom selben Blut", flüsterte ich und starrte Ben an. Seine dunklen Augen weiteten sich für einen Moment, als ihm die Tragweite dessen, was der Begleiter gerade gesagt hatte, bewusst wurde.

„Was weißt du über die Blutlinie?", fragte Ben schroff.

Der Begleiter kratzte sich an dem ungepflegten Bart und zog die Augenbrauen zusammen. „Warum so unfreundlich, Bürschchen? Immerhin hab ich euch hierhergebracht."

Mit einem einzigen Schritt war Ben bei ihm und packte ihn grob an seinen Lumpen. „Ich habe dir eine Frage gestellt", presste er zwischen zusammengebissenen Zähnen hervor.

„Nicht, Ben! Tu das nicht", keuchte ich und legte meine Hand rasch auf seinen angespannten Unterarm. Mit einem abfälligen Schnauben ließ Ben den Begleiter los und trat einen Schritt zurück.

„Sag mal, geht's dir noch gut?", fauchte der bärtige Mann und griff sich an die Kehle. Ich sah, dass seine Hand leicht zitterte.

„Es tut uns leid", versuchte ich ihn zu besänftigen, während sich in meinem Kopf die Gedanken nur so drehten. „Aber das, was du gesagt hast, wirft einige drängende Fragen auf." Das war die Untertreibung des Jahrhunderts. Ich hatte die Szene auf dem Berg Ankriki wieder lebhaft vor Augen, als der Anführer der Totaa auf Ben zugeschritten war und ihm gesagt hatte, dass sie *vom selben Blut* seien. Und dass es eine Verschwendung wäre, Ben zu töten, weil er für seine Ziele noch nützlich sein würde.

Mein Herz krampfte sich bei dem Gedanken zusammen. Was war, wenn ich bislang die Worte des Meisters fehlinterpretiert hatte? Was, wenn der Meister nicht nur behauptet hatte, dass Ben und er vom selben Schlag waren, dass er in Ben nicht nur etwas sah, das ihn an sich selbst erinnerte … Was, wenn Ben und der Schwarze Meister dieselbe Blutlinie teilten? Bedeutete das dann, dass sie in der Menschenwelt miteinander verwandt gewesen waren? Und waren sie jetzt noch immer miteinander verbunden?

„Ihr könnt eure drängenden Fragen jemand anderem stellen", knurrte der Alte und schnippte mit den Fingern, woraufhin wir in der Zeit zurück in die Gegenwart sprangen und uns in dem Park wiederfanden, von wo aus wir gestartet waren. Die Blätter in den Bäumen rauschten sachte im Wind und obwohl es irgendwie paradox war, erhöhte die friedliche Umgebung meine Unruhe.

„Bitte, es ist wirklich sehr wichtig", sagte ich und machte einen Schritt auf den Begleiter zu. „Was weißt du noch über die Blutlinie? Jede Information könnte uns helfen. Es könnte sogar …", ich machte eine kurze Pause, „… kriegsentscheidend sein."

„Versprecht ihr mir, von hier zu verschwinden, wenn ich euch gesagt habe, was ich weiß?", knurrte der Alte und fixierte abwechselnd Ben und mich.

Bens zerrissene Linien begannen schwarz zu funkeln, aber ich griff nach seiner Hand und nickte schnell.

„Und ihr kommt auch nicht mehr wieder?", murrte der Begleiter misstrauisch.

„Das kann ich dir zum jetzigen Zeitpunkt noch nicht

versprechen", erwiderte ich nach kurzem Zögern.

Er schüttelte den Kopf und ließ sich mit einem Stöhnen auf die Bank fallen. „Zumindest bist du ehrlich", brummte er.

„Sagst du uns nun endlich, was wir wissen wollen?", fragte Ben mit kaum verhohlener Aggression. In seinen Augen loderte ein dunkles Feuer und ich drückte beruhigend seine Hand.

„Na schön", murmelte der Alte und bückte sich nach einer halbleeren Weinflasche, die unter der Parkbank stand. „Wie ihr euch sicher denken könnt, bezeichnet die *Blutlinie* in der Sinnlichen Welt die Träger, die schon in der Menschenwelt miteinander verwandt waren."

„Und wie kann man herausfinden, zu welcher Blutlinie man gehört?", wollte Ben angespannt wissen.

„Das weiß ich nicht", entgegnete der Alte.

„Du weißt es nicht?", fauchte Ben und sah aus, als ob er ihm am liebsten gleich wieder an die Gurgel gehen wollte. „Und *dafür* hast du uns das Versprechen abgeluchst, von hier zu verschwinden?"

„Ich kann es euch nicht mit Bestimmtheit sagen", erklärte der Alte eingeschnappt und öffnete den Schraubverschluss seiner Flasche. „Aber es gibt eine Legende, die besagt, dass es Aufzeichnungen über die Blutlinie gibt. Sie sollen zu jener Zeit entstanden sein, als auch die Bücher der Macht geschrieben wurden."

„Was sind das für Aufzeichnungen?", fragte ich.

Der Begleiter zuckte mit den Schultern. „Es soll irgendeine Art von Verzeichnis sein", erklärte er. „Aber vergesst nicht: Es handelt sich dabei nur um eine Legende. Ich weiß nur zufällig davon, weil mir ein geschwätziger Templer in der Sinnlichen Welt einmal davon erzählt hat."

Irgendeine Art von Verzeichnis, wiederholte ich in Gedanken und erinnerte mich, dass das Orakel ebenfalls ein Verzeichnis erwähnt hatte. Das konnte kein Zufall sein.

„Und wo finden wir dieses Verzeichnis?", hakte Ben nach.

Der Alte nahm einen tiefen Schluck von seinem Wein und wischte sich über den Mund. „Daran kann ich mich nicht erinnern."

Ich atmete tief durch und musste mich beherrschen, ruhig zu bleiben. „Bitte versuch es wenigstens. Es ist wirklich wichtig."

„Schon gut, schon gut", murrte er und schraubte die Flasche wieder zu. „Ich glaube, es wurde in irgendeinem Berg versteckt. Aber fragt mich nicht, in welchem. Mehr weiß ich wirklich nicht."

Ich wechselte mit Ben einen raschen Blick. Es war nicht viel, was wir hatten, aber es war zumindest ein Anhaltspunkt.

„Fällt dir sonst noch irgendetwas ein?", fragte ich den alten Mann.

Er schnaubte. „Ja. Und zwar, dass ich ein kleines Schläfchen machen wollte. Also seid so gut und verschwindet endlich."

***

Während der Rückreise in die Sinnliche Welt sagte ich kein Wort. Bens Verletzung war noch nicht verheilt und er brauchte seine ganze Konzentration und Kraft, um uns sicher durch den Mondlichttunnel zu bringen. Ich hing meinen Gedanken nach und versuchte mich dabei so leicht wie möglich zu machen.

Wenn meine Überlegungen stimmten, dann musste das Verzeichnis im weißen Land zu finden sein. Das Orakel hatte von neu entstehenden weißen Sümpfen gesprochen und dass ich sie erkennen würde, wenn es so weit war. Das war nicht viel, dennoch setzte ich meine ganzen Hoffnungen in die Informationen, die wir zusammengetragen hatten.

„Wir sind gleich da", keuchte Ben und zog scharf die Luft ein, als ich bei einer Kurve gegen seine Wunde gedrückt wurde.

„Tut mir leid", hauchte ich und hoffte, dass wir wirklich gleich da waren. Im nächsten Moment erkannte ich vor uns den Ausgang des Tunnels und dahinter eine weite, öde Fläche, auf der vereinzelt blassgraue Büschel Gras wuchsen. Wir hatten das Vertrauensland erreicht. Ben schlug kräftig mit seinen mattschwarzen Flügeln, um unsere Geschwindigkeit zu drosseln, und ich spannte meinen ganzen Körper an. Trotz seiner Anstrengungen war unsere Landung ungewöhnlich hart und mir wurde bei dem Aufprall die Luft aus den Lungen gepresst. Ben rollte sich mit mir über die Schulter ab und ich fühlte, wie er seine Schwingen schützend um mich legte, damit mir nichts passierte. Ein paar Meter entfernt schloss sich der Mondlichttunnel mit einem leisen Knistern und einen Augenblick später lösten sich seine Flügel in schwarzem Rauch auf.

„Alles okay?", fragte Ben und strich mir schwer atmend eine verirrte Haarsträhne aus dem Gesicht. Er lag unter mir auf der von Rissen durchzogenen Erde des weißen Landes und blickte mich besorgt an. Ich nickte und beugte mich etwas vor, um ihn zu küssen.

„Danke, dass du uns sicher zurückgebracht hast", murmelte ich dicht an seinen Lippen und genoss es, seine

Nähe zu fühlen.

„Gern geschehen, Wächterin", antwortete er und mein Herz machte einen Satz bei dem rauen Ton seiner Stimme.

Im selben Moment rollte ein ohrenbetäubender Donner über das Land und ich zuckte zusammen, als nur etwa fünf Meter von uns entfernt die Erde aufbrach. Ein breiter Riss lief durch die ausgetrocknete Ebene und wir beeilten uns, auf die Beine zu kommen.

„Wir müssen hier weg", sagte Ben und griff nach meiner Hand. „Anscheinend ist das Vertrauensland genauso aus dem Gleichgewicht geraten wie das Freudeland."

Ich nickte und richtete meinen Blick auf den Horizont. Ein seltsames weißes Flimmern war im Norden zu sehen und obwohl ich mir nicht sicher war, was es zu bedeuten hatte, sagte mir mein Instinkt, dass wir uns davon fernhalten sollten.

„Dort steht der höchste Berg des Vertrauenslandes", stellte Ben fest und zeigte nach Süden. „Da wir nicht wissen, in welchem Berg wir nach dem Verzeichnis suchen sollen, ist dieser hier wahrscheinlich unser bester Startpunkt." Obwohl wir nicht näher über die Blutlinie gesprochen hatten, war klar, dass Ben die Wahrheit ebenso herausfinden wollte wie ich. Und auch wenn ich die Sorge aus seinen Augen ablesen konnte, war er bemüht, sich nichts anmerken zu lassen. Wir wussten nicht, was wir finden würden – und auch ich hatte ein ungutes Gefühl, das ich zu überspielen versuchte.

„Lass uns schnell aufbrechen", murmelte ich und wandte mich in die angegebene Richtung. „Ich habe das Gefühl, dass sich das Flimmern dort auf uns zubewegt."

Wir schlugen ein straffes Tempo an. Der Donner

grollte weiterhin über das Land und der Wind pfiff eisig über die Ebene. Der Boden unter unseren Füßen veränderte sich kaum. Die Erde sah aus, als hätte sie eine monatelange Trockenperiode hinter sich, und immer wieder krachten breite Risse neben uns durch die Landschaft.

„Ich hätte nie gedacht, das mal zu sagen, aber ich vermisse das ursprüngliche Vertrauensland", bemerkte Ben, nachdem sich einer der Risse im Boden bis zu unseren Füßen ausgedehnt hatte und wir uns eben noch so mit einem gewagten Sprung hatten retten können.

„Ich auch", murmelte ich und beschirmte meine Augen mit der Hand, als die Sonne gleißend aufging. Das Licht brannte auf meiner Netzhaut und ich hoffte, dass wir es bald bis zu dem mächtigen weißen Berg geschafft hatten. Mein Gefühl zog mich in diese Richtung und ich hoffte einfach, dass das ein gutes Zeichen war. Während wir in einem gleichmäßigen Rhythmus über die rissige Erde liefen, dachte ich unablässig über das Verzeichnis nach. Wie gut standen unsere Chancen überhaupt, es zu finden? Und selbst wenn wir es fanden: Würden uns die Informationen darin gefallen?

„Was geht in deinem Kopf vor?", fragte Ben in diesem Moment. Ich warf ihm einen kurzen Seitenblick zu und lächelte schwach. „Ich frage mich, was uns erwartet", erwiderte ich wahrheitsgemäß, denn es hatte keinen Sinn, um den heißen Brei herumzureden. „Wenn es stimmt, dass im Verzeichnis die Blutlinien aufgeführt sind, könnte uns diese Information die wahre Identität des Totaa-Anführers verraten."

„Du glaubst also auch, dass wir eine Blutlinie teilen", sagte Ben. Seine Stimme war emotionslos und sein Gesicht so verschlossen, dass ich nichts darin lesen konnte.

„Ich weiß es nicht", sagte ich hilflos. „Aber selbst wenn, bedeutet das noch gar nichts. Du bist nicht er, Ben. Selbst wenn eure menschlichen Ichs miteinander verwandt waren, trägst du keine Verantwortung für …"

„Schon gut", unterbrach er mich schroff. Dann seufzte er. „Tut mir leid. Das Thema macht mir zu schaffen."

Ich blickte zu ihm auf und griff nach seiner Hand.

„Das verstehe ich", sagte ich leise. Dann richtete ich wieder den Blick nach vorn und versteifte mich.

Ben blieb ebenfalls stehen. „Was hast du?"

Ich kniff die Augen zusammen, um besser sehen zu können.

„Ich weiß noch nicht", erwiderte ich. „Aber da vorn, direkt neben dem Waldstück, da sitzen Leute."

Noch während wir dastanden und auf den Wald mit den gebeugten Mammutbäumen starrten, begann es zu regnen. Die Tropfen, die vom Himmel fielen, waren milchweiß und so schwer, dass sich das Gewicht unserer Kleidung binnen kürzester Zeit verdoppelte.

„Wir müssen unter den Bäumen Schutz suchen", stieß Ben angewidert hervor und zog den Kopf ein. „Das Zeug brennt."

Ich nickte, denn auch ich fühlte, wie sich die Tropfen durch meine Kleidung ätzten, und wir begannen zu rennen. Ich hoffte, dass wir es schafften, die Baumgrenze zu erreichen, ohne mit den Sinnträgern, die verstreut vor dem Wald auf dem Boden saßen, in Kontakt zu kommen. Doch als wir näher kamen, wurde mir klar, dass das nicht funktionieren würde. Es waren einfach zu viele.

Was aus der Ferne nach einer kleinen Gruppe ausgesehen hatte, entpuppte sich beim Näherkommen als Irrtum. Nicht nur vor dem Wald, auch zwischen den Bäumen saßen Vertrauensträger im Schneidersitz auf dem Boden und blickten uns gleichmütig entgegen. Irgendetwas an ihrer Haltung jagte mir einen kalten Schauer über den Rücken und schließlich verstand ich, was es war: Sie benahmen sich alle gleich. Ihre Gesichter spiegelten keine einzige Emotion wider, als sie uns unberührt entgegensahen.

„Was ist denn mit denen los?", murrte Ben, während wir auf die Bäume zurannten, die Schutz vor dem Regen versprachen.

„Ich weiß es nicht", stieß ich keuchend hervor. „Aber ich glaube, wir sollten einen Bogen um sie machen."

Wir hielten unsere Köpfe unten und schlugen Haken, um den seltsamen Sinnträgern nicht zu nahe zu kommen. Obwohl uns jeder einzelne von ihnen ansah, machte keiner Anstalten, aufzustehen. Dennoch ließ meine Unruhe nicht nach, denn in ihren leeren Augen konnte ich das gleiche Flimmern entdecken, das ich auch am Horizont wahrgenommen hatte. Unbewusst warf ich einen Blick über die Schulter. Das weiße Flimmern weit hinter uns war größer geworden.

Was war das? Ein Schneesturm?

„Hier lang", sagte Ben und griff nach meiner Hand. Wir hatten endlich den Schutz der Bäume erreicht und rannten nun durch den Wald. Hier hockten nur noch vereinzelt Sinnträger im Schneidersitz auf dem Boden und blickten uns unberührt nach.

Wir rannten so lange, bis wir die gruseligen Sinnträger weit hinter uns gelassen hatten und uns allein in dem schattigen Wald befanden. Das letzte Mal, als wir in einem Mammutbaumwald des weißen Landes gewesen waren, hatten wir uns durch üppige, hüfthohe Farne schlagen müssen. Jetzt war von diesen Pflanzen nichts mehr übrig. Der Boden war übersät von welkem Laub und die Mammutbäume neigten sich krank und schwach der Erde entgegen. Die wenigen Farne, die noch übrig waren, ließen ihre Blätter hängen und waren der Inbegriff von Siechtum.

„Das Vertrauen stirbt in den Welten", kommentierte Ben unsere Umgebung und ich nickte erschüttert. „Dieser Krieg dauert schon zu lange."

Eine Weile gingen wir schweigend nebeneinander her und ich versuchte die Ereignisse der letzten Stunden zu verarbeiten. Dabei wanderten meine Gedanken auch zu Logan und Kassandra und ich hoffte inständig, dass es ihnen gut ging.

„Was meinst du, ist mit den Sinnträgern geschehen, die wir am Waldrand gesehen haben?", fragte ich ihn irgendwann und blickte mich um. Seit wir in den Wald eingedrungen waren, hatte ich das diffuse Gefühl, verfolgt zu werden. Doch sooft ich mich auch umblickte, hatte ich nie jemanden gesehen. Vielleicht war es das fehlende Vertrauen des Landes, das mir einen Streich spielte.

Ben schüttelte müde den Kopf. An seiner Haltung sah ich, dass er Schmerzen hatte, und ich wünschte, ich hätte irgendetwas, um seine Heilung zu beschleunigen.

„Ich weiß es nicht. Vielleicht war das eine Reaktion auf den Einsatz des Weißen Buches."

„Das dachte ich mir auch schon", murmelte ich und erinnerte mich an die Worte des Orakels. Die Unberührbaren hatten vielleicht genau diese Wirkung auf die Sinnträger: dass sie nichts und niemand mehr berührte.

„Zumindest haben sie nicht aggressiv gewirkt", murmelte ich gedankenverloren, als die Erde spürbar bebte. Im nächsten Moment rumpelte es so stark, dass ich mich am Stamm eines gebeugten Mammutbaumes festhalten musste, um nicht das Gleichgewicht zu verlieren. Gleichzeitig stürzte ein weiterer Stamm krachend hinter uns zu Boden.

Ben beschleunigte seine Schritte. „Wir sollten sehen, dass wir hier rauskommen."

Ich nickte und wir begannen wieder zu rennen.

Ich hatte es so satt, vor dem Land zu flüchten. Zuerst die Blitze im Freudeland, dann der Säureregen hier, gefolgt von Erdbeben und Rissen im Boden … das alles musste ein Ende haben. Völlig außer Atem hetzten Ben und ich aus dem Wald und blickten direkt auf den weißen Berg, in dessen Innerem all unsere Hoffnungen lagen. Wenn sich hier das Verzeichnis der Unberührbaren verbarg, waren wir vielleicht in der Lage, endlich den Anführer der Totaa zu enttarnen. Der Gedanke gab mir Kraft.

„Unglaublich", keuchte Ben und presste die Handfläche gegen seine verheilende Wunde. „Siehst du das?"

Ich blickte auf den Berg und nickte.

Er schmolz. Von Sekunde zu Sekunde wurde er kleiner. Es war, als wäre er aus weißem Zuckerguss gefertigt, der in der Sonne zerschmolz und an den zerklüfteten Felsen herunterlief.

„Wie sollen wir da reinkommen?" Ben stützte die Hände auf den Knien ab und blickte schwer atmend auf den weißen Gesteinshaufen, von dem große Stücke polternd abbrachen und sich zu seinen Füßen in eine weiße, klebrige Masse verwandelten.

Eine weiße, klebrige Masse, die mich verdächtig an einen weißen Sumpf erinnerte.

„Ich weiß es noch nicht", erwiderte ich leise. „Aber ich bin mir sicher, dass wir hier richtig sind."

„Bist du dir wirklich sicher, dass wir hier richtig sind?", rief mir Ben einige Minuten später über das Brüllen und Brechen des weißen Berges hinweg zu.

Wir arbeiteten uns im Zeitlupentempo durch die hüfthohe, zähflüssige Masse, die vor kurzem noch fester Teil des Bergs gewesen war. Jetzt war es aber nur noch geschmolzener Berg, und von der Bergspitze brachen immer wieder große Stücke ab, die knapp neben uns in die blubbernde Substanz fielen.

„Nein", gab ich zu und hasste es, das zu sagen. Ich richtete meinen Blick fest auf den Rest des Berges vor meinen Augen, der mangels Vertrauen in sich zusammenfiel. Er war immer noch imposant und ragte Hunderte von Metern in die Höhe, aber meine Selbstzweifel wuchsen von Minute zu Minute. Ich konnte mir nicht vorstellen, darin das Verzeichnis der Unberührbaren zu finden, konnte mir nicht vorstellen, überhaupt lebend aus dieser Nummer herauszukommen. Mein gelbes Wachsamkeitslicht brannte hell auf meiner Wange, aber es spendete mir keinen Trost. Ich fühlte mich klein und bedeutungslos, ich fühlte mich, als ob die Gesteinsmassen, die sich über mir auftürmten, auf mich niederdrückten und mir zu verstehen gaben, dass wir die Aufgabe, die vor uns lag, nicht bewältigen konnten. Wir würden das Rätsel um Ben nicht lösen können, würden nicht ewig davonlaufen können. Irgendwann würden sie uns erwischen. Entweder ein Kopfgeldjäger oder eine Naturkatastrophe in der Sinnlichen Welt.

Wir waren verloren.

„Es ist ... der umgekehrte Sinn des Landes", presste

Ben hervor und griff nach meinem Arm. „Das Misstrauen … die Trostlosigkeit … wir dürfen uns davon nicht runterziehen lassen."

Bei seinen Worten lachte ich auf. Es war ein verzweifelter Laut, der keinen Funken Humor in sich trug.

„Wir werden doch schon hinuntergezogen, Ben", gab ich zurück. „Sieh nur, wir versinken." Ich wies auf unsere Körper. Inzwischen steckten wir schon beinah bis zur Brust in der weißen Masse fest. Und es sah nicht so aus, als ob wir hier wieder herauskämen. Bis zum Fuß des Berges waren es noch gute zweihundert Schritte. Doch momentan fühlte ich mich nicht mal in der Lage, einen einzigen zu setzen.

„Wir werden nicht versinken", widersprach Ben energisch und griff nach meiner Schulter. Matt wandte ich ihm den Kopf zu. Ich wollte kämpfen, aber der umgekehrte Sinn des Landes war in diesem Moment stärker als ich.

„Du musst deine Kriegsfähigkeit einsetzen", keuchte er, während der weiße Sumpf seine klebrigen Finger nach uns ausstreckte und uns immer weiter hinunterzerrte. Ich starrte ihn an. Wieso war ich nicht schon auf diese Idee gekommen? Lag es an dem Misstrauen des Landes?

Es war, als hätte meine Kriegsfähigkeit nur darauf gewartet, dass ich sie rief. Innerhalb eines Herzschlags fühlte ich die flüssige Hitze durch meine Adern rauschen. Ich konzentrierte meinen Willen auf den Fels vor mir und stellte mir vor, wie ein Stück des Gesteins abbrach und in unsere Richtung flog. Leider passierte gar nichts.

„Du solltest dir nicht mehr allzu lange Zeit lassen, Lee", raunte Ben, der den Blick nach oben gerichtet hielt. Ich sah ebenfalls hinauf und sah, wie sich eine gewaltige Gesteinsmasse in diesem Moment verflüssigte und über die Berghänge nach unten walzte. Wenn ich nichts unternahm, würde uns die klebrige Lawine einfach überrollen. Adrenalin schoss durch mich hindurch und drängte jeden störenden Gedanken zur Seite. Ich konzentrierte mich einzig und allein auf den Felsbrocken von vorhin, der groß genug war, um Ben und mir Platz zu bieten. Mit all meiner mentalen Kraft befahl ich ihm, zu uns zu kommen.

Ein gewaltiges Bersten und Krachen ertönte, als sich der Stein widerwillig aus dem Berg löste und langsam auf uns zubewegte. Er war unglaublich schwer zu kontrollieren und ich war selbst erschrocken über die Größe des Felsens, aber ich wusste, dass Selbstzweifel in diesem Moment tödlich waren, deshalb schob ich sie entschieden zur Seite. Und der Felsen kam immer näher geflogen.

Als er uns endlich erreicht hatte und bis zur Hälfte in den weißen Sumpf eintauchte, war ich von der mentalen Kraftanstrengung so erschöpft, dass ich es kaum schaffte, hinaufzuklettern. Ben zog sich mit einer geschmeidigen Bewegung in die Höhe und holte mich dann binnen eines Herzschlags aus dem Sumpf. Keuchend brach ich auf dem weißen Felsen zusammen und erlaubte mir, ein paar Mal durchzuatmen, bevor ich meine Kriegsfähigkeit einsetzte, um den Felsen zurück zum Berg zu steuern. Es war noch schwieriger als zuvor und als ich dachte, jeden Moment vor Erschöpfung ohnmächtig zu werden, waren wir endlich an einem der zahlreichen Höhleneingänge angekommen.

***

Ich kam von einer schaukelnden Bewegung zu mir. Meine Glieder waren schwer wie Blei und mein Ohr lag auf einer muskulösen Brust. Der kräftige Herzschlag hatte einen beruhigenden Rhythmus und die starken Arme, die mich trugen, ließen mich sicher und beschützt fühlen. Ich schlug die Augen auf und blickte in Bens Gesicht, der mit gehetztem Blick durch einen weißen Tunnel hastete. Sofort waren die angenehmen Gefühle wie weggeblasen und ich berührte seine kratzige Wange.

„Ben", krächzte ich. „Lass mich runter."

Er schüttelte den Kopf. „Du musst dich ausruhen. Ich habe zu viel von dir verlangt."

„Blödsinn", widersprach ich. „Wir wären beide gestorben, wenn ich meine Fähigkeit nicht eingesetzt hätte."

Ben bog unbeirrt um eine Ecke und stoppte abrupt vor einer durchsichtigen Fläche, die von Eiskristallen überzogen war. Sie füllte den ganzen Tunnel aus und auf ihr stand:

Bist du würdig?

„Was ist das?", flüsterte ich und wand mich so unruhig in seinen Armen, bis er mich endlich runterließ.

„Eine Barriere", gab Ben bitter zurück. „Es gibt keinen anderen Weg hinein. Ich komme immer wieder zu diesem Tunnel."

Ein ohrenbetäubendes Krachen von draußen ließ mich zusammenfahren. Es hörte sich an, als ob der Berg kurz davor stand, komplett zusammenzubrechen.

„Wie ist das gemeint, ob wir würdig sind?", fragte ich und trat an die Eisfläche heran. Unter der Frage war noch eine Zeile eingeritzt und ich musste mich anstrengen, die Buchstaben entziffern zu können.

Tugend 1: Geduld, stand da.

„Es sieht so aus, als müssten wir hier warten, um hindurchgelassen zu werden", sprach ich meine Gedanken laut aus. Im selben Moment brach hinter uns ein Stück vom Tunnel ein.

„Dafür haben wir keine Zeit", gab Ben gepresst zurück. Ich wusste, dass er recht hatte. Wir mussten etwas unternehmen, und zwar schnell. Natürlich konnten wir auch wieder aus dem Tunnel hinauslaufen und ins Freie gelangen, aber dafür waren wir beide nicht bereit. Wir wollten das Verzeichnis und Klarheit.

„Ich versuche die Barriere mit Gewalt allein zu durchbrechen. Wenn es eine Falle ist, werde hoffentlich nur ich getroffen", erklärte Ben entschlossen.

„Nein!", widersprach ich heftig. „Das wirst du nicht tun!"

„Und was schlägst du vor? Willst du etwa, dass es uns beide erwischt, falls die Barriere mit einer magischen Sicherung versehen ist und mich wieder zurückschleudert? Oder Schlimmeres tut?", knurrte er wütend.

Ich wusste, dass die Sorge aus ihm sprach, und griff nach seiner Hand.

„Ben, wie oft soll ich es dir denn noch erklären … du wirst mich nicht los. Und ich werde nicht dabei zusehen, wie du allein da durchspringst."

Unsere Hände fanden sich und ich schloss meine Finger fest um seine.

„Bereit?", fragte ich dann.

Er blickte mich resigniert an und nickte.

„Bereit, Wächterin."

Hinter uns krachte erneut ein Tunnelabschnitt zusammen und ich blickte kurz zurück. Ben hatte recht: Wir hatten keine Zeit für Geduld. Mit klopfendem Herzen ging ich ein paar Schritte zurück, um Anlauf zu nehmen. Dann nickte ich Ben zu und brach gemeinsam mit ihm durch die Barriere.

Kapitel 20

Die Eisfläche zerbrach erstaunlich leicht und während wir noch durch die hauchdünnen Splitter liefen, dachte ich, dass es wahrscheinlich auch ausgereicht hätte, mit dem Finger sanft dagegen zu tippen. Dahinter befand sich ein weiterer weißer Tunnel, und noch während wir hineinrannten, hatte ich bereits das untrügliche Gefühl, in eine Falle zu tappen.

Bens Griff um meine Hand wurde fester und mein Herzschlag beschleunigte sich, als mir bewusst wurde, dass er das Gleiche dachte. Im nächsten Moment setzte ein ohrenbetäubendes Heulen ein und wischte jeden Gedanken fort. Das Geräusch war so laut, dass ich glaubte, meine Trommelfelle müssten jeden Moment platzen. Gleichzeitig entflammte die Tunneldecke in einem gleißend orangefarbenen Feuer und ich keuchte auf, als ich nach oben blickte. Tausende brennende Eisspeere richteten sich auf uns.

Wir würden sterben.

„Lauf!", brüllte Ben und obwohl ich eigentlich nicht glaubte, dass wir vor dem brennenden Eis davonrennen konnten, reagierte mein Körper schon. Meine Wachsamkeit überschwemmte mich von Kopf bis Fuß und mein Überlebensinstinkt trieb mich vorwärts. Wir rannten so schnell durch den Tunnel, dass ich das Gefühl hatte, zu fliegen, und im nächsten Augenblick wurden die Eisspeere auf uns abgeschossen. Mein Sinn durchflutete mich mit einer elementaren Kraft und es schien, als würde sich die Zeit verlangsamen. Ich blickte nach oben und sah die brennenden Eisspitzen Millimeter für Millimeter auf uns zukommen, spürte meinen eigenen Herzschlag mit einem gewaltigen Dröhnen gegen meinen Brustkorb krachen und wusste, dass ich etwas unternehmen musste.

Meine Kriegsfähigkeit, die mich vorhin an meine Grenzen gebracht hatte, erwachte erneut und flutete durch mich hindurch. Ich hatte mich noch nie auf so viele einzelne Teile zugleich konzentrieren müssen und wusste nicht, ob ich es schaffen würde. Verzweifelt versuchte ich, alle brennenden Eisspeere in meinem Blickfeld zu kontrollieren, doch obwohl mich mein Sinn dabei unterstützte, waren es einfach zu viele. Ich fühlte, wie mir die Kontrolle entglitt, und hörte Ben neben mir brüllen, als ihn eines der brennenden Geschosse streifte. Sein Gesicht zeigte enormen Schmerz und die Angst um ihn wirkte wie ein Katalysator.

Ich musste etwas unternehmen. Statt jede einzelne Eisspitze kontrollieren zu wollen, verwendete ich meine Konzentration darauf, nur jene Speere umzulenken, die uns zu nahe kamen.

Es war ein furchterregender Anblick, durch einen Tunnel zu rennen, von dessen Decke brennende Geschosse auf uns niederregneten, aber in meinem Herzen war kein Platz für Angst. Ich brauchte all meine Wachsamkeit für die Aufgabe und mein Sinn durchfloss mich wie eine warme, energetisierende Kraft. Und dann hörte der Beschuss von einer Sekunde auf die andere auf. Wir kamen schlitternd zum Stehen und ich stützte meine Hände auf meinen Oberschenkeln ab, während ich nach Atem rang, ohne die Tunneldecke aus den Augen zu lassen.

„Ich liebe deine Fähigkeit", stieß Ben keuchend hervor.

Ich nickte abgelenkt, weil ich in diesem Moment eine

neue Barriere aus Eis am Ende des Tunnels entdeckte.

Ben folgte meinem Blick und atmete genervt aus.

„Großartig", murrte er.

„Immerhin", meinte ich, während ich mich wieder aufrichtete, „scheinen wir auf dem richtigen Weg zu sein."

„Zweckoptimismus – ist das deine neue Strategie, mit unserer beschissenen Lage umzugehen?", entgegnete er trocken.

Ich musste lächeln und richtete meinen Blick auf seine Schulter, wo ihn einer der brennenden Eisspeere getroffen hatte. Der schwarze Stoff seines Anzugs war völlig verkohlt und seine Haut darunter sah gerötet aus.

„Tut es sehr weh?", fragte ich leise.

„Dein Zweckoptimismus? Ist auszuhalten", entgegnete er grinsend.

Ich verdrehte die Augen und wandte mich der neuen Barriere zu. Wie schon auf der ersten prangte in der Mitte der Schriftzug: *Bist du würdig?*

Und darunter: *Tugend 2: Gleichmut.*

„Gleichmut", wiederholte ich stirnrunzelnd, während hinter uns ein lautes Krachen ertönte und ein Teil des Tunnels herunterbrach.

„Ich schätze, wir haben keine Zeit, über die Bedeutung des Wortes zu grübeln", knurrte Ben und winkelte den Arm seiner unverletzten Schulter an. Dann stieß er mit dem Ellbogen einmal fest gegen die weiße Barriere und die Eiskristalle fielen klirrend in sich zusammen.

Dahinter erwartete uns ein ähnlicher Tunnelabschnitt wie der, durch den wir eben gekommen waren. Nur dass dieser hier von schimmernden quadratischen Bodenplatten bedeckt war. Jede Bodenplatte war so groß, dass man bequem seinen Fuß daraufsetzen konnte, und leuchtete sanft in einer der acht Sinnesfarben. Es waren unglaublich viele Steine, die gemeinsam einen bunten Bodenteppich bildeten.

Ich ließ meinen Blick durch den breiten Tunnel gleiten. Die nächste Barriere war nur etwa fünfzig Schritte entfernt und leuchtete uns in einem gleißenden Weiß entgegen.

„Hab ich schon mal erwähnt, dass ich magische Prüfungen hasse?", knurrte Ben und strich sich seine dunklen Haare aus der Stirn.

„Wenn wir erst verstanden haben, nach welchem System die Bodenplatten funktionieren, ist es wahrscheinlich ganz simpel", sagte ich und versuchte das Rätsel mit Logik zu lösen.

„Dafür haben wir keine Zeit", widersprach Ben. „Der gesamte Berg bricht Stück für Stück auseinander, wir sollten es einfach mal ausprobieren."

Ich schüttelte den Kopf. „Du willst hier vollkommen ohne Plan reinmarschieren? Was ist, wenn du damit eine neue Falle auslöst?"

Ben sah mich herausfordernd an. „Hast du etwa Angst?"

„Nein, aber ich finde, wir sollten …"

„… es einfach mal ausprobieren", unterbrach er mich und machte Anstalten, auf irgendeine der Bodenplatten zu steigen.

„Halt!", schrie ich und riss ihn zurück. „Sag mal, bist du lebensmüde?!", herrschte ich ihn an.

Er schnaubte und schüttelte den Kopf. „Und wie sieht dein Plan aus, Wächterin? Hier stehen und darauf warten, dass der verdammte Berg über uns einstürzt?"

„Ich würde jedenfalls nicht blindlings drauflos rennen,

wenn ein falscher Schritt eine tödliche Falle auslösen könnte."

„Exakt: *könnte*. Wir wissen nicht, was passiert. Und wir werden es auch nie erfahren, wenn wir uns nicht bewegen." Mit diesen Worten machte er einen großen Schritt nach vorn und setzte seinen Fuß auf eine Bodenplatte vor sich, die einen schwarzen Schimmer aufwies.

„Nein!", rief ich, als er schon mit beiden Beinen auf der quadratischen Fläche stand.

„Was?", fragte er herausfordernd und grinste. „Gib es zu: Ich hatte recht."

„Du hattest nur Glück."

Er schüttelte den Kopf. „Ich habe die Situation richtig eingeschätzt."

„Du hättest draufgehen können", fauchte ich.

„Hätte", wiederholte Ben stoisch und verschränkte die Arme vor der Brust.

Ich starrte ihn an und hätte ihm liebend gern den arroganten Ausdruck aus seinem Gesicht gewischt.

„Na, was ist jetzt?", fragte Ben. „Kommst du?"

Wütend wandte ich den Blick auf den Boden vor meinen Füßen und sah eine gelb schimmernde Bodenplatte nur zwei Quadrate entfernt. Ben war auf die schwarze Platte gestiegen; vielleicht durfte jeder nur die Flächen in seiner eigenen Sinnesfarbe berühren? Oder war das ein Trugschluss und Bens Erfolg war wirklich nur Glück gewesen?

„Dauert das noch lange?", fragte er und zog eine Augenbraue hoch. Seine Worte wurden von einem leichten Beben des Berges begleitet und weil ich es satthatte, dass er mich so selbstgefällig ansah, machte ich einen großen Schritt nach vorn und stieg mit hämmerndem Herzen auf die gelbe Bodenplatte.

„Na also. Geht doch", kommentierte er herablassend und ich fühlte, wie ich immer zorniger wurde.

„Geht doch?", wiederholte ich ungläubig. „Nur weil wir beide ein Mal Glück hatten, heißt das noch lange nicht, dass das so bleiben wird."

Er grinste. „Und so schnell ist er dahin, der Zweckoptimismus." Mit diesen Worten machte er einen weiteren Schritt, diesmal nach rechts, wo noch eine schwarze Bodenplatte schimmerte.

Kaum hatte er mit dem Fuß das Quadrat berührt, zerbrach die Platte unter seinem Gewicht und riss alle vier angrenzenden Bodenplatten rundherum mit sich in die Tiefe.

„Ben!", schrie ich und fühlte, wie mein Herz einen Schlag aussetzte, als er sich mit einem Satz gerade noch rechtzeitig auf eine andere Bodenplatte in Sicherheit brachte.

„Verdammt!", herrschte ich ihn nach einem Augenblick an. „Du hättest draufgehen können!"

„Hätte", wiederholte er keuchend und ich wollte am liebsten schreien vor Wut.

„Du verdammter Idiot!", stieß ich hervor.

Seine Lippen verzogen sich zu einem spöttischen Grinsen. „Sieht so dein Gleichmut aus?", ätzte er herausfordernd.

Ohne auf die Gefahr der Bodenplatte zu achten, machte ich zwei schnelle Schritte auf ihn zu und ging das Risiko ein, in die Tiefe zu stürzen, aber es war mir in dem Moment einfach egal. „Besser so?", fauchte ich.

„Verdammt, Lee!", entfuhr es ihm. „So hab ich das nicht gemeint."

„Ach nein?"

„Nein! Und das weißt du auch."

„Ehrlich? Ich dachte, du weißt hier alles besser."

Er kniff die Augen zusammen. „Dafür musst du offenbar immer das letzte Wort haben."

Ich holte tief Luft, um etwas zu erwidern, als der Tunnelboden wieder bedrohlich bebte. Meine Gesichtszeichnung strahlte auf und in dem Moment fiel es mir wie Schuppen von den Augen.

Gleichmut. Deswegen waren die Steine soeben nicht eingebrochen. Es war mir für einen Moment egal gewesen und ich hatte für einen kurzen Augenblick Gleichmut empfunden.

Nur war das, was Ben und ich jetzt hier machten, nicht besonders dienlich. Wir stritten wie die kleinen Kinder und wenn wir so weitermachten, würden wir noch mitsamt dem ganzen Tunnel in die Tiefe stürzen. Vielleicht war das auch die Schutzmagie des Tunnels.

„Wir müssen …", setzte ich an und er schnaubte kopfschüttelnd.

„Ich sagte doch, du musst immer das letzte Wort …"

Um ihn endlich zum Schweigen zu bringen, zog ich seinen Kopf zu mir herunter und presste meine Lippen auf seine. Er wirkte für einen Moment überrascht, doch im nächsten zog er mich mit einem leisen Knurren an sich, das mir direkt in den Magen fuhr. Mein ganzer Körper kribbelte und die Wut von vorhin verwandelte sich in pure Leidenschaft. Ich fühlte seine Hände in meinen Haaren und auf meinen Hüften, sie schienen irgendwie überall gleichzeitig zu sein, und dann bebte der Berg so stark, dass wir keuchend voneinander abließen.

„So kannst du meinetwegen jeden Streit beenden", murmelte er mit kratziger Stimme und grinste mich an.

„Das muss ein Zauber des Tunnelabschnitts sein",

erwiderte ich noch immer atemlos. „Seit wir die Barriere durchbrochen haben, haben wir uns nur in den Haaren gelegen. Um die richtigen Bodenplatten zu finden, benötigen wir aber Gleichmut, da bin ich mir sicher."

„Okay." Er nickte und betrachtete mich eindringlich. „Und empfindest du schon Gleichmut?"

Mein Herz schlug von dem Kuss noch immer schneller und ich atmete ein paar Mal tief durch. „Gib mir noch einen Moment."

„Wenn es hilft, wenn ich dich noch mal küsse …"

„Ich glaube, es würde helfen, wenn du die Klappe hältst."

Er lächelte übers ganze Gesicht und sagte nichts mehr.

Ich schloss die Augen und versuchte mich auf den Fluss meines Atems zu konzentrieren. Nach ein paar Sekunden war ich schon deutlich ruhiger und mit weiterhin geschlossenen Augen hob ich meinen rechten Fuß und ließ ihn über der nächsten Bodenplatte schweben. Ein angenehm warmes, bestärkendes Gefühl erfasste mich und ich setzte meine Zehen auf der Platte auf. Erleichtert atmete ich aus, als sie stabil blieb. Die nächste Platte strahlte eine gewisse Kälte aus und ich wählte stattdessen eine andere, die wieder das warme Kribbeln bei mir erzeugte. Auf diese Weise bewältigten Ben und ich in Kürze den gesamten Tunnelabschnitt und standen dann vor der dritten Barriere:

Bist du würdig?
Tugend 3: Weisheit.

„Dann wollen wir mal sehen, ob wir weise sind", sagte Ben und ließ die Barriere mit seinem Ellbogen zersplittern.

Angespannt traten wir in den nächsten Tunnelabschnitt. Das Weiß war hier noch gleißender und ich musste für einen Moment die Augen schließen, weil es mich so blendete. Kaum hatten wir die Schwelle übertreten, rumpelte es wieder im ganzen Berg und die Erschütterung war so stark, dass ich mich an der Wand abstützen musste, um nicht das Gleichgewicht zu verlieren. Nur Sekunden später hörte ich ein ohrenbetäubendes Krachen im Berg, das klang, als wären gleich mehrere Tunnel zusammengestürzt. Ich warf einen gehetzten Blick zurück und wusste, dass wir nicht mehr viel Zeit hatten, um die nächste Aufgabe zu lösen.

„Hast du eigentlich schon einen Plan, wie wir hier wieder rauskommen, sobald wir das Verzeichnis gefunden haben?", fragte Ben und der gelassene Ton in seiner Stimme täuschte nicht darüber hinweg, dass wir tatsächlich ein Problem hatten, wenn der Berg weiter in dieser Geschwindigkeit schrumpfte.

„Wenn es so weit ist, werden wir schon einen Weg finden", gab ich mit bemühter Zuversicht zurück.

Er nickte. „Also wie immer."

„Genau", antwortete ich lächelnd und ging durch den Tunnel bis an sein Ende. Dort befand sich eine weitere Barriere und davor standen auf einem hüfthohen Eisblock drei Gläser aus Kristall. Sie unterschieden sich weder in Form noch Größe und waren alle drei mit einer milchweißen Flüssigkeit gefüllt.

„Und *das* sollen wir jetzt trinken?", meinte Ben angewidert und betrachtete die Trinkgefäße skeptisch.

Ich ließ meine Augen über die Barriere schweifen. Darin war in einer verschnörkelten Schrift folgender Spruch eingraviert worden:

Um deine Würdigkeit zu beweisen
Nimm an die Gaben der Unberührbaren
trink aus den unberührbaren Kelchen

„Also sollen wir aus allen drei Gläsern trinken?", fragte Ben stirnrunzelnd. „Oder meinst du, zwei von denen sind vergiftet?"

Ich las die Inschrift ein zweites Mal und schüttelte den Kopf. „Von dem, was hier steht, lässt nichts auf ein Gift schließen."

„Heißt das, du lässt mir den Vortritt?", meinte er herausfordernd und streckte die Hand nach dem mittleren Glas aus.

„Halt!", rief ich und legte rasch meine Finger auf seinen Arm. „Nicht!"

„Also nicht der mittlere? Welcher Kelch ist es dann? Links wie Lee?"

„Ich glaube nicht, dass es darum geht, aus welchem Kelch wir trinken. Ich glaube, es geht darum, dass wir sie nicht *berühren* dürfen", erwiderte ich. Ein schauerliches Krachen von der Spitze des Berges erklang und ich warf einen sorgenvollen Blick nach oben.

„Wie meinst du das, wir dürfen die Kelche nicht berühren? Gar nicht?", hakte Ben zweifelnd nach.

Ich nickte. „Hier steht doch: die *unberührbaren* Kelche. Da es sonst keinen Hinweis auf ein Rätsel gibt, muss es darum gehen. Wir dürfen die Gläser nicht anfassen."

„Und wie willst du dann daraus trinken?", fragte Ben. „Ich werde sicher nicht wie ein Hund meine Zunge eintauchen."

Bei der Vorstellung musste ich grinsen. In diesem Moment rumpelte es wieder und die ersten Steine fielen von der Decke auf uns nieder.

„Dieser Berg stürzt auch immer schneller ein", knurrte Ben. Ich nickte angespannt und spürte meine Kriegsfähigkeit, die durch die latente Gefahr ständig aktiv war. Rasch bündelte ich meine mentale Kraft und richtete sie auf die Flüssigkeit in den Kelchen. Dann ließ ich sie wie bei einem Springbrunnen in die Höhe steigen und sah Ben an. „Mund auf."

Seine zerrissene Zeichnung entfachte sich in tiefstem Schwarz. „Dein Ernst?"

Ich nickte und als er angewidert den Mund öffnete, ließ ich etwas von der milchigen Flüssigkeit hineinspritzen. Im selben Augenblick zersplitterte die Barriere hinter dem Eisblock mit den Kristallgläsern und mir stockte der Atem.

Kapitel 21

Eine riesenhafte weiße Gestalt stand hinter der Barriere und blickte uns reglos entgegen. Die Augen erinnerten mich an poliertes Eis und der Körper sah aus, als würde er aus zusammengepresstem Schnee bestehen. Selbst die Kleidung des riesigen weißen Wächters war aus Schnee gemacht und ein eisiger Hauch ging von ihm aus.

Ben schob sich etwas vor mich und ich bildete mir ein, ein verärgertes Funkeln in den eisigen Augen der Kreatur zu erkennen, und hielt mich bereit, falls ich meine Kriegsfähigkeit zum Einsatz bringen musste.

„Wir sind auf der Suche nach Antworten", sagte ich und beobachtete genau die Reaktion des Schneewächters. „Uns wurde gesagt, wir würden sie im Verzeichnis der Unberührbaren finden."

Die weiße Gestalt wandte mir ihr Gesicht zu. Ich schluckte und versuchte mich von seiner beeindruckenden Größe – der Schneewächter war über drei Meter hoch – nicht verunsichern zu lassen.

„Du suchst Antworten", wiederholte das Schneewesen mit tiefer, grollender Stimme, die mich an einen Lawinenabgang erinnerte. Gleichzeitig lief eine neue Erschütterung durch den Berg und ich nickte rasch. „Wir beide suchen Antworten. Lässt du uns vorbei?"

Er schüttelte den Kopf.

„Großartig", murrte Ben und warf einen kurzen Blick zurück, als der Tunnel hinter uns Stück für Stück einbrach. „Dafür haben wir jetzt keine Zeit." Er fixierte den Schneewächter mit seinen dunklen Augen und ich sah die Konzentration auf seinem Gesicht. Auch ohne darüber gesprochen zu haben, war mir klar, dass Ben versuchte, seine Kriegsfähigkeit bei dem Wesen einzusetzen.

Doch war das überhaupt möglich? Oder reagierten nur Träger aus Fleisch und Blut auf Bens Fähigkeit?

Mit jeder Sekunde in der Nähe dieses Wächters war es immer kälter und kälter geworden und ich hoffte, dass Bens Plan funktionierte.

„Hier", sagte das Schneewesen in diesem Augenblick und hielt uns die ausgestreckte Handinnenfläche hin. Dann pustete es und ein eisiger Wind erfüllte die Höhle. Ich sah, wie ein Teil des Schnees von seiner Hand aufgewirbelt wurde und sich vor unseren Augen zu einer Wolke zusammenballte, in deren Innerem es sanft leuchtete.

„Was ist das?", fragte ich und kam trotz der Kälte näher.

„Tritt ein, dann weißt du es und erfährst deine Antworten", erklärte das Wesen ruhig. Er machte eine einladende Handbewegung und dann wirbelte der Schnee um mich herum. Ich fühlte mich, als ob ich in die eisige Wolke hineingezogen würde, und blickte mich mit großen Augen um. Rund um mich herum war alles weiß und es war so kalt, dass meine Glieder taub wurden. In diesem Moment spürte ich einen stechenden Schmerz in meinem Finger und hob erschrocken die Hand. Ein weißer Eiskristall hatte sich in meine Haut gebohrt und ließ einen einzelnen roten Blutstropfen hervorquellen, der einen starken Kontrast zu dem ganzen Weiß bildete.

„Betrachte nun deine Blutlinie", sagte das Wesen und der Blutstropfen löste sich von meinem Finger. Er färbte die wirbelnden Schneeflocken rund um mich tiefrot und die Farbe breitete sich bedrohlich aus. „Vor dir erscheinen jene Sinnträger, die mit dir in der anderen Welt verbunden waren und auch in dieser Welt mit dir verbunden sind. Sieh hin."

Der rote Schnee wirbelte immer schneller und schneller um mich herum und formte acht schemenhafte Gestalten, die im Kreis um mich herumstanden. Ich befand mich direkt in der Mitte des Schneegestöbers und richtete meinen Blick auf die erste Person. Als ich sie ansah, schmolz der rote Schnee und ich erkannte mich selbst, in meiner jetzigen Gestalt. Die Lee vor mir hatte anscheinend kein Bewusstsein, denn sie starrte ausdruckslos ins Leere. Daneben schmolz der rote Schnee einer weiteren Person und ich sah eine ältere Sinnträgerin, die über die schmalen Gläser ihrer Brille hinweg reglos in das Schneegestöber blickte. Sie hatte graue Haare, die sie zu einem strengen Knoten zusammengebunden hatte, und ich zog scharf die Luft ein, als mir klar wurde, wen ich vor mir hatte.

„Victoria?", keuchte ich. „Victoria ist mit mir verwandt?"

„In der anderen Welt war sie deine Großmutter", erwiderte das Wesen mit seiner rumpelnden Stimme. Da ich mich noch immer im Zentrum des Schneegestöbers befand, konnte ich den Schneewächter nicht sehen, jedoch hören. Ungläubig drehte ich mich im Kreis und sah weitere Sinnträger und Sinnträgerinnen, die mir jedoch nicht bekannt vorkamen. Sie alle gehörten zu meiner Blutlinie und waren in der Menschenwelt meine Vorfahren gewesen. In dem Moment wurde mir bewusst, dass ich wertvolle Zeit verschwendete.

„Wir suchen aber nach Antworten für Ben", sagte ich schnell und zog mich aus dem Schneegestöber zurück.

„Es geht um seine Blutlinie."

„Er soll vortreten", sagte der Wächter.

Ben machte einen Schritt auf das Wesen zu und mir wurde klar, dass das Verzeichnis kein Schriftstück war, wie ich ursprünglich angenommen hatte. Das Wesen selbst war das Verzeichnis, welches die Unberührbaren erschaffen hatten.

„Begib dich in den Schnee, um zu sehen", sagte der Hüter des Verzeichnisses. Ben trat angespannt in die wirbelnden Flocken hinein und ich sah, wie sich der Schnee um ihn herum blutrot färbte und acht rote Gestalten um ihn herum materialisierten.

„Das ist deine Blutlinie", sagte das Wesen. Ich umrundete das Schneegestöber und versuchte trotz der eingeschränkten Sicht die Sinnträger zu erkennen. Es waren sieben Männer und eine Frau. Bei einem Träger, der mir vage bekannt vorkam, blieb ich stehen. Er hatte einen schlaksigen Körperbau, rote Haare und trug eine violette Zeichnung im Gesicht. Irgendwo hatte ich ihn schon mal gesehen, aber ich wusste nicht mehr, wo.

„Wer ist das?", fragte ich den Hüter des Verzeichnisses.

„Das ist Tom", erwiderte das Wesen mit ruhiger Stimme.

Tom. Der Name brachte in mir etwas zum Klingen. Victoria hatte einen Tom erwähnt. Er hatte ihr geholfen, an das Violette Buch der Macht zu gelangen und damit den Zweiten Sinnlichen Krieg zu beenden. Und auch Alfonsus hatte den Namen fallen lassen, als Ben und ich im Magischen Museum für Sinnliche Geschichte eine Kriegsszene auf einem Wandgemälde betrachtet hatten. Ich fixierte den schmalen, rothaarigen Träger. Konnte er der Schwarze Meister sein?

„Ist er noch am Leben?", fragte Ben und seine Stimme

klang voller Hass.

„Er lebt noch", erwiderte der Hüter des Verzeichnisses. Im selben Moment lief ein Zittern durch den Berg und ein Teil der Höhle stürzte dröhnend in sich zusammen. Die Schneeflocken rund um Ben wirbelten in die Höhe und verteilten sich im Raum.

„Und das war alles?", brüllte Ben. „Mehr kannst du mir nicht zeigen?"

„Mein Aufenthalt in dieser Stätte neigt sich ihrem Ende zu", sagte der Hüter des Verzeichnisses. „Was wünschst du denn noch zu wissen?"

„Was ist mit den anderen Trägern aus meiner Blutlinie?"

„Ich habe sie dir gezeigt", beharrte das Wesen. „Wünschst du etwas über ihre Vergangenheit zu erfahren?"

„Ja, verdammt!", schrie Ben und der blutrote Schnee senkte sich wieder über ihn und begann um ihn herum zu tanzen. Währenddessen bebte und zitterte der Berg immer stärker. Sorgenvoll wandte ich meinen Blick zur Decke. Kopfgroße Felsbrocken lösten sich aus dem Gestein und prasselten auf uns nieder.

„Hier siehst du Harmonia, sie war deine Urgroßtante in der Menschenwelt", deklamierte der Hüter des Verzeichnisses. „Sie hatte die gleiche Kriegsfähigkeit wie du und tötete damit unbeabsichtigt ihren Seelenverbundenen in dieser Welt, woraufhin sie sich selbst das Leben nahm. Rechts von ihr steht Theodor, er war dein Cousin dritten Grades in der anderen Welt. Er war ein berühmter Magiebegabter und großer Erfinder. Seine Seelenverbundene starb durch eine magische Explosion in seinem Laboratorium."

Ben keuchte auf und ich griff in den Schneesturm

hinein und packte seinen Arm.

„Ben", drängte ich. „Wir müssen von hier verschwinden! Hier stürzt gleich alles ein!"

„Kamadriel", fuhr der Hüter des Verzeichnisses fort. „Er war ein unbeherrschter Charakter und tötete seine Seelenverbundene im Zorn, weil er ihr Untreue vorwarf."

„Was ist mit diesem Tom?", presste Ben hervor.

„Über die Lebenden gebe ich keine Auskunft", erwiderte das Wesen und explodierte im nächsten Moment in einer riesigen Wolke aus feinem weißen Pulver, als ein Felsen direkt auf ihn niederstürzte. Die tanzenden Schneeflocken schwebten zu Boden und ich sah zum ersten Mal seit einigen Minuten wieder Bens Gesicht.

Er starrte mich an, als würde er mich zum ersten Mal sehen. „Du musst dich von mir fernhalten", flüsterte er.

„Bevor ich mich von dir fernhalte, müssen wir hier verschwinden!", schrie ich und zerrte an seinem Arm. In diesem Moment stürzte der restliche weiße Tunnel hinter uns ein. Ben reagierte kaum darauf.

„Sie wurden alle getötet", flüsterte er. „Alle aus meiner Blutlinie haben ihre Seelenverbundenen umgebracht." Sein Blick wurde immer verzweifelter, als er sich umblickte und unsere ausweglose Situation erkannte. Die Höhle, in der wir uns befanden, bot keinen Ausgang. Wir saßen in der Falle.

Er blickte mich an und der Schmerz in seinen Augen war kaum zu ertragen. „Und nun habe ich dich auch ins Verderben gerissen."

Kapitel 22

„Das ist nicht wahr", widersprach ich heftig, einfach weil ich nicht bereit war, zu akzeptieren, dass dies unser Ende sein sollte. „Irgendwie kommen wir hier wieder raus." Entschlossen hielt ich meine Kriegsfähigkeit bereit, um uns gegen herunterfallende Steine zu schützen, und strich ihm über die Wange. Er sah so verzweifelt aus, dass es mir das Herz zerriss.

„Deine Überlebenschancen sind besser ohne mich", presste er hervor. Ein tiefes Rumpeln aus dem Berg unterstrich seine Worte und ein Haufen Steine prasselte von oben auf uns herunter. Spontan schlang ich die Arme um ihn.

„Es gibt keinen Ort auf der Welt, an dem ich lieber sein würde als hier bei dir", flüsterte ich an seiner Brust.

Er schloss die Arme um mich und atmete tief durch. „Hast du nicht gehört, was dieser Yeti-Verschnitt gesagt hat? Auf meiner Blutlinie lastet ein Fluch."

Ich schüttelte instinktiv den Kopf. „Du hast mich immer beschützt, Ben. Auf dir lastet kein Fluch."

„Aber ..."

In diesem Moment stürzte ein Teil der Decke über uns ein und Ben drückte mich automatisch fester an sich, während ich meine ganze mentale Kraft darauf verwendete, das Geröll zur Seite zu lenken und neben uns auf den Boden krachen zu lassen. Es war unglaublich anstrengend, solch ein Gewicht zu beherrschen, und ich fühlte eine Welle der Müdigkeit über mich hinwegrollen, als die Gefahr fürs Erste gebannt war.

Meine Beine zitterten und ich schloss kurz die Augen. Meine Kriegsfähigkeit war stark, aber ich war von den bisherigen Anstrengungen schon so erschöpft, dass ich uns nicht mehr vor vielen Einbrüchen wie diesem hier würde schützen können. Mit Gewalt schob ich diesen Gedanken zur Seite. Ich musste jetzt stark sein.

Für Ben und für mich selbst.

Kaum hatte ich das gedacht, rollte eine neue Erschütterung durch die Höhle und noch mehr Schutt und Geröll stürzten auf uns herunter. Diesmal fiel es mir noch schwerer, die Steine von uns wegzulenken, und ich keuchte, als es geschafft war.

Entkräftet ließ ich meine Stirn gegen Bens Brust sinken.

„Es tut mir leid", murmelte Ben nah an meinem Ohr und ich schüttelte matt den Kopf. „Es ist nicht deine Schuld."

„Doch, ist es", erwiderte er.

„Nein, ist es nicht", widersprach ich und fühlte, wie ich wütend wurde. Verärgert blickte ich hoch und sah, dass er den Blick ins Leere gerichtet hatte.

„Ich hätte zu Tara gehen sollen", fuhr er fort.

„Wie bitte?" Mein Puls schoss in die Höhe und ich machte automatisch einen Schritt zurück. „Ist das dein Ernst?"

Er sah mich an. „Wusstest du, dass sie ihre Kriegsfähigkeit eingesetzt hat, um mich zu küssen?"

Ich starrte ihn an und spürte, wie seine Worte eine alte Wunde in mir aufrissen. Eine Welle der Wut auf diese intrigante Ekelträgerin überrollte mich und plötzlich war mir der Felsbrocken, der neben uns auf den Boden krachte, völlig egal.

„Sie hat *was*?"

Er fuhr sich durch die dunklen Haare. „Sie hat mich gelähmt. Sie sagte, wenn ich wüsste, wie sich ein Kuss mit ihr anfühlt, würde ich nicht genug davon kriegen."

Unwillkürlich ballte ich meine Hände zu Fäusten. „Warum erzählst du mir das? Jetzt und hier, kurz bevor uns die Felsbrocken erschlagen werden?", presste ich hervor.

„Eifersüchtig?", gab er trocken zurück. Seine Antwort versetzte mich noch mehr in Rage.

„Das hättest du wohl gerne", fauchte ich ihn an.

Er grinste. „Das stimmt." Irritiert runzelte ich die Stirn und spürte Bens Hände auf meinen Schultern, als er mich umdrehte und auf ein winziges Loch in der Höhlenwand zeigte, durch das Sonnenlicht hereinfiel. „Denn wir brauchen deine ganze Wut, um hier durchzukommen."

Ich starrte auf das winzige Loch im Fels und die Erkenntnis, dass er mich gerade mit der Geschichte über Tara manipuliert hatte und ich auch noch dumm genug gewesen war, es nicht zu bemerken, wischte den letzten Rest von Erschöpfung weg. Mit einem zornigen Schnaufen stellte ich mir Tara vor, die ihre Lippen gegen seine drückte, und katapultierte ein Stück der Höhlenwand mit meiner Kriegsfähigkeit ins Freie. Es war unglaublich anstrengend, den Stein aus dem Berg zu brechen, aber ich musste mir nur das Gesicht der blonden Ekeltussi ins Gedächtnis rufen und es ging leichter. Nach drei mentalen Schlägen war das Loch so groß, dass Ben und ich hindurchpassen würden.

Keuchend krabbelte ich über die scharfkantigen weißen Felsbrocken, die inzwischen den ganzen Höhlenboden bedeckten, hinüber zu dem neu erschaffenen Ausgang. Die spitzen Steine schnitten mir schmerzhaft in die Handinnenflächen und ich hatte das Gefühl, noch nie in meinem Leben so müde gewesen zu sein. Der intensive Einsatz meiner Kriegsfähigkeit forderte seinen Tribut und wenn Ben mich nicht weitergeschleift hätte, wäre ich wahrscheinlich ein paar Meter vor dem Ausgang zusammengebrochen.

Doch das ließ er nicht zu.

Mit einer kraftvollen Bewegung zog er mich durch das Loch hinaus ins Freie auf einen schmalen Felsvorsprung und ich blinzelte in die grellen Sonnenstrahlen. Der Berg rumpelte und bebte noch immer vor sich hin, aber zumindest hatte sich diese Seite des Abhangs nicht verflüssigt und war außerdem flach genug, dass wir über die weißen Steine hinunterklettern konnten.

Zuerst musste ich mich allerdings ausruhen. Schwer atmend legte ich mich auf den Rücken und versuchte gegen den Drang anzukämpfen, jetzt einfach die Augen zu schließen und einzuschlafen.

„Du warst großartig", sagte Ben, als ich gerade im Begriff war, wegzudösen.

Erschöpft drehte ich den Kopf in seine Richtung und warf ihm einen kurzen Seitenblick zu. „Das kann ich von dir nicht behaupten", murmelte ich mit schwerer Zunge.

Sein Mundwinkel zuckte nach oben. „Immerhin hat es funktioniert."

„Es hätte auch funktioniert, wenn du mir einfach nur das Loch gezeigt hättest."

„Niemals."

„Doch."

„Ich denke nicht."

„Ich denke schon", widersprach ich schleppend und schloss die Augen. In dem Moment spürte ich einen Luftzug und dann fiel ein Schatten auf mich.

„Jetzt hört endlich auf zu streiten", sagte eine keifende

Stimme, die mir viel zu bekannt vorkam. „Ihr beiden seid ja schlimmer als Franzus und ich."

Erschrocken riss ich die Augen auf. Wie aus dem Nichts waren Franzus, Mathilde und der Nichtsnutz auf dem Felsvorsprung erschienen. Von ihren Gewändern stiegen weiße Rauchkringel in die Luft und Ben lag zuckend neben mir auf dem Boden. Ein weißer Pfeil steckte in seinem Hals und ich beobachtete entsetzt, wie Franzus ihm in diesem Moment Handfesseln anlegte, die genauso aussahen wie jene, die die Totaa einsetzten, um die Kriegsfähigkeiten ihrer Gefangenen zu deaktivieren.

„Ich sagte dir doch, dass mein Ortungszauber funktioniert", brummte der Kopfgeldjäger Mathilde zu. „Selbst wenn man es schafft, meine weiße Murmel zu entfernen, bleiben doch immer minimale Rückstände zurück."

„Nicht schlecht, wirklich nicht schlecht", meinte die Freudeträgerin und grinste von einem Ohr zum anderen. „Ich muss zugeben, du steckst voller Überraschungen."

Er grunzte. „Ich bin nicht umsonst der beste Kopfgeldjäger, den die Sinnliche Welt je gesehen hat."

„Der zweitbeste", korrigierte Mathilde sofort. „Und bilde dir nicht zu viel darauf ein, der Rest besteht doch nur aus Amateuren."

Der Nichtsnutz starrte mich währenddessen mit seinem unheimlichen Blick an und mir wurde klar, dass ich meine Kriegsfähigkeit auch nicht einsetzen konnte, solange er das tat. Wobei ich im Moment sowieso zu erschöpft dafür gewesen wäre. Mit einem Keuchen versuchte ich auf die Beine zu kommen, doch Mathilde versetzte mir einen Fußtritt, der mich zurück auf den Felsboden schleuderte.

„Schön hiergeblieben, Kleine", wisperte sie und ihre

Freudezeichnung, die wie ein zerronnenes Herz aussah, leuchtete orange auf. „Sonst könnte es sein, dass du den ganzen Berg hinunterkullerst. Und wir wollen doch nicht, dass dir etwas passiert und unser Schätzchen hier", sie deutete auf Ben, „dir nachspringt."

***

„Los, weitergehen", knurrte Franzus und ich spürte seine grobe Hand in meinem Rücken, die mich weiter stieß. Nachdem die beiden Kopfgeldjäger Ben und mir die Hände auf dem Rücken gefesselt hatten, waren wir durch ein mobiles Portal geschubst worden, das uns bis zum Fußende des Berges teleportierte und sich so ähnlich anfühlte wie der Ritt auf dem Sanddrachen, den Gabriel im Kampf gegen die Totaa erschaffen hatte.

Bens Betäubung durch den weißen Pfeil hatte nach kurzer Zeit wieder nachgelassen, aber sie hatten ihm nicht nur Hand- und Fußfesseln angelegt, sondern ihn obendrein auch noch geknebelt, weshalb er nicht mehr tun konnte, als unseren Peinigern hasserfüllte Blicke zuzuwerfen.

Die ganze Zeit über summte Mathilde fröhlich vor sich hin, während Franzus noch mürrischer als sonst wirkte. Ich war unglaublich müde, versuchte aber, meinen Sinn einzusetzen, um konzentriert zu bleiben.

„Wo bringt ihr uns hin?", fragte ich, da die Kopfgeldjäger mich aus irgendeinem Grund nicht geknebelt hatten.

„Zur Pyramide der Wachsamkeit", erwiderte Mathilde zufrieden und blickte mich mit leuchtenden Augen an. „Dort tauschen wir deinen Freund gegen zehntausend Blätter ein. Zehntausend, jawohl." Sie kicherte und ihre grauen Locken, die von orangefarbenen Strähnen durchzogen waren, hüpften bei ihrem enthusiastischen Nicken auf und ab.

„Und seit wann macht ihr gemeinsame Sache?", fragte ich weiter. „Ich dachte, du kannst ihn nicht leiden, seit er dir diesen Dreifachmörder abgeluchst hat."

Mathilde stockte kurz und blickte mich lauernd an.

„Versuchst du etwa, uns gegeneinander auszuspielen, Schätzchen?"

„Und ob sie das versucht. Ich habe dir gleich gesagt, dass sie uns nur Ärger machen wird", murrte Franzus und spuckte auf den rissigen Boden. Dann richtete er seinen breiten Gürtel, an dem immer noch jede Menge Waffen hingen. Der Nichtsnutz fixierte mich währenddessen mit seinem starren Blick und mir lief ein kalter Schauer über den Rücken.

„Trotzdem müssen wir sie behalten", fauchte die Alte und deutete mit ihrem ausgestreckten Zeigefinger auf den bärtigen Kopfgeldjäger. „Zumindest so lange, bis wir ihn lebend ausgeliefert haben. Sonst bringt sich der Bursche auf dem Weg vielleicht noch um und damit wäre dann keinem geholfen."

„Zumindest wäre dann Joost gesühnt", murmelte Franzus in seinen Bart.

„Abgemacht ist abgemacht", unterbrach ihn Mathilde hart. „Du wolltest das Schicksal darüber entscheiden lassen, ob sie es wieder aus diesem Todesberg hinausschaffen. Das Schicksal hat entschieden und die beiden Schätzchen am Leben gelassen. Jetzt werden wir uns auch die Blätter für ihn holen." Ihre Stimme klang bestimmt und duldete keine Widerrede.

„Die Unberührbaren, schnell runter", zischte in dem Moment Franzus und gab mir so einen festen Stoß, dass ich hinter einer Ansammlung von Weißstachelsträuchern zu Boden fiel, während Mathilde Ben blitzschnell die Beine wegtrat, bevor sich auch die Kopfgeldjäger und der Nichtsnutz duckten.

Angespannt reckte ich den Kopf und versuchte, zwischen den dornigen Ästen der Sträucher hindurch zu erkennen, wovor Franzus und Mathilde sich fürchteten. Und dann sah ich es auch. Das weiße Flimmern war wieder am Horizont zu erkennen und diesmal war der Abschnitt, der mich an ein weißes Schneetreiben erinnerte, mindestens doppelt so breit wie beim ersten Mal.

Die Unberührbaren hatten also keine Gesichter, sie waren eine Naturgewalt, die an einen Schneesturm erinnerte. Vielleicht erkannte man sie, wenn man hineintrat, vielleicht aber auch nicht. Unwillkürlich musste ich an die Schneegestalt aus dem weißen Berg denken, die uns auch in ein Schneetreiben verwickelt hatte.

„Was machen wir jetzt?", wisperte Mathilde und beschattete ihre Hand mit den Augen. „Die Unberührbaren versperren den kürzesten Weg zum Wachsamkeitsland."

„Verdammte Totaa mit ihren verdammten Büchern", schimpfte Franzus, der sich keuchend neben uns auf die ausgedörrte Erde des Vertrauenslandes gelegt hatte. Der Stoff seiner Oberbekleidung spannte sich sichtbar um seinen dicken Wanst und Schweißtropfen sammelten sich auf seiner Stirn. „Fürwahr, ich bin ein weißer Träger, aber nicht mal ich wäre so vertrauensselig gewesen, zu glauben, dass ich die Unberührbaren lenken könnte."

In der Ferne bemerkte ich nun eine weitere Bewegung am Horizont und entdeckte eine kleine Truppe Totaa, die einen einzelnen Kapuzenträger aus ihrer Mitte nach vorn zur weißen Front der Unberührbaren schickten. Selbst auf die Entfernung konnte ich sehen, wie unsicher der Totaa wirkte. Immer wieder warf er hektische Blicke über die Schulter zu seinen Kameraden zurück und stolperte dabei zweimal über seinen weißen Kapuzenumhang. Obwohl er zu den Feinden gehörte, tat er mir irgendwie leid – vor allem nachdem ich wusste, dass längst nicht alle Totaa erpicht darauf waren, diesen Krieg zu führen.

Mathilde beobachtete die Szene und schüttelte den Kopf. „Jetzt versuchen sie es wieder mit so einem Neuerweckten. Als ob das beim letzten Mal geklappt hätte."

Ich warf Ben einen raschen Blick zu. Der Hass auf die Kopfgeldjäger stand ihm ins Gesicht geschrieben und ich überlegte angestrengt, ob ich die Ablenkung durch die Unberührbaren nutzen konnte, um uns irgendwie aus der Gewalt der beiden zu befreien. Doch der Nichtsnutz starrte mich so intensiv an, dass ich mir den Gedanken gleich wieder aus dem Kopf schlug. Zumindest in dieser Hinsicht schien er für Franzus nützlich zu sein.

Und da meine Hände auf dem Rücken gefesselt waren, konnte ich auch meine magische Fähigkeit der Sandbeherrschung nicht einsetzen.

Der einzelne Totaa war nun bis zur Grenze des weißen Flimmerns nach vorn gestolpert und hob beide Arme. Er schrie irgendetwas, aber der Wind pfiff so laut über die weiße Ebene, dass ich seine Worte nicht verstehen konnte.

„Ist das ihre Strategie?", fragte ich. „Sie versuchen die Unberührbaren mit Neuerweckten zu lenken?"

Die Worte des Orakels kamen mir wieder in den Sinn, wonach nur eine reine Seele die Unberührbaren befehligen könnte.

Mathilde zog mit einem unschönen Geräusch die Nase hoch.

„Ja, das haben sie sich gedacht. Aber das mit der unschuldigen Seele hat nicht funktioniert. Die Unberührbaren haben die sich mit einem Happs einverleibt. Und wer seine Seele durch die Unberührbaren verloren hat, der kriegt sie auch nicht wieder."

In diesem Moment stürzte sich das weiße Flimmern wie ein wildes Tier auf den Totaa und hüllte ihn vollständig ein. Ich sah, wie die anderen Kapuzenträger erschrocken das Weite suchten und den Neuerweckten, den sie vorgeschickt hatten, seinem Schicksal überließen. Als die Unberührbaren von ihm abließen, stand der junge Mann eine Weile schwankend da, bevor er sich einfach auf den Boden setzte und ins Nichts starrte.

Franzus schüttelte den Kopf und presste die Lippen aufeinander. „Keine einzige Seele ist unschuldig, ob nun neu erweckt oder nicht ... Ich sage euch, sie werden die Unberührbaren niemals befehligen können und diese werden den wahren Frieden über die Sinnliche Welt bringen. Wenn sie nämlich jeden Einzelnen von uns in so eine verdammte Marionette verwandelt haben."

Franzus' Worte spukten mir auf unserem weiteren Weg durch den Kopf herum. Hatte der bärtige Kopfgeldjäger recht? Würden die Unberührbaren wirklich den trügerischen Frieden bringen, indem sie uns alle in willenlose Geschöpfe verwandelten, die jegliches Interesse am Leben verloren?

Und was passierte mit den Sinnträgern, die so unberührt von der Welt auf dem Boden saßen? Nahmen diese überhaupt noch Nahrung zu sich? Oder würden sie elendig verhungern und verdursten?

Welche Bedeutung dies auf die Balance zwischen den Welten hatte, wollte ich mir nicht ausmalen.

Müde schlurfte ich neben Ben durch ein ausgetrocknetes Flussbett. Hinter uns zankte sich Mathilde mit Franzus, der Ben anscheinend noch immer am liebsten getötet hätte, und jedes Mal, wenn ich einen Blick über die Schulter warf, begegnete ich dem undurchdringlichen Blick des Nichtsnutz. Er schien mich wirklich ununterbrochen anzustarren und obwohl ich immer wieder versuchte, meine Kriegsfähigkeit einzusetzen, scheiterte ich jedes Mal.

Bens Miene drückte puren Hass aus und ich bemerkte eine Dunkelheit in seinen Augen, die mich beunruhigte. Wieder musste ich an die Schatten in der Unterwelt denken, die sich von ihm dadurch so angezogen gefühlt hatten, und irgendwann wurde mir bewusst, dass ich wahrscheinlich deshalb über so viele verschiedene Dinge nachgrübelte, um mich nicht mit der einen Sache auseinandersetzen zu müssen, die mich wirklich belastete.

Seine Auslieferung. Mathilde hatte gesagt, sie würden uns zur Pyramide der Wachsamkeit bringen, und ich konnte ihre gläserne Spitze bereits in der Ferne funkeln sehen.

Nach einem riesigen Umweg durch das Vertrauensland hatten wir irgendwann die Grenze zum Wachsamkeitsland passiert und obwohl es konzentrationsfördernd auf mich wirkte, den Sinn meines Landes durch mich hindurchfließen zu fühlen, gelang es mir nun auch nicht länger, die Konsequenzen unserer Reise zu verdrängen.

Sobald sie Ben an die Neue Acht auslieferten, hing sein Schicksal an einem seidenen Faden. Da sie so viele Blätter auf seinen Kopf ausgesetzt hatten, schien die Mehrheit der Neuen Acht von seiner Schuld überzeugt zu sein, und mein Magen verknotete sich bei der Vorstellung, was sie mit ihm anstellen würden.

„Bleibt stehen. Wir machen hier eine Pause", schnaufte Franzus und wischte sich stöhnend den Schweiß von der Stirn. Die Sonne brannte erbarmungslos vom Himmel und überzog das Wachsamkeitsland mit sengender Hitze. Auch mir hatte der Marsch durch die trockene Landschaft zugesetzt und ich blieb erschöpft stehen. Wir hatten das Flussbett endlich verlassen und waren zu einer gelb gepflasterten Straße hochgeklettert, die sich durch eine gigantische Sandebene schlängelte. Obwohl ich meine Heimat schon einige Male bereist hatte, war mir diese Ebene nicht bekannt und ich zog überwältigt die Luft ein, als ich in der Ferne eine Herde von Sandbullen ausmachte, die durch die Wüste donnerten und dabei eine riesige Staubwolke aufwirbelten. Es mussten an die tausend Tiere sein und mein Herz schlug schneller, weil ich noch nie so viele von ihnen auf einem Fleck gesehen hatte.

„Dieses verflucht verdammte Wachsamkeitsland", fauchte Mathilde. „Ist üppiger denn je und die unbarmherzige Wüste dehnt sich in alle Richtungen aus. Wenn das Land weiter so wächst, brauchen wir noch den ganzen Tag, bis wir endlich bei der Pyramide sind."

„Jetzt hör auf zu jammern. Angst, Wut, Trauer und Wachsamkeit haben schon immer vom Krieg profitiert", ließ sich Franzus vernehmen und spuckte auf den Boden. „Ist schließlich nichts Neues."

„Und dass du eine Pause brauchst, weil dir dein fetter Wanst bis zum Boden runterhängt, ist auch nichts Neues", keifte Mathilde. „Wir sollten sehen, dass wir weiterkommen, wenn dir deine fünftausend Blätter lieb sind."

„Was erwartet uns in der Pyramide der Wachsamkeit?",
fragte ich, obwohl ich nicht wirklich mit einer Antwort
rechnete. Doch Mathilde schien so in Fahrt zu sein, dass
sie mich diesmal nicht ignorierte, wie sie es sonst immer
tat.

„Na was wohl? Die Neue Acht erwartet euch in
der Pyramide. Sie haben sich dort eine hübsche neue
Zentrale eingerichtet, nachdem die anderen Ministerien
fast alle zerbombt wurden. Vielleicht lässt sich für dich
auch ein nettes Sümmchen rausschlagen. Immerhin
hast du unserem Gestalter-Mörder hier bei der Flucht
verholfen."

„Quatsch nicht so viel", knurrte Franzus und wischte
sich mit einem dreckigen Taschentuch den Schweiß von
der Stirn. „Weiber", brummte er dann. „Da friert eher
ein Fass mit Lavagesöff ein, als dass ihr mal die Klappe
haltet."

Er hatte noch nicht zu Ende gesprochen, als ich meinen
Kopf zum Ende der Straße wandte. Von dort waren
gebrüllte Befehle zu vernehmen, doch da die gelben
Pflastersteine an dieser Stelle eine Biegung machten
und hinter einer langen Reihe von hohen Sandfontänen
verschwanden, konnte ich nicht sehen, von wem sie
stammten.

„Wir kriegen Besuch", zischte jetzt auch der Nichtsnutz.
Es war das erste Mal, dass ich seine Stimme hörte, und
er schien sie auch nicht besonders oft zu benutzen,
denn es war nicht mehr als ein heiseres Fauchen. Die
Kopfgeldjäger reagierten blitzschnell. Mit einer einzigen
Bewegung stießen sie Ben und mich zurück in das
Flussbett, bevor sie selbst hinterhersprangen.

Mein Herz hämmerte wie wild. Ben und ich blickten

uns an und ich sah, dass sein Körper kampfbereit angespannt war. Wir wussten beide nicht, wer hinter den Sandfontänen zum Vorschein kommen würde, aber ich hatte die Hoffnung, dass uns dieser Zwischenfall irgendwie zur Flucht verhelfen konnte.

„Still jetzt! Kein Wort", zischte mir Mathilde ins Ohr und ich fühlte ein Messer an meinen Rippen, während mir ein dreckiger Lumpen zwischen die Lippen gezwängt wurde. Franzus warf in der Zwischenzeit eine goldene Murmel auf den Boden, die mit einem leisen Klirren zersprang und uns mit feinem, glitzerndem Staub einhüllte.

„Eine Bewegung und ihr seid tot", knurrte der Kopfgeldjäger und verschwamm vor meinen Augen. Seinen keuchenden Atem konnte ich trotzdem noch hören und mir war klar, dass die goldene Murmel irgendeine Art von Tarnmagie über uns fünf entfaltet hatte.

Die Stimmen und das Fußgetrappel von den Sinnträgern hinter den Sandfontänen kamen jetzt immer näher und ich stellte mich auf die Zehenspitzen, um über den Rand des Flussbetts hinweg auf die gelbe Straße blicken zu können. Es handelte sich um eine rund dreißigköpfige Truppe von Menschverbundenen, die anscheinend eine Person in ihrer Mitte schützten, denn die Männer und Frauen bewegten sich in einer Formation, die keinen Blick ins Innere zuließ.

Verfolgt wurden sie von einer weitaus kleineren Gruppe Totaa und ich fragte mich, warum sie den Kampf gegen die Kapuzenträger scheuten. Im nächsten Moment stob eine riesige weiße Schneewolke hinter den Sandfontänen hervor und ich hatte meine Antwort: Die Unberührbaren waren ebenfalls in dieses Scharmützel verwickelt.

Atemlos verfolgte ich das Geschehen. Ich war den Unberührbaren noch nie so nahe gewesen und ihre Anwesenheit überzog meinen ganzen Körper mit prickelnder Kälte. Ein Totaa rannte panisch vor der flimmernden Wolke davon und da er offenbar nicht den Menschverbundenen in die Arme laufen wollte, sprang er mit einem verzweifelten Satz hinunter ins Flussbett. Ein Teil der weißen Schneewolke stob ihm hinterher und hüllte den Kapuzenträger ein, der ein schauerliches Heulen von sich gab, das ganz plötzlich abbrach. Die Unberührbaren zogen sich zurück und ich blickte in das leere Gesicht des Totaa, das aussah, als hätte man ihm seine Identität geraubt. Er wirkte völlig reingewaschen von seinem violetten Sinn und jedem Gefühl, das er jemals empfunden hatte. Die flimmernde weiße Substanz der Unberührbaren wirbelte in die Höhe und ich glaubte, dass sie sich wieder mit dem Rest ihrer Selbst verbinden würde, als sie mitten in der Bewegung stoppte und dann ruckartig in unsere Richtung umschwenkte. Die goldene Tarnmagie konnte dieses Wesen also nicht täuschen.

„Lauft!", schrie Franzus und es bedurfte keiner weiterer Aufforderung seinerseits. Mathilde beugte sich hinunter und durchschnitt Bens Fußfesseln mit einer raschen Bewegung, bevor sie dem alten Kopfgeldjäger hinterherrannte. Ich wusste, dass sie nur aus Eigennutz gehandelt hatte, um Ben lebend abliefern zu können, war ihr aber trotzdem dankbar. Mit den gefesselten Händen auf dem Rücken waren Ben und ich etwas langsamer als gewöhnlich, schafften es aber dennoch, mit den Kopfgeldjägern mitzuhalten. Mathilde ließ eine Tirade an Schimpfwörtern auf die flimmernde weiße Wolke hinter uns ab und ich duckte mich automatisch, als sie eine Sprengkapsel hinter sich warf, die mit einem lauten Knall explodierte. Allerdings wagte ich es nicht, den Blick nach hinten zu wenden, um zu sehen, ob sich die Unberührbaren davon beeindrucken ließen. Ich benötigte meine ganze Konzentration, um zu rennen und nicht hinzufallen. Nebeneinander hetzten wir keuchend durch das gewundene Flussbett, während von der gelben Straße oben am Uferrand immer wieder markerschütternde Schreie drangen. Blitzschnell riskierte ich einen Seitenblick nach oben. Von den Totaa waren nur noch drei übrig, der Rest war den Unberührbaren zum Opfer gefallen. Die Gruppe der Menschverbundenen war inzwischen auch um sieben Personen geschrumpft und das prickelnde Gefühl von Kälte auf meiner Haut sagte mir, dass uns die flimmernde weiße Wolke im Flussbett auch knapp auf den Fersen war.

„Da rauf!", schnaufte Franzus und rannte als Erster eine flache Böschung hinauf, die zu der gelb gepflasterten Straße führte, auf der auch die anderen vor den Unberührbaren flohen. Vielleicht hoffte er, unsere Verfolger auf diese Weise von uns abzulenken.

Ben und ich rasten hinterher, wobei wir von dem Nichtsnutz überholt wurden, der seine Hände beim Klettern zu Hilfe nehmen konnte.

„Schützt die Mitte!", drang der Ruf der Menschverbundenen an mein Ohr und ich blickte automatisch zu der Truppe, die sich neu formierte. Vier Sinnträger – zwei Männer und zwei Frauen – ließen sich absichtlich nach hinten fallen und rannten in unterschiedliche Richtungen davon. Die flirrende Wolke der Unberührbaren stob ebenfalls in verschiedene Richtungen auseinander und mir wurde bewusst, dass sich diese Träger opferten, um dem Rest von ihnen mehr Zeit zu verschaffen. Die Reihen um die Person im Inneren lichteten sich zunehmend und nun konnte ich sehen, um wen es sich dabei handelte: nämlich um Simeon – und Coel.

Ben atmete neben mir scharf ein und ich fühlte, wie mein Herz kurz aussetzte. Wir waren auf einen Schlag nicht nur den Unberührbaren und den Totaa, sondern auch noch einem ehemaligen Gestalter in die Arme gelaufen, der den Anschlag auf die Macht der Acht überlebt hatte. Heute war definitiv nicht unser Tag.

„Halt!", rief Simeon in diesem Moment und seine Stimme klang ganz anders als sonst. Eine ungewohnte Autorität lag darin und tatsächlich kam die Truppe der Menschverbundenen schlitternd zum Stehen. Die Kopfgeldjäger, Ben und ich befanden uns nur wenige Schritte von ihnen entfernt und ich hatte erstmals die Gelegenheit, mich umzuwenden und den Unberührbaren entgegenzublicken, die in einer riesigen weißen Wolke auf uns zustoben.

„FULMINUS!", brüllte Simeon und ein gewaltiger grüner Blitz schoss von seinen Fingerspitzen in den Boden, wo er sich knisternd kreisförmig ausbreitete und dann mit einem elektrischen Summen in die Höhe fuhr. Ehrfürchtig beobachtete ich, wie der Blitz ein feines Gitternetz bildete, das sich zu einer fünf Meter hohen Kuppel schloss, die nicht nur Simeon, Coel und deren ganze Truppe, sondern auch die restlichen Totaa sowie die Kopfgeldjäger, Ben und mich einschloss.

Die flimmernde weiße Wolke der Unberührbaren hüllte das grüne Gitternetz ein und bei jedem Kontakt erklang ein hässliches Zischen. Simeons Gesicht war vor Anstrengung verzerrt und ich sah, wie seine rechte Hand zitterte, mit der er noch immer den gewaltigen grünen Blitzstrahl in den Boden lenkte, der unsere Schutzkuppel speiste. Mit der zweiten Hand zog er ein Elixier nach dem anderen aus seiner schlichten Robe und stürzte es hinunter. Auch ohne tieferes Verständnis für die Magie, die er hier anwandte, war mir klar, dass er sie nicht mehr lange würde aufrechterhalten können. Die Totaa, die ebenfalls in den Genuss des Schutzzaubers von Simeon gekommen waren, warfen nach kurzem Zögern ihre Waffen auf den Boden und ergaben sich Coel und den Menschverbundenen.

Atemlos beobachtete ich die Bemühungen der Unberührbaren, zu uns durchzubrechen. Im Inneren der elektrischen grünen Kuppel war es mucksmäuschenstill und als Simeon das letzte Elixier, das er widerwillig von Coel erhalten hatte, hinunterstürzte, wurde die Stille noch drückender. Schweißtropfen sammelten sich auf seiner Stirn und ich sah tiefe Falten der Anstrengung in seinem Gesicht, während der gewaltige grüne Blitzstrahl noch immer aus seinen Fingerspitzen in den Boden floss. Das Knistern der magischen Energie wurde immer lauter in meinen Ohren und als ich das Gefühl hatte, dass Simeon keine Sekunde länger durchhalten konnte, ließen die Unberührbaren endlich von der grünen Gitternetzkuppel ab und brausten über die Wüste davon, bis nur noch ein fernes Flimmern am Horizont von ihnen sichtbar war.

Mit einem Keuchen beendete Simeon seinen Blitzzauber und die grüne Kuppel verschwand mit einem elektrischen Summen. Ermattet kippte er zur Seite und verlor beinah augenblicklich das Bewusstsein. Ich wäre am liebsten zu ihm gelaufen, doch meine Hände waren noch immer auf meinem Rücken gefesselt und ich befand mich nach wie vor in der Gewalt der Kopfgeldjäger. Unwillkürlich glitt mein Blick weiter zu Coel, der knapp neben Simeon stand und mit kalten Augen auf den ohnmächtigen Magiebegabten hinuntersah. Obwohl Simeon uns allen gerade das Leben gerettet hatte, sah der ehemalige Gestalter des Erstaunens kein bisschen dankbar aus. Im Gegenteil. Ich hatte das Gefühl, nichts als Missgunst in seinem Blick zu erkennen.

Coels Züge waren insgesamt härter geworden und um den Hals trug er einen Kristall, in dem ein helles Leuchten zu sehen war, das immer wieder von einem dunklen Schatten verschluckt wurde. Ich blinzelte und versuchte die plötzliche Unruhe, die ich empfand, wieder loszuwerden. Der Kristall erinnerte mich auf unangenehme Weise an den besonderen Lichtstein in der Schattigen Unterwelt, in der die Magie von Licht und Schatten miteinander gerungen hatten.

Woher hatte Coel diesen Kristall? Und wie hatte er den Anschlag auf die Macht der Acht generell überlebt?

Bens Blick war ebenfalls auf den hochgewachsenen Gestalter gerichtet und ich sah an seinen angespannten Muskeln, dass er sich nicht kampflos ergeben würde. Doch vorläufig war Coel mit anderen Dingen beschäftigt. Langsam schritt er durch die Reihen seiner Leute, bis er vor den drei Totaa stand, die sich mit hängenden Köpfen ergeben hatten. Keiner von ihnen wagte es, aufzublicken, und ich verstand ihre Entscheidung. Sie standen zu dritt einer Übermacht von zwanzig Menschverbundenen gegenüber. Kapitulation war ihre einzige Alternative, wenn sie heute nicht den Tod finden wollten.

„Tötet sie", wies Coel in diesem Moment seine Truppe an und ich sah, wie der Kristall um seinen Hals für einen

Moment komplett schwarz wurde.

„Aber Gestalter", wandte einer der Männer ein, „die Neue Acht hat angewiesen, dass jeder, der sich ergibt, einen fairen Prozess erhält …"

„Die Neue Acht ist nicht hier", unterbrach ihn Coel brüsk. „Oder siehst du hier etwa einen der vermummten Hohlköpfe?"

„N-nein, aber die Anweisung ist eindeutig", stotterte der Vertrauensträger.

„Für mich ist eindeutig, dass du hier deinen Feinden gegenüberstehst", erwiderte Coel schneidend und deutete auf die drei Totaa, die unsicher zu ihren Waffen auf dem Boden schielten. „Sie alle haben schreckliche Verbrechen begangen. Sie alle verdienen nichts anderes als den Tod."

Der Vertrauensträger schüttelte den Kopf. „Das kann ich nicht tun."

Coel verdrehte die Augen, doch er wirkte nicht übermäßig überrascht. „Wenn du es nicht tun kannst, dann muss es eben ich tun." Mit diesen Worten griff er in seine dunkelgrüne Robe aus Samt und spritzte den Inhalt eines tiefschwarzen Fläschchens auf die drei Totaa. Das alles ging so schnell, dass sie keine Zeit hatten, zu reagieren. Keuchend fielen die drei Männer auf die Knie und ich sah, wie sich schwarze Blasen auf ihrer Haut bildeten und sich unvorstellbare Qualen in ihren Gesichtern abzeichneten.

Coel ließ das Fläschchen achtlos fallen und stieg über die zuckenden Körper der Totaa hinweg. Dann kam er lächelnd auf uns zu.

Kapitel 23

„Sieh an, die Wächterin und der Mörder", begrüßte uns Coel gelassen. Seine Hand glitt zu dem unheimlichen Kristall um seinen Hals und er strich für einen Augenblick darüber. „Das Leben ist sonderbar, findet ihr nicht auch? Oder hattet ihr erwartet, dass wir uns auf diese Weise wiedersehen würden?"

Da Ben und ich beide noch immer geknebelt waren, handelte es sich offensichtlich um eine rhetorische Frage, denn Coel machte keine Anstalten, unsere Knebel zu entfernen.

„Gestalter, welch eine Freude, dass Ihr noch am Leben seid", mischte sich Mathilde mit einem gierigen Funkeln in den Augen ein. „Ich hatte natürlich gehofft, dass die Gerüchte um Eure Wiederkehr wahr wären …"

Coel zog beide Augenbrauen in die Höhe und betrachtete die alte Freudeträgerin wie ein lästiges Insekt.

„Verschwende nicht meine Zeit", sagte er kalt. „Was willst du?"

„Ich möchte die zehntausend Blätter, die auf den Kopf dieses Gefangenen ausgesetzt sind", gab Mathilde selbstbewusst zurück. Wenn sie Coels Reaktion beleidigt hatte, so ließ sie es sich nicht anmerken.

Der ehemalige Gestalter des Erstaunens lächelte humorlos.

„Zehntausend Blätter? Mehr ist ihnen der Mörder der Macht der Acht also nicht wert?"

Mathilde nickte enthusiastisch. „Ich sehe das so wie Ihr. Zehntausend Blätter ist ein läppischer und viel zu

300

geringer Betrag für einen Schwerverbrecher wie diesen Ekelträger." Sie schoss einen abwertenden Blick auf Ben ab. „Deshalb habe ich …"

Franzus, der sich bisher rausgehalten hatte, räusperte sich vernehmlich.

„… deshalb haben *wir*", korrigierte sich die Alte, „auch noch dieses Schätzchen hier mitgeliefert. Sie war mit ihm auf der Flucht und hat sich somit der Mittäterschaft schuldig gemacht. Da wir heute großzügig sind, würden wir euch alle beide für einen Preis von fünfzehntausend Blättern überlassen."

Coels gefühlloser Blick glitt von Ben zu mir und dann wieder zurück zu Ben. Ich starrte den Gestalter an und versuchte zu verstehen, was mit ihm passiert war. Seine hohen Wangenknochen wirkten noch ausgeprägter als früher und in seinen Augen flackerte ein düsteres Feuer, das mich auf unheimliche Weise an die Dunkelheit erinnerte, die ich in manchen Momenten auch bei Ben wahrnahm.

„Ich habe kein Interesse daran, auch nur ein Blatt für die beiden auszugeben", erklärte Coel nun. „Du kannst sie von mir aus gerne töten."

„Das kann ich übernehmen", murrte Franzus und hakte seine Daumen in seinem breiten Gürtel ein.

„Was? Nein! Auf dem Steckbrief steht *lebendig*", keifte Mathilde und zog ein schmuddeliges Pergament aus ihren Lumpengewändern. Ihr mächtiger Busen bebte vor Aufregung, als sie es Coel unter die Nase hielt, und ausnahmsweise hoffte ich, dass sich die Kopfgeldjägerin durchsetzen würde. Wenn Franzus sich dazu entschied, auf die Blätter zu pfeifen, standen unsere Chancen schlecht.

„Wartet. *Ich* bezahle das Kopfgeld", erklang in diesem

Moment Simeons Stimme und ich war so erleichtert, dass ich für einen Moment die Augen schloss. Unser Freund hatte gerade noch rechtzeitig das Bewusstsein zurückerlangt. Schwankend stemmte er sich in die Höhe und wurde dabei von einem Kämpfer aus der Truppe gestützt. „Ich bin ein Vertrauter der neuen Acht", presste Simeon hervor und kam langsam auf uns zu. „Sie wollen den Verdächtigen lebend." Er bewegte sich wie ein alter Mann und sein Gesicht wirkte um Jahre gealtert. Selbst seine Augen waren anders – statt dem funkelnden Hellgrün sahen sie aus, als wären sie von einem grauen Schleier überzogen worden.

Coels Blick war an Hohn kaum zu überbieten, als er den Magiebegabten ansah. „Die Neue Acht trifft erstaunlich viele inkompetente Entscheidungen", erklärte er dann und seine Hand wanderte wieder zu dem Kristall. „Es würde mich nicht wundern, wenn sie bald nur noch eine Erinnerung ist."

Simeon erstarrte kurz bei diesen Worten und ich hatte das Gefühl, dass er vor Coel Angst hatte.

„Ihr bekommt eure Belohnung für den Gefangenen in der Pyramide der Wachsamkeit", fuhr Simeon nach einem Moment der Stille fort und blickte die beiden Kopfgeldjäger an. „Am besten, ihr begleitet uns dorthin."

Die restliche Wegstrecke verlief ohne Zwischenfälle und als wir bei Sonnenuntergang die Pyramide der Wachsamkeit erreichten, fühlte es sich so an, als würde ich gleichzeitig nach Hause kommen und zu meiner eigenen Hinrichtung gehen. Obwohl es gar nicht meine Hinrichtung war.

Angespannt blickte ich Ben von der Seite an. Simeon hatte durchgesetzt, dass uns auf dem Weg hierher die

Knebel abgenommen worden waren, aber Ben hatte dennoch kein einziges Wort gesagt. Die zerrissene schwarze Zeichnung unter seinen Bartstoppeln glitzerte beständig und sein Gesicht wirkte so verschlossen, dass nicht einmal ich darin lesen konnte.

Ich hatte Angst um ihn.

Langsam bewegten wir uns auf der Straße aus schwarzem Quarzstein weiter bergauf auf den Eingang der Pyramide zu, der von einem Dutzend schwer bewaffneter Wachen flankiert wurde, während ich meinen Gedanken nachhing.

Würde die Neue Acht – zu der auch Damien zählte – wirklich dafür sorgen, dass Ben einen fairen Prozess erhielt? Und selbst wenn ... würde das reichen, um ihn vor der nächsten Dramatischen Hinrichtung zu bewahren?

Wir hatten nun das dreieckige Tor erreicht, von dem ein feiner Vorhang aus Sand herunterrieselte. Ohne langsamer zu werden, trat ich hindurch und spürte ein Kribbeln am ganzen Körper, das sich anders anfühlte als bei meinem letzten Besuch.

„Der Sanddurchgang wurde magisch modifiziert", erklärte mir Simeon mit gedämpfter Stimme, der direkt hinter mir ging. „Er wäscht magische Veränderungen von den Besuchern."

„Deine Erfindung?", fragte ich beeindruckt und warf einen kurzen Blick über die Schulter.

Simeon nickte und ich war erleichtert, dass sich die Falten und der graue Schleier auf seinen Augen bereits zurückbildeten. „Natürlich", erwiderte er gespielt entrüstet. „Wer sonst sollte wohl auf so eine großartige Idee kommen?" Doch obwohl er sich um einen leichten Tonfall bemühte, spürte ich doch die Schwere, die

303

an ihm zog. Die an uns beiden zog. Ben war nun ein Gefangener der neuen Acht. Und wahrscheinlich wusste auch Simeon nicht, wie es jetzt weiterging.

Nach dem Sandvorhang war noch eine weitere Sicherheitsschleuse von Simeon installiert worden und der Anblick der ovalen Glupschaugentür weckte alte Erinnerungen in mir. Erinnerungen an eine Zeit, in der zwar auch das Schicksal der Welt auf dem Spiel gestanden hatte, in der sich aber trotzdem irgendwie alles leichter angefühlt hatte. Müde blieb ich vor den unzähligen Glupschaugen stehen und wartete, bis die Tür mich lange genug beäugt hatte. Dann trat ich über die Schwelle in die große Empfangshalle.

Die Pyramide der Wachsamkeit war kaum wiederzuerkennen. Der Boden bestand zwar noch immer aus spiegelndem Glas und die Lichtsteine in den Wänden leuchteten auch bei unserem Eintreffen hell auf, aber es war viel hektischer als früher.

Sinnträger aller Länder liefen geschäftig kreuz und quer durch die Halle und an den Wänden prangten auffällige Hinweisschilder und Wegweiser in den unterschiedlichsten Farben.

Nachrichtendienst, Trainingsräume, Laboratorien und *Gefängnistrakt* las ich auf einigen der Schilder und mir wurde bewusst, wie sehr sich die Pyramide verändert hatte. Sie war nun das Zentrum der neuen Acht und musste den Ansprüchen *aller* Sinne gerecht werden. Mit all diesen Wegweisern ringsum war auch so gut wie keine Wachsamkeit mehr vonnöten, um sich in den labyrinthartigen Gängen zurechtzufinden. Vielleicht war es seltsam, aber neben all den anderen Veränderungen der letzten Zeit gab es mir einen kurzen Stich, mich selbst hier nun fremd zu fühlen.

„Werft die beiden Gefangenen in den Hochsicherheitstrakt", sagte Coel zu den Wachen, nachdem Simeon die Kopfgeldjäger bezahlt hatte.

„Halt", sagte Simeon und aus seiner Stimme war wieder jene Autorität zu hören, die für mich noch so ungewohnt war. „Die Wächterin ist keine Gefangene. Ich bürge für sie. Für sie soll ein Gästezimmer vorbereitet werden."

„Selbstverständlich. Lasst die Freundin des Mörders, die mit ihm gemeinsam geflohen ist, in einem luxuriösen Gästezimmer wohnen", wiederholte Coel beißend und die Dunkelheit in dem Kristall um seinen Hals wurde stärker.

„Ich übernehme die volle Verantwortung für diese Entscheidung", entgegnete Simeon und nickte den unschlüssigen Wachen zu, damit sie dem neuen Befehl Folge leisteten.

„Einverstanden", sagte Coel und ein leichtes Lächeln spielte um seine Lippen. „Früher oder später müssen wir schließlich alle Verantwortung für unsere Entscheidungen übernehmen."

Das seltsame Verhalten von Coel ging mir nicht aus dem Kopf, während mich die Wachen über mehrere Treppen zu einem blickdichten Sandvorhang geleiteten, hinter dem sich ein luxuriöses Gemach befand. Es war ein ähnliches Zimmer wie das, in dem ich mich bei meiner ersten Ankunft in der Pyramide – noch vor meiner Wächterprüfung – erfrischt hatte.

Es gefiel mir nicht, dass ich in einem Luxusgemach untergebracht wurde, während Ben in den Hochsicherheitstrakt geworfen wurde – und hatte vehement gegen diese Entscheidung protestiert. Aber nachdem Simeon mir erklärt hatte, dass Ben sowieso zuerst einer Befragung unterzogen wurde und ich im Moment nicht zu ihm konnte, hatte ich mich gefügt. Unglaublich müde streifte ich meine zerrissenen Kleider ab und stieg in das gefüllte Wasserbecken, das im spiegelnden Boden eingelassen worden war. Es war ein gutes Gefühl, sich den ganzen Dreck von unserer Flucht endlich vom Körper zu waschen, und ich tauchte mehrmals unter und wusch mir die Haare mit den bereitgelegten Seifen und Essenzen, bevor ich schließlich das angenehm warme Wasser verließ. Jemand hatte im Nebenraum einen sandgelben Kampfanzug für mich bereitgelegt und ich schlüpfte hinein, nachdem ich mich abgetrocknet hatte. Dabei dachte ich immer wieder an Ben und wie es ihm jetzt wohl ging. Im Hochsicherheitstrakt hatten sie sicherlich kein Bad für ihn vorbereitet und ich musste Simeon dringend unter vier Augen sehen, um die nächsten Schritte mit ihm zu besprechen.

Entschlossen ging ich zu dem blickdichten Sandvorhang und streckte die Hand danach aus. Dabei hoffte ich inständig, dass ich keine Gefangene in dem Luxusgemach war und es auch wieder verlassen konnte. Zu meiner Erleichterung hatte man mich tatsächlich nicht eingesperrt und ich trat durch den Sand hinaus in den schmalen Gang, wo die Lichtsteine bei meinem Erscheinen hell aufleuchteten. Eine Bewegung zu meiner Linken ließ mich herumfahren und ich erblickte eine hochgewachsene Gestalt in einem grünen Kapuzenumhang, die sich langsam auf mich zubewegte. Die Gestalt war ein wenig größer als Simeon und hatte die Kapuze so tief in ihr Gesicht gezogen, dass ich nicht sehen konnte, wer sich darunter verbarg. Mit klopfendem

Herzen beobachtete ich, wie der grüne Kapuzenträger immer näher auf mich zukam und mir schließlich mit der Hand einen Wink gab, ihm zu folgen.

Mein Instinkt sagte mir, ich sollte es tun, um Antworten zu erhalten, also lief ich hinter ihm durch die schmalen Gänge der Pyramide, bis wir vor einer Tür aus Quarzgestein ankamen, die von zwei Wachposten flankiert wurde.

Bei dem Anblick des grünen Kapuzenträgers neigten die Wachen ehrfürchtig den Kopf und öffneten die Tür. Ich folgte meinem schweigsamen Führer in den länglichen Raum mit einer modernen Sitzgruppe und wartete, bis die beiden Wächter die Tür wieder hinter mir geschlossen hatten. Dann blickte ich auf die Gestalt vor mir und hoffte, dass er mir endlich sein Gesicht zeigen würde.

Der Sinnträger griff mit beiden Händen nach der Befestigung seines Umhangs und löste den Verschluss am Hals. Dann schlug er die Kapuze zurück und zog den grünen Umhang aus. Darunter kam Simeon zum Vorschein und ich atmete erleichtert auf, als ich sah, dass es sich nicht um Coel handelte.

„Simeon", seufzte ich. „Ich war mir nicht sicher, ob du es bist."

„Wer sollte es denn sonst sein?", gab er mit einem spitzbübischen Lächeln zurück.

Ich runzelte die Stirn. „Könnte nicht jeder unter diesem Kapuzenumhang stecken?"

Der Magiebegabte schüttelte entschieden den Kopf. „Nein, diese magischen Umhänge sind der neuen Acht vorbehalten. Tut mir leid, ich hätte es dir vorher sagen sollen. Allerdings hatten wir vorhin keine Zeit dafür."

„Und die Umhänge sind dafür da, um eure Identitäten

zu schützen?", fragte ich und kam näher. Dabei erinnerte ich mich an die Sicherheitsmaßnahmen im Ministerium des Vertrauens. Dort war das Aussehen aller Besucher magisch verändert worden, um die Identitäten der Spione zu schützen.

„Exakt", erwiderte Simeon und fuhr sich über seine weißblonden Bartstoppeln, die für mich noch immer ungewohnt waren. „Die Idee für diese Umhänge stammt aus dem Weißen Ministerium, allerdings ist die Umsetzung bei uns anders. Es ist kein automatischer Tarnzauber, sondern es handelt sich um echte Umhänge, die auch nur von der echten neuen Acht getragen werden können."

„Und was passiert, wenn jemand anderer die Umhänge tragen möchte?", fragte ich.

„Die Folgen sind schrecklicher Juckreiz und ständiger Harndrang", erwiderte Simeon mit einem spitzbübischen Lächeln. „Außerdem nimmt die Haut die Färbung des Umhanges an, wodurch man denjenigen, der sich für ein Mitglied der neuen Acht ausgeben wollte, auch noch Stunden nach seinem Betrugsversuch eindeutig erkennen kann."

„So einfallsreich und genial wie immer."

Simeon lächelte und ich ging zu ihm hin und griff nach seiner Hand. Es tat gut, ihn zu berühren. Und es tat gut, dass er wieder so jung und verschmitzt aussah wie sonst auch.

„Danke, dass du uns vor den Unberührbaren gerettet hast", sagte ich aufrichtig.

Simeon winkte ab und wirkte leicht verlegen. „War doch eine Kleinigkeit.

Ich schüttelte den Kopf. „So hat es aber nicht ausgesehen."

Er blickte zu Boden. „Nein, eigentlich war es das auch nicht", gab er zu. „Wenn ich nicht die Energie-Elixiere dabeigehabt hätte, wären wir von ihnen reingewaschen worden."

„Reingewaschen?", wiederholte ich.

„Reingewaschen von jeder Sünde. Aber auch von jedem Gefühl. Reingewaschen von … eigentlich allem."

„Was passiert jetzt mit Ben?", wechselte ich abrupt das Thema, weil ich einfach hören musste, dass Simeon einen Plan hatte und dass alles gut werden würde.

„Er wurde befragt und im Moment wird ihm gerade ein warmes Essen serviert", antwortete Simeon beruhigend. „Bevor wir über ihn sprechen, würde ich aber gern noch erfahren, ob du irgendwelche nützlichen Informationen für uns hast – und dich bei der Gelegenheit auch auf den neuesten Stand bringen."

Es war mir zutiefst zuwider, das Gespräch über Ben hintanzustellen, aber ich nickte dennoch knapp. Durch unseren Aufenthalt in der Schattigen Unterwelt, der Flucht vor den Kopfgeldjägern und dem Abstecher in die Menschenwelt hatte ich überhaupt keinen Überblick mehr über die aktuelle Situation der Sinnlichen Welt.

Simeon setzte sich auf ein sandfarbenes Sofa und bedeutete mir, neben ihm Platz zu nehmen. Auf einem ovalen Glastisch stand eine Schale mit Früchten und bei dem Anblick begann mein Magen zu knurren. Es musste Ewigkeiten her sein, dass ich zuletzt etwas gegessen hatte.

„Bitte, iss, so viel du willst", sagte Simeon und deutete auf die Schale. „Ich kann auch noch mehr kommen lassen."

„Das reicht schon, danke", sagte ich schnell und griff nach einem Gelbapfel. Er war knackig und süß und ich erinnerte mich nicht, wann ich zuletzt so einen leckeren Apfel gegessen hatte. „Was hast du eigentlich im Wachsamkeitsland gemacht?", fragte ich ihn dann.

„Ich war unterwegs, um einige Vorkehrungen zu treffen", sagte Simeon und klang plötzlich furchtbar ernst.

„Was für Vorkehrungen?", fragte ich kauend.

Er stützte die Ellbogen auf seinen Oberschenkeln ab und rieb sich mit den Fingerspitzen die Stirn. „Es sind große Umbrüche in Gang, Lee. Die Neue Acht hat seit dem Einsatz des Weißen Buches enorme Rückschläge zu verzeichnen. Auch die Totaa haben Verluste erlitten, aber unser ehemaliger Vorteil dem Feind gegenüber ist dahin."

So wie er es sagte, war die Lage wirklich ernst und ich ließ den halb aufgegessenen Apfel sinken.

„Und wie sehen die nächsten Pläne der Neuen Acht aus? Ihr habt doch einen Plan, oder?"

Simeon zuckte mit den Schultern. „Gegen die Unberührbaren gibt es keinen richtigen Schutz. Die Gitternetz-Kuppel, die ich heute angewandt habe, ist das Einzige, was sie abhält, aber der Blitz kostet zu viel Energie, als dass man ihn flächendeckend – und vor allem langfristig – einsetzen könnte."

„Und was bedeutet das?", fragte ich.

„Es heißt, dass wir uns gegen die Unberührbaren noch etwas einfallen lassen müssen", erwiderte Simeon. „Etwas, das weniger Energie kostet. Oder es taucht irgendwann wirklich ein Sinnträger auf, dessen Seele so rein ist, dass er sie lenken kann."

„Eine reine Seele", wiederholte ich. „Ich frage mich, wer für die Unberührbaren rein ist."

„Darüber zerbrechen sich auch Casimir und seine Templer tagein, tagaus die Köpfe", sagte Simeon und sah mich müde an. „Doch auch wenn wir das Rätsel mit den Unberührbaren derzeit noch nicht gelöst haben, ist eines ganz klar: Wir können nicht an zwei Fronten kämpfen. Es widerspricht unserer Politik. Es führt uns direkt in den Abgrund."

Ich nickte. „Und deshalb warst du unterwegs?"

Simeon griff gedankenverloren nach einem Süßtropfenpfirsich und biss hinein. Dann nickte er. „Ich habe nach einem Weg gesucht, diesen Krieg schnell zu beenden. Wir müssen die Schwarzweiße Stadt zurückerobern und haben dafür nicht mehr viel Zeit. Nach dem Einsatz des Weißen Buches haben uns die Totaa einige schreckliche Fallen gestellt und uns damit schwere Verluste zugefügt. Unsere Truppen sind stark dezimiert. Wir haben nur noch diese Chance." Er sah mich eindringlich an. „Sobald wir das Problem mit den Totaa in den Griff bekommen haben, setzen wir unsere klügsten Köpfe auf die Problematik mit den Unberührbaren an. Und dann ...", er holte tief Luft, „wird unsere Sinnliche Welt irgendwann wieder so sein, wie sie einmal war."

Ich sah ihn an. Unsere Sinnliche Welt würde nie wieder so sein, wie sie einmal war, aber das sagte ich ihm nicht. Offensichtlich brauchte er die Hoffnung auf einen guten Ausgang, um überhaupt weitermachen zu können.

„Wo ist eigentlich dein Grünes Buch?", fragte ich, weil mir erst jetzt auffiel, dass es ihn nicht begleitete.

Simeon zuckte zusammen und sah für einen Moment richtig schuldbewusst aus. „Ich musste es einsperren", murmelte er dann.

„Hier in der Pyramide?"

Er nickte. „Es ist mir wirklich nicht leichtgefallen. Aber es wäre zu gefährlich gewesen, es zu meiner Mission mitzunehmen. Nicht auszudenken, was passiert wäre, wenn die Totaa das Grüne Buch auch noch in die Hände bekommen hätten."

„Wieso ist eigentlich Coel dabei gewesen?", hakte ich abrupt nach und das ungute Gefühl, das mich vorhin beschlichen hatte, kam wieder zurück.

Simeons Blick bekam etwas Gehetztes und er beugte sich zu mir vor. „Er wollte mich unbedingt begleiten. Sagte, dass er sich auch ein Bild vor Ort machen wollte. Aber ich glaube ...", Simeon senkte die Stimme zu einem Flüstern, „dass er mich umbringen will. Er weiß, dass ich seinen Platz eingenommen habe, weil die Neue Acht entschieden hat, dass er als ehemaliger Gestalter vertrauenswürdig genug ist, um unsere Identitäten zu erfahren. Seit diesem Tag träume ich jede Nacht von ihm. Ich hatte in letzter Zeit generell viele Träume, und auch viele Albträume, die sich mit meinen Visionen vermischt haben. Anfangs fiel es mir schwer, es zu glauben, aber nun bin ich mir sicher: Coel möchte meinen Tod. Ich habe es gesehen, Lee. Ich sehe es jede Nacht."

Ein hässliches Gefühl begleitete seine Worte und obwohl ich instinktiv widersprechen wollte, brachte ich es nicht über die Lippen. Der Blick, mit dem Coel Simeon angesehen hatte, als er uns vor den Unberührbaren gerettet hatte, war so voller Hass gewesen.

„Denkst du, er will dich töten, um deinen Platz in der neuen Acht einnehmen?"

Simeon nickte nachdrücklich. „Ich denke, genau das ist sein Plan. Nach dem, was mir meine Traumvisionen zeigen, wird er versuchen, mich mit einem Energieball zu töten. Die Bilder sind verschwommen, aber ich denke, er möchte es wie einen Unfall aussehen lassen." Seine Stimme klang erstaunlich ruhig und ich dachte, dass er sich nicht nur optisch verändert hatte. Simeon hatte auch an Mut gewonnen.

„Und was hast du vor?"

Er nahm noch einen Bissen von seinem Süßtropfenpfirsich. „Ich versuche mich mit meiner Magie zu schützen. Wenigstens bin ich ein besserer Magiebegabter als er."

„Dafür scheint er an Bösartigkeit und Skrupellosigkeit gewonnen zu haben."

Simeon nickte und fuhr sich durch seine hellblonden Haare.

„Was hat es eigentlich mit diesem Kristall um seinen Hals auf sich?", fragte ich weiter.

„Dieser Kristall hat ihm irgendwie das Leben gerettet", erklärte Simeon. „Erinnerst du dich, wie ich euch in Gaudina sagte, dass er sich bei dem Angriff auf die Macht der Acht in einen Schutzkristall geflüchtet hat?" Simeon legte seinen angebissenen Pfirsich zurück und wischte sich die Hände an seiner Magierrobe sauber. „Seit seiner Befreiung trägt Coel diesen Schutzstein Tag und Nacht bei sich. Sie haben ihn zwar wieder rausgeholt, aber seitdem ist er … irgendwie anders."

Ich legte die Stirn in Falten. Schon wieder fühlte es sich an, als würde ich vor einem Puzzle stehen und noch nicht alle Teile kennen. „Es gibt da einen Zauber", sagte ich langsam. „Ich habe in der Schattigen Unterwelt davon erfahren. Er nimmt dem einen das Gute und stärkt im anderen das Böse. Es nennt sich die Licht-und-Schatten-Magie. Wenn ich es nicht besser wüsste, würde ich sagen, dass Coel unter dem Einfluss dieser Magie steht."

„Aber mit wem sollte dann dieser Zauber wirken?", fragte Simeon. „Anders gesagt: Wenn Coel der Böse ist … wer ist dann der Gute?"

„Ich weiß es nicht", gab ich zu.

Ein Klopfen an der Tür unterbrach unsere Unterhaltung. Simeon legte rasch wieder den grünen Gestalterumhang an und räusperte sich. „Herein."

Ein Wachposten von draußen steckte den Kopf in das Zimmer.

„Grüner Gestalter, ich soll Ihnen von dem Roten Gestalter ausrichten lassen, dass die Kriegsbesprechung in Kürze startet."

Simeon nickte und stand auf. „Ich danke dir."

Der Wachposten neigte den Kopf und schloss erneut die Tür.

„Du musst schon los?", fragte ich erschrocken und sprang auf. „Wir müssen noch über Ben reden!"

Simeon nickte, obwohl ich ihn unter dem Tarnkapuzenumhang nicht mehr als Simeon erkennen konnte. „Mach dir keine Sorgen, Lee. Ben wird zwar offiziell in unserem Hochsicherheitstrakt festgehalten, aber es geht ihm gut. Ich habe dafür gesorgt, dass er gut behandelt wird."

„Aber das ist doch keine Lösung", widersprach ich verzweifelt. „Wie geht es danach weiter? Bekommt er einen fairen Prozess? Oder sehen die anderen in ihm sowieso nur einen Sündenbock und haben vor, ihn einfach zu verurteilen?"

Simeon kam einen Schritt auf mich zu und legte mir die Hand auf die Schulter. „Ich werde nicht zulassen, dass sie ihn verurteilen, Lee", versprach er mir ernst. „Aber vorher müssen wir uns um die Totaa kümmern und die Schwarzweiße Stadt zurückerobern – und deshalb muss ich jetzt gehen."

Er war schon auf dem Weg zur Tür hinaus, als ich erst so richtig begriff, was er mir gerade sagte. „Für wann ist

der Angriff auf die Schwarzweiße Stadt denn geplant?",
fragte ich tonlos.

Simeon wandte sich kurz vor der Tür noch einmal
um und ich fand es furchtbar, unter dem Umhang sein
Gesicht nicht sehen zu können.

„Für morgen", sagte er dann. „Morgen werden wir
diesen Krieg ein für alle Mal beenden."

Kapitel 24

Morgen werden wir diesen Krieg ein für alle Mal beenden, hallten Simeons Worte in meinem Kopf nach, als ich die Treppe aus schwarzem Quarzstein hinunterhastete, die so tief in die Erde reichte, dass man das Gefühl hatte, als ob sie niemals enden würde.

Meine Schritte wurden immer schneller und in meinem Kopf herrschte ein einziges Chaos. Coel trachtete Simeon möglicherweise nach dem Leben, niemand wusste, was man den Unberührbaren entgegensetzen konnte, und die Neue Acht hatte vor, schon morgen die Schwarzweiße Stadt zurückzuerobern. Ich versuchte, Ordnung in meine Gedanken zu bringen, aber es war, als würden sie alle durcheinander schreien und mich damit um den Verstand bringen.

Ich musste mit Ben reden. Ich brauchte seine Nähe und seinen Rat. Außerdem musste ich wissen, dass es ihm gut ging.

Endlich hatte ich das Untergeschoss erreicht. Die Lichtsteine strahlten hier nicht so hell wie in den oberen Geschossen und ich fand es angenehm, dass sich zumindest diese eine Sache nicht verändert hatte. Entschlossen lenkte ich meine Schritte zu dem dreieckigen Tor, hinter dem sich die gigantische Trainingshalle befand, welche das Fundament der Pyramide bildete. Hier hatte ich mich vor Urzeiten auf meine Wächterprüfung vorbereitet und ich erlebte einen kurzen Anflug von Nostalgie, als ich an diese Zeit zurückdachte.

Damals war alles noch so klar gewesen. Mein ganzes

Streben war einzig und allein auf das Ziel ausgerichtet gewesen, Wächterin zu werden, und ein Teil von mir wünschte sich, mein Leben könnte wieder so einfach sein und nur aus Schwarz oder Weiß bestehen.

Ein grauer Umhang zog meine Blicke auf sich und ich lächelte erfreut, als ich Alfonsus neben etwa fünfzig weiteren Sinnträgern in der Trainingshalle erblickte. Die Neue Acht setzte die gigantische Halle nun dafür ein, dass die Kämpfer hier ihre Kriegsfähigkeiten trainieren konnten, und ich duckte mich automatisch, als eine schlanke Tierverbundene mit einem begeisterten Johlen knapp über meinen Kopf hinwegrauschte. Fasziniert blickte ich ihr nach, wie sie sich wieder in die Lüfte schwang und dort elegant einem Energieball auswich, der auf sie abgefeuert wurde. Dabei schien sie mit ihren Händen die Schwerkraft um sich herum zu kontrollieren. Es war wirklich beeindruckend, über welche Kriegsfähigkeiten die Sinnträger hier verfügten. Auch ein paar Tierverbundene trainierten hier mit – und zum ersten Mal sah ich, wie einer aus seinen Fingern magische Krallen herausfahren ließ und den zurasenden Energieball in der Luft zerriss.

„Hallo Alfonsus", grüßte ich den großgewachsenen Angstträger, der diesmal nicht von seinen üblichen Nachrichtenwürfeln begleitet wurde. Stattdessen schwirrten jede Menge Energiebälle um ihn herum und ich keuchte vor Schmerz auf, als mich einer davon am Oberarm streifte. Sofort spürte ich die vertraute Hitze meiner Kriegsfähigkeit meinen Körper durchströmen.

„Sei gegrüßt, Lee", begrüßte mich Alfonsus und verschwand vor meinen Augen, um einen guten Meter entfernt wieder aufzutauchen.

„Oh, Teleportationskraft?", fragte ich erstaunt und

zog beeindruckt eine Augenbraue hoch.

Alfonsus schüttelte den Kopf. „Unsichtbarkeit", erklärte er mir dann galant. „Ich bin einfach nur zwei Schritte gelaufen."

„Das ist im Krieg sicher eine sehr nützliche Fähigkeit", erwiderte ich und lenkte einen Energieball, der mir zu nahe kam, mithilfe meiner Fähigkeit um, sodass er im weichen Sandboden einschlug.

„Deine Kraft ist aber auch nicht zu unterschätzen, Wächterin", antwortete Alfonsus anerkennend.

Ich lächelte kurz, obwohl mir im Inneren überhaupt nicht nach Lächeln zumute war. „Danke." Ein weiterer Energieball brauste heran und ich duckte mich darunter weg. Die Bälle schienen direkt aus den Wänden zu kommen und ich verstand, dass sie eine effektive Möglichkeit waren, um die Kriegsfähigkeit aller Trainierenden ständig aktiv zu halten.

„Wirst du morgen auch bei der Schlacht um die Schwarzweiße Stadt dabei sein?", fragte ich Alfonsus und es fühlte sich ein wenig seltsam an, dass Simeon mich nicht gebeten hatte, mitzukämpfen. Aber als Freundin des Mörders, die unter dem Verdacht stand, ihm bei der Flucht geholfen zu haben, war es wahrscheinlich kein Wunder. Wer würde mir denn im Kampf überhaupt trauen?

Der vornehme Angstträger nickte und die würfelförmige Zeichnung auf seiner linken Wange leuchtete schwach auf.

„Das werde ich", erwiderte er dann und verschwand vor meinen Augen. Diesmal dauerte es einige Herzschläge länger, bevor er an einer anderen Stelle wieder auftauchte. „Ich bin zwar nicht für den Krieg geboren, aber ich wurde überzeugt, dass es meine Pflicht sei, meinem Land und der Sinnlichen Welt zu dienen."

„Und das ist es auch", erklang eine autoritäre Stimme hinter mir und ich spürte, wie mein Herz einen Schlag aussetzte, als ich die weiße Spionin erkannte.

„Hallo Victoria", sagte ich ruhig und drehte mich zu der Vertrauensträgerin um. Sie hielt die Hände hinter ihrem Rücken verschränkt und betrachtete mich prüfend über den Rand ihrer Brillengläser hinweg. In dieses schmale Gesicht mit dem grauen Dutt und den harten Augen hatte ich vor nicht einmal einem Tag geblickt, als der Schneewächter mir einen Blick auf meine Blutlinie gewährt hatte. Es war ein seltsames Gefühl, zu wissen, dass Victoria meine Großmutter in der anderen Welt gewesen war.

Ob sie es wohl auch wusste?

Da sie eine Spionin gewesen war, war es sicherlich möglich, dass sie ebenfalls an diese Information gelangt war, aber ich schätzte die Chance als eher gering ein.

„Hallo Lee", erwiderte Victoria kühl und ich fragte mich, was in ihrem Kopf vorging. „Du bist wahrscheinlich hier, um deinen Gefährten zu besuchen."

Ich nickte. „Das bin ich", sagte ich so selbstbewusst wie möglich. Sie sollte nicht denken, dass ich mich für Ben schämte oder ihn gar für schuldig hielt. „Und Ihr? Habt Ihr Tucana in der Schattigen Unterwelt noch gefunden?"

Ihre grauen Augen weiteten sich für einen Moment und es befriedigte mich, sie überrascht zu haben. Doch sie fing sich schnell wieder.

„Ja, das habe ich. Und sie wird uns helfen, diesen unsäglichen Krieg endlich zu beenden", erwiderte Victoria forsch.

„Wenn du in diesem Tonfall sprichst, hat sie gar keine andere Wahl", warf Alfonsus amüsiert ein und ich sah ein kleines Lächeln bei Victoria aufblitzen. Sie warf ihm einen tadelnden Blick zu, aber auf ihren Wangen zeigte sich ein Hauch Farbe und ich sah verblüfft zwischen dem Angstträger und meiner Großmutter-Spionin hin und her.

Lief da etwas zwischen den beiden? So viel Herz hatte ich Victoria gar nicht zugetraut, und im nächsten Moment schämte ich mich für meine Oberflächlichkeit. Wie so viele andere hatte sie im Laufe ihres Lebens wahrscheinlich auch gelernt, sich eine harte Schale zuzulegen, um nicht verletzt zu werden. Außerdem erforderte es auch der Job, dass sie ihre wahren Gefühle nicht offenherzig preisgab.

„Es war ein großer Erfolg, die Anführerin der Schattigen Unterwelt an die Oberfläche zu bringen", erwiderte sie nüchtern. „Wenn Tucana auf unserer Seite steht, haben wir die Schwarzweiße Stadt schon so gut wie zurückgewonnen. Von einem schwachen Erinnerungsvampir aus einem der Alpha-Camps weiß ich, dass sie nicht nur imstande ist, Erinnerungen zu manipulieren, sondern auch die Kriegsfähigkeit einer ganzen Gruppe von Sinnträgern gleichzeitig ausschalten kann. Damit werden wir die Totaa in die Knie zwingen."

Alfonsus griff lächelnd nach Victorias Hand und drückte einen sanften Kuss auf ihre Finger. „Ich bin unsagbar stolz auf dich."

Sie warf mir einen unbehaglichen Blick zu und entzog ihm ihre Hand. „Ich muss jetzt noch trainieren. Und du solltest an deiner Unsichtbarkeitsspanne ebenfalls noch arbeiten."

Ein pummeliger Sinnträger mit dunklen Locken wurde in diesem Moment von einem Energieball getroffen und schrie laut auf. Ich sah Blitze über seinen ganzen Körper zucken und mir wurde klar, dass nicht der Energieball, sondern seine Kriegsfähigkeit für diese Reaktion verantwortlich war. Schreiend rannte der Träger durch die Halle und eine Gruppe von anderen Kämpfern stob rasch auseinander, als er mit einem Brüllen einen gewaltigen Blitz aus seinen Augen in den Sandboden jagte.

„Konzentration bitte!", rief Victoria und marschierte zu dem pummeligen Sinnträger, der sich verschämt den Nacken rieb. „Wenn ihr eure Fähigkeiten noch nicht unter Kontrolle habt, müsst ihr in den abgeschirmten Bereichen trainieren! Und wenn du dich morgen auf dem Schlachtfeld nicht besser im Griff hast, wäre es besser, du kommst erst gar nicht mit", fuhr sie ihn an.

Alfonsus lächelte. „Sie hat Feuer."

„Oh ja, das hat sie", antwortete ich leise.

Nach dem Lautstärkepegel in der Trainingshalle war es fast eine Wohltat in den ruhigen Komplex des Hochsicherheitstraktes zu gelangen. Ich folgte einem gewundenen Gang bis zu einer schweren Tür aus Quarzgestein und wurde von zwei Wächtern mit einem kurzen Nicken durchgelassen. Offenbar hatte Simeon sie instruiert, mir die Besuche bei Ben zu erlauben, und ich war ihm unendlich dankbar dafür.

Der Boden in dem Gefängnistrakt war kalt und ich fröstelte unwillkürlich, als ich in den rechteckigen Raum trat, in dem sich acht identische Gefängniszellen befanden. Es waren durchsichtige Würfel aus dunkelgrauem Glas, die nebeneinander angeordnet worden waren. Aktuell waren nur zwei Kuben besetzt und ich war mit einem Schritt bei dem Würfel von Ben und legte meine Finger auf das graue Glas, das mit Sicherheit magisch verstärkt worden war, um unzerbrechlich zu werden.

„Ben", flüsterte ich und bereute es gleichzeitig, ihn zu wecken. Er lag auf einer schmalen schwarzen Liege und sah völlig erschöpft aus. Neben ihm auf einem Tisch befand sich ein Tablett mit den Resten einer warmen Mahlzeit. Simeon hatte also Wort gehalten und sich darum gekümmert, dass er gut behandelt wurde. Ich hatte nichts anderes erwartet, dennoch beruhigte es mich, zu wissen, dass zumindest für sein leibliches Wohl gesorgt wurde. Es war schon schlimm genug, von der ganzen Sinnlichen Welt verfolgt und für einen Schwerverbrecher gehalten zu werden.

In dem grauen Kubus neben Ben lehnte Tucana an der Wand. Sie trug noch immer ihr Ballkleid aus der Schattigen Unterwelt und man hatte ihr die Augen mit einem schwarzen Tuch verbunden. Obwohl sie ganz still dasaß und ihr Atem ruhig ging, war ich mir sicher, dass sie nicht schlief. Trotz ihrer fehlenden Arme und ihrer verbundenen Augen ging eine unterschwellige Bedrohung von ihr aus und ich spürte, wie mein Herz bei ihrem Anblick etwas schneller schlug.

„Ben", wiederholte ich ein zweites Mal leise, sodass mich Tucana nicht hören konnte, und endlich schlug er die Augen auf. Sein Körper fuhr kampfbereit in die Höhe und es dauerte einen Moment, bis er mich erkannte und sich seine Haltung entspannte.

„Lee", gab er ebenso leise zurück. „Was machst du hier?"

„Ich musste dich sehen." Ich legte beide Hände auf die dunkelgraue Scheibe und atmete tief durch. „Es ist so viel passiert."

„Es passiert ständig so viel", gab er tonlos zurück und fuhr sich durch seine dunklen Haare.

„Ich habe mit Simeon gesprochen", fuhr ich fort. „Er wird nicht zulassen, dass sie dich verurteilen."

„Ach ja? Und wie will er das anstellen?", fragte Ben bitter.

„Ich weiß es nicht", gab ich zu. „Aber ich vertraue Simeon."

Ben nickte und richtete den Blick auf seine Nachbarzelle, wo die reglose Erinnerungsvampirin saß. „Klar", murmelte er resigniert und das Gefühl, nichts für ihn tun zu können, zerriss mich innerlich.

„Du musst nur noch ein bisschen durchhalten", sprach ich weiter, einfach deshalb, weil Trost das Einzige war, was ich ihm im Moment anbieten konnte. „Simeon hat mir erzählt, dass sie morgen einen Angriff auf die Schwarzweiße Stadt geplant haben."

Bens Kopf ruckte zu mir herum und ich stockte.

„Du hast doch nicht vor, dabei zu sein?", fragte er scharf.

Ich atmete tief ein und wusste nicht, was ich sagen sollte. „Ich würde gerne helfen."

Ben lachte hart auf und wurde etwas lauter. „Aber sie werden dich nicht helfen lassen, Lee. Du bist die Freundin des *Mörders*."

Ein süffisantes Lächeln erschien auf den Zügen von Tucana und die Boshaftigkeit ihres Gesichtsausdrucks jagte mir einen Schauer über den Rücken.

„Es ist zu schade, dass ich euch morgen nicht auf dem Schlachtfeld erleben werde", erhob sie ihre tiefe Stimme. Mit einer geschmeidigen Bewegung stand sie in der Nachbarzelle auf und bewegte sich trotz ihrer schwarzen Augenbinde völlig sicher zum Glas. „Ich hätte mich sehr gefreut, euch beide sterben zu sehen."

Mein Puls beschleunigte sich. „Du kannst froh sein,

dass Victoria dich vor den Schatten gerettet hat", presste ich hervor und wünschte, es wäre anders gewesen.

„Sie wird noch viel mehr tun", erklärte die Gezeichnete und ein tiefes, kehliges Lachen entrang sich ihrer Brust.

„Was meinst du?", fragte ich, obwohl ich es gar nicht wissen wollte. Die Selbstzufriedenheit, mit der sich Tucana hier präsentierte, gefiel mir ganz und gar nicht.

„Sie brauchen meine Hilfe, dumme Wächterin. Und diese Hilfe hat ihren Preis."

Auch ohne Tucanas schwarze Augen zu sehen, wusste ich, was sie verlangt hatte. „Die Schatten", hauchte ich. „Victoria wird dir bei den Schatten helfen."

Ein boshaftes Lächeln umspielte Tucanas Mund. „Ich werde mein Königreich wieder auferstehen lassen. Es wird in neuem Glanz erstrahlen, und wenn es das tut, werde ich Störenfriede wie dich noch schneller beseitigen."

„Halt den Mund, keiner will deine Drohungen hören", knurrte Ben und ich sah, wie sich seine Kinnpartie anspannte. „Wer garantiert denn, dass Victoria ihr Wort halten wird?"

Ben hatte recht. Victoria hatte schon einmal im Zweiten Sinnlichen Krieg einen Angstträger um das Violette Buch der Macht betrogen. Sie scheute also nicht davor zurück, zu lügen, um zu bekommen, was sie wollte.

„Darüber mach dir keine Sorgen", entgegnete Tucana nur kalt und wandte ihren Kopf in Bens Richtung. „Ich werde bekommen, was ich will."

„Sagt die Frau, die in der Nachbarzelle sitzt", ätzte Ben und ich sah an ihrer Körperreaktion – es war nur eine minimale Bewegung –, dass sie sich zu ärgern begann. Tucana hatte bewiesen, dass sie keine männlichen Sinnträger mochte, und Ben, der ihr hier offen Kontra bot, war ihr sichtlich ein Dorn im Auge.

„Ihr solltet euch lieber um euren Freund Sorgen machen", bemerkte sie und das boshafte Lächeln kehrte in ihr Gesicht zurück.

„Wie bitte?", fragte ich und machte einen Schritt nach vorn.

„Du hast mich schon verstanden", entgegnete sie mit tiefer Stimme. „Hier drinnen hört und erfährt man mehr, als ihr glaubt. Der totgeglaubte Gestalter, er will eurem Freund nichts Gutes. Ich erkenne, ich fühle das Böse, wenn es mir begegnet, und ich habe es bei ihm gespürt. Die Dunkelheit in ihm wächst von Minute zu Minute." Sie lachte wieder ihr kehliges Lachen, doch diesmal schoss es mir in Mark und Bein. Auch Ben verstummte für einen Augenblick.

„Wenn ich nicht über meine Fähigkeiten verfügen würde, dann würde ich euren Freund morgen in der Schlacht erledigen. Da ist es einfach, und eine Leiche mehr oder weniger wird nicht auffallen."

Ben und ich blickten Tucana schockiert an und auf irgendeine Weise schien sie das zu spüren, denn sie lächelte noch breiter. „Vielleicht sehen wir uns morgen ja doch auf dem Schlachtfeld?"

***

Der nächste Morgen brach mit einem unschuldigen zartvioletten Schimmer am Horizont an. Ich hatte in der Nacht nicht viel geschlafen und stand nun am Fenster meines Gemaches, von wo aus man einen fantastischen Blick auf den weitläufigen Platz hinter der Pyramide hatte. Ein riesiges Heer hatte sich dort unten versammelt und die Spitzen ihrer Waffen glänzten in der Sonne.

Die Neue Acht hatte jeden kampftüchtigen Sinnträger,

der auf unserer Seite stand, heute hierher beordert, um dem Krieg gegen die Totaa das lang ersehnte Ende zu bereiten. Ich sah die Standarten der acht Länder im Wind flattern und wusste, dass dies jetzt der entscheidende Moment war.

Heute würde über das weitere Schicksal der Sinnlichen Welt entschieden werden.

Und die Neue Acht wollte nicht, dass ich dabei war.

Mit zusammengepressten Lippen beobachtete ich, wie ein Bataillon nach dem anderen auf das riesige Teleportationsfeld marschierte, das die Magiebegabten in der Mitte des Platzes installiert hatten. Es bestand aus einer funkelnden grünen Fläche, die leise vor sich hin brummte, und ich verstand, dass dies die Mission gewesen war, von der Simeon gesprochen hatte. Offenbar hatte er das Gegenstück zu diesem Teleportationsfeld in der Nähe der Schwarzweißen Stadt installiert, um große Mengen an Kriegern gleichzeitig dorthin transportieren zu können. Es war ein genialer Plan – und ein gefährlicher, falls die Totaa das Feld entdeckt hatten. Aber so wie ich Simeon einschätzte, hatte er mit einem Tarnzauber dafür gesorgt, dass das nicht passierte.

Angespannt ließ ich meinen Blick über das riesige Heer schweifen. Wenn der Plan der Neuen Acht heute nicht aufging, wenn sie es nicht schafften, die Totaa zu besiegen und die Schwarzweiße Stadt zurückzuerobern, war das gleichzeitig unsere endgültige Niederlage.

In diesem Moment sah ich, wie Tucana schwer bewacht auf das Teleportationsfeld geführt wurde. Sie trug noch immer ihre Augenbinde und ihre langen pechschwarzen Haare wehten hinter ihr im Wind. Ihr zerrissenes Ballkleid hatte sie gegen einen spinnwebenfeinen Kampfanzug getauscht, der die Stümpfe ihrer fehlenden Arme freiließ.

Victoria begleitete sie und mir war klar, dass Tucanas Worte in dem Gefängnis nur darauf abgezielt hatten, Ben und mich zu provozieren. Doch sie hatte einen wunden Punkt getroffen. Simeon hatte Angst vor Coel, er hatte von Traumvisionen gesprochen – und auch ich hatte ein ungutes Gefühl, wenn ich an den ehemaligen Gestalter dachte.

Die Neue Acht hatte sich nun ebenfalls auf dem Platz versammelt, und obwohl sie nur acht gleich große Gestalten in farbigen Kapuzenumhängen waren, deren Gesichter man nicht sehen konnte, ging von ihnen doch eine Autorität aus, welche die anderen Sinnträger Abstand halten ließ. Nicht unweit von ihnen stand Coel in einer dunkelgrünen, hochgeschlossenen Kriegsmontur, die beinah schon schwarz wirkte. Auf seiner Brust lag der schimmernde Kristall, den er niemals abzulegen schien und in dessen Innerem Licht und Schatten miteinander rangen. Immer wieder wanderten seine Finger zu dem Stein auf seiner Brust und ich sah, dass seine hasserfüllten Augen einzig und allein auf Simeon gerichtet waren. Beziehungsweise auf den Grünen Gestalter, der sich in der Mitte der neuen Acht aufhielt und die Teleportationstransporte der Truppen beobachtete.

Ich heftete meinen Blick auf Coel und fühlte, wie die Anspannung in meinem Körper immer weiter wuchs. Das, was Simeon in seinen Traumvisionen gesehen hatte und was auch Tucana gestern gesagt hatte, stimmte wahrscheinlich wirklich. Wenn wir nichts unternahmen, würde der ehemalige Gestalter des Erstaunens Simeon töten.

Und das würde ich nicht zulassen.

Als ein Großteil der Truppen abgereist war, wandte ich mich vom Fenster ab und machte mich auf den Weg hinunter in den Hochsicherheitstrakt. Die Trainingshalle lag verlassen da und weil es nur einen einzigen Gefangenen gab, hatte die Neue Acht nicht mehr als zwei Wächter abkommandiert, welche die schwarze Tür bewachen sollten. Es waren dieselben wie gestern Abend und sie nickten mir freundlich zu, als sie mich näher kommen sahen. Ich lächelte ebenso freundlich zurück und setzte sie so schmerzfrei wie möglich mit meiner Kriegsfähigkeit außer Gefecht, indem ich ihnen ihre eigenen Waffen an den Kopf schlug. Danach trat ich über die Schwelle und zwang das unzerbrechliche Glas, meinem Willen zu gehorchen und einen Durchgang für Ben freizugeben. Ben war erleichtert, mich zu sehen, war aber von meinem Plan nicht besonders angetan.

Doch kurze Zeit später standen wir schon am Rande des Platzes, wo gerade die letzten Truppen im Begriff waren, das Teleportationsfeld zur Schwarzweißen Stadt zu benutzen.

„Letzter Aufruf zur Teleportation!", erklang eine volltönende Stimme und ich drückte Bens Hand etwas fester.

„Wir sind total verrückt, weißt du das?", flüsterte er mir zu. „Auszubrechen, um bei einer Schlacht mitzukämpfen, in der sie uns nicht wollen und bei der wir wahrscheinlich draufgehen."

„Ich weiß", gab ich zurück. „Aber mein Gefühl sagt mir, dass Coel Simeon töten will, und ich kann nicht tatenlos zusehen."

Er seufzte. „Das konntest du nie."

Ich grinste ihn an und dann rannte ich mit ihm quer über den Platz zu dem grün funkelnden Feld. Die Krieger und Kriegerinnen, die noch schnell auf die Plattform huschten, waren alle so sehr mit sich selbst beschäftigt, dass keiner auf uns beide achtete.

„Letzter Aufruf!", erklang wieder die gehaltvolle Stimme.

Dann leuchtete Simeons Teleportationsfeld grün auf und Ben und ich wurden in die Höhe gerissen.

***

Das Erste, was ich sah, als ich auf dem Teleportationsfeld vor den Toren der Schwarzweißen Stadt landete, war der riesige, schmutzig weiße Kubus, der sich Hunderte von Metern über die Dächer unserer ehemaligen Heimatstadt erhob. Er war genauso abstoßend und hässlich, wie ich ihn in Erinnerung hatte, und er schien uns mitten ins Gesicht zu lachen, weil wir es gewagt hatten, mit so einer lachhaft kleinen Armee in den Kampf zu ziehen.

Denn unsere Zahl war lächerlich gering im Vergleich zu der weißen Masse, die uns aus den Stadttoren entgegengewalzt kam und uns auf dem offenen Feld davor erwartete.

Offenbar hatten die Totaa gewusst, dass wir kommen würden, und es schien, als hätten sie nur darauf gewartet. Sie hatten sich nicht einmal die Mühe gemacht, etwas gegen das Teleportationsfeld zu unternehmen. Anscheinend wollten sie, dass wir alle kamen, damit sie uns ein für alle Mal ausmerzen konnten.

„Verdammt, wo kommen die alle her?", stieß Ben hervor und ließ seinen Blick angewidert über die gewaltige Masse an weißen Kapuzenträgern schweifen. „Hatten die sich bisher in den Höhlen verkrochen?"

„Ich weiß es nicht", gab ich leise zurück. „Ich weiß

nur, dass das kein leichter Kampf wird."

In diesem Augenblick ertönte ein kräftiger Trommelschlag, der ganz langsam begann. Er kam von einem riesenhaften weißen Kapuzenträger auf der Stadtmauer. Er war so weit weg, dass ich sein Gesicht nicht erkennen konnte, aber ich hörte das dumpfe Dröhnen der Trommeln, das seinen Rhythmus immer weiter beschleunigte.

Unsere Armee stand dem Feind still gegenüber. Wir waren ihnen etwa 1:3 unterlegen und ich hoffte, die Neue Acht hatte diese Übermacht in ihre Überlegungen mit einkalkuliert und hatte einen entsprechenden Plan.

Der Trommelschlag der Totaa wurde jetzt immer schneller und das Heer an Kapuzenträgern stieß ihre Speere im Takt dazu auf den Boden. Es war ein rhythmisches Pochen, das sich immer weiter steigerte, immer lauter und immer schneller, bis die Totaa plötzlich innehielten und sich eine unwirkliche Stille über das Schlachtfeld senkte.

Für einen Moment war es so, als würde die Welt den Atem anhalten – und dann ertönte das Signal zum Angriff. Ich sah, wie sich die weißen Reihen geschlossen auf uns zubewegten, während auch in unser Heer Bewegung kam und wir ebenfalls voranmarschierten. Ben griff nach meiner Hand und gemeinsam lösten wir uns aus der Formation und kletterten auf eine grasbewachsene Anhöhe, um einen besseren Überblick zu haben. Es war riskant, sich dem Feind so ungeschützt zu präsentieren, aber wir mussten Coel finden.

Ein Stück entfernt sah ich die Neue Acht von diversen Schutzzaubern umgeben in der Mitte ihrer Kämpfer und Kämpferinnen auf den Feind zumarschieren. Um jeden Gestalter lag eine Schutzblase in seiner Sinnesfarbe.

Rund um diese farbenfrohen Abwehrzauber hatte sich die Elite unseres Heeres formiert und ich verstand, dass Simeon und die anderen aus dem Kreis der Neuen Acht sich dafür entschieden hatten, in der Mitte ihrer Leute zu kämpfen, um die Truppen zu motivieren.

Etwas entfernt von den bunten Gestalterblasen sah ich Victoria und Tucana in einem eigenen geschützten Kreis dem Feind entgegenmarschieren. Die Erinnerungsvampirin trug keine Augenbinde mehr, doch ich wusste nicht, ob sie ihre Kriegsfähigkeit schon einsetzte oder nicht.

Coel konnte ich in dem Gewirr aus Leibern nirgendwo entdecken und mit jeder Sekunde, die verstrich, wurde ich immer unruhiger.

„Wenn wir ihn nicht finden, müssen wir uns einfach bis zu Simeon durchkämpfen und in seiner Nähe bleiben!", rief ich Ben über das Donnern der Kriegstrommeln und Trappeln der Füße hinweg zu. Immer schneller rückte die Armee der Totaa vor und ich sah, dass es nicht mehr lange dauern würde, bis die beiden Heere aufeinanderstießen. Hektisch suchten meine Augen ein letztes Mal die Reihen ab, mein Wachsamkeitslicht leuchtete hell auf - und dann sah ich ihn.

Coel befand sich direkt hinter den Elitesoldaten, die die Neue Acht schützten, und sein Gang zeugte von solcher Entschlossenheit, dass mir ganz anders wurde.

„Da!", rief ich und zeigte auf ihn, bevor ich von der Anhöhe mit einem Satz hinunter ins Gras sprang und in seine Richtung lief. Ben hielt sich direkt an meiner Seite und wir kamen dem ehemaligen Gestalter immer näher. Ich sah, wie er ein paar Worte murmelte und ein hellgrüner Energieball zwischen seinen Handflächen erschien. Sein Blick war dabei ausschließlich auf

Simeon gerichtet und mein Puls schoss in die Höhe. Er wollte ihn tatsächlich töten. Es fehlten uns noch etwa dreißig Schritte, als plötzlich ein absurd lautes Krachen erklang, und ich begriff, dass die beiden Heere in diesem Augenblick aufeinander geknallt waren.

„KRIEGSFÄHIGKEITEN!", hallte ein dunkler Ruf über die Ebene und zur gleichen Zeit war es, als würde eine Welle durch die Totaa laufen. Und dann brach die Hölle los.

Die gesamte erste Reihe verwandelte sich in Bestien mit messerscharfen Gebissen oder raubtierähnlichen Krallen und sie stürzten sich mit einem bestialischen Kreischen auf unsere Leute.

„TUCANA!", brüllte Victoria nur einen Herzschlag später und ich sah, wie sich die Vertrauensträgerin mit der armlosen Vampirin auf einen Hügel teleportierte, von dem aus man das gesamte Heer der Totaa überblicken konnte.

Tucana richtete sich kerzengerade auf und ihre pechschwarzen Augen glitten über das Land. Einen Moment später wurde aus dem Kreischen der Totaa ein Winseln, als sie ihre Kriegsfähigkeiten von einer Sekunde auf die andere wieder verloren und sich die messerscharfen Gebisse und Krallen wieder zurückzogen. Mit einem Brüllen stürzten sich unsere Soldaten auf ihre Feinde und ab diesem Zeitpunkt brach das totale Chaos aus. Magische Geschosse schwirrten durch die Luft, glühende Waffen wurden geschwungen und Todesschreie hallten über die Grasebene. Ich rannte mit Ben gemeinsam durch die Reihen der Kämpfer und versuchte, Coel wiederzufinden, den ich aus den Augen verloren hatte. Der Kampf hatte nun auch die hinteren Reihen erreicht und ich sah überall Totaa und Anhänger der Neuen Acht aufeinander losgehen. Es war ein Gemetzel ohne Gnade und mir wurde bewusst, dass ich dem Krieg noch nie so schonungslos in die Augen geblickt hatte.

„TÖTET DIE TOTAA!", hallte ein Ruf durch unsere Truppen. Eine Gruppe Naturverbundener ließ in Windeseile riesige Schlingpflanzen aus dem Boden brechen, deren fleischige Pflanzenarme nach den weißen Kapuzenträgern schnappten und sie hinunter ins lockere Erdreich rissen, wo sie elend erstickten.

Ein muskulöser Tierverbundener, der auf unserer Seite stand, rannte brüllend in eine Gruppe von Feinden und ließ seine gewaltige Faust dann mit einem lauten Schrei auf den Boden krachen.

Eine heftige Erschütterung raste über die Grasebene und ich sah, wie sieben Totaa gleichzeitig von den Beinen gerissen wurden, die sich direkt am Epizentrum befunden hatten. Ein weiterer aus unserem Heer nutzte diese Gelegenheit – es war der pummelige Träger aus der Trainingshalle. Knisternde Blitze rasten über seinen ganzen Körper und als er die Augen aufriss, zuckten sie direkt aus seinen Pupillen auf die gefallenen Feinde. Ich hörte die qualvollen Schreie der Totaa und konnte ihr verbranntes Fleisch bis hierher riechen.

„Weiter!", drängte Ben und raste mit mir durch die Menge. Er setzte seine Kriegsfähigkeit ständig ein, denn keiner von den Kapuzenträgern kam in meine Nähe. Sie alle wendeten ihre Waffen gegen sich selbst, sobald sie auch nur in meine Richtung blickten. Da Coel wie vom Erdboden verschwunden war, hatten wir unseren Kurs geändert und hielten nun auf die Neue Acht zu. Die Angst um Simeon pochte in meiner Brust und ich hielt ständig Ausschau nach Coel, dem ich durchaus zutraute, dass er aus dem Verborgenen angriff.

Dabei unterstützten Ben und ich unsere Leute, so gut es ging, mit unseren Kriegsfähigkeiten. Das Schlachtfeld war übersät von fallen gelassenen Waffen oder Schilden, die ich wie bei einem Tornado in die Höhe wirbeln ließ und sie gegen jene Totaa schleuderte, die gerade im Begriff waren, zum tödlichen Hieb auszuholen. Ich versuchte die Totaa jedoch nicht zu töten, sondern nur durch einen heftigen Schlag gegen den Kopf auszuknocken, da ich nicht wusste, wie viele von ihnen gezwungen worden waren, hier gegen uns zu kämpfen.

Ben hingegen kannte keine Gnade. Sein Gesicht war zu einer Maske des Hasses erstarrt und er wütete mit einer Grausamkeit unter unseren Feinden, dass ich teilweise den Blick abwenden musste.

„Da ist Simeon!", rief er nun und deutete keuchend auf den Kern der Neuen Acht. Sie schlugen sich mit ihrer Elite-Einheit eine Schneise durch die weißen Kapuzenträger und ich spürte eine spontane Erleichterung, weil alle ihre Schutzschilde noch intakt waren. Die acht Gestalter kämpften auf ganz verschiedene Arten. Es war eine wilde Mischung aus Magie, Kraft und Kriegsfähigkeiten, die sie gemeinsam ihren Feinden entgegensetzten und sich dabei in atemberaubender Eleganz über das Schlachtfeld bewegten. Der Gelbe Gestalter – oder die Gelbe Gestalterin – beherrschte eine faszinierende Kampfkunst, bei der sein oder ihr Körper nur aus wirbelnden Gliedmaßen zu bestehen schien. Aus Simeons Fingerspitzen schossen ständig magische Energiefunken, die wie glühende Motten um seinen Körper schwirrten und sich dann mit einem Zischen in die Augen seiner Feinde brannten.

Schwer atmend blieb ich stehen. Wir befanden uns irgendwo in der Mitte des Schlachtfeldes und ich hatte komplett den Überblick verloren, ob nun wir oder die Totaa im Vorteil waren, als ein zischendes Geräusch ertönte und ein rot glühender Sprengkörper neben uns einschlug, der kurz vor der Detonation stand. Einer unserer Magiebegabten riss blitzschnell einen Energieschutzschild in die Höhe, der das Schlimmste abfing, dennoch wurden Ben und ich von den Beinen gerissen.

Am Boden liegend, sah ich mehrere Dutzend brennende weiße Pfeile über den Himmel fliegen und im nächsten Moment schrie Victoria laut auf. Ich hätte ihre Stimme überall erkannt und kämpfte mich auf die Beine, um zu sehen, was passiert war. Victoria lag zusammengekrümmt auf der Anhöhe und ihr ganzes Gesicht war voller Blut. Erschrocken starrte ich auf die Vertrauensträgerin und spürte, wie mein Herz einen Schlag aussetzte.

Ich wusste nicht, ob es daran lag, dass wir aus einer Blutlinie stammten, aber der Gedanke, dass sie sterben könnte, schockierte mich zutiefst. Im nächsten Moment richtete sie sich schwankend wieder auf und ich sah, dass es nicht Victorias Blut war, das ihr Gesicht bedeckte.

Es gehörte Tucana.

Die Erinnerungsvampirin war von mehreren weißen Pfeilen durchbohrt worden und lag in verrenkter Haltung auf dem Hügel. Ihre pechschwarzen Augen starrten blicklos in den Himmel und aus ihren blutroten Lippen lief ein dünnes rotes Rinnsal.

Voller Entsetzen starrte Victoria auf das Meer an weißen Leibern auf dem Schlachtfeld und keine Sekunde später ging ein Triumphgeheul durch die Totaa.

„KRIEGSFÄHIGKEITEN!", hallte der neuerliche Ruf über die Ebene und diesmal gab es niemanden, der sie aufhielt.

Einem Totaa direkt neben uns schossen ledrige Flügel aus dem Rücken und er stieg mit fünf weiteren, die eine ähnliche Fähigkeit hatten, aus verschiedenen Bereichen des Schlachtfelds empor. Ich sah eine Kämpferin mit Fledermausflügeln, die aus unseren Reihen stammte, einem brutalen Angriff in der Luft mit einem Salto ausweichen, um dann von einem feindlichen Magiebegabten mit einem Feuerball abgeschossen zu werden.

„Scheiße", murmelte Ben neben mir, als er sah, wie die körperlichen Verbesserungen der Totaa wieder zutage traten und sie sich mit neuem Elan auf unsere Truppen stürzten. „Sie werden die Überhand gewinnen."

Wie zur Bestätigung seiner Worte erhob sich in diesem Moment eine schwebende weiße Plattform aus dem hinteren Teil des Heeres. Meine Augen huschten über das Meer an brennenden, verstümmelten und zerfetzten Leichen und ich erkannte mit Schrecken Jesper und seine drei Begleiterinnen auf der weißen Plattform. Der Gespaltene trug eine brennende rote Uniform, deren Flammen hoch in den Himmel schlugen, und war heute noch schrecklicher anzusehen als das letzte Mal. Seine drei Begleiterinnen waren alle in Schwarz gekleidet und ich schluckte, als ich die eiskalten blauen Augen von Tara sah. Ihre langen blonden Haare flossen ihr in weichen Wellen über den schlanken Körper und ihr Blick ließ unsere Kämpfer nacheinander mitten in der Bewegung erstarren, sodass sie mühelos von den Totaa abgeschlachtet werden konnten.

„TÖTET SIE!", brüllte Jesper mit magisch verstärkter Stimme über das Schlachtfeld und Blut tropfte von seiner zerstörten rechten Gesichtshälfte. „TÖTET SIE

ALLE! Wir werden die Geschichte der Sinnlichen Welt heute neu schreiben und uns von dem Abschaum der Menschverbundenen ein für alle Mal befreien!"

Ein enthusiastisches Kreischen erhob sich daraufhin unter den Totaa und ich sah, wie unsere Leute ihre Geschosse, ob magischer oder nichtmagischer Natur, auf den Gespaltenen abfeuerten. Doch die weiße Plattform, auf der Jesper stand, wurde von einem so starken Kriegsschutz umhüllt, dass er und seine Begleiterinnen nur höhnisch lachten. Scheinbar handelte es sich dabei um eine ähnliche Magie, wie sie auch die Neue Acht einsetzte: Das Schild fing jegliche Angriffsmagie von außen ab, ließ aber die magischen Attacken aus dem Inneren nach außen zu. Die Rothaarige legte nun den Kopf in den Nacken und reckte beide Arme in die Höhe. Dann öffnete sie ihre vollen Lippen und begann zu schreien. Es war ein hoher, unangenehm schriller Laut und nur wenige Herzschläge später erfüllte ein ohrenbetäubendes Rauschen die Luft und die Sonne wurde von Millionen von Schreikäfern verdunkelt. Es war ein ganzer Schwarm und die rötlich glänzenden Insekten schraubten sich kreischend in die Höhe und stürzten sich dann alle gemeinsam auf die Schutzschilde der Neuen Acht.

Entsetzt beobachtete ich, wie der magische Schutz erzitterte, und spürte, wie Ben meine Hand fester drückte. Sein Gesicht war voller Hass auf Jesper und seine Begleiterinnen gerichtet und ich wusste, dass wir uns nicht länger nur um Simeon kümmern konnten.

Unsere Niederlage stand kurz bevor.

„Wir müssen", setzte Ben an und ich drückte seine Hand fest zurück. „Ich weiß", sagte ich leise. „Wir müssen dorthin."

Gemeinsam kämpften wir uns immer näher an die weiße Plattform heran. Es sah wirklich nicht gut für unsere Seite aus und Jespers bösartiges Lachen mischte sich mit dem hohen Schrei der Rothaarigen und bildete ein fürchterliches Crescendo, das zu dem ganzen Morden ringsum passte. Immer wieder passierte es, dass unsere Kämpfer mitten in der Bewegung erstarrten, und ich wusste, dass dies Taras Werk war. Die Schreikäfer verdunkelten nach wie vor den Himmel und ließen die Feuerbälle der Dunkelhaarigen noch heller aufleuchten, die sie von ihren Handinnenflächen auf ihre Feinde schleuderte. Sie musste eine Magiebegabte sein.

„Vorsicht!", schrie ich, als eines der brennenden Geschosse direkt auf uns zuraste. Verzweifelt versuchte ich, meine Kriegsfähigkeit einzusetzen, aber bei dem Feuerball handelte es sich nicht um jene Art von Materie, die ich beherrschen konnte. Ben ließ meine Hand los und ich sah nur noch, wie er beide Hände gegen seine Schläfen presste, bevor drei Totaa neben uns ihre Kämpfe unterbrachen und sich von verschiedenen Seiten vor mich warfen, um den Feuerball mit ihren Körpern abzufangen. Nur einen Moment später explodierte eine Blendgranate irgendwo in der Nähe.

Es ging alles ganz schnell. Die magische Detonation rauschte wie eine Druckwelle über mich hinweg und ich spürte, wie ich von den Füßen gerissen wurde. Meine Augen schmerzten von der gleißenden Helligkeit und als ich wieder auf die Beine kam, war Ben nirgendwo zu sehen. Keuchend stolperte ich zwischen den kämpfenden, schreienden und blutenden Leibern hindurch.

„Ben!", rief ich und drehte mich im Kreis. Mein Herz schlug so schnell, dass es sich wie ein Trommelfeuer in meinen Ohren anhörte, und ich rief erneut seinen

Namen.

Und dann sah ich ihn. Er war in einen Nahkampf mit einem fetten Totaa verstrickt, der seine fleischigen Finger um Bens Hals gelegt hatte. Noch bevor ich reagieren konnte, zog der Totaa die Hände von Ben zurück und legte sie sich stattdessen selbst um den Hals. Im selben Moment kam die weiße Plattform mit Jesper auf Ben zugeschwebt und ich sah das boshafte Funkeln in den Augen des Gespaltenen.

Jesper zog mit einer fließenden Bewegung einen glühenden Dolch aus seinem brennenden roten Anzug und ich rannte dorthin, während meine Kriegsfähigkeit laut aufbrüllte. Ich fühlte ihre flüssige Hitze wie ein wildes, ungezähmtes Tier durch mich hindurchrauschen. Tara richtete ihren hasserfüllten Blick auf Ben, um ihn mithilfe ihrer Fähigkeit zu lähmen, und da, in genau diesem Moment kanalisierte ich meinen Zorn. Meine Kriegsfähigkeit packte die weiße Plattform und schleuderte sie mit all meiner mentalen Kraft zu Boden. Die weiße Scheibe knallte auf die Erde und die Erschütterung war so stark, dass ich die Vibration bis in meine Beine fühlen konnte. Und dann sah ich einen hellen Blitz, als die Energieblase rund um Jesper und seine drei Begleiterinnen einen Riss bekam und in einer Explosion aus Licht zerplatzte.

Die Rothaarige hörte endlich auf zu schreien und es war, als würden beide Heere für einen Moment den Atem anhalten. Die Totaa starrten erschrocken auf ihren gefallenen Anführer, während es unseren Truppen neue Motivation gab.

„FÜR DIE NEUE ACHT!", hörte ich einen Schlachtruf über die Wiese hallen und sah, wie sich die Reste unseres Heeres neu formierten. Ben hatte in der Zwischenzeit die abgestürzte weiße Plattform erreicht und stürzte sich mit einem Brüllen auf Jesper. Ich sah, wie die Dunkelhaarige ausholte, um einen ihrer Feuerbälle auf Ben zu schießen, und reagierte, ohne nachzudenken. Meine Kriegsfähigkeit riss einem Totaa einen blutverschmierten Speer aus den Fingern und durchbohrte damit das Herz der Sinnträgerin. Die Rothaarige beobachtete den Tod der Dunkelhaarigen und schien jetzt erst zu realisieren, dass sie nicht länger durch das Energiefeld geschützt waren. Mit einem Keuchen krabbelte sie rückwärts, verlor das Gleichgewicht und stürzte von der schiefen Plattform auf das Schlachtfeld.

Ben und Jesper rangen in der Zwischenzeit erbittert miteinander und ich sah, wie die Flammen des Feueranzugs zischend über Bens Haut züngelten. Die Plattform war jetzt nur noch wenige Schritte entfernt und ich war eben im Begriff, meine Kriegsfähigkeit erneut einzusetzen, als ich mitten in der Bewegung erstarrte.

Im ersten Moment verstand ich nicht, was passiert war, doch dann fing ich Taras Blick auf. Ihre himmelblauen Augen bohrten sich unbarmherzig in meine und ich wusste, dass sie für meine Lähmung verantwortlich war. Wütend versuchte ich, gegen ihre Kriegsfähigkeit anzukämpfen, doch sie war zu stark. Erbarmungslos nagelte sie mich auf dem Schlachtfeld fest, nur wenige Schritte von Ben entfernt, der mit Jesper um sein Leben kämpfte.

Ich sah, wie Jesper den glühenden Dolch zückte, sah, wie er ihn in die Höhe hob, während sie beide auf der weißen Plattform miteinander rangen – und wollte schreien. Die starken Muskeln des ehemaligen Beschützers spannten sich an und ich sah, wie die dünne Haut seiner rechten Wange bei der Anstrengung aufplatzte und ein Schwall von Blut seinen Kragen tränkte. Jespers gespaltenes Gesicht zeigte einen Ausdruck blinden Zorns und mir war klar, dass er Ben töten wollte.

Aber ich konnte nichts tun. Ich konnte nur zusehen, wie Jesper seinen Arm mit dem Dolch immer höher hob – und dann in dieser Bewegung verharrte. Mit einem Keuchen stieß sich Ben von ihm ab und krabbelte zurück. Sein Körper war von Brandwunden übersät, aber seine dunklen Augen wirkten siegessicher. Ben hatte die Kontrolle über seinen Gegner übernommen. Mit einem gequälten Schrei betrachtete Jesper den glühenden Dolch in seiner eigenen Hand und seine stahlblauen Augen quollen aus seinem zerstörten Gesicht.

„Und jetzt stirb", knurrte Ben und Jespers zitternder Arm schoss auf seine eigene Brust zu.

„Neeeein!", schrie Tara und warf sich im Reflex dazwischen. Ich hörte ein Reißen, als der glühende Dolch in den Stoff ihres schwarzen Anzugs eindrang, und ich spürte dasselbe Reißen, als ihre Kriegsfähigkeit von einer Sekunde auf die andere erlosch.

Sofort war ich wieder frei. Vom Schwung meiner letzten Bewegung getragen, stolperte ich einen Schritt nach vorn und blickte fassungslos auf das Bild, das sich mir bot. Jespers glühender Dolch steckte in Taras Brust und mit ihrem letzten Atemzug blickte sie Ben an. Dann wurde ihr Blick starr und sie brach tot auf der weißen Plattform zusammen.

Für einen Moment schienen die Geräusche in den Hintergrund zu rücken. Ich sah Bens schockierten Gesichtsausdruck und Jespers gehetzten, als ihm bewusst wurde, wie knapp er dem Tod entronnen war und dass

Ben gleich wieder die Kontrolle über ihn übernehmen würde. Und bevor einer von uns noch reagieren konnte, drückte Jesper auf eine silberne Scheibe an seinem Handgelenk und verschwand in einer roten Flammensäule.

Ein lauter Jubel folgte von unserer Seite des Heeres auf seine Flucht und ich spürte richtig, wie der Triumph über den Gespaltenen unsere Seite mit neuer Energie erfüllte.

„FÜR DIE NEUE ACHT!", brüllten unsere Leute, während einige Totaa ihre Waffen fallen ließen und genauso die Flucht ergriffen wie die zweite Hand des Anführers.

Ben kam auf mich zugetorkelt und ich stützte ihn, während ich mich nach Simeon und den anderen Gestaltern umsah. Von ihren Schutzzaubern war nicht viel übrig – ich konnte nur noch vier intakte Blasen in den Farben Rot, Blau, Weiß und Gelb ausmachen –, aber sie kämpften nichtsdestotrotz mit ungebremster Kraft und bisher war noch kein Einziger von ihnen gefallen.

Der Anblick gab mir Hoffnung. Und nicht nur mir. Es war, als würde eine Welle der Zuversicht und Stärke über das Schlachtfeld rollen. Unsere Truppen rückten immer weiter vor und drängten die Totaa langsam in Richtung der Stadttore zurück. Da ich noch immer nicht wusste, wo Coel steckte, kämpften Ben und ich uns zu der Neuen Acht, doch meine Angst von vorhin war einem zaghaften Optimismus gewichen. So wie es aussah, konnten wir wirklich siegen.

Wir konnten diese Schlacht gewinnen und damit den Krieg beenden. Der Gedanke fühlte sich noch ganz ungewohnt an, aber ich genoss ihn mit jeder Faser meines

Körpers.

In diesem Moment fuhr ein schwarzer Blitz direkt aus dem wolkenlosen Himmel in die Erde. Der Einschlag war von einer solch elementaren Kraft, dass jeder auf dem Schlachtfeld seinen Blick in diese Richtung wandte. Eine dunkle Rauchwolke stieg Hunderte Meter hoch in den Himmel und eine kalte Hand griff nach meinem Herzen, als ich sah, wie der Schwarze Meister aus der dampfenden Kuhle stieg, die sich im Boden gebildet hatte. Seine schwarze Kapuze war tief ins Gesicht gezogen und er schritt gemäßigten Schrittes auf die Neue Acht zu, die von einem letzten Rest an Elitesoldaten umgeben war.

„Willkommen", sagte der Schwarze Meister und seine Stimme war weithin zu vernehmen. „Willkommen vor den Toren meiner Stadt." Er ließ seinen Kopf einmal über die gesamte Breite des Schlachtfeldes schweifen und in der Bewegung lag solch eine Ruhe und Überlegenheit, dass ich an unserem Sieg wieder zu zweifeln begann.

„Ihr habt euch überraschend tapfer geschlagen", fuhr der Schwarze Meister fort und seine Stimme klang beinah wie die eines lobenden Vaters. „Aber nun ist es an der Zeit, diesem lästigen Krieg ein Ende zu bereiten."

Eine unglaublich dunkle Präsenz ging von ihm aus und ich lauschte atemlos seinen Worten.

„Ich weiß es zu schätzen, dass ihr alle noch am Leben seid", fuhr er an die Neue Acht gewandt fort. „Vielen Dank. Auf diese Weise wird mir das nun Folgende noch mehr Vergnügen bereiten." Mit diesen Worten bewegte er sanft seine behandschuhten Finger, fast wie ein Dirigent, der ein Orchester leitete. Ein grauer Nebel kroch über den Boden des Schlachtfeldes und hüllte alles ein. Kurz darauf hörte ich einen ersten Todesschrei, rasch gefolgt

343

von einem weiteren. Ich spürte die Unruhe in unserem Heer genauso wie die aufkeimende Erleichterung der Totaa und stellte mich auf die Zehenspitzen, um besser sehen zu können.

„Die Gestalter!", schrie in diesem Moment einer unserer Elitekämpfer. „Sie wollen uns töt-"

Seine Worte gingen in einem hässlichen Gurgeln unter. Dann verzog sich der graue Nebel und ich konnte es sehen.

Die Neue Acht war gerade dabei, unsere eigenen Leute abzuschlachten.

Als Erstes wandte sich die Neue Acht gegen ihre Elitesoldaten. Die Kämpfer hatten keine Chance, denn sie waren viel zu verstört davon, dass diejenigen, die sie beschützen sollten, zum Feind mutiert waren. Einer nach dem anderen fiel, während die Neue Acht mit bloßen Händen unter ihren eigenen Leuten wütete.

„Brav, meine Schäfchen … tötet nur. Tötet sie alle!", lachte der Schwarze Meister und wurde von den johlenden Totaa umringt, deren Flut an Leibern mich an eine weiße Made erinnerte.

„Und nun … lauft in euer Verderben." Er streckte die schwarze Hand aus und zeigte zum Horizont. Die Neue Acht hörte mit dem Morden auf und alle acht Gestalter drehten sich wie ein Mann in die Richtung, in die der Anführer der Totaa zeigte. Ich wandte den Kopf und blickte ebenfalls dorthin.

Entsetzt keuchte ich auf. Denn über die ganze Breite der Landschaft zog sich ein weißes Flimmern. Und es kam direkt auf uns zu.

Kapitel 25

Mein Herz setzte einen Schlag aus bei dem Anblick und ich krallte mich in Bens Arm fest.

„Bei allen Sinnen", flüsterte ich. „Wir müssen irgendetwas tun."

Die Schlacht vor den Toren der Schwarzweißen Stadt war so gut wie zum Erliegen gekommen. Die Totaa starrten mit leuchtenden Augen auf die acht Gestalter, die geschlossen auf die flimmernde weiße Front der Unberührbaren zumarschierte. Das Blut ihrer Elitekämpfer tropfte ihnen von den Händen und ihre Schritte waren so im Einklang, als würde es sich um Roboter handeln.

„Er war es", keuchte Ben und blickte von der Neuen Acht zum Schwarzen Meister. „Er hat mich beim Anschlag auf die Macht der Acht genauso gelenkt, wie er jetzt die neuen Gestalter lenkt."

Ich griff nach seiner Schulter. „Du musst etwas dagegen tun, Ben!", flüsterte ich. „Er hat die gleiche Kriegsfähigkeit wie du – wahrscheinlich, weil ihr von derselben Blutlinie stammt. Du musst deine Kraft einsetzen, um diesen Wahnsinn hier aufzuhalten!"

Ben nickte und ich sah einen unglaublichen Hass auf seinen Zügen. Es war eine Schwärze, die direkt aus seinem Herzen zu kommen schien, und ich sah mehr Dunkelheit in seinen Augen als je zuvor. Dann legte er die Hände mit einem Brüllen auf seine Schläfen und konzentrierte sich. Ich richtete währenddessen meinen Blick auf den Schwarzen Meister und versuchte ihn mithilfe meiner

Kriegsfähigkeit aus seiner Konzentration zu reißen. Doch egal, wie sehr ich mich auch bemühte, irgendeinen Gegenstand auf ihn zu schleudern – ich scheiterte jedes Mal. Er musste von einer Art Schutzzauber umgeben sein, die ihn nicht nur vor Magie, sondern auch vor den Kriegsfähigkeiten anderer schützte.

Hektisch blickte ich zurück auf die Neue Acht. Sie bewegte sich noch immer beharrlich auf die Unberührbaren zu. Und nicht nur das. Sie metzelten auf ihrem Weg dorthin jeden aus unseren eigenen Reihen nieder und trieben unsere Leute ebenfalls in Richtung der Unberührbaren.

„Es funktioniert nicht", stieß Ben in diesem Moment erschöpft hervor und fiel auf die Knie. Aus seiner Nase tropfte Blut und sein Brustkorb hob und senkte sich schwer.

Dann kniff er die Augen zusammen und seine zerrissenen schwarzen Linien leuchteten auf. Erneut presste er die Handballen gegen seine Schläfen und ich beobachtete mit angehaltenem Atem, wie die zerstörerische Vorwärtsbewegung der Neuen Acht ins Stocken geriet.

„Ben! Du schaffst es!", keuchte ich. Weiter kam ich nicht, denn da traf ihn ein hellgrünes Energiegeschoss an der Schläfe und er brach mit einem Stöhnen zusammen.

„Ben!", schrie ich und beugte mich über ihn. Mein Herz hämmerte wie wild in meiner Brust und ich drehte ihn auf den Rücken, um zu sehen, ob er noch atmete. Panisch tastete ich nach seinem Puls und fühlte eine Welle der Erleichterung über mich schwappen, als ich ihn fand. In diesem Moment fiel ein Schatten über mich. Ich riss den Kopf hoch. Der Schatten gehörte einem Mann in einem hochgeschlossenen dunkelgrünen Anzug mit einem dunklen Kristall auf der Brust.

„Lebt er noch?", fragte Coel und stellte sich so knapp neben Ben, dass ihn die Spitzen seiner Schuhe an den Schultern berührten.

„Ja, er lebt noch", gab ich gepresst zurück.

„Welch ein Jammer", murmelte Coel und zog gerade ein zweites grünes Energiegeschoss aus seiner Robe, als ich mich mit einem Brüllen auf ihn stürzte. Er schüttelte mich ab wie ein lästiges Insekt und ich versuchte, meine Kriegsfähigkeit zu aktivieren, doch ich scheiterte wie zuvor beim Schwarzen Meister.

„Ich habe vorgesorgt", sagte Coel lächelnd und deutete auf einen pickeligen jungen Träger, der etwa zwanzig Meter entfernt in einem Graben hockte und mich mit seinem bohrenden Blick anstarrte. „Er ist gar nicht so ein Nichtsnutz, wie dieser fette Kopfgeldjäger mich glauben machen wollte. Ich finde sogar, dass er eine sehr nützliche Fähigkeit hat."

Knurrend kam ich wieder auf die Füße und trat Coel mit einer schnellen Bewegung die Beine weg. Dann bückte ich mich zu dem Leichnam eines Sinnträgers und riss ihm seinen Speer aus den Fingern, den ich Coel auf die Brust setzte.

„Warum tust du das?", fauchte ich. „Warum wolltest du Ben töten?"

Coel lag mit dem Rücken in dem blutdurchtränkten Gras und lächelte überheblich. „Jetzt stell dich doch nicht dümmer, als du bist, Wächterin. Du hast doch gesehen, was dein Freund versucht hat."

Ich runzelte ungläubig die Stirn. „Du hast versucht, ihn umzubringen, weil der die Neue Acht retten wollte? So wichtig ist dir Simeons Tod?"

Coel versuchte, wieder auf die Beine zu kommen, und

ich stieß ihm die Spitze des Speeres noch etwas fester gegen die Brust.

„Antworte!", herrschte ich ihn an.

„Aber du hast dir die Antwort doch schon selbst gegeben", erwiderte Coel beißend und der Kristall auf seiner Brust leuchtete von innen schwarz auf. „Es kann nur einen Grünen Gestalter geben. Und der bin ich." Ein böses Lächeln schlich sich auf seine Züge und in seinen Augen loderte wieder dieses dunkle, unheilvolle Feuer.

„Du bist der Böse", murmelte ich in Erinnerung an das Gespräch, das ich mit Simeon geführt hatte. „Aber wer ist dann der Gute? Die Licht-und-Schatten-Magie wirkt immer nur mit einem zweiten Träger. Wer ist es?"

Coel legte die Hand ans Kinn und tat so, als müsste er angestrengt überlegen. „Oh, ich fürchte, dieses Rätsel wirst du in diesem Leben nicht mehr lösen können", meinte er dann bedauernd. „Dreh dich mal um."

Zögernd folgte ich seiner Aufforderung und warf einen schnellen Blick über die Schulter. Die flimmernde weiße Front der Unberührbaren war schon bedrohlich nahe gekommen und mir stockte der Atem, als ich sah, dass die weiße Wolke die Neue Acht und einen guten Teil unseres Heeres schon beinah erreicht hatte.

„Bald gibt es überhaupt keine Gestalter mehr", sagte Coel lächelnd und strich sich über seinen dunklen Kristall. „Und dann liegt es an mir, die Herrschaft über die restlichen Menschverbundenen zu übernehmen und auf den Scherben der zerstörten Sinnlichen Welt eine neue Ära des Friedens ..."

Weiter kam er nicht, denn in diesem Moment bückte ich mich blitzschnell und riss ihm den dunklen Kristall von der Brust. Coel brüllte auf und versuchte nach mir zu schnappen, doch ich sprang von ihm weg und drehte den

Kristall dabei rasch in der Hand. Ein heller Funke wurde innen sichtbar, der gegen die Dunkelheit ankämpfte, und als ich mir den Stein genauer ansah, hatte ich das Gefühl, darin eine Gestalt zu erkennen. Meine Fingerspitzen glitten an den Kanten entlang und dann spürte ich eine unscheinbare Erhebung und drückte fest darauf.

„NEEEIN!", brüllte Coel und im selben Moment sprang der Kristall in meiner Handfläche auf und ein weißer Nebel stieg daraus hervor. Er wirbelte in die Höhe wie ein Vogel, der endlich aus seinem viel zu engen Käfig freigelassen wurde, und mir stockte der Atem, als sich der weiße Dunst plötzlich verfestigte und Joost vor mir stand.

Mit offenem Mund starrte ich den Gestalter des Vertrauens an. Seine weißen Haare hingen ihm strähnig ins Gesicht und seine Züge zeigten Erleichterung.

„Ich danke dir", keuchte er schwankend und richtete dann seinen Blick auf Coel. „Doch dir danke ich nicht. Das war *mein* Schutzkristall, nicht deiner. Du wusstest, dass er nicht genug Platz für uns beide bieten würde. Du wusstest es und hast dich trotzdem noch hineingezwängt."

Noch während Joost sprach, glätteten sich seine Züge und die leichte Verärgerung verschwand aus seinem Gesicht. Trotz des weißen Bartes wirkte er mit einem Mal so unschuldig wie ein Kind und seine weiße Zeichnung entfachte sich. Gleichzeitig wurde Coels Miene immer bösartiger.

„Na und?", fauchte er und sprang auf. „Es ist mir völlig egal, ob etwas mir gehört oder nicht. Ich nehme mir einfach, was ich will. Und jetzt will ich deinen Tod!"

Mit einem wahnsinnigen Brüllen stürzte er sich auf Joost und je stärker die Boshaftigkeit bei Coel zutage trat, desto unschuldiger wurde Joost. Mit großen Augen verfolgte er Coels Ausbruch und ich hatte alle Hände voll zu tun, den wahnsinnigen Erstaunensträger auf Abstand zu halten.

„Hilf mir!", schrie ich dem Nichtsnutz zu, der sich einfach umdrehte und davonrannte. Doch auch das war eine Hilfe, denn so konnte ich wieder auf meine Kriegsfähigkeit zugreifen. Rasch setzte ich den tobenden Coel mit dem Schlag einer herumliegenden Waffe gegen seine Schläfe außer Gefecht und wandte mich wieder den Unberührbaren zu. Die Neue Acht war inzwischen direkt vor der flimmernden weißen Front angekommen und blieb stehen. Ich sah, wie sich eine Wolke der Unberührbaren in die Lüfte erhob und um die acht neuen Gestalter und einen großen Teil unserer Truppen herumwirbelte.

Es war zu spät.

„NEEEIN!", schrie ich und mein ganzer Schmerz darüber, jetzt auch noch Simeon zu verlieren, lag in diesem Wort.

Ich wollte meinen Freund nicht verlieren, konnte den Gedanken daran, dass er reingewaschen wurde, nicht ertragen, und spürte, wie mir die Tränen über die Wangen liefen.

Die Wolke wirbelte noch immer um die vielen Sinnträger herum und ich verbarg das Gesicht in den Händen, weil ich das nicht mit ansehen wollte.

„NEEEIN!", brüllte in diesem Moment Joost neben mir, und das Wort hatte solch eine Kraft, solch eine Unschuld und solch eine Reinheit, dass sich mein ganzer Körper mit Gänsehaut überzog.

„Fühlt ihr denn nicht … den Schmerz, den ihr zufügt?", fragte Joost in Richtung der flimmernden weißen Front. Tränen rannen über seine Wangen und verfingen sich in seinem weißen Bart. Ich blickte ihn ungläubig an und erkannte endlich, was ich schon viel früher hätte sehen müssen.

Joosts Seele war durch die Licht-und-Schatten-Magie absolut rein geworden. Mit neu erwachender Hoffnung blickte ich zurück auf die Unberührbaren und sah, dass sie sich von der Neuen Acht und den restlichen Truppen zurückgezogen hatten. Angespannt starrte ich hinüber und versuchte zu erkennen, ob sie reingewaschen worden waren. Aber da einige nur auf ihre blutverschmierten Hände starrten und sich keiner auf den Boden setzte, hatten sie ihre Identitäten offenbar behalten.

„Bei allen Sinnen … danke", flüsterte ich und konnte nicht verhindern, dass mir schon wieder Tränen über die Wangen liefen.

„Sie fragen mich, ob es jemand verdient, reingewaschen zu werden?", fragte Joost langsam. Seine Worte waren unschuldig, fast wie die eines Kindes, und ich spürte die Verantwortung, die in dieser Frage lag. Dennoch nickte ich, ohne zu zögern.

„Ja", sagte ich. „Der dort." Und damit deutete ich auf den Schwarzen Meister.

***

Zwei Stunden später zeugten nur noch die Leichen auf dem Schlachtfeld von den Ereignissen dieses Morgens. Ein kühler Wind strich über die Toten und wirbelte meine Haare nach oben. Ich fühlte Bens Lippen an meinem Hals und lehnte mich mit dem Rücken an seiner Brust an. Dabei starrte ich auf die Mauern der Schwarzweißen Stadt.

Es war wieder unsere Stadt.

Wir hatten sie zurückerobert.

Nachdem Joost den Unberührbaren befohlen hatte, den Schwarzen Meister reinzuwaschen, war dieser in einer grauen Rauchwolke verschwunden und einfach vom Schlachtfeld geflohen. Die restlichen Totaa hatten daraufhin ihre Waffen gestreckt und sich ergeben. Gegen uns hätten sie vielleicht noch weitergekämpft, aber gegen die Unberührbaren hatte keiner von ihnen eine Chance.

Nachdem die Totaa keine Gefahr mehr darstellten und der Schwarze Meister unauffindbar war, hatte Joost die Unberührbaren wieder dorthin geschickt, wo sie hergekommen waren: zurück in das Weiße Buch der Macht, wo sie keinen Schaden anrichten konnten.

Und auch die Kräfte des Blauen Buches wirkten nicht mehr. Ich hatte es von einer Sekunde auf die andere gemerkt, als ich mit meiner Kriegsfähigkeit bei den Aufräumarbeiten geholfen hatte. Plötzlich war meine Fähigkeit verschwunden gewesen und genauso ging es allen anderen, die ich getroffen hatte.

Wir brauchten unsere Kriegsfähigkeiten nicht mehr.

Der Krieg war zu Ende.

„Ich kann es immer noch nicht glauben", sagte ich leise und blickte auf den hässlichen weißen Kubus der Totaa, der immer noch über die Dächer unserer Stadt ragte. „Die Totaa sind besiegt. Es ist endlich zu Ende."

Ben stand noch immer hinter mir und nickte langsam. Ich spürte die Bewegung an meinem Hals und fühlte, wie seine Umarmung fester wurde.

„Das ist es", gab er leise zur Antwort, doch ich nahm die Vorbehalte wahr, die in seinen Worten mitschwangen.

„Denkst du an den Schwarzen Meister?", fragte ich und hatte keine Lust, über ihn zu grübeln. Aber es half auch nichts, die Augen vor der Wahrheit zu verschließen.

„Ja", sagte er rau. „Und an Jesper. Sie sind beide geflohen. Es wäre mir lieber, wenn sie tot wären."

Ich nickte. „Aber sie haben keine Armee mehr", fügte ich dann hinzu. „Sie sind keine Gefahr mehr für uns." Ich drehte mich zu ihm um und sah ihm in die Augen. Die Dunkelheit darin war unverkennbar und ich fuhr zärtlich mit den Fingerspitzen über seine dunklen Bartstoppeln.

„Mach dir keine Sorgen", flüsterte ich. „Alles wird gut."

„Solange du bei mir bist, ist alles gut." Seine Daumen strichen über mein Kinn und hoben es sanft an. Dann senkte er seine Lippen auf meine und ich versank in diesem Kuss. Endlich war es zu Ende.

Ben und Simeon ging es gut. Das grüne Energiegeschoss von Coel hatte keine große Verletzung bei Ben angerichtet und nachdem die neuen Gestalter selbst unter der Kontrolle des Schwarzen Meisters gestanden hatten, würde auch die Anklage gegen Ben fallen gelassen werden. Das hatte mir Simeon persönlich versichert.

„Dann gibt es eigentlich nur noch eine Sache zu erledigen", sagte ich, nachdem sich unsere Lippen wieder voneinander gelöst hatten. „Wir müssen den Kristall zurück in die Pyramide der Wachsamkeit bringen, damit Simeon ihn später kontrolliert zerstören kann." Ich zog Joosts Schutzstein aus meiner Tasche und hielt ihn in die Höhe. Die Schatten und das Licht rangen darin noch immer miteinander und der Anblick verursachte mir eine Gänsehaut.

„Und du denkst, dass seine Vernichtung den Zauber rückgängig macht?", fragte Ben und nahm den dunklen Kristall in die Hand. „Dass Joost und Coel wieder ihre ursprünglichen Persönlichkeiten zurückerlangen?"

„Simeon meinte, dass es so sein sollte", erwiderte ich und griff nach dem Stein. „Wir werden es wohl erst herausfinden, wenn er den Kristall zerstört hat."

Ben nickte und wir machten uns auf den Weg zu dem großen Teleportationsfeld. Während wir gingen nahm er meine Hand und ich genoss das Gefühl, endlich nicht mehr auf der Flucht zu sein.

„Hast du schon überlegt, wie es jetzt weitergehen soll?", fragte ich ihn.

Er zog eine Augenbraue hoch. „Ich würde sagen, ich nehme in der Pyramide ein langes, heißes Bad."

„Nein, ich meinte – mit uns."

„Du darfst auch mit rein", erwiderte Ben mit einem selbstsicheren Grinsen. „Wenn du unbedingt willst, werde ich dich nicht aufhalten."

Ich schmunzelte und verdrehte die Augen. „Ich meinte, wo wir in Zukunft wohnen werden."

Er sah mich lächelnd an. „Es gibt ganz fantastische heiße Quellen im Ekelland."

„Was du nicht sagst. Und ich dachte, wir könnten nachsehen, ob unser Turm noch steht."

Ben atmete tief aus. „Du willst in die Schwarzweiße Stadt zurück? Ehrlich?" Er deutete auf das Bild der Zerstörung, das uns umgab. „Überleg doch mal, Lee. Eine ganze Stadt wiederaufzubauen … was glaubst du, was das für einen unglaublichen Krach machen wird?"

Ich kniff die Augen zusammen. „Hm. Vielleicht hast du recht. Vielleicht sollten wir in Simeons Nähe bleiben und uns ein Quartier in der Pyramide der Wachsamkeit suchen."

Ben schnaubte. „Nicht dein Ernst."

„Mein voller Ernst", antwortete ich. „Das Wachsamkeitsland verfügt übrigens ebenfalls über heiße Quellen."

„Heiße Sandquellen", präzisierte Ben.

„Besser als heiße Schlammquellen."

Er setzte eben zu einer Antwort an, als ich ein paar Meter hinter ihm eine dünne Angstträgerin sah, die stolpernd auf dem Schlachtfeld umherirrte. Sie wirkte völlig panisch und wimmerte leise vor sich hin.

„Hey, können wir dir helfen?", rief ich in ihre Richtung. Sie fuhr herum und ich erschrak, als ich ihr Gesicht sah. An der Stelle, an der ihre Augen hätten sein sollen, klafften zwei große, blutende Löcher.

„Verdammt", knurrte Ben und drückte meine Hand fester.

„Keine Sorge", sagte ich beruhigend zu der Frau. „Wir werden dich zu einem Heiler bringen."

Die blinde Trägerin machte einen unsicheren Schritt auf uns zu und stieß dabei gegen die Leiche eines Totaa, der mit beiden Händen einen magischen Feuerwerfer umklammert hielt.

Ein leises Klicken ertönte und dann ging plötzlich alles ganz schnell: Ein kleiner weißer Feuerball löste sich aus der Waffe und raste mit einer immensen Geschwindigkeit auf uns zu, sodass wir kaum reagieren konnten. Ich hörte, wie Ben zu einer Warnung ansetzte, spürte, wie er versuchte mich aus dem Schussfeld zu stoßen, während ich schützend die Arme vor uns in die Höhe riss – doch das weiße Feuer hatte es nicht auf uns abgesehen. Mit einem lauten Knistern schlug es in den Schutzkristall, es war, als würde es kein anderes Ziel kennen. Die Erschütterung durch den Aufprall war enorm. Sie riss mich von den Beinen und ich spürte, wie Ben mit mir zu Boden ging.

Gleichzeitig wurde der Kristall in meiner Hand immer

heißer und ich schrie auf, als er mir die Handflächen verbrannte. Dann bildete sich ein breiter Riss auf seiner glühend heißen Oberfläche und Ben schlug mir den Edelstein hastig aus der Hand. Keuchend blieben wir ineinander verkeilt liegen.

„Alles okay?", fragte er besorgt und ich registrierte, dass ein Heiler, der den Feuerball gesehen haben musste, in unsere Richtung rannte.

„Ich glaube schon", murmelte ich, während eine glühende Hitze, gefolgt von eisiger Kälte durch meinen Körper jagte.

Trotz des starken Schwindelgefühls setzte ich mich auf.

„Kümmere dich zuerst um die Angstträgerin", wies ich den Heiler an, der uns inzwischen erreicht hatte. Dann betrachtete ich meine Hände. Sie waren verbrannt und taten weh, aber ich würde es überleben. „Der Feuerball scheint den Kristall zerstört zu haben, er muss von dessen Magie angezogen worden sein", sagte ich und stand wackelig auf.

Ben kam ebenfalls auf die Füße und betrachtete mich dabei, als würde er befürchten, dass ich jeden Moment wieder umkippte.

„Wirklich alles in Ordnung?", hakte er nach und seine Besorgnis begann mich ein Stück zu nerven.

„Ja, wie oft willst du mich das jetzt noch fragen?", entgegnete ich schroff.

Irritiert runzelte er die Stirn.

Ich atmete tief durch. „Ich brauche einfach kurz Zeit für mich, das alles war einfach zu viel. Lass mich einfach … für einen Moment allein", stieß ich hervor und wandte mich von ihm ab.

Dann ging ich mit schnellen Schritten über das

Schlachtfeld. Mein Herz schlug viel zu schnell in meiner Brust und ein dunkles Gefühl tobte in mir, das ich mir nicht erklären konnte. Irgendetwas stimmte nicht mit mir, aber ich wusste nicht, was es war. Lag es an dem Kristall? Hatte er etwas verändert? Hatte der Riss auf seiner Oberfläche eventuell die Licht-und-Schatten-Magie freigesetzt?

Als ich schließlich in der Mitte des Schlachtfeldes stehen blieb, bemerkte ich, dass mich meine Schritte zu der weißen Plattform getragen hatten. Langsam senkte ich den Blick und betrachtete den Leichnam von Tara.

Ihre gebrochenen Augen starrten ins Leere und ich ging in die Hocke, um sie mir näher anzusehen. Der glühende Dolch steckte noch immer in ihrer Brust und ihr Gesicht zeigte einen Ausdruck von bodenlosem Schmerz.

Eine Weile sah ich mir diesen Schmerz auf ihren Zügen an. Es weckte ein seltsames Gefühl tief in meinem Inneren. Ein Gefühl, das von Sekunde zu Sekunde stärker wurde und mir ein leichtes Lächeln auf meine Lippen zauberte.

Lieber Leser und liebe Leserin,

Wir hoffen, Du hattest viel Spaß
mit dem 8. Band der Acht Sinne!
Wie es mit Lee & Ben weitergeht, erfährst Du im
nächsten und vorletzten Teil der Reihe.

Insgesamt sollen es nämlich 10 Bände werden und
wir blicken dem finalen Abschluss mit einem lachenden
und einem weinenden Auge entgegen.

Zum Glück sind Geschichten jedoch lebendig
und nie wirklich zu Ende – so hat uns die Schattige
Unterwelt beispielsweise zu der neuen Trilogie „17"
inspiriert, von der bereits alle Teile erschienen sind.

Wir hoffen, Du begleitest uns noch ein Stück
und wünschen Dir bis zu unserem Wiederlesen eine
gefühlvolle Zeit!

Deine Rose Snow

Personenverzeichnis

Menschverbundene:

Lee, Wachsamkeit (gelb), Wächterin
Ben, Ekel (schwarz), Reisender
Jesper, Wut (rot), Beschützer
Simeon, Erstaunen (grün), Magiebegabter
Damien, Angst (violett), ohne Berufung
Tara, Ekel (schwarz), Reisende
Colloss, Ekel (schwarz), Beschützer
Serge, Wachsamkeit (gelb), Künstler
Logan, Ekel (schwarz), Heiler
Faustus, Freude (orange), ohne Berufung
Leno, Angst (violett), Erinnerungsvampir
Victoria, Vertrauen (weiß), Reisende
Mathilde, Freude (orange), Kopfgeldjägerin
Franzus, Vertrauen (weiß), Kopfgeldjäger
Zynkalia, Freude (orange), Erinnerungsvampirin
Bart, Wut (rot), Reisender

Tierverbundene:

Thaya, Trauer (blau), Naturverbundene
Jaron, Freude (orange), Künstler
Edomir, Angst (violett), Templer
Casimir, Ekel (schwarz), Templer
Alfonsus, Angst (violett), Reisender
Myrte, Wachsamkeit (gelb), Naturverbundene
Kassandra, Wut (rot), Erinnerungsvampirin
Kristoff, Wachsamkeit (gelb), Erinnerungsvampir
Alexia, Trauer (blau), Erinnerungsvampirin
Tucana, Vertrauen (weiß), Erinnerungsvampirin
Gulliver, Freude (orange), Magiebegabter
Utz, Trauer (blau), Künstler

Die bisherige Macht der Acht:

Panica, Angst (violett), Tierverbundene
Philomena, Freude (orange), Menschverbundene
Arkadius, Ekel (schwarz), Tierverbundener
Agatha, Trauer (blau), Menschverbundene
Ilias, Wut (rot), Tierverbundener
Coel, Erstaunen (grün), Menschverbundener
Quirin, Wachsamkeit (gelb), Tierverbundener
Joost, Vertrauen (weiß), Menschverbundener

Über die Autorinnen

Hinter dem Pseudonym Rose Snow stecken wir, Carmen und Ulli. Zusammen sind wir 73 Jahre alt, haben 2 Männer, 6 Kinder und einen Hund. Wir können ewig reden, lieben Pizza und Schokolade und lachen unheimlich gerne, vor allem über uns selbst.

Seit dem Sommer 2014 schreiben wir als Rose Snow Romantasy, darunter die vierteilige Bestsellerreihe „17 – Die Bücher der Erinnerung". Im Herbst 2016 ist mit „Für dich soll's tausend Tode regnen" unter Anna Pfeffer unser erster Jugendroman bei cbj erschienen. Seitdem veröffentlichen wir regelmäßig neue Jugendbücher und Romantasy-Reihen.

Kühn nachgerechnet sind wir schon seit unfassbaren 22 Jahren befreundet. Wir kennen uns aus unserer Schulzeit und schreiben trotz der Distanz Wien – Hamburg miteinander. Bedeutet: Unzählige Stunden via Skype, schallendes Gelächter und das Teilen tiefster Geheimnisse, auch wenn sie noch so peinlich sind.

Wenn ihr informiert werden möchtet, sobald ein neues Buch von uns erscheint, dann meldet euch gerne bei unserem Newsletter an:
www.rosesnow.de/newsletter

Und wenn ihr einfach mal quatschen oder Hallo sagen wollt, besucht uns doch auf unserer Autorenseite, auf Instagram oder auf Facebook. Wir freuen uns immer sehr über das Feedback und den direkten Austausch mit unseren Lesern.
www.rosesnow.de
www.instagram.com/rosesnow_annapfeffer
www.facebook.com/rose.snow.was.sich.liebt
www.facebook.com/groups/RoseSnow

Übrigens: Eine extra Portion Romantik gibt es auch jeden Dienstag und Freitag bei unserem kostenlosen Blogroman von Eric & Esther, den menschlichen Ichs von Ben & Lee aus den Acht Sinnen: www.rosesnow.de/blogroman

Weitere Romantasy-Reihen von uns:
17 - Die Bücher der Erinnerung
Was würdest du tun, wenn du plötzlich in fremde Erinnerungen sehen könntest?
17 - Das erste Buch der Erinnerung
17 - Das zweite Buch der Erinnerung
17 - Das dritte Buch der Erinnerung
17 - Das vierte Buch der Erinnerung

Die 11 Gezeichneten - Die Bücher der Sterne
Ohne Dunkelheit könntest du keine Sterne sehen ...
Die 11 Gezeichneten - Das erste Buch der Sterne
Die 11 Gezeichneten - Das zweite Buch der Sterne
Die 11 Gezeichneten - Das dritte Buch der Sterne

3 Lilien - Die Bücher des Blutadels
Ihn zu küssen hatte sich so richtig angefühlt, obwohl es so falsch gewesen war ...
3 Lilien - Das erste Buch des Blutadels
3 Lilien - Das zweite Buch des Blutadels
3 Lilien - Das dritte Buch des Blutadels

PS: Wir werden immer wieder darauf angesprochen, dass wir in unseren Büchern Anspielungen auf andere Reihen machen und die Welten auf diese Weise miteinander vernetzen. In „17" finden sich beispielsweise Verbindungen zu unserer Acht Sinne-Saga und den „11 Gezeichneten", die auch mit den „3 Lilien" und unserem Blogroman „Groupie wider Willen" verknüpft sind. Dennoch kann jede Reihe unabhängig voneinander gelesen werden! Viel Spaß beim Knobeln! :)

„17 - Die Bücher der Erinnerung"

Seit Jo denken kann, zieht sie mit ihrem Vater von Ort zu Ort, fast, als wären sie auf der Flucht. Als er ihr eröffnet, dass sie nun ausgerechnet im nasskalten Hamburg sesshaft werden sollen, hält sich ihre Begeisterung in Grenzen.

Bis sie in ihrer neuen Schule zwei gut aussehenden Jungs begegnet, die unterschiedlicher nicht sein könnten: Adrian, der Jo bewusst auf Distanz hält, und Louis, der sich offensichtlich für sie interessiert. Die zwei Jungs verbindet eine geheimnisvolle Rivalität, die Jo nicht zu deuten weiß - aber noch weniger versteht sie, was gerade mit ihr selbst los ist. Was für Bilder tauchen plötzlich in ihrem Kopf auf? Hat sie Halluzinationen? Oder sind das tatsächlich fremde Erinnerungen, in die sie kurz vor ihrem 17. Geburtstag auf einmal blicken kann?

„Die 11 Gezeichneten - Die Bücher der Sterne"

Seit jeher lieb Stella die Sterne – ohne zu ahnen, wie tief ihre Verbindung zu ihnen tatsächlich ist. Das erkennt sie erst, als sie mit ihrem Zwillingsbruder Cas an eine geheimnisvolle Universität gelangt, auf die schon ihre Eltern gegangen sind. Kurz nach der Ankunft begegnet Stella dort dem selbstbewussten Cedric, der nicht nur der heißeste Typ der Uni ist, sondern Stella auch viel zu schnell viel zu nahe kommt ...

„3 Lilien - Die Bücher des Blutadels"

Seit Monaten wartet die 17-jährige Lorelai darauf, dass die alte Gabe des Blutadels bei ihr erwacht – wobei sie nicht mal ihrer besten Freundin von ihrer magischen Abstammung erzählen darf. Denn die Gesetze des Blutadels sehen vor, das geheime Wissen unter keinen Umständen mit Außenstehenden zu teilen. Doch das erweist sich als äußerst schwierig, als Lorelai den verwegenen Vitus kennenlernt. Zwischen ihnen knistert es gewaltig - und während Lorelai noch mit ihren Gefühlen kämpft, haben die Probleme gerade erst angefangen ...